하들리와 그레이스

Hadley

하들리와 그레이스

and

수잔 레드펀 장편소설 | 이진 옮김
Suzanne Redfearn

밝은세상

Grace

하들리와 그레이스

초판 1쇄 인쇄일 2022년 7월 6일 | **초판 1쇄 발행일** 2022년 7월 18일

글 수잔 레드펀 | **옮긴이** 이진 | **펴낸이** 김석원 | **펴낸곳** 도서출판 밝은세상

출판등록 1990. 10. 5 (제 10 − 427호) | **주 소** (10881) 경기도 파주시 문발로 119, 202호

전 화 031−955−8101 | **팩 스** 031−955−8110 | **메일** wsesang@hanmail.net

블로그 blog.naver.com/balgunsesang8101 | **인스타그램** www.instagram.com/wsesang

ISBN 978−89−8437−448−5 (03840) | **값** 17,000원 | 잘못된 책은 구입한 곳에서 교환해 드립니다.

스키퍼의 실제 모델

스키퍼 카릴로를 위하여

일러두기

각주는 모두 옮긴이 주입니다.

1
하들리

손목시계가 오후 12시 52분을 가리켰다. 8분 내에 컵케이크를 사야 한다. 그 정도면 시간이 충분한데도 하들리는 마음이 급해졌고 맥박이 빨라졌다. 앞에 선 두 여자를 바라보며 줄이 빨리 줄어들길 바라는 마음에 조바심이 일었다.

카운터 앞에 서있는 할머니는 결정을 내리지 못하고 벌써 세 번째로 똑같은 질문을 했다. "그러니까 오늘의 추천 메뉴가 딸기 치즈 케이크라는 거지요?"

머리가 희끗희끗하고 등이 구부정한 할머니의 말에 열여섯 살쯤 되어 보이는 종업원이 인내심을 발휘하며 미소를 지었다. "네, 하지만 할머니의 손녀가 일반적인 딸기 케이크를 원한다고 하지 않았나요? 손녀가 원하는 걸 사가야죠."

"그냥 딸기 케이크라고만 했어요."

가방을 꼭 끌어안는 할머니의 목소리에 확신이 없었다. 할머니는 수십 년은 사용한 것 같은 낡은 검정색 가방을 들고 있었다.

하들리의 바로 앞 여자가 조바심을 냈다. 프라다 지갑을 꺼내든

40대 중반의 그녀가 팔짱을 끼고 엷은 분홍색으로 칠한 검지 손톱으로 지갑을 톡톡 두드렸다.

그때 휴대폰이 진동하는 바람에 하들리는 고개를 숙여 프랭크가 보낸 문자메시지를 읽었다.

트럭, 괜찮아? 벤츠는 오늘 오후에 올 거야. 지금 뭐 해?

"딸기 치즈 케이크가 예쁘긴 하네요. 손녀가 여섯 살인데 오늘이 바로 생일이랍니다. 내가 이미 얘기했던가요?"

프라다 여인이 어이없다는 듯 눈을 위로 치켜떴다. 할머니는 오늘이 손녀의 여섯 번째 생일이라 딸이 살고 있는 아파트의 공원으로 나가 축하해 줄 예정이라고 이미 말했다. 할머니의 딸이 피자를 준비하고, 할머니는 디저트로 스프링클스 컵케이크를 준비하기로 했다고.

하들리는 할머니에게 스페셜 컵케이크 대신 평범한 딸기 컵케이크를 사라고 말해주고 싶었다. 반드시 손녀가 원한 케이크를 사가야 한다고. 다른 컵케이크를 사가면 실망할 거라고.

매티도 딸기 컵케이크를 가장 좋아했다.

"따기 주세요."

매티는 어릴 때부터 어떤 케이크를 먹고 싶은지 물으면 혀짤배기 소리로 그렇게 말했다. 만약 매티에게 딸기 치즈 케이크를 사주었다면 몹시 실망했을 것이다. 생일이라면 더욱.

"치즈 케이크가 맛있긴 해요." 종업원이 할머니를 도우려 애쓰며 스페셜 딸기 치즈 컵케이크를 들어 보였다. 분홍색 프로스팅에 빨간 스프링클이 뿌려져 있고, 그 위에 딸기 모양 루비색 캔디가 박혀 있었다. 굳이 비교하자면 딸기 컵케이크의 색상과 모양이 스페셜 딸기 치즈 컵케이크보다는 밋밋했다. 크림 프로스팅에 스프링클도 없고, 캔디가 박혀 있지도 않았으니까.

하들리는 다시 휴대폰으로 남편의 문자메시지에 답했다.

트럭은 괜찮아. 나도 괜찮아, 그 생각만 안 하면.

전송 버튼을 누르는 순간 거짓말이라는 생각이 들었다. 프랭크의 답장은 늘 빨랐다.

기운 내. 사랑해.

프라다 여인이 누구나 들을 수 있을 만큼 요란한 신음 소리를 냈고, 할머니가 돌아서서 레이저 빔을 쏘아대는 여자의 날카로운 눈을 힐끔 쳐다보았다.

할머니는 다시 종업원에게로 돌아서더니 더듬거리며 말했다. "아, 알았어요. 알았다고요. 스페셜 딸기 치즈 컵케이크로 할게요."

할머니는 서둘러 계산대를 향해갔고, 프라다 여인이 고개를 절레절레 저으며 카운터로 한 발 더 다가섰다. 그녀가 큰 목소리로 또렷하게 주문사항을 말했다. 마치 주문은 이렇게 해야 한다고 시범을 보이듯이.

할머니는 몇 발짝 떨어진 계산대 앞에서 인상을 찌푸리고 있었다. 손녀가 스페셜 딸기 치즈 컵케이크를 좋아할지 확신하지 못하는 눈치였다.

하들리의 전화가 진동했다.

사랑해!

종업원이 물었다. "무얼 드릴까요?"

하들리는 프라다 여인의 시선을 느꼈다. 컵케이크 주문을 어떻게 하는지 지켜보려는 눈치였다. 하들리는 휴대폰을 주머니에 넣고 얼른 주문사항을 말했다.

"초콜릿 마시멜로 열두 개들이 두 상자, 딸기 열두 개들이 두 상자, 레드 벨벳 열두 개들이 한 상자, 바닐라 열두 개들이 한 상자."

하들리는 프라다 여인이 어떤 평가를 내리는지 돌아보려다가 가까스로 참았다.

할머니가 지갑에서 동전을 꺼내는 동안 계산대의 종업원이 침착하게 미소를 짓고 있었다. 아마도 친절이 이 가게에서 일하는 종업원들이 가장 우선적으로 갖춰야 할 자격 조건인 듯했다. 하들리는 이 가게 매니저에게 친절한 매티를 추천해 주고 싶었다.

매티에게 훌륭한 첫 직장이 될 텐데.

그런 생각이 드는 순간, 하들리는 만약 일이 계획대로 진행된다면 그녀와 매티가 이 동네에서 살지 않으리라는 걸 깨달았다.

하들리는 카운터의 종업원에게 속삭였다. "딸기 컵케이크 두 개를 각각 따로 포장해 주세요."

휴대폰이 다시 진동했지만 하들리는 무시했다. 전화를 받느라 차례가 임박한 계산이 뒤로 밀리는 건 원치 않았다. 잔뜩 미간을 찌푸리고 휴대폰 화면을 노려보며 양손 엄지를 문자 대기 상태로 놓고 답장을 기다리는 프랭크의 모습이 눈에 선했다.

주문한 컵케이크를 받아든 프라다 여인이 고개를 쳐들고 도도하게 그녀의 옆을 지나쳤다. 하들리는 그녀의 옷깃에 립스틱이 묻어 있는 걸 발견하고 마음속으로 쌤통이라고 생각했다. 빨간 립스틱은 지우기가 여간 어렵지 않았다.

하들리는 계산을 마치고 시계를 본 다음 서둘러 가게를 나섰다. 예정보다 2분이 늦었지만 신호를 기다리는 대신 상가를 가로지르면 충분히 따라잡을 수 있었다.

주차장을 둘러보니 한머니가 이제 막 차에 오르고 있었다.

"잠깐만요." 하들리가 소리치며 할머니에게로 달려갔다.

할머니가 고개를 들고 그녀를 바라보았다. 하들리는 나이 든 여인의 얼굴에 남아있는 미모의 흔적에 놀랐다. 분홍빛이 감도는 우아한 광대뼈 위에서 짙푸른 눈동자가 반짝였다. 하들리는 문득 생전의 어머니 모습이 떠올랐다.

"종업원이 이걸 전해달래요." 하들리가 딸기 컵케이크 하나를 내밀었다. "손녀가 원했던 컵케이크를 드리고 싶다면서요. 할머니가 둘 중 하나만 골라야 하는 걸 지켜보다가 마음이 쓰였나 봐요."

할머니의 눈이 휘둥그레졌다. "그래요?"

하들리가 고개를 끄덕였다. 그녀는 선의의 거짓말에 능했다.

할머니의 얼굴에 안도감이 번졌다. 눈동자가 흐릿해질 정도로.

"손녀가 좋아하겠어요." 하들리는 그렇게 말하고 나서 돌아섰다. 옳은 일을 했다는 생각이 들 때마다 늘 가슴이 벅차올랐다.

휴대폰이 다시 진동했다. 하들리는 주머니에서 휴대폰을 꺼낸 다음 트럭을 향해 달려갔다. 컵케이크가 들어있는 쇼핑백이 다리에 부딪쳤다.

사랑한다니까?

당신 대체 어디 간 거야?

내가 사랑한다고 말했어.

사랑해. 사랑해. 사랑해.

하들리는 한숨을 쉬며 문자를 입력했다.

나도 사랑해. 컵케이크를 사러 왔는데 계산 중이었어.

프랭크가 행복한 얼굴의 이모티콘과 하트로 답했고, 하들리는 눈을 감고 길고도 느린 한숨을 내쉰 다음 스키퍼의 환송회가 열리는 학교로 가기 위해 트럭에 올랐다.

2
그레이스

됐어!

제리는 언제나 자신이 한 말에 책임을 지는 사람이었고, 오늘 중으로 계약서를 보내주겠다고 약속했다. 3분 전인 오후 1시 28분에 팩스가 윙윙 소리를 내며 잠에서 깨어나더니 서류를 밀어내기 시작했다. 그레이스는 계약서에 키스하고 나서 춤을 추듯 빙글빙글 맴을 돌았다. 그녀는 책상에 놓아둔 사진을 바라보았다. 에인절 스타디움 앞에서 지미와 마일스, 그녀가 함께 찍은 사진이었다.

그레이스는 사진을 향해 엄지를 치켜세웠다. 겨우 두 달 전에 찍은 사진이었다. 마일스의 몸이 얼마나 작은지 지미의 커다란 손안에 들어갈 정도였다. 지미는 군복 차림이었고, 뿌듯한 미소를 짓고 있었다. 그날은 대통령의 날이 끼어있는 주말이라 군인 가족에게는 야구 경기를 무료로 관람할 수 있는 혜택이 주어졌다. 지미는 아프가니스탄에서 군 복무를 하고 있었고, 어머니 장례식 참석차 잠시 귀국했다. 지미의 어머니는 오래도록 알츠하이머를 앓았고, 이미 오래전부터 지미와 그의 형 브래드를 알아보지 못했다.

그레이스가 계약서를 들고 프랭크의 사무실로 달려갈 때 왼쪽 구두가 카펫에 걸려 철썩 소리가 났다. 일주일 전, 구두 밑창이 떨어져 강력접착제로 붙였는데 오늘 아침에 또 떨어진 것이다. 오늘 밤 마일스를 데리러 갔다가 돌아오는 길에 월마트에 들러 새 구두를 한 켤레 살까 생각해 보았다. 모처럼 제대로 한 건 했으니 외식을 하며 자축하고 싶었다. 피자나 생선 타코를 떠올리자 생각만으로도 입에 침이 고였다. 오늘 아침 출근할 때 입에 욱여넣은 머핀 말고는 아직 아무것도 먹지 못했다. 그러나 점심을 먹으려고 사무실을 비웠다가 계약서가 들어오는 순간을 놓치고 싶지 않았다.

그레이스가 문을 두드리고 안으로 들어서자 프랭크가 고개를 들었다.

"계약했어요!"

그레이스는 계약서를 탁 소리가 나게 그의 책상 위에 내려놓았다.

"무슨 계약?"

"제리 코시의 주차장을 우리가 재임대하는 계약이요." 그레이스는 목소리가 너무 들뜨지 않도록 조심하며 말을 이었다. "제리를 설득하느라 고생이 많았지만 결국 성사시켰어요. 서명, 날인, 발송!*"

그레이스는 스티비 원더의 노래를 똑같이 부르고 나서 마지막 구절은 '주차장은 이제 당신 거예요!'로 바꾸어 부르려다가 그만두었

---

* 계약서가 정식으로 작성되었음을 뜻하는 관용구. 스티비 원더의 곡 중에 'Signed, Sealed, Delivered(I'm yours)'라는 제목의 노래가 있다

다. 라구나 비치에 상가를 소유하고 있는 제리 코시와 협상은 무려 석 달이 걸렸다. 서로 밀당을 하느라 걸린 시간이었다. 저녁 시간과 주말에 주차장을 재임대할 경우 〈아즈텍 파킹〉으로 일주일에 3천 달러가 입금되고, 그중 10퍼센트는 그녀의 몫이 될 수 있었다. 그렇게 되면 적어도 한 달에 천 달러, 일 년에 1만 2천 달러를 벌 수 있었다. 마침내 그토록 바라던 일이 성사된 것이다.

프랭크의 눈이 놀라서 움찔했다. "고집불통인 영감탱이 마음을 돌려놓다니, 정말 놀라워."

"제리의 주차장 전체를 계약했어요. 저녁 시간, 주말, 휴일에."

그레이스는 어찌나 기쁜지 심장이 터질 것만 같았다. 그녀가 제리의 주차장을 재임대하자고 했을 때 프랭크는 시간 낭비라며 난색을 표했다. 그가 이미 몇 번 말을 꺼내 보았지만 제리는 전혀 관심이 없더라고. 그레이스는 계약이 성사될 경우 제법 짭짤한 수입이 발생하는 만큼 다시 한번 시도해 보자며 고집을 부렸다. 프랭크는 그녀에게 알아서 협상해 보라며 계약이 성사만 되면 수입의 10퍼센트를 떼어 주겠다고 약속했다.

그레이스는 일에 착수한 지 석 달 만에 계약서를 손에 쥐었다. 그녀는 앞으로 발생하게 될 수입이 어떤 축복을 가져다줄지 따져보느라 머리가 어지러울 지경이었다. 첫째, 지미의 도박 빚을 갚을 수 있어 앞으로는 뒤를 살피며 다닐 필요가 없었다. 둘째, 자동차 타이어를 새것으로 교체할 수 있었다. 셋째, 마일스를 형편없는 주간 보호 시설에서 데리고 나올 수 있었다. 몇 달 후 시급한 문제들을 모두 해결하고 나면 지금보다 훨씬 좋은 아파트로 이사할 수도 있었다. 마일스를 편안하게 씻기려면 욕조가 구비된 아파트가 필요했다. 생후 4개월이 된 마일스는 혼자 자리에서 일어나 앉기 시작했다.

프랭크의 시선이 계약서의 마지막 페이지에 고정되었다. 그의 눈이 위아래로 부지런히 오가는 걸 지켜보는 동안 흥분해 설레던 마음은 이내 초조함으로 바뀌었다. 프랭크는 능구렁이 같은 사람이었다. 번지르르한 말을 앞세워 손바닥 뒤집듯 약속을 저버릴 수 있는 사람. 할머니가 프랭크를 봤다면 못마땅하게 여기고, 그의 사무실에서 비서로 일하는 것에 대해 극구 반대했을 게 뻔했다. 할머니가 하늘나라에서 내려다볼 때 그녀가 살아가는 모습 가운데 과연 마음에 드는 부분이 하나라도 있을지 의문이었다.

프랭크가 계약서에서 고개를 들더니 그레이스의 얼굴을 바라보았다. 그의 눈은 처음 보았을 때부터 독특했다. 상대를 꿰뚫을 듯 쏘아보는 갈색 눈, 살짝 초점이 맞지 않아 다른 곳을 보는 것 같은 눈.

프랭크는 의자 등받이에 몸을 기대며 손바닥을 탑 모양으로 세웠다. "그레이스, 아주 훌륭해. 마리가 당신이 영리하다고 입이 닳도록 칭찬하더니 결코 틀린 말이 아니었네."

마리 얘기가 나오면 그레이스는 긴장할 수밖에 없었다. 지미의 도박 빚이 숨통을 죄어오면서 그들은 서둘러 LA를 떠나야 했다. 마일스가 태어나고 얼마 안 되었을 때 마리가 프랭크에게 그레이스를 채용해 달라고 부탁했다. 그레이스 때문에 곤경에 처했던 마리의 입장을 감안하면 엄청난 호의를 베푼 것이었다.

"일이 잘 풀리고 있네." 프랭크가 말을 이었다. "아이도 건강하게 자라고 있고, 남편은 군에 입대했고."

그레이스는 이유를 알 수 없었지만 마음이 자꾸만 초조해졌다.

"성가신 상어들은 당신이 어디 있는지 모르고."

그레이스는 애써 태연한 척했지만 프랭크가 야비한 웃음을 흘리며 협박을 가하고 있다는 걸 모르지 않았다. 지미는 마피아 조직에서 돈을 빌렸고, 그들과 얽히게 된 건 인생 최대의 실수였다.

프랭크가 계약서의 마지막 페이지를 집어 들었다. 그레이스에게 10퍼센트의 수수료를 떼어주어야 한다는 내용이 들어 있는 페이지였다. 프랭크는 계약서를 반으로 접어 그레이스 쪽으로 밀어놓았다. "일이 잘 풀려서 좋아. 당신과 가족들을 위해서도 정말 잘된 일이야."

그레이스는 눈 한 번 깜빡이지 않고 프랭크를 쳐다보았다. 그녀가 할 수 있는 유일한 반항의 표시였다. 프랭크의 표정이 어둡고 음산해졌다. 프랭크는 그녀의 눈을 똑바로 쳐다보면서 반으로 접은 계약서를 집어 들더니 갈가리 찢어 테이블 옆 쓰레기통에 던져 넣었다.

그레이스는 자신이 패배했음을 인정하며 눈을 내리깔았다.

3
하들리

트럭에서 경보음이 울렸다. 그 소리를 듣고 나서야 열쇠를 꽂아 둔 상태로 문을 열었다는 걸 알았다. 열쇠를 빼자 경보음이 멈추었다.

하들리는 정면의 낯익은 벽돌 건물을 바라보았다. 이 주차장에 차를 세우는 것도, 스키퍼를 차에 태워 집으로 데려가는 것도 오늘이 마지막이었다.

"안 갈 거야?"

멜리사 젠킨스가 웃는 얼굴이 그려진 슈가 쿠키 쟁반을 들고 서 있었다.

"가야지."

하들리는 애써 미소를 지어 보이며 트럭에서 내렸다.

멜리사와 하들리는 둘도 없는 친구였다. 멜리사의 딸 케이티와 하들리의 조카 스키퍼가 갓난아기일 때부터 서로 알고 지냈다. 멜리사를 처음 만났을 땐 팔에 새긴 장미 문신, 길게 자란 손톱, 고트족 스타일의 검은 머리카락이 맨 먼저 눈에 들어왔다. 그러나 요즘 멜리사는 세상에서 가장 마음이 넓고, 어느 누구보다 열심히 살아가는 여자로 보였다.

멜리사는 사고로 죽은 남편에게서 할리데이비슨 매장 세 개를 상속받았다. 전과자라는 핸디캡이 있었지만 억척스레 일했고, 성공적인 결실을 맺었다. 멜리사에게는 아들과 딸이 각각 한 명씩 있었지만 아이들을 셋이나 더 입양해 키우고 있었다.

멜리사가 하들리의 어깨를 감싸 안았다. "힘내. 오늘은 영원하지 않아. 오늘은 그저 하루일 뿐이야."

분명 위안이 되는 말이었지만 마냥 웃을 수는 없었다. 스키퍼를 떠나보내기에 앞서 마음을 추스를 시간이 한 달이나 있었건만 허전한 마음은 어쩔 수 없었다. 이제 곧 결혼하게 된 여동생 바네사는 자신이 스키퍼를 데려가 키우겠다고 했고, 그 말을 들은 것이 한 달 전이었다.

학교 운동장으로 들어서니 아이들이 손으로 쓴 플래카드가 눈에 들어왔다.

행운을 빌어, 스키퍼! 네가 그리울 거야!

글자 주변에 아이들이 찍은 알록달록한 손도장들과 사인이 있었다. 하들리와 멜리사가 아이들을 위해 준비한 간식을 테이블 위에 차리는 동안 수업이 끝났음을 알리는 종이 울렸다. 하들리는 교실 밖으로 우르르 달려 나오는 2, 3학년 아이들 틈에서 스키퍼를 찾아보았다. 교실에서 가장 마지막으로 나온 스키퍼가 느리고도 산만한 걸음걸이로 아이들을 뒤따라왔다. 스키퍼를 보는 순간 한동안 만나지 못했던 아이를 다시 보았을 때처럼 가슴이 뭉클했다.

스키퍼가 앙상한 팔로 하들리의 허리를 감쌌다. "안녕, 블루."

하들리가 스키퍼의 황금빛 정수리에 뽀뽀하며 인사를 받았다. "안녕, 챔프."

스키퍼의 머리에서는 늘 흑설탕 냄새가 났다. 스키퍼가 아침 식사로 메이플시럽을 넣은 크림오브위트*를 먹기 때문이었다. 여덟 살 남자아이들의 머리에서 흔히 나는 냄새이기도 했다.

스키퍼는 평소보다 오랫동안 하들리의 품에서 벗어나지 않았다. 아마도 지금 이 순간의 의미를 알기 때문일 수도 있었고, 그렇지 않을 수도 있었다.

이제 곧 우리 가족과 헤어져야 하고 그 결정이 어떤 의미인지, 스키퍼는 이해할 수 있을까?

스키퍼의 지능지수는 75에 불과했지만 남달리 뛰어난 통찰력과 직관력을 갖추고 있어 다른 어떤 아이보다도 지혜로웠다.

겨우 포옹을 푼 스키퍼가 테이블로 다가가더니 좋아하는 초콜릿 마시멜로 컵케이크를 집어 들고 놀이터 옆 벤치로 갔다. 스키퍼는 LA 다저스 유니폼 차림이었다. 팀에 상관없이 스키퍼의 등 번호는 언제나 42번이었다. 스키퍼가 영웅으로 떠받드는 행크 에런의 등 번호.

스키퍼는 컵케이크를 먹으며 뛰어노는 아이들을 바라보았다. 아이들은 평소와 다름없이 놀고 있었지만 스키퍼는 마치 이 세상에서

* 아침 식사 대용으로 물이나 우유에 타서 먹는 곡물가루 브랜드

가장 특별한 풍경이라도 되는 듯 넋을 잃고 바라보고 있었다. 순진 무구한 스키퍼를 볼 때마다 하들리는 종종 부러웠다. 때로는 자신 도 아이의 눈으로 세상을 바라보고 싶었다.

하들리는 아이가 입은 야구 바지가 무릎까지 껑충하게 올라 온 걸 보면서 새 유니폼을 사주어야겠다고 생각했다. 그러다가 새 유니폼 은 바네사가 사줄 거란 생각에 감정이 북받치며 목이 메었다.

백스터 선생님이 마치 늑대 울음소리 같은 휘파람 소리를 내더니 박수를 세 번 쳐서 아이들을 한자리로 불러 모았다. 그녀는 아이들 에게 〈그는 좋은 친구였네〉라는 노래를 부르게 한 다음 한 줄로 서 서 차례로 스키퍼와 작별의 포옹을 나누게 했다.

여자아이들 가운데 몇몇은 눈물을 흘렸다. 여자아이 하나가 스키 퍼의 뺨에 입을 맞추더니 수줍은 듯 달아났다. 스키퍼와 주먹을 맞 부딪친 케이티는 야구 모자를 벗겼다가 거꾸로 씌워주었다. 스키퍼 와 케이티가 유치원에 함께 다닐 때부터 즐겨 했던 장난이었다. 스 키퍼의 표현을 빌리자면 케이티는 스키퍼의 '최애 친구'였다.

4

그레이스

그레이스는 한참 동안 덜덜거리다가 겨우 시동이 걸린 혼다를 끌고 주차장을 빠져나와 라구나 캐니언 로드로 접어들었다. 정체가 극심한 도로에 합류하면서 두통이 심해졌다.

"악마에게 덤벼봐야 불에 데는 게 당연하지."

그 말을 하며 고개를 절레절레 젓던 할머니의 모습이 떠올랐다.

"그 작자가 어떤 인간인지 너도 알고 있었잖아. 도대체 그 작자에게 뭘 기대했는지 모르겠구나."

그레이스는 차창 밖으로 어두워지는 하늘을 바라보면서 할머니가 제발 이번 일에서 빠져 주었으면 좋겠다고 생각했다. 물론 프랭크가 어떤 사람인지 알고 있었지만 이번만큼은 일이 잘 풀리길 바랐다.

연료 게이지를 보고, 앞에 서있는 차들을 보니 스트레스 지수가 한 단계 더 올라갔다. 마일스를 맡겨두는 주간 보호 시설은 추가 요금을 부과하기 전에 15분의 말미를 주었다. 이미 그 시간이 지났고, 연료 게이지의 바늘이 신호등보다 더 빨리 움직이고 있었다.

그레이스는 가까스로 앞에 서있는 차들 틈을 헤치고 갓길로 빠져

나와 모퉁이에 있는 주유소로 들어섰다. 좌측 주유기는 수리 중이라 막아두었고, 우측의 앞쪽 주유기는 현금만 사용할 수 있어 결국 우측의 뒤쪽 주유기를 이용할 수밖에 없었다.

가까스로 차를 돌려 주유기를 불과 몇 미터 앞두고 있을 때 오토바이 한 대가 앞으로 끼어들었다. 클랙슨을 누르자 바이커가 오토바이에서 내려서더니 어깨를 으쓱하면서 '어쩌라고?'하는 표정으로 쳐다보았다. 다시 한번 클랙슨을 누르려고 하는 순간 오토바이 세 대가 더 나타나더니 앞으로 끼어들었다.

첫 번째 바이커가 주유를 하는 사이 네 번째 바이커는 미니 마트 쪽으로 걸어갔다. 잔뜩 화가 난 그레이스는 뜨거운 콧김을 뿜어내며 가속페달을 밟아 할리데이비슨 네 대를 들이받고 싶은 충동을 가까스로 억눌렀다.

그레이스는 짜증과 분노가 치밀어 올라 운전대를 잡은 손에 이마를 기댔다.

화낸다고 되는 일은 하나도 없어.

바이커들이 쓰레기와 담배꽁초를 던지며 장난을 치고 있었다. 다들 그녀 또래인 것 같은데 아무런 근심 걱정이 없어 보인다. 가죽옷 차림이었고, 오토바이에 배낭과 침낭이 달려 있었다. 장거리 여행을 하고 있는 듯했다. 인정하고 싶지 않았지만 바이커들을 보고 있자니 지미가 떠올랐다.

만약 지미가 군에 입대하지 않았다면 오토바이를 타고 불량한 친구들과 어울려 다니며 빈둥거리고 있었을 게 뻔했다. 지미는 오토바이를 타고 도로를 달릴 때 그 어느 때보다 행복해했고, 딱히 목적지를 정하지 않고 돌아치길 좋아했다. 신혼여행 때 지미와 함께 할리데이비슨을 타고 한 달 동안 해변을 따라 달리며 유타와 라스베이거스까지 갔다. 아마도 지금 그녀의 눈앞에서 시시덕대며 장난을 치고 있는 바이커들도 해안 도로를 따라 여행을 하고 있는 듯했다. 지미 생각을 하니 바이커들에 대한 분노가 잦아들었다.

바이커들은 주유기에서 주유가 다 되었다는 신호가 울리는데도 서로 장난을 치느라 정신이 없었다. 그레이스는 이제 그만 시시덕거리고 어서 주유를 하라는 뜻으로 클랙슨을 눌렀다. 일 초마다 불어나는 보호 시설 추가 요금 때문에 애간장이 타들어 갔다.

바이커 하나가 고개를 들고 인상을 찌푸리더니 마일리 사이러스저리 가라 하는 솜씨로 엉덩이를 세 번 흔들고 나서 혀를 쏙 내밀었다. 그레이스는 다시 분노가 끓어올랐고, 이 머저리들은 지미와 전혀 다른 부류라는 결론을 내렸다. 그레이스는 배터리가 나가기 직전까지 한참 동안 클랙슨을 눌렀다.

주유소 직원들과 지나가던 사람들이 일제히 그레이스를 쳐다보았다. 바이커들은 뭐 그리 재미있는지 연신 낄낄대며 웃었다. 그녀가화내는 모습을 보고 재미있어하는 것 같았다.

미니 마트에 갔던 바이커가 에너지 드링크와 초콜릿 도넛을 들고 돌아왔다. 그가 주유를 마친 오토바이에서 주유 노즐을 빼내더니 자기 오토바이에 꽂았다. 그레이스가 얼마나 심하게 화가 났는지 알고 있는 눈치였다. 그는 자신을 뚫어져라 쳐다보는 그레이스를 향해 고개를 갸웃거리더니 지금 이 상황이 너무나 재미있다는 듯 낄낄거리며 눈을 찡긋했다. 그의 도발이 그레이스의 인내심을 벼랑 끝으로 밀고 갔다. 당장 차의 시동을 걸고 가속페달을 밟아 깔아뭉개고 싶은 욕망을 억누를 길이 없었다.

그레이스는 시동을 걸기 직전 내면에서 들려오는 소리에 손과 발이 움츠러들었다. 말을 듣지 않을 경우 크게 후회하게 되리라는 이성의 목소리였다. 바이커 네 명과 할리데이비슨 네 대를 뭉개버리면 뉴스에 크게 나겠지만 결코 좋은 선택이 될 리 없었다.

그레이스는 몸을 떨며 깊은 한숨을 내쉬고, 손을 시동 장치에서 떼고 발을 매트에 내려놓았다. 긴 시간이 흐른 뒤 네 번째 바이커가 주유를 끝내고 주유 노즐을 제 자리에 걸어놓았다. 주유를 모두 마친 오토바이 네 대가 주유소를 떠났다.

그레이스는 시동을 걸고 주유기 앞으로 차를 옮겨놓은 다음 ATM 카드를 기계에 넣고 PIN 번호를 눌렀다.

승인 거부

그레이스는 눈을 깜빡이며 멍하니 주유기를 쳐다보았다. 갑자기 머리가 쭈뼛 설 정도로 두려움이 엄습해왔다. 그레이스는 눈을 깜박이며 카드를 다시 한번 천천히 밀어 넣었다. 혹시 카드를 조심스 럽게 넣으면 주유가 될지도 모른다고 생각하면서.

승인 거부

커다란 실망감이 오늘 하루 느꼈던 모든 감정들을 압도하면서 턱 끝이 심하게 떨려왔다. 주유기가 카드를 또다시 거부하는 순간 그 레이스는 지미가 그녀를 또 한 번 크게 실망시켰다는 사실을 깨달았 다. 중년 남자가 BMW 창문을 열고 짜증스럽다는 듯이 물었다.

"주유하실 거예요?"

그레이스는 침을 꿀꺽 삼키고 나서 가방에서 동전을 긁어모아 겨 우 4달러를 만들었다. 그녀는 종업원에게 동전을 건네고 다시 차로 돌아오면서 생각했다.

지미가 이번엔 무슨 일로 돈을 날렸지? 포커, 주사위, 아니면 권 투 스프레드 베팅*?

뭐든 중요하지 않았다. 돈은 이미 사라졌으니까.

* 경기의 결과가 어느 범위에 들 것인지를 예측하는 일종의 내기

5

하들리

하들리는 양파를 썰면서 내일이 지나면 다가올 변화에 대해 생각하지 않으려 애썼다. 찰스 황태자가 발치에 누워있었고, 묵직하고 따스한 개 담요가 그녀의 발가락을 덮고 있었다. 프랭크는 개의 이름을 찰스 황태자로 지었다. 그는 이제부터 황태자에게 명령을 내릴 수 있게 되었다면서 재미있어 했다.

"일어나, 찰스 황태자. 앉아, 찰스 황태자. 공을 물어와, 찰스 황태자."

개가 방귀를 뀔 때마다 스키퍼는 말했다.

"방귀는 그만, 찰스 황태자."

장난스러운 이름이 만들어 내는 웃음은 그칠 줄을 몰랐다.

어느 날, 매티가 개를 산책시키고 돌아오며 말했다. "찰스 황태자가 옆집 우편함에 오줌을 쌌지 뭐예요. 장차 왕위에 오를 황태자로서 너무 부적절한 행동이었어요."

하들리는 늙은 개의 배를 간질이기 위해 발가락을 꼼지락거렸다.

미안해, 친구. 널 데려갈 수 있으면 좋으련만.

하들리는 칼질을 하던 칼을 내려놓은 다음 가슴 깊이 생긴 멍울을 문질렀다. 그녀의 눈길이 알록달록한 스프링클 스티커가 붙어있는 예쁜 갈색 상자로 향했다. 상자 안에 딸기 컵케이크가 들어있었다.

하들리는 이제 선택의 여지가 없다는 판단을 내렸고, 떠나기로 결심했다. 무려 15년 동안 이 기회만을 기다렸다.

"바로 지금이야, 황태자." 개가 고개를 들고 그녀를 쳐다보았다.

"지금이 아니면 영원히 못 해."

하들리는 무거운 한숨을 쉬고 나서 양파를 옆으로 밀어놓았다. 피자 반죽을 워밍드로워*에서 꺼낼 때 현관문이 열렸다.

매티가 아치문을 통과할 때 하들리가 말했다. "왔니?"

아무런 대답이 없었다. 발자국이 멀어지다가 계단을 오르는 소리가 들려왔다. 찰스 황태자가 노쇠한 몸을 일으키더니 매티를 쫓아갔다.

"엄마가 컵케이크 사 왔어!" 하들리가 큰 소리로 외쳤다. "네가 가장 좋아하는 딸기 컵케이크야!"

매티의 목소리가 너무 작아 거의 들리지 않았지만 하들리는 아이들이 하는 말만큼은 예외적으로 잘 들었다. "열두 살 이후로 딸기 컵케이크를 좋아한 적 없어요. 엄마는 그것도 모르나 봐."

아뿔싸! 어떻게 잊을 수 있지? 얼마 전까지 분명 기억하고 있었는데? 정신 나갔네.

---

* 음식을 바로 먹기 어려울 때 따스한 온도를 유지 시켜주는 장치

중학교에 들어가고 나서 얼마 후 매티는 말했다.

"딸기 컵케이크는 너무 달아서 싫어요."

하들리는 딸기 컵케이크를 냉장고에 집어넣은 다음 피자를 만드는 일로 돌아왔다. 밀가루를 반죽해 피자 도우를 만들어 펼친 다음 토핑을 시작했다. 프랭크가 좋아하는 매콤한 페퍼로니, 매티가 좋아하는 고추, 양파, 햇볕에 말린 토마토, 마리나라 소스, 스키퍼가 좋아하는 바비큐 소스와 파인애플로 피자 도우를 화려하게 장식했다.

하들리는 자신이 만든 작품을 바라보며 미소 지었다. 가족들을 위해 음식을 만들 때면 늘 마음이 뿌듯했다. 가족들이 먹을 음식을 손수 만드는 건 엄마에게 물려받은 소중한 유산이었고, 늘 자부심을 느꼈다.

하들리는 피자 화덕에 불을 지피려고 뒷마당으로 나갔다. 프랭크가 퇴근하는 시간에 맞춰 화덕을 충분히 달구어놓을 생각이었다. 문을 나서는 순간 하들리는 그 자리에서 얼어붙었다. 그녀의 눈이 화덕 아래의 횅한 공간에 고정되었다. 장작이 쌓여 있어야 할 공간이 텅 비어 있었다. 맥박이 빨라지며 프랭크가 얼마 전 장작을 다 썼다고 말했던 기억을 소환하는 순간 머리가 빙글빙글 돌았다.

일주일 전, 프랭크가 말했다.

"화덕이 얼마나 뜨거워지는지 확인해 보고 싶었어. 불을 때느라 장작을 다 써버리긴 했지만 무려 426도까지 올라가더군."

그 사실을 깜박 잊고 있었다.

어째서 그토록 중요한 사실을 깜박했을까?

하들리는 크게 실망하며 주방으로 되돌아와 오븐의 온도를 최대한 올린 다음 맨 아래쪽 칸에 피자를 넣었다. 그녀는 광이 나도록 조리대를 닦고, 분위기가 좀 더 근사해 보이도록 조명을 흐릿하게 해둔 다음 옷을 갈아입으러 위층으로 올라갔다. 프랭크는 집에 돌아왔을 때 언제나 그녀가 멋지게 차려입고 있기를 바랐다. 그는 그녀에게 기대하는 게 너무 많았다.

6

그레이스

마일스는 떼를 쓰고 있고, 그레이스는 미치기 일보 직전이었다. 마일스를 안은 그레이스는 기저귀 가방을 들고 아파트로 향하면서 무너져 내리지 않으려고 가까스로 버티고 있었다. 계단을 오를 때는 머리가 지끈거렸고, 배가 고파 정신을 잃을 것만 같았다.

그레이스가 같은 건물에 사는 이웃 사람들 중에서 유일하게 이름을 아는 맥크리디 부인이 문밖으로 고개를 내밀었다.

"저런! 딱하기도 하지. 내가 좀 도와줄까요?"

맥크리디 부인은 오십 살이 넘은 건 분명한데 정확한 나이를 가늠할 수 없었다. 머리색은 그날 밤 별자리에 따라 자홍색에서 파란색까지 다양하게 보였다. 고양이를 적어도 네 마리 이상 키우고 있었고, 인터넷에서 물건을 팔아 생계를 유지했다. 그녀는 맥크리디 부인으로 불리고 있었지만 남편인 맥크리디 씨가 현재 존재하거나 한때 존재했었다는 흔적은 그 어디에도 없었다. 지미는 처음 이곳에 이사 왔을 때부터 맥크리디 부인과 친구가 되었다. 지미는 친구를 잘 사귀는 편이었다.

"고맙지만 괜찮아요."

맥크리디 부인이 도와주겠다고 한 건 이번이 처음이 아니었다. 몇 주 전, 그레이스는 완전히 탈진해 자칫 잘못하면 뭔가를 부수거나 벽에 머리를 박아버릴 수도 있겠다는 생각이 들었다. 얼른 상점에 다녀올 동안 맥크리디 부인에게 잠시 마일스를 봐달라고 부탁할까 생각했다. 하지만 끝내 도움을 청하지 않았다. 경험에 비추어 볼 때 가급적 도움을 청하지 않고 내 할 일은 내가 알아서 하는 게 최선이었기 때문이다.

그레이스는 지금껏 여러 가지 일을 해 보았지만 육아가 이렇게 힘들 줄은 미처 몰랐다. 애초에 생각했던 것보다 훨씬 더 어려웠다. 마일스가 태어나기 전까지 그레이스는 자신이 강한 사람이라고 생각했다. 보육원 생활, 그 뒤로 소년원 생활, 교도소 생활로 이어지는 힘든 나날들을 그럭저럭 잘 견뎌왔다. 간호사가 대책 없이 울고 있는 3.6킬로그램 아기를 품에 안겨준 순간부터 그녀의 강한 면모는 온데간데없이 사라져 버렸다. 그 대신 툭하면 미치기 일보 직전이 되었고, 몸이 어찌나 피곤한지 제대로 생각할 시간조차 없었다.

그레이스는 엉망진창인 작금의 이 상황이 마일스를 극도로 실망시키고 있다는 확신이 들었다.

맥크리디 부인이 머뭇거리며 말했다. "알았어요."

그레이스가 결코 괜찮지 않다는 걸 아는 눈치였다. 그 사실을 증명하듯 마일스가 다시 한번 악을 쓰며 울어댔다.

"혹시라도 도움이 필요하면 언제든지 말해요."

지미는 입대하기 전 육아에 대해 무척 걱정했지만 그레이스는 손사래를 치며 문제없다고 했다. 그때만 해도 육아쯤은 쉽게 해낼 수 있으리라 자신했고, 달리 선택의 여지도 없었다. 지미가 군에 입대하면 골치 아프게 쫓아다니는 채권자들로부터 자유로울 수 있고, 언제나 그를 곤경에 빠뜨리는 도박의 유혹으로부터 벗어 날 수 있으리라 생각했다. 온라인으로 도박을 할 수 있다는 사실은 미처 몰랐다.

그레이스는 남편의 배신에 대해 더는 생각지 않으려고 애썼다. 그녀는 북받치는 감정을 억누르며 문을 밀어서 열고, 기저귀 가방을 바닥에 내려놓은 다음 마일스를 끌어안았다.

"이제 집에 왔으니까 괜찮아."

마일스는 계속 악을 쓰며 울어댔고, 그레이스는 울지 않기 위해 이를 악물었다.

마일스가 생후 3주까지 계속 울음을 멈추지 않아 병원에 데려갔더니 의사가 미소를 머금은 얼굴로 말했다. "배앓이인데 딱히 치료 방법이 없어요. 그냥 자연스럽게 지나가길 기다리는 수밖에 없어요."

아이가 악을 쓰며 울어대는데 느긋하게 기다리라는 말을 선뜻 이해하기 힘들었다. 의사는 아기가 걸음마를 떼거나 자전거를 배울 때처럼 배앓이도 당연한 통과의례라는 듯이 말했다.

그레이스는 착잡한 심정으로 병원을 나섰다. 엄마로서 사랑을 베풀고 싶고, 아이와 함께하는 순간을 기쁘게 받아들이고 싶었지만 뜻대로 되지 않았다. 마일스가 태어난 이후 힘든 일이 계속되었다. 육아는 그녀를 녹초로 만들었고, 하루하루 겨우 버텨내고 있을 뿐이었다. 마일스도 엄마가 아무런 기쁨을 누리지 못하고 그냥 주어진 역할을 해나갈 뿐이라는 사실을 아는 것 같았다. 매일 일을 마치고 마일스를 데리러 갈 무렵에는 이미 탈진할 정도로 지쳐서 아이와 놀아주거나 그림책을 읽어줄 기력이 없었다. 오로지 마일스가 빨리 잠들기를, 그래서 그녀도 그 옆에 누워 편히 쉴 수 있기를 바랄 뿐이었다.

"그래, 실컷 울어." 그레이스는 마일스의 등을 토닥이며 집 안을 돌아다녔다. 아이는 몸이 땀으로 축축해질 때까지 소리를 쥐어짜며 울었다.

마일스는 그녀가 일을 마치고 주간 보호 시설에 가서 안아 드는 순간부터 칭얼거리기 시작했다. 처음에는 배가 고프거나 배에 가스가 찼거나 기저귀를 갈아주길 바란다고 생각했다. 의사는 그런 문제와 전혀 상관없다고 했다. 그레이스는 날이 갈수록 녹초가 되어갔다. 아무리 어르고 달래며 안고 돌아다녀도 마일스의 울음을 그치게 할 수 없었다.

의사는 건강한 아이도 배앓이를 하게 되면 짜증 날 만큼 심하게 운다며 그녀를 안심시켰다. 엄마가 뭔가 잘못해서 생긴 문제가 아니라고 했다. 의사의 말이 전적으로 옳다고 하더라도 문제 해결에 전혀 도움이 되지 않았다. 마일스가 심하게 울 때마다 그레이스는 심장이 갈가리 찢기는 듯했다.

어찌나 심하게 우는지 옆집에서 벽을 두드리며 항의한 적도 있었다. "빌어먹을! 아기 입 좀 닥치게 합시다."

지미가 아프가니스탄으로 돌아가고 나서 3주 후, 몸무게가 130킬로그램이나 되는 거구의 남자가 옆집으로 이사 왔다. 지미가 귀국하게 되면 그는 아마 혹독한 대가를 치르게 될 것이다. 지미의 체중이 그 남자보다 50킬로그램은 덜 나가지만 주먹은 더 셀 테니까. 지미는 가족에게 함부로 하는 사람을 절대 가만두지 않았다.

그러나 지금 지미는 7천 마일 떨어진 곳에 있었고, 그레이스는 매일 밤 마일스의 울음소리를 혼자 감당해야 했고, 이웃집 남자의 욕설을 견뎌야 했다. 마일스를 달래보려고 연신 등을 쓸어주고, 팔을 가볍게 흔들어 주었지만 소용없었다. 일 년 전, 그녀는 지미에게 아이를 낳자고 제안했다. 돌이켜보면 대체 무슨 생각으로 그런 제안을 했는지 믿기지 않았다. 세상 사람들에게 지미와 함께 이룬 결실을 보여주고 싶었을 수도 있었다. 결혼한 지 5년 차에 접어들었고, 나름 문제없이 잘 살아왔다. 지미는 미 육군 저격수 학교를 졸업했고, 군에 입대한 이후로는 한동안 도박에 손을 대지 않았다. 그레이스는 이제 아이를 낳아 키울 만반의 준비가 되었다고 생각했다.

이웃집 남자가 또 소리를 버럭 질렀다. "빌어먹을! 매일 밤 이 난리를 치면 어쩌자는 거야? 아이를 좀 어떻게 해보라니까!"

이제 생각해 보니 아이를 낳아 키울 준비가 되어 있지 않았다. 마일스는 오로지 엄마에게만 의존하고 있었고, 그녀는 제대로 할 줄 아는 게 없었다.

그레이스는 마일스의 뜨거운 머리에 입을 맞추며 말했다. "괜찮 아, 아가. 괜찮아."

그녀는 아기를 안고 주방으로 걸어가 찬장 문을 열었다. 어찌나 배가 고픈지 쓰러지기 직전이었다. 소금, 후추, 바닐라 추출물, 유 통기한이 지난 토마토 페이스트 두 병이 차례로 눈에 들어왔다. 토 마토 페이스트를 먹을까 생각하다가 여전히 악을 쓰며 울고 있는 마일스를 보는 순간 마음을 접었다.

그레이스는 한숨을 푹 쉬고 나서 다시 거실로 나와 휴대폰을 꺼 내 들었다. 저녁 7시가 다 되어가는데 지미에게서 아직 전화가 없었 다. 매주 금요일은 지미가 전화하는 날이었다. 무슨 핑계를 댈지 고 민하는 지미의 모습이 눈에 선했다. 아직 술에 취해 있을 공산이 컸 다. 그의 실수는 늘 술과 관련이 있었으니까. 아마 친한 동료의 생 일 파티가 열려 술을 마시지 않겠다는 약속을 깜박했을 수도 있었 다. 술에 취하면 결국 도박의 유혹을 이겨내지 못했다. 지미는 항상 술을 마시고, 도박을 하고, 돈을 잃었다. 이 악순환이 그녀를 힘들 게 하고 부부 사이를 위태롭게 했지만 끝내 이 악습을 끊지 못했다.

그레이스는 집 안을 둘러보았다. 얼룩진 천장, 부서진 조리대, 소 파 역할을 하는 침상, 텔레비전을 올려놓은 나무 상자가 눈에 들어 왔다. 지금보다 더 가난했던 적은 있었지만 지금 보다 더 참담했던 적은 없었다.

그레이스는 조리대 위에 붙어있는 사진을 바라보았다. 할머니가 숨을 거두기 여섯 달 전에 함께 찍은 사진이었다. 할머니는 일흔살, 그녀는 열네 살. 두 사람이 어찌나 닮았는지 마치 쌍둥이 같았다. 할머니의 곱슬곱슬한 갈색 머리와 갈색빛이 도는 초록색 눈동자를 쏙 빼닮았다.

할머니는 생전에 말했다.

"사람은 절대로 변하지 않아. 오직 바보들만 변할 거라고 기대하지."

그레이스의 눈에서 애써 참았던 눈물이 흘러내렸다. 할머니의 말을 명심했어야 했는데 사람을 철석같이 믿었다가 이 모양 이 꼴이 되었다. 능구렁이처럼 교활한 프랭크, 말만 번지르르한 지미를 믿은 게 실수였다.

문득 한 가지 생각이 떠올랐고, 그레이스는 마일스를, 그리고 먹을 것 하나 없는 찬장을 번갈아 쳐다보았다. 전율이 등골을 스쳤다. 화요일이 되면 직장에서도 해고당할 게 뻔했다. 그레이스는 지금까지 살아오면서 프랭크 토렐리 같은 남자들을 수없이 보았다. 그런 부류들은 그녀 같은 여자를 곁에 두려 하지 않는다. 프랭크는 해고 이유로 제리와의 계약 건이 아니라 다른 일을 내세우겠지만 결론은 달라지지 않을 것이다.

텅 빈 배 속이 꼬르륵거렸다.

은행 잔고가 한 푼도 남지 않았어. 게다가 화요일이 되면 직장에

서도 해고될 거야.

할머니가 하늘에서 지켜보고 있는 것 같았다.

"믿을 사람은 오직 너 자신뿐이야."

그레이스는 여전히 목청 높여 울고 있는 마일스를 어르다가 바닥에 놓아둔 기저귀 가방을 어깨에 둘러멨다. 그녀는 할머니와 함께 찍은 사진을 가방에 넣고 집을 나섰다.

7

하들리

하들리는 침실의 전신 거울 앞에 서서 인상을 찌푸렸다. 활동하기 편안한 스커트, 부드러운 면 재질의 탱크톱, 발레 플랫 슈즈는 사라졌다. 그 대신 리넨 바지에 실크 블라우스를 입고, 베이지색 지미 추 구두를 신었다. 허벅지에서 허리까지 조이는 보정용 속옷이 살갗을 파고들었다.

굽 높은 구두를 신어서 키가 10센티미터쯤 커 보였고, 배를 강력하게 조이는 거들을 착용했지만 여전히 뚱뚱해 보였다. 하들리는 불룩한 배를 문지르며 숨을 들이마셨다가 체념하듯 한숨을 내쉰 다음 거울에서 돌아서서 머리를 빗었다. 머리카락을 목뒤에서 느슨하게 하나로 묶어 황금색 머리핀으로 고정했다. 프랭크는 소피아 로렌 스타일을 좋아했다. 하들리는 결코 자신이 소피아 로렌을 닮았다고 생각해 본 적이 없었다. 소피아 로렌은 이탈리아 사람이었고, 하들리는 프랑스계와 독일계 혼혈이었다. 소피아 로렌은 기다란 코와 두툼한 입술, 연한 초콜릿색 눈빛을 가졌지만 그녀의 가장 뚜렷한 특징은 초록색 눈동자였다. 하들리는 코가 작은 대신 입이 줄리아 로버츠처럼 컸다. 얼굴을 빼고 몸의 굴곡만 따지자면 소피아 로렌과 비슷했다. 소피아 로렌이 한창 활동할 당시만 해도 육감적인 몸매가 최고의 매력 포인트로 주목받았지만 하들리는 날씬하고 탄력적인 몸매가 대세인 질리안 마이클스와 하이디 클룸의 시대에 살고 있었다.

하들리는 시장기와 짜증을 동시에 느끼며 시계를 보았다. 프랭크는 매일 저녁 가족들이 함께 모여 식사하길 원했다. 한때는 그게 프랭크의 자상한 면모라고 생각했다. 프랭크가 매일 저녁 온 가족이 한자리에 모여 식사하길 원하는 건 그가 가족을 소중히 여기는 증거라고 확신했다. 긴 세월이 흐른 뒤에야 프랭크의 의도를 알게 되었다. 저녁 식사 자리는 프랭크가 가족들을 통제하기 위한 수단이었다. 그는 퇴근 시간이 일정하지 않았고, 언제 집에 도착하는지 알려주지도 않으면서 가족들이 매일 한 자리에 모여 식사하길 원했다.

하들리는 침대 머리맡 탁자를 바라보았다. 그녀는 늘 탁자 위에 피넛 M&M 초콜릿을 놓아두었다. 배에서 꼬르륵 소리가 났다. 하들리는 시장기를 달래기 위해 담배를 피우려고 발코니로 나갔다. 담배를 길게 빨아들이자 혈액에 니코틴이 흡수되면서 머리가 어질어질했다. 프랭크는 그녀가 담배 피우는 걸 싫어했다. 그녀는 4주 전에 여섯 번째 금연을 시작했지만 오늘 또다시 담배를 피우고 말았다. 가볍고 따스한 바람에서 여름 내음이 배어났다. 하들리는 바람이 담배 연기를 흐트러뜨리는 모습을 보면서 머릿속으로 내일의 여행 일정을 떠올렸다.

위치토까지 가는 데 사흘, 스키퍼가 적응하는 데 사흘, 다시 돌아오기까지 사흘이 걸리는 일정이었다. 호텔도 예약해 두었고 가는 길에 식사할 장소와 주유소 목록도 뽑아두었다. 이제 모든 일정이 정해졌다.

사흘 전, 바네사가 전화해 스키퍼를 위치토가 아니라 톰의 고향인 오마하까지 데려다줄 수 있는지 물었다. 벨리즈에서 보내는 신혼여행 기간을 연장하고 싶다면서.

"톰이 이번에 스쿠버다이빙 자격증을 따고 싶어 해. 사흘이 더 필요한 일정이야."

프랭크에게 그 이야기를 하지 않았고, 그날 이후 계속 가슴이 두근거렸다. 그녀가 너무나 간절히 원할 때 기회의 문이 열리고 있었다.

휴대폰 벨이 울리자 하들리는 깜짝 놀랐다.

"요들레이요!"

하들리가 전화를 받자 바네사가 장난스럽게 인사했다.

하들리는 품위 있는 부인이자 엄마로 돌아와 말했다. "넌 늘 그렇게 인사하니?"

바네사가 말했다. "가끔."

"내가 중요한 사람이면 어쩌려고?"

"나한테 언니는 그냥 언니일 뿐이야. 언닌 중요한 사람 아니잖아."

하들리는 고개를 끄덕이고 나서 동생의 말에 미소 지었다. 바네사는 스물여섯이었지만 하들리의 눈에는 늘 여섯 살 어린아이처럼 느껴졌다. 두 사람이 한집에서 살았을 당시만 해도 바네사는 여섯 살이었다.

"어제 전화한다더니?"

"아, 미안해 깜박 잊었어. 톰하고 내가 잠시 다른 데 정신이 *팔려* 있었나봐." 키득거리며 웃는 소리에 이어 바네사가 말했다. "무슨 뜻인지 알지?"

스키퍼에게 엄마가 전화하기로 했다는 말을 하지 않아 다행이었다. 바네사는 전화하거나 선물을 사주거나 만나러 오겠다고 약속해놓고 지키지 않는 경우가 많았다.

"바네사, 앞으로 스키퍼랑 함께 살게 되면 *다른 데 정신이 팔려서 약속을 잊어서는* 안 돼."

바네사가 눈을 위로 치켜뜨는 모습이 보였다.

"언니는 이미 백 번도 넘게 그 얘기를 했어. '스키퍼를 잘 지켜봐야 한다.', '아이를 혼자 내버려 두면 안 된다.', 그 말이 무슨 뜻인지 나도 알고 있으니까 너무 걱정하지 마."

바네사는 늘 자신 있게 말했지만 하들리는 걱정이 많았다. 동생을 사랑했지만 책임감 있고 신뢰할 수 있는 사람이라고 생각하지는 않았다. 더구나 스키퍼를 돌보는 건 쉽지 않았다. 항상 긴장하고 주의를 기울여야 했다. 바네사에게 스키퍼를 맡기는 건 신경 발작증이 있는 사람 손에 수류탄을 쥐어주는 것과 다를 바가 없었다. 하들리는 그런 일이 벌어지지 않기만을 간절히 바랐다.

"스키퍼의 여권이 나왔어. 이제 모든 준비는 끝난 셈이야." 바네사가 말을 이었다. "스키퍼가 날 닮아서 참 귀엽게 생겼어."

"사람이 겸손해야지."

"언니, 멋진 사람은 겸손하지 않아도 괜찮아."

바네사다운 말이었다. 아버지는 바네사에게 당돌하고 건방진 면이 반반씩 섞여 있다고 했다. 고교 시절에는 그런 부분이 오히려 귀엽고 사랑스럽게 느껴질 수도 있었지만 나이를 먹어도 그런 식이면 한심하고 제멋대로인 사람으로 비치기 십상이었다. 바네사는 고교를 졸업한 이후 돈 많은 남자들과 어울려 다니다가 계획에 없었던 임신을 했다. 아이 아빠가 누구인지도 모르는 임신이었다.

하들리가 말했다. "런던에는 왜 가려고? 벨리즈에서 신혼여행을 즐기고 있잖아. 환경이 갑작스레 바뀌면 스키퍼가 많이 힘들어할 거야."

"스키퍼도 운동 좋아하잖아. 스키퍼와 톰이 친해질 수 있는 기회야. 톰은 어렸을 때부터 윔블던 테니스 경기를 즐겨 보며 자랐대. 윔블던 대회가 열리는 기간이면 테니스장 주변에서 신나게 뛰어노는 애들이 많이 있나 봐. 스키퍼는 그 애들과 같이 뛰어놀면 될 거야."

스키퍼가 즐겁게 뛰어다니며 놀도록 내버려 두는 건 바람직하지만 마냥 방치하면 아이를 잃어버릴 수도 있다는 게 문제였다. 낯선 아이를 괴롭히길 좋아하는 아이들이 스키퍼를 나무에 묶어두고 매질을 할 수도 있었다. 하들리는 그런 문제들에 대한 대비책이 있는지 따지려다가 그만두었다.

"톰이 와서 이만 전화 끊어야 해. 스키퍼의 여권이 나왔다는 걸 알려주려고 전화한 거야."

하들리가 뭔가 더 말하려는 순간 전화가 끊겼다. 잠시 눈을 감고 있을 때 진입로에서 타이어 마찰음이 들려왔다. 창밖을 내다보니 프랭크의 친형 토니가 운전하는 스포츠카가 눈에 들어왔다. 선팅을 너무 진하게 해놓아서 차 안이 보이지 않았다.

하들리는 담배꽁초를 얼른 화분에 숨겨두고, 아이들에게 저녁 식사 시간이 되었다고 말해주려고 매티의 방으로 갔다.

매티의 방문 앞에 낯선 팻말이 붙어있었다.

신경 끄세요

하들리는 팻말을 못 본 체하며 매티의 방 안으로 들어갔다. 침대에 앉은 매티는 헤드폰을 착용하고 있었다. 스피커에서 바퀴에 깔려 죽어가는 고양이 울음소리 같은 노래가 흘러나왔다. 매티의 무릎에 변호사 사무실이나 하버드 도서관에나 있을 법한 자주색 책이 놓여 있었다. 방 안 곳곳에 책들이 널려 있었다. 매티는 책을 좋아했고, 학교에 가지 않는 날에는 책에 파묻혀 지냈다. 찰스 황태자가 매티 옆에 쭈그리고 앉아 꾸벅꾸벅 졸고 있었다. 아마도 매티가 녀석을 침대로 올려주었을 것이다. 녀석이 혼자 침대 위로 펄쩍 뛰어오르던 시절은 이미 오래전에 지나갔다.

매티는 책과 음악에 몰입해 있는 상태라 하들리가 앞에 설 때까지 알아차리지 못했다. 잠시 후 인기척을 느낀 매티가 깜짝 놀란 표정을 짓더니 이내 화난 눈빛으로 쏘아보았다. 매티가 정색하는 바람에 하들리는 주먹으로 한 대 얻어맞은 듯 숨이 턱 막혔다.

그제야 정신을 차린 찰스 황태자가 고개를 들고 꼬리로 바닥을 세 번 쳤다.

하들리는 아직 매티에게 여행 계획에 대해 말하지 않았다. 프랭크가 알아차릴까 봐 두려웠고, 막판에 겁을 집어먹고 포기하는 바람에 가뜩이나 엄마를 증오하는 딸이 지금보다 더 미워하게 될까 봐 두려웠다.

매티는 가장자리를 검게 칠한 눈으로 하들리를 쏘아보았다. 흰색에 가까운 금발이 매티의 얼굴을 반쯤 뒤덮고 있었다.

하들리는 달라진 딸의 모습에 도무지 적응이 되지 않았다. 학년 초만 하더라도 매티는 적갈색 머리카락이 등을 덮도록 기르고 다녔다. 8개월이 지난 지금은 목덜미 중간에서 금발을 일직선으로 자르고, 끝부분을 분홍, 파랑, 초록으로 물들였다. 게다가 귀에는 피어싱을 여러 개 했다. 최근에는 은색 뱀 모양 피어싱을 했다. 마치 뱀이 살을 뚫고 지나가듯 서너 개의 구멍으로 들어왔다 나가는 모양새였다. 기괴하면서도 매혹적인 느낌을 주는 건 사실이었지만 대체 어떤 여자애가 뱀이 자기 귀를 관통하는 것을 원하느냔 말이다.

매티는 눈을 가늘게 뜨며 하들리가 무슨 말이든 하길 기다리고 있었다. 아빠가 왔으니 식사하러 가자고 하들리가 말하려는 순간 바닥에 떨어진 매티의 노트 옆에서 기어가는 무언가를 발견했다. 하들리는 소스라치게 놀라 주춤거리며 뒤로 물러섰다. 매티는 엄마가 무얼 보고 놀랐는지 확인하려고 몸을 숙였다가 침대 아래에서 기어 나오는 거미를 발견하고 화들짝 놀라며 소리쳤다.

"엄마, 어떻게 좀 해봐요."

일주일 동안 매티가 엄마에게 했던 말 가운데 그 정도로 긴 문장은 처음이었다.

그래, 어떻게든 해야 할 텐데.

하들리도 벌레라면 *질색*이었지만 겨우 용기를 내어 무릎을 꿇고 앉았다. 잘 익은 올리브 열매처럼 반들거리는 피부를 자랑하는 거미 한 마리가 불과 몇 센티미터 앞에 있었다.

매티가 거미를 내려쳐 잡을 수 있도록 잡지를 둘둘 말아 하들리에게 내밀었다.

하들리가 손을 내저으며 말했다.

"난 거미를 *죽이고* 싶지 않아."

"난 거미가 침대 밑에서 *돌아다니게 놔둘* 수는 없어요."

거미가 여전히 겁에 질린 듯 그 자리에서 미동도 하지 않고 얼어붙어 있었다. 하들리가 둘둘 만 잡지를 손에 움켜쥐고 침대 아래쪽에 있는 거미를 잠시 내려다보다가 잔뜩 겁에 질린 얼굴로 눈을 꼭 감았다.

"난 도저히 못 하겠어."

하들리가 뒤로 물러나 앉으며 매티에게 다시 잡지를 내밀었다.

짐짓 센 척하던 매티의 눈이 금세 휘둥그레지더니 하들리와 마찬가지로 잔뜩 겁먹은 표정이 되었다. 그러다가 이내 인상이 굳어지더니 이마에 V자 모양 주름을 만들며 소리쳤다.

"엄마가 뭐 그래요? 얼른 거미를 잡아요."

"난 못 해! 거미를 싫어하는 사람은 내가 아니라 너잖아."

두 겁쟁이들은 서로를 쏘아보며 대치 상태를 이어갔다. 그때 문이 열리더니 스키퍼가 방으로 들어섰다.

"코치가 왔어요. 이제 주자들이 만루를 채워야 할 시간이에요."

스키퍼는 식사 시간에 대해 늘 그렇게 표현했다. 그가 이상한 낌새를 챈 듯 가까이 다가오더니 고개를 갸우뚱거렸다.

"뭐 하는 거예요?"

매티가 말했다. "블루는 침대 밑에 있는 거미를 죽이고 싶지 않대."

하들리도 얼른 덧붙였다. "1루수도 거미를 죽이고 싶지 않은가 봐."

스키퍼의 고개가 침대 아래로 향했다가 다시 제자리로 돌아왔다. 스키퍼가 침대 머리맡 테이블로 다가가더니 비어 있는 스타벅스 컵을 들고 돌아왔다. 무릎을 꿇고 앉은 스키퍼는 아주 조심스러운 동작으로 바닥에서 나뒹구는 잡지 정기구독 카드 위에 거미를 올려놓았다. 그런 다음 컵으로 거미를 덮고 나서 정기구독 카드를 침대 밖으로 끌어당겼다.

"벡스터 선생님도 거미를 죽이고 싶지 않다면서 늘 이런 식으로 해요."

세 사람은 일제히 엎어놓은 컵을 쳐다보았다. 매티는 부슬부슬한 쿠키 몬스터 잠옷 바지에 2년 전 열두 살 때 〈마룬파이브((Maroon5)〉 콘서트에 갔다가 구입한 티셔츠를 입고 있었다.

"스키퍼, 잘했어. 내가 거미를 밖으로 데려갈게."

매티가 그렇게 말하며 마치 개에게 하듯 스키퍼의 머리를 쓰다듬었다. 개라면 꼬리를 흔들었겠지만 스키퍼는 뿌듯해하는 표정이 얼굴에 가득했다. 매티는 좀 더 안정적으로 벌레를 옮기기 위해 정기구독 카드 아래 노트를 받쳐 들고 문 쪽으로 걸었다.

스키퍼가 다시 말했다. "만루를 채울 시간이에요."

"먼저 내려가, 챔프. 곧 뒤따라갈 테니까."

스키퍼가 방에서 나가자 하들리는 바닥에 털썩 주저앉아 두 손으로 얼굴을 감쌌다. 거미 한 마리도 제대로 처리하지 못하면서 어떻게 이번 계획을 실행에 옮길 수 있을지 의문이었다.

찰스 황태자가 침대에서 내려와 옆에 앉더니 묵직한 머리를 하들리의 무릎에 올려놓았다.

하들리가 개의 목을 쓰다듬어 주며 말했다. "어떻게 하면 좋을까?"

녀석이 초콜릿 색 눈으로 하들리를 올려다보았다.

하들리에겐 늘 보호자가 있었다. 처음에는 아버지, 그다음은 프랭크였다. 중요한 결정을 내려야 할 때마다 보호자가 대신해 주었다. 어느덧 서른여덟 살이 되었고, 이제 그녀는 중대한 삶의 기로에 서 있었다.

하들리는 눈앞에 닥친 난관을 어떻게 극복해 나갈지 몰라 두려웠다. 밖으로 나갔다가 들어오는 매티의 발소리가 들려오는 바람에 하들리는 심호흡을 한 뒤 몸을 일으켰다.

한 번에 한 걸음씩.

하들리는 *그렇게* 되뇌며 계단을 내려갔다.

끝날 때까지 필요한 만큼 반복하라.

유명한 사람이 한 말인데 누구인지는 기억이 나지 않았다.

프랭크가 식탁에서 스키퍼에게 새 야구 카드를 보여주고 있었다. 프랭크는 적어도 일주일에 세 번 마트에 들러 새 야구 카드를 사 왔다. 스키퍼가 걸음마를 떼어놓기 시작할 때부터 그렇게 했고, 그동안 구입한 야구 카드만 해도 수천 장에 달했다.

하들리가 몸을 숙여 프랭크의 뺨에 키스했다.

프랭크가 그녀의 손을 잡고 걱정스러운 표정으로 쳐다보았다.

"당신, 괜찮아?"

"괜찮아."

프랭크가 손을 뻗어 스키퍼의 머리카락을 헝클어뜨렸다.

"우린 네가 보고 싶을 거야, 챔프."

스키퍼는 고개를 끄덕이고 나서 다시 야구 카드를 살펴보았다. 엄마랑 살게 될 거라는 설명을 들은 이후로 스키퍼는 줄곧 의기소침했다. 하들리는 눈앞으로 다가온 현실을 외면하는 스키퍼의 불안한 회피가 걱정스러웠다. 스키퍼가 새로운 환경에 잘 적응할 수 있을지 의문이었다.

프랭크는 다시 야구 카드로 주의를 돌렸고, 하들리는 맨 아래 오븐에 있던 피자를 맨 위로 옮겨 놓았다.

하들리가 상추를 썰며 프랭크에게 물었다. "오늘 일은 어땠어?"

"홈런을 쳤어." 프랭크가 밝은 목소리로 말하고 나서 스키퍼와 하이파이브를 했다. "비열한 제리 코시 영감탱이가 결국 주차장을 세놓기로 했거든."

하들리가 흐뭇한 미소를 지어 보였다. "제리 코시? 작년에 유소년 클럽 기금 마련 행사 때 만났던 그 사람?"

"그때 하루 종일 부인 자랑을 늘어놓던 그 영감탱이 말이야."

하들리가 그의 평가에 동의한다는 듯 고개를 끄덕였다. 프랭크는 예쁘지 않은 여자들을 좋아하지 않았다. 사실 하들리는 그들 부부가 마음에 들었다. 사랑하는 부인이 이룬 업적들에 대해 이야기할 때 제리의 얼굴이 환하게 빛났던 기억이 났다. 제리는 부인이 이 세상에서 가장 큰 업적을 이룬 인물이라는 듯 칭찬을 아끼지 않았고, 그 자리에서 가장 아름다운 여자라는 듯 사랑스러운 눈길을 잠시도 거두지 않았다.

프랭크가 식탁에서 일어나더니 하들리에게로 다가왔다. 그가 한쪽 팔로 하들리의 허리를 감싸 안더니 가까이 끌어당겼다. 그의 커다란 배가 그녀의 갈비뼈를 눌렀다.

하들리는 본능적으로 배를 홀쭉하게 만들었고, 거들이 수축되면서 허리를 파고들었다.

"메르세데스가 도착했어."

하들리는 고개를 끄덕이며 계속 야채를 썰었다.

프랭크가 몸을 밀착시키면서 입술을 그녀의 귀에 대고 말했다.

"하루 종일, 내 트럭을 모는 당신 생각을 떨쳐버릴 수 없더군." 그가 사타구니를 그녀의 몸에 대고 문질러댔다. "어찌나 흥분이 되던지."

하들리는 그가 그러는 걸 좋아한다는 듯 돌아보며 미소를 지었다.

프랭크가 다시 한번 사타구니를 비비고 나서 와인을 한 잔 따랐다. 그가 식탁으로 돌아가 앉으며 말했다.

"새로 온 직원을 해고해야겠어."

"마음에 들어 하는 줄 알았는데, 아니었어?"

"기껏 호의를 베풀어 주었는데 알고 보니 은혜를 모르는 여자더라고."

"뇌를 반쪽이나마 갖고 있는 여자는 처음 본다며?"

프랭크는 질문에 대답하지 않았다. 그는 늘 먼저 말을 꺼내놓고 막상 하들리가 거들면 무시하기 일쑤였다.

하들리는 다시 샐러드를 버무리는 일에 몰두했다.

잠시 후 프랭크가 말했다. "이런 젠장!"

하들리가 그 소리에 놀라 고개를 돌려보니 매티와 찰스 황태자가 문 앞에 서 있었다.

프랭크가 소리쳤다.

"매티, 얼굴에 칠한 거 당장 지우지 못해! 귀에 매달고 다니는 그 쇠붙이는 또 뭐야!"

하들리의 모든 신경이 팽팽하게 곤두섰다. 매티의 표정이 어두워지더니 하들리 쪽으로 돌아섰다. 엄마가 나서달라는 의미였다. 하들리가 아무 말도 하지 않자 매티는 홱 돌아서서 주방에서 나갔다.

"당신은 눈이 없어? 매티가 그 꼴을 하고 싸돌아다니는 걸 왜 그냥 내버려 둬?"

하들리는 피가 거꾸로 솟구치는 기분이었지만 아무 말도 하지 않았다. 하들리는 매티에게 아빠가 보면 곤란하니 집에서는 화장을 지우고 피어싱을 빼라고 늘 일렀다. 오늘 밤에는 주의를 준다는 걸 깜박 잊었다. 매티가 처음에는 노크도 하지 않고 방에 들어왔다며 화를 냈고, 그다음에는 거미 때문에 난리를 피웠고, 스키퍼에 대한 여러 가지 생각 때문에 정신이 없었다.

하들리는 가족들이 저녁 식사 자리에 모이기 전에 늘 말했다. "매티, 아빠가 왔으니까 화장 지우고, 액세서리 빼."

매티가 처음 머리를 염색하고 왔을 때 프랭크는 마치 큰일이라도 난 듯 고래고래 소리를 지르며 날뛰었다. 단단히 화가 난 그는 가

위로 매티의 머리카락을 잘라 버리겠다고 위협했다. 하들리는 문을 가로막고 무릎을 꿇었다. 거듭 애원하며 매달리는 그녀의 입에 그의 성기가 밀고 들어왔다. 그날은 겨우 그렇게 넘어갈 수 있었다.

그날 일을 떠올리자 하들리의 속이 울렁거렸다. 이것이 그녀가 딸을 보호하는 방식이었다. 프랭크가 그녀의 머리채를 세게 움켜쥐고 오럴을 시키던 생각을 하니 그때 느꼈던 머리의 통증이 고스란히 느껴졌다. 그나마 머리카락이 뽑혀져 나갈 것 같은 고통은 견딜 만했다. 매티가 결코 들어서는 안 되는 말들을 퍼부으며 음험한 욕망에 빠져들던 그의 모습을 지켜보는 게 더욱 고통스러웠다.

하들리는 늘 딸을 지켜주고 싶었지만 결국 형편없는 엄마라는 사실을 인정할 수밖에 없었다. 좋은 엄마였다면 딸이 이 지경이 되도록 방관하지 않았을 테니까.

하들리는 야채를 썰던 칼질을 멈추고 조리대에 몸을 기댔다. 손에 쥐고 있는 칼이 떨려왔다. *더구나 이제 스키퍼마저 이 집에서 떠나게 되었다.* 그동안 매티를 지켜준 것은 스키퍼였다고 해도 과언이 아니었다.

프랭크는 툭하면 고래고래 소리를 지르고, 욕설이나 폭언을 하고, 미쳐 날뛰며 집 안을 쑥대밭으로 만들거나 손에 잡히는 물건을 집어 던졌다. 프랭크는 매티의 머리카락을 실제로 자르고도 남을 사람이었다. 그나마 아직 그가 매티를 다치게 한 적은 없는데 스키퍼 덕분에 누리게 된 행운이었다.

스키퍼가 유치원에 다니기 시작한 지 얼마 안 되었을 때였다. 유치원 선생님이 그들 부부에게 할 얘기가 있다며 유치원으로 와 달라고 했다. 선생님이 그들 부부에게 말했다. "스키퍼에게서 들은 말이 우려스러워 뵙자고 했어요. 스키퍼가 말하길 '코치'가 '블루'를 화장실에 가두고 못 나오게 했다던데 도대체 무슨 뜻인지 모르겠더군요. 좀 불길하고 섬뜩한 느낌이 들었어요. 사람을 화장실에 가두었나요?"

물론 코치는 프랭크이고, 블루는 하들리지만 선생님이 그 사실을 알 리 없었다.

프랭크는 뻔뻔한 말로 용케 그 상황을 모면했다. "아마도 스키퍼가 악몽을 꾸었나 봅니다. 네 살짜리 아이는 상상력이 풍부하죠."

프랭크는 그제야 스키퍼를 하들리와 매티처럼 다룰 수 없다는 걸 깨달았다. 스키퍼의 천진난만한 성격은 그의 머리색처럼 타고난 일부였다. 그날 이후 프랭크는 그들 부부가 사용하는 침실에서만 폭력을 행사했다. 아이들은 그들 부부의 침실에 들어올 수 없었고, 덕분에 매티는 프랭크가 휘두르는 폭력에서 벗어날 수 있었다.

바네사가 전화해 스키퍼를 데려가겠다고 했을 때 하들리의 머릿속에서 가장 먼저 떠오른 생각은 매티에 대한 걱정이었다.

스키퍼를 데려가면 안 돼! 그럼 앞으로 매티를 어떻게 지켜?

어느 날, 마치 수호천사가 그녀의 말을 엿듣기라도 한 것처럼 절호의 기회가 찾아왔다. 바네사가 갑자기 계획을 변경했다. 마지막

기회를 놓치지 않으려면 먼저 해결해야 할 과제가 있었다. 이번 기회를 잡으려면 용기가 필요했다.

"프리웨이 시리즈*가 내일이지?" 프랭크의 목소리를 듣고 생각에 빠져 있던 하들리는 다시 현실로 돌아왔다. 그의 목소리는 마치 아무 일도 없었다는 듯이 경쾌했지만 의자에서 자꾸만 몸을 뒤척이는 모습으로 보아 심기가 불편해 보였다. 그는 스키퍼가 화났을까 봐 눈치를 살피며 물었다. "선발투수로 C.J.윌슨과 클레이튼 커쇼가 등판하지?" 스키퍼가 대답하지 않자 그가 스스로 답했다. "재미있는 경기가 될 거야. 놓치지 말고 꼭 봐야지."

스키퍼가 그제야 고개를 들었다. 그의 커다란 눈이 평소처럼 깜빡이지 않았다.

프랭크가 자상한 미소를 지었다. "블루가 아이패드로 스트리밍해줄 테니까 차에서도 볼 수 있을 거야."

고개를 갸웃거리던 스키퍼가 비로소 무슨 말인지 이해한 듯 입 꼬리를 올리며 웃었다. 프랭크와 하들리도 그제야 안도의 한숨을 내쉬었다.

하들리가 샐러드를 테이블로 나르고 있을 때 다시 주방으로 온 매티가 의자에 앉았다. 매티는 얼굴을 깨끗이 씻고, 피어싱을 빼놓은 상태였다. 매티가 팔짱을 끼고 접시를 내려다보았다.

하들리가 샐러드를 담은 볼을 테이블에 내려놓고 나서 매티의 맞

* MLB에서 LA 연고인 LA 다저스와 애너하임 연고인 LA 에인절스의 인터리그 맞대결 경기

은편에 앉았고, 프랭크가 고개 숙여 기도를 시작했다.

"주여, 은혜로이 내려주신 이 음식을 감사히 먹겠나이다. 우리 가정에 축복을 내려주소서, 아멘."

모두가 복창했다. "아멘."

프랭크가 샐러드를 접시에 옮겨 담고 있을 때 하들리는 피자를 가지러 다시 주방으로 갔다. 하들리가 피자를 가져와 식탁에 내려놓고 나서 스키퍼에게 우유를 따라주고 있을 때 프랭크의 와인 잔이 날아가 벽에 부딪치며 박살이 났다.

"지금 장난해?"

깜짝 놀란 하들리가 고개를 들어 올리며 두 손을 번쩍 드는 바람에 우유가 잔에서 넘쳤다.

프랭크가 피자 조각을 집어 들고 소리쳤다. "대체 이게 뭐야?" 그가 손에 들고 있는 피자 조각이 마치 행주처럼 축 늘어졌다. "기껏 죽도록 일해 좋은 집을 마련해 주고, 남부럽지 않게 살게 해주었더니 오븐에 구운 피자나 먹고 떨어지라는 거야?"

하들리의 심장이 미친 듯이 뛰었고 몸이 움츠러들었다.

그녀가 더듬거리며 말했다. "미안해."

장작을 사두었어야 했어. 오븐에 구운 피자를 내놓지 말았어야 해.

프랭크가 피자 조각을 다시 팬 위에 내려놓더니 피자 전체를 그녀를 향해 던졌다. 하들리는 두 팔로 머리를 감쌌고, 피자는 그녀의 뒤쪽 캐비닛으로 날아가 부딪쳤다. 그녀 옆에 앉아있던 찰스 황태자가 벌떡 일어서더니 바닥에 떨어진 피자 쪽으로 달려갔다. 하들리는 녀석이 혹시 깨진 와인 잔의 유리 조각을 밟지는 않을지 겁이 나 목줄을 끌어당겼다. 하들리는 머리가 어지러울 정도로 혼란스러웠다. 프랭크는 권위적이긴 해도 아이들 앞에서는 폭력을 자제해왔다. 10분 전까지만 해도 스키퍼 앞에서 선을 넘지는 않았는지 전전긍긍하던 그가 갑자기 폭력적인 태도를 보이고 있었다.

하들리는 속눈썹 사이로 프랭크와 스키퍼를 보았다. 그제야 상황을 파악했다. 매티에게 소리를 지르고, 스키퍼가 혹시 화났을까 봐 눈치를 살피는 동안 프랭크는 매우 중요한 사실을 깨달았다.

스키퍼는 곧 떠날 아이야.

이미 변화가 시작되었고, 스키퍼의 영향력은 사라졌다. 지난 4년 동안 프랭크는 그나마 스키퍼 때문에 자제력을 발휘해 왔는데 이제 더는 눈치를 볼 필요가 없게 되었다. 스키퍼는 이 집에서 떠날 거니까.

프랭크는 이제 누구의 눈치도 보지 않고 완벽한 자유를 누릴 수 있게 되었다.

매티가 찰스 황태자를 붙잡고 떨리는 목소리로 말했다. "황태자는 내가 잡고 있을게요."

고개를 든 하들리의 시선이 매티에게로 향했다. 엄마가 얼마나 겁쟁이인지 다 알고 있다는 듯 체념 어린 표정이었다. 하들리는 살아 있는 동안 지금 이 순간을 영원히 잊지 못할 거라고 생각했다. 가슴이 미어졌지만 하들리는 가까스로 말했다. "다른 음식을 준비할게."

심장이 미친 듯이 뛰고 있었고, 겨우 내뱉은 말이 귓속에서 메아리쳤다.

하들리가 등 뒤에서 뭐가 날아올지 몰라 두려워하며 찬장 쪽으로 걸어갈 때, 놀랍게도 스키퍼가 그녀를 구해주려고 나섰다.

스키퍼의 작지만 또렷한 목소리가 들려왔다. "코치, 이번 시즌에 커쇼가 몇 번 등판했는지 알아요?"

프랭크의 동공이 바늘 끝처럼 작아졌지만 스키퍼는 계속 말을 이었다. "커쇼는 이번 시즌에 로테이션을 한 번도 거르지 않고 계속 등판했어요."

프랭크의 꿰뚫을 것 같은 눈빛이 여전히 하들리를 향해 있었다. 스키퍼가 그의 소매를 잡아당겼다. "코치, 내 말을 들었어요?"

그제야 프랭크는 스키퍼를 돌아보았다. "당연히 들었지. 커쇼가 로테이션을 거르지 않고 계속 던졌다고 했잖아. 그러니까 도합 몇 번을 던진 거야?"

얼굴이 하얗게 질렸던 하들리는 그제야 조금 안도하며 스파게티 면을 삶을 물을 끓였다. 그녀가 식사 준비를 하는 동안 스키퍼는 계속 커쇼 이야기를 이어갔다. 간혹 앞뒤가 맞지 않는 부분도 있었지만 프랭크의 주의를 분산시키기에는 충분했다. 하들리는 가슴이 벅차오를 만큼 스키퍼의 용기가 가상했다. 그녀의 눈에서 흘러나온 스키퍼에 대한 사랑의 눈물이 두려움과 수치심의 눈물과 뒤섞였다.

프랭크가 빈 접시를 밀어놓으며 말했다. "챔프, 나도 그 경기 꼭 볼 거야."

하들리는 아이들이 방으로 돌아가고 나서 주방 정리를 시작했다. 주방 정리와 설거지를 끝내고 나서 차 트렁크에 짐을 싣기 시작했다. 짐을 다 싣고 트렁크 문을 닫은 다음 차에 기대어 서서 머릿속으로 여행 계획을 점검했다.

하들리는 집 안으로 들어가려다가 잠시 멈춰 서서 문 뒤에서 들려오는 TV 소리에 귀를 기울였다. 그녀는 마음을 다잡고 집 안으로 들어섰다.

프랭크는 소파 의자에 축 늘어져 있었다. TV에서 광고가 흘러나오자 그가 잠시 음 소거를 해놓고 술에 취한 눈으로 하들리를 쳐다보았다. 그녀는 그가 들고 있는 위스키 잔을 바라보았다.

프랭크가 손을 뻗었다. 하들리는 그의 손을 잡아주며 옆자리에 앉았다. 그는 위스키를 한 모금 마시고 나서 그녀를 쳐다보았다. 식사 시간에 저지른 만행을 후회하는 표정이었다. 그녀는 결코 이해할 수 없었지만 그에게서 흔히 볼 수 있는 역겨운 일면이었다. 매번 그럴 의도가 전혀 없었는데 도대체 왜 그런 짓을 저질렀는지 모르겠다며 후회하기 일쑤였다. 미안하다고 거듭 사과하면서 그녀를 사랑하기 때문에 벌어진 일이라는 논리를 폈다. 그의 분노와 사랑은 언제나 한 데 뒤엉켜 있다면서.

프랭크는 그녀의 두 손을 얼굴에 가져다 댔다. 겨우 하루 자란 그의 턱수염이 굵고 거칠었다. 그들은 한참 동안 말없이 그 자세로 있었다. 그는 눈을 감고 그녀의 손을 뺨에 대고 있었고, 그녀는 그가 기대하는 용서를 베풀었다.

"당신이 없는 동안 많이 보고 싶을 거야." 마침내 눈을 뜬 프랭크가 그녀를 쳐다보았다. 그가 그녀의 손등에 키스하며 말을 이었다. "당신이 없으면 집 안이 썰렁하겠지."

"그나마 찰스 황태자가 있어서 다행이야."

"그래, 당분간 찰스 황태자와 단둘이 잘 지내야겠네."

하들리는 가능한 한 목소리를 평온하게 유지하려 애쓰며 말했다. "당신이 말했잖아. 내일 아침보다는 차라리 오늘 밤에 떠나는 게 좋을 거라고. 당신 말대로 해야겠어."

갑자기 일정을 바꾸겠다고 하자 프랭크가 눈살을 찌푸리며 무슨 꼼수가 있는 건 아닌지 그녀의 눈치를 살폈다. 하들리는 시선을 내리깔면서 그가 제발 두려움이 가득한 자신의 표정을 보지 못하게 해 달라고 마음속으로 기도했다.

"당신이 허락해 주면 오늘 저녁에 출발하려고."

프랭크는 TV 화면으로 고개를 돌리며 볼륨을 키웠고, 하들리는 그의 곁에 말없이 앉아 있었다.

휴스턴 애스트로스와 오클랜드 애슬레틱스의 야구 경기 중계였다.

오클랜드 애슬레틱스의 8회 말 공격이 끝나고 광고가 흘러나올 때 프랭크가 말했다. "파스타 맛있었어."

"고마워."

"차라리 처음부터 파스타를 만들었으면 좋았을 텐데." 프랭크가 TV 화면을 주시하다가 말을 이었다.

"여행 일정표는 잘 챙겨두었어?"

하들리는 심장이 밖으로 튀어나올 것 같았지만 애서 태연한 척하며 말했다.

"A4용지로 출력해 두었고, 휴대폰에도 따로 저장해 두었어."

"5번 고속도로는 현재 공사 중이니까 다른 길을 이용하는 게 좋을 거야."

"유료도로로 갈게."

"피곤하면 무조건 차 세우고 쉬어야 해."

"당연하지."

"고속도로에서는 특히 대형 트럭을 조심해. 대형 트럭 운전자들은 작은 차를 시야에서 놓치는 경우가 많으니까."

"그래, 조심할게."

프랭크가 고개를 끄덕이고 나서 위스키 잔을 마저 비운 다음 애정이 가득한 눈빛으로 말했다. "당신 없는 날들을 어떻게 견뎌야 할지 모르겠어."

하들리가 몸을 숙여 그의 뺨에 키스했다. "당신이 허전함을 느끼기도 전에 돌아올 거야."

그녀가 밖으로 나가려다가 문 앞에서 멈춰 섰다. "스키퍼에게 작별 인사하고 싶어?"

프랭크가 고개를 저었다. "나보다 스키퍼가 더 힘들어할 것 같아." 그가 바닥을 내려다보았다가 다시 고개를 들었다. "스키퍼도 내가 얼마나 사랑하는지 알겠지?"

"물론이지."

"오늘 밤, 내 실수는 곧 잊어버리겠지?"

"스키퍼는 당신을 훌륭한 아빠로 기억할 거야."

***

5분 뒤, 하들리는 운전대를 잡고 도로를 달리고 있었다. 그녀는 운전을 하는 틈틈이 옆자리의 매티와 뒷자리의 스키퍼를 돌아보았다. 무려 15년 동안 탈출 방법을 모색했다. 비로소 아이들을 차에 태우고 탈출을 감행하고 있었지만 실감이 나지 않았다. 아드레날린이 과다 방출되면서 가슴이 쿵쾅거리며 뛰었다.

"우리, 이제 집에 안 돌아와요?"

매티의 말에 하들리는 혼자만의 생각에서 벗어났다. 그녀는 마지막 순간 챙겨온 어머니의 앞치마 때문에 혹시 프랭크에게 너무 일찍 들키는 건 아닌지 걱정되었다. 하들리의 어린 시절에 어머니는 매일이다시피 그 앞치마를 두르고 있었다. 데이지꽃을 수놓은 앞치마로 열두 군데나 얼룩져 있었지만 어머니가 남긴 얼마 안 되는 유품 중 하나였다.

하들리의 얼굴에 수심이 가득한 것을 보고 매티가 말했다. "아빠는 주방 서랍을 열어보지 않을 거예요." 그 말을 듣는 순간 하들리는 조금 전까지 충만했던 자부심을 잃었다. 지금껏 너무도 여러 번 매티를 실망시켰으니까.

"찰스 황태자는 이제 누가 돌봐요?"

"네 아빠가 돌봐줄 거야." 하들리가 그렇게 말하자 매티는 고개를 돌렸다. 결코 매티가 기대했던 대답이 아닐 것이다. 프랭크는 하들리처럼 찰스 황태자를 사랑해 주거나 스키퍼처럼 놀아주지 않을 테니까.

매티의 숨죽인 눈물에 하들리의 가슴이 미어졌지만 그녀에게는 선택의 여지가 없었다. 개가 불쌍하다고 그 집에서 계속 머물 수는 없으니까.

***

30분 후, 하들리는 고속도로변에 있는 호텔 주차장으로 들어섰다. 매티가 물었다.

"왜 벌써 차를 세워요?"

"떠나기 전에 해야 할 일이 있어. 오늘 밤에는 여기에서 자고, 내일 아침 일찍 출발할 거야."

하들리는 방 두 개를 잡고 숙박비를 현금으로 지불하고, 아이들을 방 안으로 데려다 놓은 다음 다시 차를 타고 왔던 길을 되돌아갔다. 20분 뒤, 프랭크의 사무실 뒤쪽 주차장에 차를 세운 하들리는 빅토빌의 〈힐튼〉 호텔에 전화했다. 오늘 밤 그들이 머물기로 예정되어 있던 호텔이었다. 하들리는 그 호텔의 방을 예약한 다음 전화를 끊었다. 그녀는 이제 프랭크가 작성한 여행 일정표를 보면서 혹시 놓친 부분은 없는지 세심하게 살펴보았다. 이번 계획을 차질 없이 성공하려면 아주 사소한 실수도 없어야 했다. 프랭크는 병적으로 예민한데다 강박적이었고, 두뇌 회전이 빨랐다. 자칫 잘못했다가는 그대로 끝장이었다.

하들리는 휴대폰을 주머니에 넣고 차에서 내렸다. 주차장은 텅 비어 있었고, 주말을 앞두고 있어 대부분의 건물들은 문을 닫은 상태였다. 메모리얼 데이를 기념하기 위해 거리의 깃대에 걸어둔 성조기들이 바람에 휘날렸다.

하들리는 프랭크의 비상 열쇠로 사무실 문을 열고 조용히 안으로 들어섰다.

8
그레이스

그레이스는 시동을 끄고 마일스를 돌아보았다. 마일스는 뒷좌석 카시트에서 곤히 잠들어 있었다. 마일스의 가슴이 규칙적이고 안정적인 박자로 오르내리는 모습이 눈에 들어왔다. 그레이스는 잠든 마일스를 한참 동안 바라보면서 적어도 밤 10시, 별일 없으면 12시까지 잠을 잘 수 있을 거라 기대했다.

그레이스는 〈아즈텍 파킹〉의 사무실 입구 쪽을 돌아보았다. 출입문 옆 전등이 켜져 있었지만 사무실 안은 어두웠다. 창문으로 그녀가 사용하는 컴퓨터 모니터에서 흘러나오는 흐릿한 불빛이 보였다. 그녀는 약 일 분 동안 컴퓨터 모니터를 쳐다보면서 다시 한번 자신이 내린 결정이 타당한지 자문해 보았다.

이 일을 저지르고 나면 다시는 정상적인 삶을 살 수 없어.

매번 똑같은 결론에 도달했다. 이 일을 저지르지 않고는 살아갈 수 있는 방법이 없어.

그레이스는 다시 한번 마일스를 쳐다보고 나서 지미와 자신이 저지른 실수를 생각하며 눈을 질끈 감았다. 여전히 지미를 사랑했지만 이제는 그를 돌아볼 여력이 없었다. 앞으로도 계속 밀린 집세와 먹을거리 걱정을 하며 살 수는 없었고, 마일스의 미래를 계속 위태롭게 방치할 수는 없었다.

그레이스는 어차피 해야 할 일이라는 걸 알면서도 여전히 두려웠다.

나는 지금 인생을 뒤바꿀 기로에 서있어.

그레이스는 마침내 심호흡을 하고 나서 창문을 조금 열어두고 차에서 내렸다. 그녀는 차 문을 닫고 나서 주위를 한 번 더 둘러본 다음 출입문을 열고 사무실 안으로 들어섰다. 제리의 주차장 계약서가 여전히 프랭크의 책상 위에 놓여 있었다. 그녀는 어깨에 메고 있던 기저귀 가방에 계약서를 집어넣었다. 프랭크가 제리와 계약하길 원한다면 본인이 직접 하면 될 것이다.

그레이스는 사무실에서 건물 공용 공간으로 이어지는 복도 쪽 문을 열었다. 공용 공간은 창고와 사물함, 화장실, 직원 휴게실로 이루어져 있었다. 그레이스는 사무실 문이 닫히는 소리를 들으면서 눈이 어둠에 익숙해질 때까지 잠시 기다렸다. 창문으로 희미한 달빛이 스며들었다. 누군가 깜박 잊고 끄지 않은 창고의 형광등 불빛이 주변의 어둠을 밝히는 유일한 조명이었다.

그레이스는 가슴이 두근거렸지만 두렵지는 않았다. 지난 석 달 동안 집보다는 사무실에서 보낸 시간이 훨씬 더 많았다. 그녀는 전등 스위치로 손을 뻗었다가 버스럭거리는 소리가 나는 바람에 그 자리에서 얼어붙었다.

그레이스는 고개를 돌리고 창고에서 새어나오는 불빛에 시선을 고정했다. 한참을 주시했지만 아무 일도 없어서 자신이 잘못 들은 거라고 생각했다. 그녀가 깊은 한숨을 내선 다음 다시 스위치로 손을 뻗으려는 순간 형광등 불빛을 가르는 그림자가 시야에 들어왔다.

그레이스는 심장이 밖으로 튀어나올 듯 거세게 뛰는 것을 느끼며 얼른 문 쪽으로 돌아섰다. 주머니에서 사무실 열쇠를 꺼내 손에 쥐고는 열쇠 구멍에 재빨리 꽂아 넣었다. 열쇠가 잘못 들어가는 바람에 뽑았다가 다시 꽂으려고 손에 힘을 준 게 실수였다. 손에 쥐고 있던 열쇠가 멀리 날아가더니 쨍그랑 소리를 내며 바닥에 떨어졌다.

9
하틀리

하틀리는 복도 쪽에서 작은 금속 조각이 바닥에 떨어질 때 나는 쨍그랑 소리가 울려 퍼지는 순간 그 자리에 얼어붙었다. 뒤늦게 건물 내부의 보안장치가 작동하기 시작한 건 아닌가 하는 생각이 들었지만 그럴 리 없었다. 건물 안으로 들어선 지 한 시간이 지났고, 벌써 두 번이나 모든 방을 샅샅이 뒤졌지만 보안장치는 작동하지 않았다.

하틀리는 무슨 소리가 더 들려오는지 촉각을 곤두세우며 귀를 기울였다. 몇 초 동안 아무런 소리도 나지 않자 그녀는 비로소 안도의 숨을 쉬었다. 난생처음 시도해 보는 일이었고, 이 방면으로는 원래부터 소질이 없었다. 프랭크가 돈을 숨겨두고 있다는 걸 알고 있었고, 장소는 사무실일 거라고 짐작했다. 그는 새 트럭을 구입할 때나 하청 업체에 대금을 지불할 때 반드시 현금으로 결제했다. 새 트럭을 사기 전에도 항상 사무실에 들러 돈을 챙겨왔다. 하청 업체 직원들에게 임금을 주는 날에도 일단 사무실에 들렀다가 현장으로 나갔다.

하틀리는 사무실과 창고를 샅샅이 뒤졌지만 금고를 찾아내지 못했다. 한 시간 동안 뒤진 끝에 확보한 돈이라고는 프랭크의 책상 서랍에 들어있던 1백 달러가 전부였다. 그 순간 하들리는 복도 쪽에서 분명 뭔가가 움직인 걸 보았다. 그녀는 감각이 예민한 편이어서 사소한 움직임이나 인기척을 놓치지 않았다. 좀 더 귀를 기울이던 그녀는 문을 밀고 고개를 밖으로 내밀었다. 그제야 머리카락이 부스스하고 체구가 작은 여자가 몸을 웅크리고 앉아있는 모습이 시야에 들어왔다. 복도가 어두워 자세히 보이지는 않았지만 프랭크의 비서인 그레이스가 분명했다.

"그레이스?"

하들리는 눈을 가늘게 뜨고 어둠 속을 바라보았다.

그레이스가 벌떡 일어섰다. "토렐리 부인?"

두 사람은 서로 상대방을 의아한 눈빛으로 쳐다보았다. 하들리는 오늘 아침에 프랭크를 차에 태워 사무실에 내려줄 때 먼발치에서 그레이스를 보았던 기억이 났다. 그때도 그녀는 지금처럼 흰 블라우스에 늘어진 회색 바지 차림이었다.

하들리는 상대를 똑바로 쳐다보았다. 그녀는 프랭크의 부인이었고, 아무 때고 사무실에 드나들어도 전혀 이상할 게 없었다. 프랭크가 퇴근할 때 사무실에 두고 온 물건이 있어 가지러 오거나 진입로를 청소할 때 필요한 세제를 가지러 오거나 주차장에 설치할 원뿔형 도로표지를 가지러 올 수도 있었다. 반면 그레이스는 금요일 밤에 사무실에서 서성거릴 이유가 없었다.

하들리가 물었다. "이 시간에 사무실에는 무슨 일이죠?"

"유니폼 개수를 확인해 보려고요. 주문량보다 부족하게 입고된 것 같아서요."

하들리가 고개를 절레절레 저으며 손목시계를 보았다. "그 일이 금요일 밤 10시에 확인해야 할 만큼 급했어요?"

하들리는 그녀가 어깨에 메고 있는 낡은 줄무늬 가방을 주시하다가 이상하다는 듯 고개를 갸웃거렸다. 그녀의 얼굴에서 회심의 미소가 번져갔다. "프랭크의 돈을 훔치러 온 거죠?"

10

그레이스

그레이스는 어떻게 대처해야 좋을지 재빨리 머리를 굴려보았다. 방법은 둘 중 하나였다.

하들리의 말을 부정하고 신빙성 있는 거짓말을 둘러대거나 애초의 계획대로 밀어붙이거나.

그레이스는 이 시간에 반드시 사무실에 들러야 할 만큼 절실한 이유가 무엇이 있을지 생각해 보았지만 떠오르지 않았다. 그렇다고 애초의 계획대로 밀어붙일 수도 없었다. 열쇠 꾸러미를 바닥에 떨어뜨린 데다 마일스가 차에 *갇혀* 있었다. 그레이스의 머릿속에서 하나같이 부정적인 생각들만 떠올랐다. 하들리는 의미를 알 수 없는 미소를 머금고 계속 그녀를 주시하고 있었다.

그레이스는 마땅한 해결책이 없다는 생각이 들었고, 애초의 계획을 솔직하게 털어놓기로 했다. "프랭크가 나에게 진 빚을 받아내려고 왔어요."

하들리는 무슨 말인지 알 수 없다는 듯 고개를 갸웃거렸다.

그레이스는 그녀를 두어 번 만난 적이 있었다. 큰 키에 우아한 자태가 아름다운 여자였다. 그레이스는 하들리가 네일 아트숍에서 손톱을 치장하고, 수시로 미용실에 들러 머리를 손질하며 한가한 시간을 보낼 거라고 생각했다. 남편의 주차장 사업이나 아스팔트 공사에는 무관심해 보였다. 밤 10시였고, 사방이 어두컴컴한 복도였지만 그녀의 미모는 여지없이 빛났다. 방금 전 화장을 마친 것 같은 얼굴에 여왕처럼 틀어 올린 머리가 아름다웠다. 그녀는 정장 바지에 검은색 실크 셔츠 차림이었고, 끝이 뾰족한 베이지색 스틸레토힐을 신고 있었다.

"프랭크가 당신에게 빚을 졌다고요?"

그레이스는 제리와의 계약 건에 대해 간단히 설명했다.

"프랭크가 약속대로 10퍼센트의 수수료를 지급할 거라고 믿었던 내 자신이 너무 어리석었죠."

하들리가 이해한다는 듯 고개를 끄덕이며 말했다.

"과연 프랭크다운 짓이네요. 이제야 당신을 해고해야겠다고 말한 이유를 알겠어요."

그레이스가 놀란 표정을 지었다. "프랭크가 날 해고하겠다고 하던가요?"

"분명히 그렇게 말했어요."

프랭크가 그렇게 나올 거라고 예상했지만 그 사실을 실제로 확인하는 순간 여전히 충격이 컸다. 그레이스는 지난 석 달 동안 프랭크의 사업을 위해 최선을 다했다. 프랭크에게 일자리를 부탁한 마리에게 누가 되지 않도록 그 어느 때보다 열심히 일했다.

하들리가 단도직입적으로 물었다.

"프랭크에게 빚을 받아내러 온 거라면 금고가 어디 있는지도 알겠네요?"

그레이스는 그녀를 호기심 어린 눈빛으로 쳐다보았다. 비로소 어렴풋이 상황을 파악한 그레이스가 물었다.

"혹시 여기에 온 이유가 금고 때문이었나요? 당신도 돈을 가지러 온 거죠?"

"정말이지 아이러니하네요. 안 그래요?"

그레이스는 우연을 믿지 않았다. 할머니는 이런 상황을 '신이 인간의 일에 끼어든 순간'이라고 표현했다.

그레이스는 이런 일에 얽히고 싶은 생각이 추호도 없었다.

"아, 그러시군요. 행운을 빌어요."

그레이스가 바닥에 떨어져있는 열쇠 꾸러미를 발견하고 허리를 굽혀 주우려는 순간 하들리가 앞을 막아섰다. 그녀의 구두 굽이 그레이스의 코앞에 있었다.

"프랭크의 금고가 어디 있는지 알아요?"

그레이스는 천천히 몸을 일으키면서 자신이 선택할 수 있는 대답들을 떠올려 보았다.

전부 다 부정하고 빈손으로 떠난다.

프랭크가 주기로 약속했던 돈을 받고 하들리와 공모자가 된다.

세 번째 선택은 미처 생각해 보기도 전에 입 밖으로 흘러나왔다.

"어쩌면요."

그레이스는 기발한 대답이라는 생각이 들었다.

"어쩌면?"

"네, 어쩌면요. 적절한 보상을 해준다면 금고가 어디에 있는지 말해줄 수 있어요."

"적절한 보상이라면?"

"일종의 중개 수수료라고 보면 되겠네요."

천재적인 발상이었다. 일이 잘만 된다면 법을 어기거나 열아홉 살 때 선처를 베풀어준 판사와의 약속을 깨지 않고도 마일스와 함께 새 출발할 돈을 구해 이곳을 떠날 수도 있을 테니까.

"프랭크가 당신에게 진 빚이 얼마나 되죠?"

"이제 프랭크에게 받아야 할 빚은 상관없어요."

"아까는 빚을 받아내려고 왔다면서요?"

"처음에는 그런 이유 때문에 온 게 맞지만 지금은 당신이 여기에 있잖아요. 이제부터 나랑 거래해야 할 사람은 프랭크가 아니라 당신이니까."

"거래라니요?"

"나는 정당한 대가를 받길 원해요. 내가 금고 위치를 알려주는 대신 당신은 일정 비율을 떼어줘야 해요."

"일정 비율이라면 몇 퍼센트죠?"

"50퍼센트."

하들리가 손사래를 쳤다. "50퍼센트면 절반인데 중개 수수료치고는 너무 과도해요. 도저히 받아들일 수 없어요."

그레이스는 상관없다는 듯 여유 있는 미소를 짓고 나서 바닥에 떨어진 열쇠 꾸러미를 집어 들었다.

"5퍼센트."

"50퍼센트."

"10퍼센트."

그레이스가 문 쪽으로 돌아섰다.

"20퍼센트. 마지막 제안이에요."

그레이스는 금고에 들어있는 돈이 얼마나 되는지 몰랐다. 2만 달러일 수도 있고, 100달러일 수도 있었다. 2만 달러의 20퍼센트면 오렌지카운티에서 벗어나기에 충분한 액수였고, 새 일자리를 구하기 전까지 능히 버틸 수 있을 것이다.

그레이스가 말했다. "25퍼센트. 많이 양보했어요."

하들리가 그녀를 쏘아보았다. 그녀의 제안에 동의하지 않는 눈빛이었는데 의외로 선선히 받아들였다.

"좋아요. 25퍼센트."

그레이스는 고개를 끄덕이고 나서 프랭크의 전용 화장실로 걸어갔다.

"화장실은 이미 둘러봤어요."

그레이스는 그녀의 말을 무시하고 계속 걸어갔다. 그레이스를 뒤따라가는 하들리의 구두 굽이 바닥에 닿을 때마다 딸깍거리는 소리가 울려 퍼졌다.

그레이스는 비서로 일한 지 한 달 만에 프랭크가 돈을 숨겨두는 곳이 어디인지 알아냈다. 어느 날 프랭크가 세면대 배수관이 막혔다면서 수리해 줄 사람을 불러달라고 했다. 그레이스는 배수관을 많이 뚫어봤다며 자기가 직접 고치겠다고 했다. 그녀가 긴 철사를 이용해 배수관을 뚫고 있을 때 프랭크가 계속 주위에서 떠나지 않고 서성거려 이상하다는 생각이 들었다.

그날 오후, 프랭크가 점심 식사를 하러 나간 사이에 그레이스는 물탱크의 뚜껑을 열어보았고, 거기 금고가 있었다.

그레이스는 그날처럼 물탱크의 뚜껑을 열었고, 어깨너머로 보고 있던 하들리가 깜짝 놀라며 탄성을 발했다. "세상에!"

그레이스도 놀랍기는 마찬가지였다. 물탱크로 위장해 벽에 고정시켜 놓은 철제 금고가 눈에 들어왔다.

직업훈련소에서 익힌 지식으로 프랭크의 비밀을 파헤친 그레이스가 말했다.

"이 화장실의 변기에서 볼일을 보고 나서 레버를 누르면 벽에 설치된 배관 파이프에서 물이 곧장 나오도록 설계되어 있어요. 그러니까 물탱크는 변기와 전혀 상관없는 눈속임에 불과해요."

하들리는 정말 신기하다는 듯 그레이스를 쳐다보았다. 그런 걸 어떻게 알아냈는지 몹시 궁금해하는 눈치였지만 끝내 묻지는 않았다. 그 대신 금고를 쳐다보다가 난감한 표정으로 중얼거렸다. "빌어먹을!"

"무슨 문제라도 있어요?"

"키패드 방식 금고인 줄 알았어요. 우리 집에도 비밀번호를 입력해야 열리는 금고가 있거든요. 프랭크가 주로 사용하는 암호나 비밀번호를 전부 다 꿰고 있는데 이 금고는 하필 다이얼 잠금장치로 되어 있네요."

그레이스가 물었다. "금고 문을 여는 방법을 모르죠?" 그 순간 독립 기념일 폭죽이 터지듯 그레이스의 얼굴 표정이 환해졌다.

11

하들리

하들리가 재촉했다.

"머뭇거리지 말고 어서 금고 문을 열어요."

그레이스는 물탱크 덮개를 벽에 기대어 세워두고 허리를 폈다. 그녀의 입술에 엷은 미소가 번져갔다.

하들리는 그제야 그레이스가 웃는 이유를 깨닫고 화가 치밀어 올랐다.

그레이스가 회심의 미소를 지으며 말했다. "50퍼센트."

"50퍼센트는 절대로 받아들일 수 없어요." 하들리는 계속 말을 바꾸는 그레이스의 약삭빠르고 교활한 태도가 마음에 들지 않았다. 프랭크가 왜 해고하려 했는지 알 것 같았다. "방금 전에 25퍼센트로 합의해놓고 금세 말을 바꾸면 어쩌자는 거예요?"

"금고 위치를 *알려주는* 대가가 25퍼센트였죠. 금고를 여는 대가는 아직 안 정했잖아요."

"엿이나 먹어요."

"화를 내는 마음은 충분히 이해하지만 이제 어쩌죠? 나는 비밀번호를 아는데 당신은 모르잖아요. 자, 이제 내 말을 알아들었으면 어떻게 할지 선택해요."

하들리는 귀에서 뜨거운 김이 흘러나오는 느낌이었다. 그녀는 결코 쉽게 화를 내는 사람이 아니었다. 눈앞의 여자는 지금 그녀와 매티의 미래를 불안하게 만드는 흥정을 하고 있었다.

하들리가 양보할 수 없다는 듯 단호하게 말했다. "25퍼센트. 더는 안 돼요."

그레이스는 그녀의 얼굴을 걱정스러운 표정으로 쳐다보았다. 마치 '비가 오려나?'라고 묻는 듯한 표정이었다.

하들리가 짐짓 협박을 가했다. "내가 경찰에 신고하면 어쩌려고요? 당신이 돈을 훔쳐 가려다가 나에게 들켰다고 하면 경찰이 누구 말을 믿어줄까요?"

그레이스가 대놓고 웃지는 않지만 하들리는 바람 빠지듯이 피식 웃는 소리를 들었다.

하들리가 씩씩거리며 말했다. "30퍼센트. 그 이상으로는 안 돼요."

그레이스가 휴대폰을 꺼내 시간을 확인하며 말했다. "자꾸만 똑같은 말을 반복하게 만드시네. 50퍼센트. 할지 말지 어서 결정해요. 난 시간이 없어요."

하들리는 호텔에 두고 온 매티와 스키퍼가 떠올랐다. 프랭크와 짐을 잔뜩 실어놓은 차도 머릿속에서 아른거렸다. 그녀는 화가 머리끝까지 나있는데 아무 일 없다는 듯 태연한 표정을 짓고 있는 그레이스가 눈에 들어왔다. 나름 계산이 있는지 하나도 걱정하지 않는 표정이었다. 설령 하들리가 거절한다고 해도 자기가 금고 위치와 비밀번호를 알고 있는 만큼 절대 불리할 게 없다는 태도였다. 하들리가 밤새도록 금고를 지키고 있지 않는 이상 그레이스는 얼마든지 다른 기회를 노릴 수 있었다.

하들리가 화를 감추지 못하며 말했다. "당신 말대로 해요."

그레이스는 쾌재를 부르는 표정이었다. 이런 밉상은 난생처음이었다.

그레이스가 다이얼을 오른쪽으로 돌렸다가 다시 왼쪽으로 돌리자 잠금장치가 풀리는 소리가 났다. 그녀가 금고 문을 활짝 열었다.

하들리는 금고 문이 열린 순간 깜짝 놀랐다. 그레이스도 얼마나 놀랐는지 금고 손잡이를 잡은 상태로 입을 크게 벌렸다. 그레이스는 고개를 절레절레 저으며 뒤로 한 발 물러섰다. 마치 금고에 가득 쌓인 돈다발이 시한폭탄이라도 된다는 듯이.

돈다발 위에 권총 한 자루가 있었다. 하들리는 생각하고 말고 할 겨를도 없이 권총을 집어 들고 돌아서서 그레이스를 겨누었다. 그리고 B급 영화에 나오는 은행 강도처럼 말했다.

"금고에 있는 돈을 가방에 담아."

그레이스가 금고와 총을 번갈아 쳐다보고 나서 돈을 가방에 담기 시작했다.

하들리는 내심 우쭐해졌다.

그러니까 적당히 까불었어야지.

하들리는 일을 마치고 나서 그녀에게 뼈다귀 하나 정도는 던져줄 생각이었다.

지폐 한 다발만 던져줘도 좋아 죽겠지.

그레이스가 금고에서 돈을 꺼내 가방에 담는 동안 하들리는 대충 액수가 얼마나 되는지 세어보려고 했지만 불가능했다. 이 많은 돈이 도대체 어디에서 생긴 걸까? 언뜻 보아도 프랭크가 운영하는 〈아즈텍 파킹〉의 일 년 매출액보다 많은 액수였다.

그레이스는 가방이 돈다발로 가득 차자 바깥 주머니에도 넣었다.

하들리가 총구를 그레이스에게 조준한 상태로 왼손을 앞으로 내밀며 말했다. "가방 이리 줘."

그레이스가 눈을 치켜뜨더니 하들리가 바보라는 듯 피식 웃으며 쳐다보고 나서 가방을 어깨에 메고 문을 향해 걸어갔다.

하들리가 총을 들고 뒤따라가며 소리쳤다. "거기 서! 멈추지 않으면 쏜다."

그레이스는 일말의 두려움도 없다는 듯 하들리를 힐끔 쳐다보고 나서 재빨리 그녀가 손에 들고 있는 권총을 빼앗아 가방에 집어넣었다.

"안전장치나 풀고 협박해요."

그레이스가 말하고는 문 쪽으로 돌아섰다.

하들리가 갑자기 그레이스에게 달려들며 가방의 한쪽 끝을 잡고 그녀를 돌려세웠다. 그레이스는 고양이 같은 반사 신경으로 얼른 가방의 다른 쪽 끝을 잡았다. 두 사람이 동시에 가방을 자기 쪽으로 끌어당겼다.

하들리는 구두를 신고 온 걸 후회했다. 가뜩이나 미끄러운 타일 바닥이라 지미 추 구두 굽이 버텨내질 못하고 자꾸만 미끄러졌다. 그나마 그레이스보다 체중이 20킬로그램쯤 더 나가 다행이었다.

하들리는 체중을 실어 가방을 끌어당기다가 곧바로 자신이 실수했다는 사실을 알았다. 그녀가 어찌나 세게 잡아당겼는지 가방이 갑자기 자기 쪽으로 날아오며 돈다발이 사방으로 흩어졌다. 그녀는 어깨를 벽에 부딪치며 바닥에 쓰러졌다. 뒤로 물러설 때 접질린 발목이 너무 아팠다.

그레이스가 가방에서 권총을 꺼내 들더니 돈을 담기 시작했다. 하들리는 자신과 매티의 미래가 무너져 내리는 광경을 우두커니 지켜볼 수밖에 없었다.

매티는 차에서 다시 집으로 돌아갈 거냐고 물었다. 그때 매티의 목소리에서 희망이 배어났던 걸 생각하자 턱이 덜덜 떨렸다. 아직 시작조차 하지 않았는데 오랫동안 계획했던 일이 수포로 돌아갈 수도 있는 상황이었다.

그레이스가 돈을 가방에 다 담고 나서 금고 문을 닫고 물탱크 덮개를 도로 덮었다.

"난 공평하게 일을 처리하고 싶었어요. 금고 비밀번호는 나만 알고 있었죠. 당신이 자리를 비운 사이에 돈을 독차지할 수 있었다고요."

하들리가 그레이스를 노려보며 말했다. "처음부터 그 돈의 주인은 당신이 아니었어."

참담함과 분노 사이를 오가며 하들리의 목소리가 떨렸다.

그레이스가 가방을 손으로 톡톡 두드리며 말했다. "듣고 보니 그러네요. 그런데 어쩌죠? 이제는 내 돈이 되었어요."

그레이스가 밖으로 나가려다 말고 다시 걸음을 멈추었다. 그녀는 고개를 절레절레 젓고 나서 하들리를 돌아보았다. 그녀의 얼굴에서 짜증이 묻어났다.

하들리는 발목의 통증 때문에 눈살을 찌푸리며 말했다.

"아직 할 말이 남았어요?"

그레이스가 한숨을 푹 내쉬더니 하들리의 앞에 쪼그려 앉았다.

"내 어깨에 팔을 둘러요. 부축해 줄 테니까."

12

그레이스

그레이스는 하들리를 부축해 후문으로 나간 다음 문을 잠갔다. 하들리의 SUV 쪽으로 걸어가는 동안 그레이스는 혹시 마일스의 울음소리가 들리지는 않는지 귀를 기울였다. 희미한 바람 소리만이 들려올 뿐 아무 소리도 들려오지 않았다. 돈다발로 가득 찬 가방이 오른쪽 어깨를 묵직하게 짓눌렀다.

그레이스는 돈에 대해 생각하지 않으려고 애썼다. 프랭크에게 빚을 받아 내야겠다고 생각은 했지만 이 정도로 어마어마한 액수는 아니었다. 돈을 어떻게 처리해야 할지 난감했다.

그냥 하들리에게 몽땅 줘버릴까?

만약 지금과 달리 정반대의 처지였다면 하들리는 단 한 푼도 나눠 주지 않고 몽땅 가져갔을 것이다. 하들리는 한 손에 구두를 들고, 왼발을 절뚝거리며 걷고 있었다.

그레이스가 갑자기 걸음을 멈추었다.

"뭐예요? 내 차도 훔치게요?"

그레이스는 불만의 표시로 뜨거운 콧김을 내뿜었다. 지금껏 그녀는 거래를 제안했을 뿐 아무것도 훔치지 않았다. 돈을 떼어먹은 프랭크가 그랬던 것처럼 먼저 약속을 어긴 사람은 하들리였다. 다만 생각보다 돈의 액수가 어마어마하게 커서 어떻게 처리해야 할지 생각하느라 머리가 빙글빙글 돌 지경이었다.

하들리가 그레이스의 어깨에 두르고 있던 팔을 거두어 들이며 말했다. "이젠 혼자 걸을 수 있어요."

"혼자 운전할 수 있겠어요?"

"괜찮아요." 하들리가 그 말을 증명이라도 하듯 호기롭게 한 발짝을 떼어놓았다가 앞으로 쓰러질 듯이 비틀거리며 얼굴을 찌푸렸다. 겨우 중심을 잡은 그녀는 다시 한 발짝을 떼어놓다가 결국 바닥에 주저앉고 말았다.

하들리는 얼굴을 일그러뜨리며 다친 다리를 끌어안았다.

"그런 다리로 운전은 불가능해요."

하들리가 그레이스를 쏘아보았다. "당신, 정말 밉상이야."

"당신도 딱히 내 취향은 아니네요."

하들리의 표정이 침울해졌다. 그레이스보다 적어도 열 살은 더 많을 텐데 맨바닥에 주저앉아 다친 다리를 붙잡고 있는 신세가 처량했다. 마치 덩치 큰 아이가 좋아하는 장난감이 망가졌다고 징징대는 꼴이었다.

그레이스가 옆에 앉으며 말했다. "저기요, 신세가 참 딱하게 됐네요. 내가 당신이 가야 하는 곳까지 데려다줄게요."

하들리는 다리를 붙잡고 절망적인 표정만 짓고 있을 뿐 꼼짝도 하지 않았다.

"이봐요, 지금 당신은 선택의 폭이 그리 넓지 않아요. 내 도움을 받아들이든지 아니면 택시를 불러 범죄 현장에서 태워 가라고 하든지 선택해야 한다고요."

하들리가 고개를 갸우뚱하더니 다시 반대편으로 갸웃했다. 그녀의 눈이 가늘어졌다가 곧 커졌다. 마치 자신이 저지른 일 때문에 곤경에 처하게 되었다는 사실을 이제 막 깨달은 듯했다. 그녀가 바닥을 내려다보며 고개를 젓다가 울음을 터뜨렸다.

왕짜증.

"왜 그러는데요?" 하들리가 계속 고개를 젓고 눈물을 흘리며 울먹였다.

"뭐가요?" 그레이스는 인내심이 바닥나고 있다는 걸 느끼며 말했다. 마일스가 차에 있고, 일이 이렇게 된 이상 여기서 최대한 멀리 달아나고 싶었다.

"왜 날 도우려고 하는데요?"

"나도 몰라요."

그레이스는 그녀를 화장실 바닥에 그냥 내버려 두고 올 걸 그랬다는 후회가 일었다. 싫으면 관두라고 말하고 그냥 가려는데 하들리가 일어서려 애쓰며 팔을 내밀었다. 그레이스는 그녀를 힘겹게 일으켜 세우고 SUV 차량까지 부축해 걸었다.

얼마 후, 두 사람이 탄 차가 그레이스의 혼다 옆에 멈추었다.

마일스는 여전히 카시트에서 평화롭게 잠들어 있었다. 그레이스는 안도감에 하마터면 소리를 지를 뻔했다.

그레이스가 마일스를 안고 SUV로 갔다. 그녀가 뒷좌석에 카시트를 고정할 때 하들리가 물었다.

"아기를 차에 재워두고 금고를 털러 온 거예요?"

"하이힐 신고 금고 털러온 사람보다는 나아요."

그레이스가 차 문을 쾅 닫고 다시 혼다 쪽으로 갔다.

13

하들리

하들리는 쌔근거리며 자는 아기를 바라보았다. 오늘 밤 벌어질 수 있는 여러 가지 일들을 상상했지만 차 안에 낯선 아기와 단둘이 있게 될 줄은 몰랐다. 발목을 움직인 순간 고통이 엄습해와 저절로 눈물이 차올랐다. 걸을 수도 없었고, 운전도 불가능했고, 돈도 없었다. 아직 오렌지카운티를 벗어나지 못했고, 탈출의 희망은 점점 멀어지고 있었다. 이제부터는 프랭크가 짜준 일정대로 움직여 자신이 금고털이에 연루된 사실을 숨기는 것만이 최선일 수도 있었다.

하들리는 감정을 억누르기 위해 입술을 깨물었다. 아기들은 잠들어 있을 때조차도 다른 사람의 감정에 무척 예민했다. 차 문이 열리고, 그레이스가 차에 올랐다. 그레이스는 차를 세워둔 곳에서부터 돈 가방을 들고 오느라 얼굴이 벌겋게 달아올라 있었다.

"어디로 가죠?"

"엘 토로에 있는 〈에이어스〉 호텔."

그레이스가 짐을 잔뜩 실어놓은 짐칸을 돌아보았다.

"집을 나왔어요. 아니, 조금 전까지만 해도 그럴 계획이었죠."

그레이스는 잠자코 있다가 차에 시동을 걸고 도로로 나섰다.

얼마 후 하들리가 말했다. "그게 남편의 금고에서 돈을 훔치려고 한 이유죠."

그레이스가 잘라 말했다. "돈 안 줄 거예요."

"돈 달라는 말 아니었어요." 하들리가 씩씩거리며 팔짱을 끼었다. "오늘 밤, 내가 왜 *내* 돈을 꺼내려고 했는지 설명하는 거예요."

그레이스가 갑자기 우회전을 하는 바람에 하들리의 몸이 옆으로 심하게 기울어졌다.

"뭐 먹을래요?" 그레이스가 드라이브스루 〈인앤아웃 버거〉로 차를 몰며 물었다.

"돈 없어요."

그레이스가 연민이라고는 조금도 담기지 않은 목소리로 말했다.

"내가 쏠게요."

"아뇨, 됐어요."

그레이스가 치즈버거 두 개, 감자튀김 하나, 초콜릿 밀크셰이크 하나를 주문했다. 하들리는 그녀가 조금 더 얄미워졌다. 만약 자신이 그런 식으로 먹어대다 가는 일주일도 못 가 바다코끼리 사이즈가 될 테니까. 정작 맘껏 먹어대는 그레이스의 체중은 45킬로그램이 안 되어 보였다.

그레이스가 음식을 콘솔 박스에 내려놓았다. 고소한 기름 냄새와 소금 냄새가 유혹하듯 코끝을 간질였다.

"정말 안 먹을 거예요?"

하들리는 고개를 저었지만 그 순간 마치 항의를 하듯 배 속에서 꼬르륵 소리가 났다.

그레이스는 다시 시동을 걸고 차를 출발시켰다. 그녀는 다음 블록에서 도로변으로 방향을 틀더니 갑자기 차를 세웠다. 양손을 운전대 위에 올려놓은 그녀는 차창 밖의 검은 하늘을 쳐다보았다. 너무나 유심히 보고 있어 하들리는 그녀가 무얼 보는지 궁금했다.

그레이스가 길게 콧김을 내뿜으며 말했다. "나눠요."

하들리가 눈을 깜빡였다.

"50대 50이었잖아요. 그러니까 당신이 절반을 가져가요."

하들리가 그녀의 말을 못 믿겠다는 듯 눈살을 찌푸렸다. "갑자기 왜 마음이 바뀌었죠?"

"카르마." 그레이스가 솔직하게 말했다. "난 솔직히 카르마를 믿어요. 내가 멍청한 짓을 하는지는 모르겠지만 당신에게 절반을 넘겨주지 않으면 나중에 후회할 것 같아요. 그러니까 당신 몫을 가져가요."

14

그레이스

그레이스는 마일스가 잠들어 있는 카시트를 통째로 빼내들고, 돈이 든 기저귀 가방, 〈인앤아웃 버거〉에서 산 음식, 마일스의 기저귀와 우유병, 분유가 든 쇼핑백을 나르느라 숨이 턱에까지 차 씩씩거렸다.

하들리는 한쪽 발을 침대에 올려놓고, 의자에 앉아 있었다. 발목이 퉁퉁 붓고 시퍼렇게 멍든 상태였다.

마일스를 침대에 내려놓은 그레이스는 기저귀 가방을 뒤집어 돈을 쏟아 부었다. 20달러, 50달러, 100달러짜리 돈다발이 쏟아졌다. 마지막에는 권총 한 자루가 침대에 툭 떨어졌다.

그레이스의 시선이 권총에서 하들리에게로 향했다.

"미안해요." 하들리가 웅얼거렸다. "진짜 쏠 생각은 없었어요."

하들리는 무척이나 힘들어 보였고, 그레이스는 문득 그녀가 딱했다. 지금껏 벌레 한 마리 잡아보지 못한 여자 같았다. 아마도 총은 만져본 적도 없었을 것이다.

그레이스는 총을 다시 가방에 집어넣었다. 돈을 쳐다보는 동안 속이 울렁거렸다. 지금껏 그녀의 계좌에 한 달분 월세 이상의 잔고가 남아있던 적이 없었다. 새 출발을 하기에 충분한 돈이 눈앞에 있었지만 돈의 주인은 그녀가 아니었다.

그레이스는 카시트에서 새근새근 잠든 마일스를 바라보았다. 입을 살짝 벌리고, 안전 띠 위에 앙증맞은 두 주먹을 올려놓고 있었다. 그녀는 인앤아웃 쇼핑백에서 버거를 꺼내 포장을 벗기고 한 입 베어 물었다. 짭짤한 감칠맛이 났다.

'이제 다시는 굶주리지 않을 거야!'

〈바람과 함께 사라지다〉에서 스칼렛 오하라가 했던 말이 떠올랐다. 하들리의 시선을 감지한 그레이스가 눈을 뜨고 물었다. "감자튀김이라도 좀 먹을래요?"

하들리는 고개를 저었지만 그녀의 눈은 마치 뼈다귀를 쫓는 개처럼 감자튀김으로 향했다. 그레이스는 하마터면 웃음을 터뜨릴 뻔했다. 하들리는 몸매를 유지하기 위해 음식을 조절하는 여자 같았다. 항상 칼로리를 계산해 섭취하고, 모두 소모하려면 계단을 몇 번이나 오르내려야 하는지 따지는 그런 여자. 그럼에도 하들리는 결코 마른 몸매를 가질 수 없는 여자였다. 그러기엔 엉덩이와 가슴이 너무 컸다. 그레이스에겐 둘 다 없었다.

그레이스는 버거를 반쯤 먹고 나서 크게 심호흡을 한 다음 돈다발을 세기 시작했다. 50달러짜리 묶음은 극히 일부이고, 20달러짜리 묶음이 두 배, 100달러짜리 묶음이 대다수였다.

그레이스는 20달러짜리 묶음이 얼마인지 세어보고 나서 100달러짜리도 세어보았다. 한 묶음에 100장씩이었다.

그레이스가 돈다발이 각각 몇 개나 되는지 헤아리며 말했다.

"20달러짜리 묶음이 각각 2천 달러, 50달러짜리가 5천 달러, 100달러짜리가 1만 달러네요."

하들리가 놀란 얼굴로 되물었다. "각각?"

그레이스가 고개를 끄덕이고 나서 손에 들고 있던 100달러짜리 묶음을 바라보았다. 무게는 그다지 많이 나가지 않았다.

이 돈이 1만 달러라고?

1만 달러면 주간 보호 시설 일 년분 비용이고, 차 한 대 값이고, 반년 치 월세였다.

그레이스는 무릎을 꿇고 앉아 감자튀김을 먹으며 셰이크를 홀짝였다.

"정말 아무것도 안 먹어요?"

그레이스는 하들리를 괴롭히는 게 재미있었다. 그녀는 아무리 생각해도 다이어트를 하는 여자들의 심리를 이해할 수 없었다. 그녀의 할머니는 Diet에서 t를 뺀 철자 Die를 일종의 경고의 의미로 받아들여야 한다고 했다. 할머니는 세상을 떠날 때까지 보통 키에 체중이 80킬로그램이었지만 늘 만족했다. 할머니가 아직 살아 있었다면 폴라 딘*을 유명하게 만든 남부 요리를 맘껏 즐기면서 다이어

---

*미국의 배우이자 남부 요리 전문가

트를 하는 여자들을 이상한 눈으로 쳐다보았을 것이다.

감자튀김을 다 먹은 그레이스는 마지막으로 한 번 더 돈다발이 몇 개나 되는지 세어보고 나서 길고 느린 휘파람을 불었다.

15
하들리

하들리는 돈의 액수가 얼마나 되는지 듣고도 믿을 수가 없었다. 그녀는 1,872,000달러를 머릿속으로 적어보고 나서 고개를 저었다.

"그럴 리 없어요."

프랭크가 돈을 많이 번 건 사실이지만 그 정도는 아니었다. 하들리는 생각을 더듬어 보았다. 프랭크는 잦은 스트레스에 시달렸고, 늦은 밤 의문의 전화를 받곤 했고, 지난 몇 년 동안 지나치게 많은 지출을 했다. 불길한 느낌을 떨쳐버릴 수 없었다.

하들리는 아이들이 잠들어 있는 방문을 쳐다보았다. 돌아오자마자 아이들이 잘 있는지 확인했다. 스키퍼가 매티의 침대로 자리를 옮겨 옆에 누웠고, 두 아이는 마치 고양이들처럼 몸을 웅크린 채 잠들어 있었다. 아마도 매티는 스키퍼가 자기 옆에서 잠든 걸 모를 것이다. 잠결에 스키퍼의 온기가 몸에 닿으면 찰스 황태자이겠거니 생각할 수도 있었다.

1백만 달러. 그 돈의 의미를 생각하는 순간 눈물이 차올랐다. 하들리는 셰이크를 마시고 있는 그레이스를 바라보았다. 그레이스의 뺨에 키스해 커다란 입술 자국을 만들어주고 싶은 심정이었다. 돈을 허공에 뿌리며 춤이라도 추고 싶었다.

하들리가 감정이 북받친 목소리로 말했다. "그레이스, 고마워요."

그레이스가 고개를 들었다가 얼른 돌렸다. 그녀의 얼굴이 분홍빛으로 물들어 있었다. 셰이크를 내려놓은 그녀는 돈뭉치를 나누기 시작했다.

하들리는 침대에서 발을 내리고 1백 달러짜리 묶음들을 반으로 나누었다. 돈이 참 우스웠다. 거의 2백만 달러나 되는데 고작 침대의 사 분의 일을 차지할 뿐이라니. 누군가는 평생 일해야 벌 수 있는 돈인데 그 노력의 결과치고는 참 별것 아니었다.

그레이스가 자기 몫의 돈을 가방에 챙겨 넣기 시작했다. 돈을 거의 다 넣었을 때 마일스가 몸을 뒤척였다. 처음에는 하품을 하더니 고개를 돌리고 입으로 젖꼭지를 빠는 시늉을 했다. 마치 그레이스의 몸이 테이저건에 맞은 듯 꼿꼿해졌다. 돈뭉치를 꽉 움켜쥔 그녀의 양손이 허공에서 그대로 얼어붙었다.

마일스가 칭얼거리기 시작했다. 그레이스가 출격 준비를 하는 사람처럼 눈을 꼭 감고 심호흡을 하고 나서 다시 눈을 번쩍 떴다. 그녀는 돈뭉치를 침대에 내려놓고, 카시트의 안전벨트를 풀었다. 마일스가 울음을 터뜨렸다. 그레이스가 아기를 안고 위아래로 흔들었다.

마일스가 더욱 크게 울자 하들리가 말했다. "배가 고픈가 봐요."

그레이스가 날카롭게 쏘아보자 하들리가 다시 말했다. "기저귀를 갈아야 할 때가 되었거나."

날카로운 울음소리가 두어 번 울려 퍼지고 나서 마일스가 목이 터져라 울기 시작했다. 마일스는 등골이 오싹해질 정도의 데시벨로 울며 당장 울음을 멈출 방법을 찾아낼 것을 요구했다.

하들리가 보다 못해 양팔을 활짝 벌리고 말했다. "아이를 나에게 맡겨요. 분유 탈 동안 내가 안고 있을게요."

그레이스는 고개를 저었다. 대답이라기보다는 무반응에 가까웠다. 그녀의 심리는 마일스만큼이나 극도로 불안한 상태였다. 그레이스가 발작에 가까울 만큼 큰 동작으로 마일스를 위아래로 흔들었다.

하들리가 자리에서 일어서며 단호하게 말했다. "아기를 나한테 넘기라니까."

그레이스는 이번에도 고개를 저으려다가 하들리의 단호한 표정을 보고 멈칫했다. 마일스가 더 큰 소리로 울자 그레이스는 코끝을 씰룩이다가 그대로 하들리에게 내던지다시피 아기를 넘기고 나서 젖병과 분유를 들고 욕실로 달려갔다.

하들리는 아기의 배가 그녀의 어깨 근육에 닿도록 세워 안았다. 스키퍼가 유난히 좋아하던 자세였다. 하들리는 의자에 앉아 마일스의 등을 부드럽게 어루만져 주었다. "아가, 착하지."

마일스가 주먹을 빨기 시작했고 울음소리가 칭얼거리는 소리로 잦아들었다. "그래, 착하지. 엄마가 금방 우유 줄 거야."

하들리는 나지막이 노래를 불렀다. 노래라기보다는 그저 흥얼거리는 소리에 가까웠지만 아기를 안심시키기에 충분했다. 이제 아기의 칭얼거리는 소리가 멎었다. 몸이 묵직하고 힘이 좋은 아기였다. 통통한 다리가 가슴을 타오르고, 입으로 들어가지 않은 손이 그녀의 머리카락을 잡아당겼다. 아기의 목덜미에 코를 파묻자 특유의 달착지근한 냄새가 났다. 마일스의 체취가 매티와 스키퍼가 아기였던 시절의 추억 속으로 그녀로 데려갔다. 아기가 그녀를 너무나 절실하게 필요로 해서 마치 그녀의 몸 일부인 것 같았던 그 시절로.

그레이스가 화들짝 놀란 얼굴로 욕실에서 뛰어나왔다. 그레이스는 젖병을 내밀었다가 다시 거두어들였다. "마일스를 어떻게 달랬어요?"

아기는 하들리의 어깨에 기댄 채로 깜빡 잠들어 있었다.

"어떻게 달래다니요?"

"마일스가 울음을 멈추었잖아요."

하들리는 워낙 아기들을 잘 다루었다. "내가 아기 봐줄 테니까 젖병을 나에게 주고 잠깐 쉬어요."

그레이스가 고개를 저었다.

하들리가 눈을 커다랗게 떴다. "날 못 믿겠으면 돈 가방을 들고 가서 자요. 당신이나 아기나 모두 지쳤어요. 오늘 밤 당신이 해야 할 일들 중 내일 하면 안 되는 일은 없잖아요."

하들리의 엄마가 늘 하던 말이었다. 하들리는 이제 자신이 그 말을 다른 사람에게 해주고 있다는 사실이 마음에 들었다.

"당신은 시키기 좋아하는 타입이죠?"

"당신은 말을 더럽게 안 듣는 타입이고요."

그레이스는 한참 동안 하들리의 얼굴을 살폈다. 비로소 하들리의 말이 진심이라는 판단을 내린 그녀가 말했다. "마일스가 깨면 날 깨워요."

그레이스는 그제야 침대에 누웠다. 그녀의 눈에 여전히 불신의 잔재가 남아 있었지만 밀려드는 피로감에 더는 견디지 못하고 잠에 빠져들었다.

하들리는 돈이 들어 있는 그레이스의 줄무늬 가방을 보았다. 그 다음엔 옆방에 잠들어 있는 매티와 스키퍼가 떠올랐고, 그녀가 앞으로 해야 할 일에 대해 생각했다.

16

마크

FBI의 선임 특수요원 마크 윌키스는 윙윙거리는 소리를 듣고 잠에서 깨었지만 머릿속에서 나는 소리이겠거니 생각했다. 그는 블라인드를 쳐둔 창으로 스며 들어오는 햇살에 눈살을 찌푸리며 옆에 놓아둔 시계를 보았다.

오전 7시 32분.

토요일인가? 어제가 금요일이었으니까 그러네.

마크의 귀에 셸리가 봄 학예회에서 부른 〈양키 두들(Yankee Doodle)〉 노랫소리가 들려왔다. 여섯 살인 셸리는 학예회 때 공연한 연극에서 처음에는 해바라기, 그다음에는 다람쥐, 마지막에는 자기 자신의 모습으로 등장했다. 얼굴에 미소가 번지려는 순간 우뇌에서 여전히 윙윙거리는 소리가 들려왔다. 그는 접이식 탁자 위를 더듬어 휴대폰을 찾아냈다. 학예회 티켓과 저녁 식사로 먹은 타코 포장지가 바닥으로 떨어졌지만 아랑곳하지 않고 휴대폰을 귀에 댔다.

케빈 피츠 패트릭 요원이었다.

"팀장님, 문제가 생겼어요."

갑자기 입 안에서 운동선수의 발 냄새가 배어있는 양말 맛이 났다. 마크는 팔꿈치로 몸을 지탱해 허리를 일으켜 세운 다음 접이식 탁자에 놓인 맥주를 한 모금 마시고 나서 피츠의 다음 말을 기다렸다.

마크는 일 년 가까이 시시껄렁한 사기 사건을 맡아 수사해왔고, 피츠는 내근 요원이었다. 캘리포니아 오렌지카운티에서 주차장 사업을 하는 프랭크 토렐리는 도박과 마약 거래로 돈을 버는 삼류 사기꾼이었다. 원래는 LA 지부에서 처리해야 할 사건이었지만 프랭크의 사촌이 시카고에서 비슷한 사기 행각을 벌이고 있어 어쩔 수 없이 복수 관할 사건이 되었다. FBI, DEA(마약단속국), 지역 경찰 등 여러 기관이 수사에 연루되어 있는 사건이었고, 마크가 총괄 지휘를 맡게 되었다.

그리 복잡한 사건이 아니었고, 이미 몇 달 전에 종결했어야 마땅했지만 그들이 추적해온 자금이 프랭크의 계좌에 입금된 내역이 전혀 확인되지 않아 난관에 봉착했다. 프랭크는 은행이 아니라 다른 어딘가에 자금을 은닉하고 있었다. 지금은 프랭크의 사무실과 주차장에 감시 카메라를 설치해놓고 수색영장이 발부되기를 기다리고 있었다. 수색영장이 나오는 대로 요원들을 투입해 프랭크가 숨겨온 자금을 찾아낼 생각이었다. 프랭크와 그의 형 토니, 시카고의 사촌은 연방 교도소에서 제법 오래 수감될 운명이었다.

피츠가 말을 잇는 동안 마크는 콧등을 문질렀다. "어젯밤 감시 카메라 녹화 영상을 보다가 이상한 점을 발견했어요."

피츠는 똑똑하고 성실한 요원이라 마크는 그를 진심으로 좋아했다. 피츠는 현장 요원이 되고 싶어 했지만 그게 과연 바람직한 결정인지 마크는 확신이 서지 않았다. 피츠는 범죄자들에 대한 심리 분석이 빠르고 직감도 뛰어났지만, 현장에 투입되면 때로 생사를 가르는 결단을 내려야 하고 결과를 감수해야 했다. 피츠는 현장 요원을 하기에는 결단력이 부족했다.

마크가 짜증을 감추며 말했다. "피츠, 머뭇거리지 말고 어서 말해."

어젯밤 학예회에 다녀온 뒤 맥주를 폭음했더니 아직 두개골 안쪽에 숙취가 남아 머리가 지끈거렸다. 마크는 손가락으로 머리를 지그시 눌렀다.

"아무래도 팀장님이 직접 녹화 영상을 보셔야겠습니다."

오전 7시인데 벌써부터 도시를 덮친 열기에 숨이 막혔다. 마크는 자신이 얼마나 보스턴을 그리워하는지 다시 한번 느꼈다. 그는 침대에서 일어나 욕실로 걸어갔다. 왼쪽 어깨와 오른쪽 무릎이 삐걱거렸다. 왼쪽 어깨는 대학생 시절 미식축구를 하다가 다쳤고, 오른쪽 무릎은 이라크 전에 파병되었을 때 그가 타고 있던 군용 지프 가까이에서 터진 수류탄 파편에 맞아 다쳤다.

마크는 좁은 아파트의 모든 전등과 TV를 켰다. 사실 TV를 보고 싶은 생각은 없었지만 집 안이 너무 고요할 경우 아이들 생각이 간절해져서 일부러 소음을 만든 것이었다.

마크는 텅 빈 공간을 둘러보면서 지난 두 달 동안 매일 아침 그랬듯이 혼잣말을 중얼거렸다. "가구가 필요해."

마크는 면도를 하면서 셸리가 노래를 부르던 모습을 떠올렸다. 셸리는 맨 앞줄 가운데 자리에서 곱슬곱슬한 머리카락을 하얀 리본으로 묶고 노래를 불렀다.

"아빠, 내가 노래를 가장 열심히 불러서 가운데 선 거야."

고개를 쳐든 셸리는 어깨를 반듯하게 펴고, 온 힘을 다해 노래를 불렀다.

양키 두들이 마을에 왔다네. 조랑말을 타고서.

마크는 세수를 하고 나서 마르시아가 단정한 손 글씨로 '욕실용품'이라고 써놓은 상자에서 수건을 꺼냈다.

모자에 깃털을 꽂고 마카로니라 불렀네.

보험회사에 다니는 스탠도 학예회에 참석했다. 스탠, 마르시아, 아홉 살인 마크의 아들 벤이 두 줄 앞자리에 앉아 공연을 즐겼다. 언뜻 보기에는 단란한 가족의 모습이었다.

마크는 몇 분 늦게 도착해 차라리 다행이었다. 만약 제시간에 도착했다면 한바탕 소란을 피웠을 수도 있었다. 스탠에게 지옥에나 떨어지라고, *네가* 두 줄 뒤에 앉으라고, *네가* 혼자 앉으라며 심술을 부렸을 테니까. 셸리는 *내* 딸, 벤은 *내* 아들이니까 *내* 옆에 앉아야 한다고.

마크는 꽉 막힌 시내 도로를 빠져나가느라 몇 분 늦게 나타났고,

단단히 화가 치민 상태로 두 줄 뒤에 앉았다. 보험회사 직원인 스탠의 희끗희끗하고 살짝 벗겨진 뒤통수를 노려보면서.

마크는 뜨거운 물줄기 안으로 들어섰다.

양키 두들 행진해. 양키 두들 멋쟁이.

관객석을 쳐다보다가 마크를 발견한 셸리가 잠시 노래 부르는 걸 잊고 신나게 손을 흔들었다. 그 순간 마크는 보았다. 셸리가 미소 지을 때 앞니 두 개가 빠져있는 것을.

마크는 화가 나 주먹으로 욕실 벽의 타일을 쳤다. 그의 어깨가 항의했다.

나쁜 년, 나쁜 년, 나쁜 년.

마르시아가 진작 셸리의 앞니가 빠진 사실을 말해 주었더라면 무얼 해야 하는지, 치아 요정을 연기하기 위해 특별히 구입한 금화를 어디에 숨겨두어야 하는지 알려 주었을 것이다. 그의 책상에 들어 있는 은색 형광펜으로 마치 요정이 쓴 것처럼 멋들어진 글씨로 운을 맞추어 편지를 쓰라고 일리 주었을 것이다.

마르시아는 셸리의 앞니가 처음 빠졌을 때도 연락을 안 해주더니 두 번째에도 그냥 넘어갔다. 연락해야겠다는 생각을 미처 못 했을 것이다. 마르시아는 요즘 바쁘게 일하면서 아이들 둘을 키워야 하기 때문이었다. 셸리의 앞니가 빠진 것까지 전남편에게 일일이 보고할 여유가 없었을 것이다.

마크는 치아 요정이었고, 산타클로스였고, 추수감사절 토끼였고, 성 패트릭이었다. 그는 여전히 그 자리에 있어야 했다. 샤워를 마친 그는 수건으로 허리를 감고 방으로 돌아왔다. 그는 김빠진 맥주를 단숨에 마저 비우고 나서 무거운 한숨을 내쉬며 노트북을 열었다. 피츠가 네 편의 영상을 보냈다. 그중 두 개는 프랭크의 사무실 외부에 설치해둔 감시 카메라 영상이었다.

마크는 사무실 입구에 설치해둔 감시 카메라 영상부터 확인하고 나서 뒤쪽 주차장 영상을 확인했다.

그는 즉시 피츠에게 전화했다.

"젠장! 대체 어떻게 된 거야?"

"그러게 말입니다."

17
그레이스

그레이스는 꿈을 꾸고 있었다. 오븐에서 방금 꺼낸 겉이 바삭바삭한 빵이 손끝에서 부서지면서 보드랍고 촉촉한 속살을 드러냈다. 빵에 바를 잼, 꿀, 버터가 옆에 놓여 있었다. 포도와 사과, 바구니에 담긴 블루베리 머핀, 그 옆에 놓인 와플 한 접시도 시야에 들어왔다. 빵을 든 손끝에서 온기가 퍼지는 동안 고소한 빵 냄새가 코를 자극하며 입 안 가득 침이 고였다.

그레이스는 눈을 뜨는 순간 천장을 보았다. 그녀의 방과 달리 울퉁불퉁하지 않고 매끄러운 천장이었다. 그레이스는 예전에 살던 아파트라고 착각했다. 지미와 결혼하자마자 살았던 아파트. 아침이면 창문을 통해 햇살이 넉넉하게 쏟아져 들어왔다. 그레이스는 그 아파트의 방과 침대가 마음에 들었고, 매일 아침잠을 깨우던 황금빛 햇살이 좋았다. 그 집에선 늘 하루를 희망적으로 시작했다.

지미가 아침 식사로 만들어주던 팬케이크도 떠올랐다. 레몬제스트가 들어간 리코타 치즈를 넣고, 메이플시럽을 끼얹은 팬케이크는 맛이 특별했다. 배에서 꼬르륵 소리가 났다. 그레이스는 그제야 가까이에서 뭔가를 굽는 냄새가 나고 있다는 걸 알았다. 늘어지게 기지개를 켠 그녀는 군침 도는 냄새를 한껏 들이마셨다. 단잠을 자며 이토록 고요한 밤을 보낸 게 얼마 만인지.

고요한 밤을 보냈다고?

그레이스는 비로소 자신이 어디에 있는지 깨닫고 침대에서 벌떡 일어났다. *분명 호텔 방인데 혼자였다. 마일스도 돈도 없었다.*

그레이스는 깜짝 놀라며 헐레벌떡 문으로 달려갔다.

"굿모닝!"

그레이스가 환한 빛 속에서 돌아보니 하들리가 플라스틱 의자에 앉아 있었다. 하들리의 품에 안긴 마일스가 그레이스를 쳐다보며 작은 주먹을 흔들었다.

그레이스는 어리둥절해하며 눈을 깜빡였다.

"잘 잤어요?"

그제야 하들리의 발치에 놓인 기저귀 가방이 눈에 들어왔다. 그레이스가 잠을 자는 동안 하들리가 가방을 깔끔하게 정리해놓은 게 분명했다. 기저귀, 젖병, 분유는 바깥 주머니에 넣고 돈은 안쪽에 넣은 다음 지퍼를 잠가 놓은 상태였다. 카시트가 기저귀 가방 옆에 놓여 있었다. 카시트도 깨끗이 닦았는지 몇 개의 얼룩도 사라졌고, 과자 부스러기도 떨어져 있지 않았다.

하들리는 어느새 자주색 스커트에 아이보리 색 탱크톱으로 갈아입고 있었다.

"당신 짐은 어디에 있죠?"

"차에 있어요. 딸이 실어 주었어요."

때마침 뿌리 부분의 일부만 짙은 색이고, 전체적으로 흰색에 가까운 금발로 머리카락을 탈색한 매티가 문을 열고 방으로 들어섰다. 여자아이가 프랭크와 똑같은 진갈색 눈으로 잠시 그레이스를 쳐다보다가 하들리에게로 시선을 돌렸다.

팔짱을 낀 여자아이가 10대답게 헛기침을 하듯 물었다. "엄마, 언제 출발해요?"

검은 레깅스에 그레이스는 이름조차 모르는 록 밴드 티셔츠를 입고 있었고, 왼쪽 귀에는 뱀 모양 피어싱을 하고 있었다.

하들리가 딸을 소개했다. "매티, 이 분은 그레이스야."

"안녕하세요."

매티는 그레이스 쪽을 쳐다보지도 않고 인사했다. 그레이스는 10대 시절 자신도 그랬던 기억이 떠올라 하마터면 미소를 지을 뻔했다. 자기만의 세계에 빠져 있는 한편 보다 넓은 세상에 적응하기 위해 애쓰던 시절이었다.

하들리가 한숨을 쉬고 나서 마일스를 무릎 위에 세우더니 서로 코를 맞대고 문질렀다. 마일스를 내어줄 생각이 전혀 없어 보였다.

매티가 눈을 위로 치켜뜨며 졸랐다.

"엄마?"

하들리는 여전히 마일스와 코를 맞대고 있었다. 마일스에게 홀딱 반한 눈치였다.

그레이스는 웅얼거리듯 말했다. "자, 이제 그만 출발해야죠. 아기를 돌봐줘서 고마워요."

그레이스가 아기를 받아 안으려는 순간 문이 열렸다. LA 다저스 유니폼을 입은 스키퍼가 안으로 들어서더니 그레이스와 하들리 사이에 섰다. 스키퍼가 마일스를 귀엽다는 듯 내려다보며 양손으로 뺨을 눌러 입술을 물고기 모양으로 만들었다.

"안녕, 루키."

스키퍼가 마일스의 뺨을 늘였다가 조이길 반복했다.

그레이스가 보기에 나이가 여덟 살쯤 되어 보이고, 몸이 허수아비처럼 가냘픈 아이였다. 말도 어눌하고, 세상을 조금 다른 렌즈로 바라보는 듯했다.

그레이스가 안으려는 순간 마일스가 괴상한 소리를 내 그녀를 놀라게 했다. 그레이스는 안으려던 동작을 멈추고 허리를 펴더니 스키퍼와 마일스를 번갈아 쳐다보았다. 마일스가 통통한 팔다리를 정신없이 흔들어댔다. 마일스는 몹시 신이 나있었다. 육아 서적에는 아이가 석 달이 되면 웃기 시작한다고 되어 있었다. 마일스는 이미 2주 전에 넉 달이 지났는데 아직 웃는 얼굴을 본 적이 없었다.

스키퍼가 마일스의 얼굴에서 손을 떼더니 하들리를 쳐다보았다.

"이제 출발할 시간이에요, 블루."

하들리가 애틋한 눈빛으로 스키퍼를 쳐다보며 미소 지었다.

그레이스는 마일스를 안아 들었고, 하들리는 얼굴을 찡그리며 자리에서 일어섰다.

"발목이 더 나빠지기 전에 병원에 가봐야 할 거예요."

하들리의 발목은 퉁퉁 부어오른 데다 시퍼렇게 멍이 든 상태로 모양도 정상이 아니었다.

하들리가 씁쓸한 표정을 지으며 말했다. "네, 곧 병원에 가야죠. 매티, 엄마 좀 도와줄래?"

매티가 다가오자 하들리가 팔을 딸의 어깨에 둘렀다. 매티는 아직 키가 150센티미터 남짓이어서 하들리를 부축하기에는 역부족이었다. 두 사람이 동시에 한 걸음을 떼어놓는 순간 그레이스는 쏜살같이 달려가 비명을 지르며 주저앉는 하들리의 팔을 잡았다. 그레이스의 팔에 안겨있던 마일스가 바닥에 떨어지면서 등골이 오싹할 정도로 악을 쓰며 울기 시작했다.

하들리를 잡았던 손을 놓은 그레이스가 아기를 안아 들었다. "마일스, 엄마가 미안해!"

마일스가 악을 쓰듯 울면서 조그만 주먹으로 계속 그녀의 어깨를 밀쳐내며 몸을 뒤로 젖혔다. 그레이스는 카시트를 집어 들려고 몸을 숙였다가 마일스가 심하게 발버둥 치는 바람에 떨어뜨릴까 봐 두려웠다.

하들리가 보다 못해 말했다. "매티, 어서 도와드려."

"괜찮아요."

그레이스가 그렇게 말하고 나서 아기를 안정적으로 안은 상태로 카시트를 들려고 자세를 고쳤다.

하들리가 소리쳤다. "매티, 어서!"

매티가 카시트를 플라스틱 의자에 올려놓았다. 카시트에 앉히려고 하자 마일스가 소스라치게 비명을 질렀다.

"고마워."

그레이스가 웅얼거렸다.

하들리의 시선을 의식하는 그레이스의 심장이 빠르게 뛰었고 볼이 벌겋게 달아올랐다. 얼굴이 자줏빛이 된 마일스가 버둥거리며 발길질을 하고, 소리를 지르고, 머리로 카시트 받침대를 밀어젖혔다.

"세상에! 딱하기도 하지."

하들리가 한 발로 껑충거리는 걸음으로 그레이스에게 다가섰다.

"아기를 이리 줘요."

그레이스가 머뭇거리자 하들리가 소리쳤다. "어서요!"

그레이스는 카시트의 안전띠를 풀고 마일스를 안아 들었고, 하들리가 아기를 받아 어깨에 세워 안았다.

"착하지. 이제 괜찮아."

하들리가 한 발로 서서 왼손으로 엉덩이를 받치고, 오른손으로 등을 어루만지자 마일스는 이내 잠잠해졌다. 아기가 코를 훌쩍이며 하들리의 머리카락을 잡았다.

그레이스는 저절로 눈물이 고여 입술을 깨물며 바닥을 보는 척했다. 그녀는 자신이 아기를 보살필 줄도 모르는 서툰 엄마라서 마음이 아팠다. 요리와 바느질을 못하는 건 용서될 수 있었지만 엄마가 아기를 보살피지 못한다면, 그것은 세상에서 가장 참담한 실패일 테니까. 마일스는 좋은 보살핌을 받을 권리가 있었다.

마일스는 여전히 주먹을 빨면서 다른 손으로 하들리의 머리카락을 만지고 있었다.

하들리가 아기의 어깨너머로 말했다. "안색이 좋지 않아요. 앉아서 좀 쉬어요."

그레이스는 몸 상태가 좋지 않았지만 고개를 저었다. 하들리가 한 발로 서서 아기를 안고 있는 모습을 마냥 지켜볼 수만은 없었다.

"아기를 이리 줘요."

그레이스는 목에서 넘어오는 쓴물을 삼키며 팔을 벌렸다. 어젯밤에 버거를 한 개만 먹었어야 했다.

하들리가 걱정스러운 표정으로 마일스를 넘겨주었다. 이번에는 감격스럽게도 마일스가 울지 않았다. 발작적으로 울어대는 바람에 마일스의 몸이 땀에 후줄근하게 젖어 있었다.

하들리가 말했다. "차 세워둔 곳까지 데려다줄게요."

"발목 다쳐서 운전 못 하잖아요."

"왼발로 해보려고요."

"농담이죠?"

"그까짓 게 뭐 그리 힘들겠어요?"

"생각보다 힘들어요. 자칫 잘못하면 사고가 날 수도 있어요."

하들리는 못마땅한 표정이었다. "그야 두고 보면 알겠죠."

그레이스가 눈을 위로 치켜뜨자 하들리가 그녀를 쏘아보았다. 그러다가 고개를 젓더니 한 손을 내밀며 말했다. "그럼 우린 여기서 작별 인사를 해야겠네요."

그레이스는 악수를 할 때 마음이 울컥해서 깜짝 놀랐다. 겨우 하루 만에 정이 들었나? 하들리가 벽을 짚고 절뚝거리며 걸어갔고 매티가 그 뒤를 따랐다. 스키퍼는 날씨가 어떤지 살피려는 듯 고개를 젖혀 하늘을 바라보고 나서 성큼성큼 두 사람을 뒤따라갔다.

그레이스는 의자에 앉아 눈을 감고 자꾸만 메슥거리는 속을 진정시켰다. 그녀가 눈을 감고 있을 때 자동차 문이 닫히는 소리가 들려왔다. 이내 차에서 불규칙하고 발작적인 소음이 들려와 눈을 번쩍 떴다. 벤츠 SUV가 덜컹거리면서 후진하는 중에 브레이크등이 비상등처럼 깜빡이는 게 눈에 들어왔다. 그러다가 어느 순간 브레이크등의 깜빡임이 멈추더니 차가 빠르게 후진했다. 차는 도로 경계석을 넘어 보도로 돌진하다가 계단 옆에 놓인 화분을 들이받고 나서야 멈추었다.

그레이스는 서둘러 기저귀 가방을 메고, 카시트에 앉은 마일스를 한 팔로 안아 들고 계단을 뛰어 내려갔다.

그레이스가 차를 향해 달려가 운전석 문을 열었다. "괜찮아요?"

하들리가 눈을 깜빡였다. "네. 괜찮아요."

하들리는 고개를 돌려 매티와 스키퍼를 살펴보고는 다시 그레이스에게로 고개를 돌렸다. "어떻게 된 일인지 모르겠어요."

어떻게 된 일이긴요. 당신이 멍청한 거죠.

그레이스는 속으로 그렇게 생각했지만 곧이 곧대로 말할 수는 없었다. "브레이크 대신 가속페달을 밟았어요."

"내가요?"

그레이스는 고개를 끄덕였다.

"어서 내려요."

"왜요?"

"이제부터 내가 운전할 테니까."

"어디로 가게요?"

"일단 병원에 가서 진찰을 받아요. 당신과 아이들이 죽을 수도 있는 상황인데 모른 체하고 있다가 평생 양심의 가책을 받으며 살고 싶지 않아요."

매티가 뒷좌석으로 갔고, 히들리는 차에서 내린 다음 앞으로 돌아 조수석에 앉았다. 그레이스는 두 아이들 사이에 카시트를 고정시키고 운전석에 앉았다. 운전하는 동안 몸에서 전율이 느껴지는 한편 현기증이 났다. 마치 자유낙하를 하듯 통제할 수 없는 운명을 향해 곤두박질치는 기분이었다.

18
하들리

그레이스가 아이들을 데리고 구내식당에 다녀오겠다고 해서 하들리는 응급실에 혼자 남아 처방이 나오기를 기다렸다. 발목을 심하게 접질렸지만 부러지지 않아 다행이었다. 일단 신축성 있는 붕대로 발목을 감았다. 의사는 최소 몇 주 동안 붕대를 감고 지내야 한다고 했다. 집으로 돌아가면 얼음 찜질을 하고 나서 발을 높이 올려놓으라고 했고, 당분간 운전은 안 된다고 했다.

하들리는 이제 어떻게 하는 것이 현명한 선택인지 생각해 보았다. 의사의 말을 무시하고 운전을 할 수도 있었다. 접질린 발목을 살짝 움직여 보았더니 눈물이 핑 돌 정도로 아팠다. 운전은 안 된다는 뜻이었다. 버스나 기차를 이용할 수도 있겠지만 차와 짐이 문제였다. 프랭크가 추적할 단서를 남기는 건 좋지 않았다.

하들리는 바닥에 놓아둔 스키퍼의 배낭을 바라보았다. 그녀 몫의 돈이 들어 있는 배낭이었다.

그레이스에게 돈을 주고 운전을 해달라고 부탁해볼까?

하들리는 재빨리 그 생각을 접었다. 이미 1백만 달러가 있는데 그레이스가 운전을 해줄 턱이 없었다. 그렇다면 전혀 모르는 사람을 고용할 수밖에 없었지만 생각만으로도 머리카락이 쭈뼛 섰다. 현금이 든 가방을 차에 싣고 처음 보는 사람에게 대륙의 반을 가로질러 달라고 부탁하다니, 무모하기 짝이 없었다.

애들을 둘 데리고 다니는 목발 짚은 여자?

아무리 생각해봐도 좋은 작전이 아니었다. 하들리는 결단을 내려야 하는 순간이 싫었다. 결단을 내릴 때마다 자주 실패로 돌아갔으니까. 그래서인지 또다시 실패하게 될까 봐 망설이고 꾸물대다가 아예 기회를 놓치기 일쑤였다.

하들리는 담배 생각이 났다. 그녀는 다시 스키퍼의 배낭을 쳐다보았다. 돈이 든 배낭에 그녀의 핸드백에 들어있던 소지품을 넣어두었다. 스키퍼의 배낭이 유일한 가방이었다. 그나마 배낭을 메야만 손이 자유로워 몸의 중심을 잡을 수 있었다.

하들리는 아이들이 있는 자리에서는 절대로 담배를 피우지 않았다. 담배를 피우러 잠시 나갔다 올 궁리를 하고 있을 때 커튼 사이로 간호사실 쪽으로 다가가는 두 사람이 눈에 들어왔다. 둘 다 검은색 정장 차림에 군인처럼 건장한 체격이었다. 한 명은 백인, 한 명은 흑인이었다.

하들리는 귀를 기울였다.

"네, 이름이 하들리 토렐리입니다."

백인 남자가 말하는 순간 하들리는 하마터면 침대에서 떨어질 뻔했다. 하들리는 가슴이 두근거리는 상태로 침대에서 내려선 다음 배낭을 어깨에 메고 나서 목발을 짚고 검사실 뒷문으로 나갔다. 엘리베이터를 향해 걸어가는 동안 머리가 빙빙 돌았다.

프랭크는 어떻게 그리 빨리 알아냈을까? 혹시 사무실에 들렀을까?

프랭크는 골프 약속이 있었다. 호텔을 나서기 전 프랭크에게 전화했을 때 그는 골프장에 갈 준비를 하느라 바빴다. 그는 드디어 새로 구입한 골프채를 사용해 볼 수 있는 기회가 왔다면서 마음이 몹시 들떠 있었다.

엘리베이터 앞에 도착한 하들리는 초조해서 어쩔 줄을 모르며 계속 내려가는 화살표를 눌렀다. 그녀는 자신의 몸을 더듬으며 혹시 도청 장치나 추적 장치, 자동 유도 장치가 장착되어 있지는 않은지 두루 살폈다.

마침내 엘리베이터가 도착했고, 하들리는 문이 닫힐 때까지 아래로 내려가는 버튼을 눌러댔다.

하들리는 널찍한 구내식당을 훑어보다가 구석 자리에 앉아있는 그레이스와 아이들을 발견했다. 그들이 앉아있는 테이블에 빈 접시와 쟁반이 놓여 있었다. 그레이스는 커피를 마시고 있었고 매티와 스키퍼는 게임을 하는 중이었다. 마일스는 카시트에 앉아 있었다. 그레이스의 발치에 놓인 줄무늬 가방이 눈에 들어왔다.

고개를 든 그레이스가 하들리의 표정을 살피며 물었다. "무슨 일이에요?"

하들리가 더듬거리며 말했다. "프랭크가 우릴 찾아낸 것 같아요."

미처 말을 끝내기도 전에 그레이스가 자리에서 벌떡 일어섰다. 어찌나 동작이 빠른지 하들리는 자기도 모르게 한 발짝 뒤로 물러섰다. 그레이스는 줄무늬 가방을 어깨에 걸치고, 카시트를 들고 문을 향해 뛰었다.

"잠깐! 기다려요."

하들리가 크게 소리쳤지만 그레이스는 벌써 식당의 절반을 가로지르고 있었다.

"매티, 스키퍼를 데려와."

하들리가 돌아서서 그레이스를 뒤따라갔다. 그녀의 본능이 그레이스를 놓쳐서는 안 된다고 아우성치고 있었다.

하들리가 복도로 나서며 소리쳤다. "그레이스!"

그레이스는 10미터 정도 앞서 있다. 그나마 카시트와 가방이 그레이스의 속도를 늦추었다.

그레이스가 〈관계자 외 출입 금지〉라고 적힌 여닫이문을 지날 때 하들리는 겨우 그녀를 따라잡았다.

숨이 턱까지 찬 하들리가 물었다. "저 사람들이 누군지 알아요?"

그레이스가 그녀를 돌아보았다.

"저 사람들이라니 누굴 말하는 거예요? 프랭크에게 발각되었다면서요."

"아무튼 제발 좀 천천히 걸어요."

그레이스는 오히려 속도를 냈다. 카시트와 무거운 가방을 들고 달릴 수 있는 최대한의 속도였다. 하들리는 목발을 짚는 다리의 중심을 유지하려 애쓰며 그레이스를 쫓아갔다.

그레이스가 들어선 곳은 일종의 기계실이었다. 각종 기계들과 컴퓨터 소리가 윙윙거렸다. 그들이 지나갈 때 작업복을 입은 남자가 클립보드에서 고개를 들고 쳐다보았다.

하들리가 씩씩거리며 말했다. "어쩌면 프랭크가 보낸 사람들이 아닐지도 몰라요."

그레이스가 갑자기 멈춰서는 바람에 하마터면 서로 부딪칠 뻔했다. "방금 전에는 프랭크가 보낸 사람들이라면서요."

"프랭크가 보낸 사람들일 거라고 확신했는데 어쩌면 아닐 수도 있어요. 아무튼 그 사람들이 날 찾고 있어서 깜짝 놀랐어요."

"젠장! 제발 오락가락하지 말고 하나만 선택해요."

"한 명은 백인, 한 명은 흑인이었어요."

그레이스가 눈을 가늘게 떴다. 그녀는 프랭크가 흑인을 고용하지 않는다는 사실을 잘 알고 있었다.

매티와 함께 달려온 스키퍼가 걱정스러운 얼굴로 하들리를 쳐다보았다.

"블루?"

하들리가 말했다. "괜찮아, 챔프."

그레이스가 물었다. "어떻게 생겼어요?"

"두 사람 다 운동선수처럼 체격이 건장하고, 정장 차림이었어요. 신발만 빼면 마치 사업가처럼 차려입은 운동선수들 같더군요."

"신발은 왜요?"

"실용적인 신발이었어요. 레스토랑 매니저들이 흔히 신는 신발 있잖아요. 멋지다기보다는 편한 신발."

그레이스의 얼굴에서 핏기가 가시면서 하얗게 질렸다.

하들리가 물었다. "왜 그래요?"

그레이스는 미처 대답하지 않고 돌아서서 힘껏 달리기 시작했다. 좀 전보다 훨씬 빠른 속도로 미친 듯이 달렸다.

하들리가 서둘러 그녀를 뒤따라갔다. 그레이스가 파란 하늘이 내다보이는 유리문을 밀고 나설 때 하들리가 물었다. "그 사람들이 누군지 짐작이 가요?"

뒤따라온 매티가 문이 닫히기 전에 잡아주었고, 하들리가 절뚝거리며 문을 나섰다.

그레이스가 그 자리에 멈춰 서서 주변을 둘러보았다. 그들은 병원 후문 쪽에 있었고, 구급차만 몇 대 세워져 있을 뿐 인적이 없었다.

그레이스가 재빨리 좌우를 살폈다. 그녀는 왼손에 들고 있는 카시트를 오른손으로 바꿔 들어보려고 했지만 기저귀 가방이 걸리적거려서 뜻대로 되지 않았다.

"그레이스, 그 사람들은 누구죠?"

그레이스가 고개를 돌려 하들리를 쳐다보았다. "그 사람들이 누군지 내가 어떻게 알아요?"

"그럼 내가 신발 얘기를 했을 때 갑자기 얼굴이 하얗게 질린 이유가 뭐죠? 뭔가 아는 게 있다는 뜻이잖아요."

그레이스가 코를 벌름거리고 나서 거친 숨을 내쉬었다. "정확하지는 않지만 FBI 요원들 같아요. 정장 차림에 실용적인 신발이 그 사람들 트레이드마크거든요. 모르긴 해도 감시 카메라를 설치해두고 돈의 흐름을 감시하고 있었던 것 같아요."

매티가 몹시 궁금해하는 얼굴로 물었다. "무슨 돈이요?"

하들리가 다시 물었다. "그러면 FBI에서 프랭크의 돈을 감시하고 있었다는 뜻이에요?"

그레이스가 눈을 위로 치켜떴다. "프랭크가 불법적인 사업으로 돈을 벌어들이고 있었겠죠. 우리는 어쩌면 범죄와 연관이 있는 돈을 훔친 것일 수도 있어요. FBI에서 감시하고 있는 돈에 손을 댄 거예요."

"엄마, 엄마가 진짜 돈을 훔쳤어요?" 매티가 그렇게 묻고는 하들리와 그레이스를 번갈아 쳐다보았다.

"블루?" 스키퍼는 대화 내용을 제대로 이해하지 못했지만 매티만큼이나 마음이 혼란스러운 눈치였다.

하들리는 다시 그레이스를 쳐다보며 상황을 이해해 보려고 애썼다. *범죄와 연관이 있는 돈?* 지금껏 과속 딱지 한 번 떼어보지 않고 법을 지키며 살아왔는데 FBI에게 쫓기는 신세가 되었다고?

그레이스가 기저귀 가방을 내려다보다가 앞주머니에서 휴대폰을 꺼내더니 문 옆 쓰레기통에 던져 넣었다. 그녀가 하들리를 향해 돌아서면서 말했다. "이제부터 날 찾지 말아요."

그레이스가 길 건너 상가 쪽으로 뛰었다.

19
그레이스

하들리와 매티, 스키퍼가 뒤따라오고 있었다. 카시트와 기저귀 가방 때문에 그들을 멀찌감치 따돌릴 수 없었다. 카시트를 한참 동안 들고 있었더니 팔이 떨어져 나갈 듯 아팠다. 날씨는 찌는 듯 덥고, 땀이 밴 손은 너무 미끄러웠다. 그레이스는 안간힘을 다해 버티며 길 건너편 노드스트롬 백화점 쪽으로 달렸다.

그레이스를 앞지른 매티가 카시트를 잡고 소리쳤다. "잡았어요!"

매티가 카시트를 들고 달리기 시작했다. 스키퍼가 바로 뒤에서 매티를 뒤따라갔다.

"챔프, 힘내! 3루를 돌아 홈으로 달린다고 생각하고 뛰어!"

스키퍼가 어설픈 동작으로 팔을 흔들며 두 발을 굴렀다. 하들리는 목발을 짚고 헐떡이며 그레이스를 지나쳐 아이들을 뒤따라갔다.

그레이스의 심장이 빠르게 뛰었다. 이것은 그녀가 원치 않는 상황이었다. 그레이스는 카시트의 마일스를 쳐다보면서 자신이 지금 인생 최대의 실수를 저지르고 있는 게 아니길 바라며 아기를 위해 간절히 기도했다.

20

하들리

하들리는 목발을 헛짚어 아스팔트에 쓰러지는 불상사를 미연에 방지하기 위해 정신을 집중했다. 매티는 카시트를 들고 40미터 앞에서 달리고 있었고, 스키퍼가 그 뒤를 바짝 뒤쫓고 있었다.

그레이스가 쓰레기통에 휴대폰을 버리자 하들리도 따라 했다. 눈치 빠른 매티도 상황을 파악하고 휴대폰을 버리더니 그레이스를 뒤따라갔다. 매티도 본능적으로 그레이스와 함께하는 게 최선이라는 것을 간파하고 있었다.

하들리의 생각도 다르지 않았다. 그레이스는 현재 벌어지고 있는 상황에 이상할 정도로 발 빠르게 대처하고 있었다. 변기의 물탱크가 프랭크가 위장한 금고라는 사실을 간파하고 있었고, FBI 요원들이 실용적인 신발과 멋진 정장 차림을 선호한다는 걸 알고 있었다.

노드스트롬 백화점으로 들어선 순간 서늘한 공기가 온몸을 감쌌다. 그레이스가 화장품 코너를 지그재그로 가로지르며 두 아이와 나란히 걷고 있었다. 하들리의 왼쪽 구두 굽이 슬리퍼처럼 발바닥을 때렸다. 하들리는 밑창이 떨어져 나간 구두를 내려다보며 새삼 프랭크에게 화가 치밀었다.

　잡화 코너를 지난 그들은 가족 휴게실로 들어섰다. 하들리가 안으로 들어선 순간 그레이스가 문을 잠갔다. 하들리는 숨을 헐떡이며 이 시간이 지나면 영원히 담배를 끊어야겠다고 속으로 맹세했다. 하들리가 어깨에 걸치고 있던 배낭이 바닥으로 떨어졌다. 매티는 카시트를 기저귀 교환대에 내려놓고, 게임기도 옆에 내려놓았다. 매티가 배낭 옆에 쪼그려 앉아 지퍼를 열었다. 돈다발을 발견한 매티의 눈이 휘둥그레졌다.

　"엄마, 은행 털었어요?"

　이렇게 끔찍한 상황만 아니었어도 하들리는 터져 나오는 웃음을 참을 수 없었을 것이다. 그러나 지금 그들이 처한 상황은 너무도 심각했고 매티에게 상황을 간단히 설명할 방법도 없었다.

　하들리는 마땅히 해 줄 말이 없어 고개만 저었다.

　매티가 고개를 돌려 그레이스를 쳐다보았다. "혹시 은행 강도였어요?"

　그레이스가 황당하다는 듯 매티를 쳐다보다가 이내 외면하더니 눈동자를 빠르게 굴리며 몸을 바쁘게 움직였다. 다섯 명이 좁은 공간에 함께 몰려 있어 움직일 틈이 없었지만 그레이스는 뭔가 깊은 생각에 잠긴 얼굴로 아랫입술을 깨물며 계속 서성거렸다.

　마일스의 눈이 커다래지더니 입술을 삐죽거리기 시작했다. 하들리는 벽에 기대고 있던 몸을 밀어낸 다음 카시트의 안전띠를 풀고 마일스를 어깨에 기대 안았다.

그레이스가 몽롱한 표정으로 가방에서 분유가 반쯤 남아있는 젖병을 꺼냈다. 하들리가 아기를 팔에 기대게 한 다음 입에 젖병을 물려주었다. 아기는 만족스럽게 젖병을 빨았다. 하들리는 차라리 자기가 아기였으면 좋겠다는 생각이 들었다.

스키퍼는 한쪽 구석에 웅크리고 앉아 몸을 앞뒤로 흔들면서 눈을 가늘게 뜨고 바닥에 깔린 흰색과 검은색 타일을 보았다.

하들리가 스키퍼를 불렀다. "어이, 챔프."

스키퍼는 쳐다보지 않았지만 하들리는 그가 잔뜩 긴장해 있다는 걸 알 수 있었다. 스키퍼는 느리고 여유로운 속도로 살아야 하는 아이였다. 스키퍼에게 현재 전개되고 있는 상황이 얼마나 두려울지 짐작이 갔다.

하들리는 아기를 흔들거나 발목에 힘을 가하지 않으려 애쓰며 엉거주춤한 동작으로 스키퍼의 옆으로 다가가 앉았다. 바닥으로 향했던 스키퍼의 시선이 아기에게로 움직였다.

하들리가 목소리를 떨지 않으려 애쓰며 물었다. "어이, 챔프. 네가 우유 먹여볼래?"

스키퍼의 눈이 휘둥그레졌다. 아이의 불안감은 이내 중요한 임무를 부여받은 것에 대한 놀라움으로 바뀌었다.

하들리가 말했다. "챔프, 책상다리 하고 앉아 봐."

스키퍼가 엉덩이를 바닥에 대고 앉았고, 품에 안기는 아기를 신기한 표정으로 바라보았다.

스키퍼를 힐끗 쳐다본 마일스는 전혀 개의치 않는다는 듯 만족스럽게 젖병을 빨았다. 스키퍼의 얼굴에서 순수한 사랑의 감정이 피어났다. 하들리가 가르쳐주는 대로 스키퍼는 왼팔로 아기의 머리를 받쳤다. 하들리는 스키퍼에게 공기가 들어가지 않도록 아기에게 젖병을 물리는 방법을 가르쳐 주었다.

"무슨 말인지 알겠지?"

스키퍼가 여전히 시선을 아기에게 고정시키고 고개를 끄덕였다. 황금빛 머리카락이 스키퍼의 이마에서 흘러내렸다.

스키퍼가 도움이 필요할 경우 언제든 도울 수 있도록 매티가 가까이 다가와 앉았다. 하들리는 스키퍼가 도움을 청하지 않을 거라고 생각했다. 스키퍼는 놀라울 정도로 책임감이 강한 아이니까.

그레이스는 깊은 생각에 빠져 계속 서성거렸다. 비좁은 공간을 여섯 번이나 돌고 나서 그레이스는 벽에 대고 소리를 질렀다. "돌아버리겠네!"

그레이스의 목소리가 타일 벽에 부딪쳐 튕겨 나왔다.

실내의 분위기가 갑자기 얼어붙었다.

그레이스가 하들리 쪽으로 돌아서며 물었다. "프랭크는 도대체 무슨 일에 연루된 거죠? FBI가 왜 당신을 추적하는 거냐고요."

"난 전혀 몰라요."

매티도 대화에 끼어들었다. "배낭에 돈다발이 잔뜩 들어있던데 그게 다 아빠 돈이었어요?"

매티는 은행을 털어서 챙긴 돈이 아니라서 실망한 표정이었다.

하들리는 고개를 끄덕였고, 그레이스는 손가락으로 머리카락을 쓸어내렸다.

하들리가 물었다. "이제 어쩌죠?"

바로 그때 스키퍼가 말했다. "아기가 분유를 다 먹었어요, 블루."

하들리가 돌아보니 아기가 스키퍼를 바라보며 방긋 웃고 있었다. 아기의 입에서 분유가 흘러내렸다. 하들리는 트림을 시키려고 아기를 어깨에 기대어 안았다.

그레이스가 아기를 바라보며 말했다. "*당신*은 아이들을 데리고 떠나요. 이제부터 각자 알아서 하는 거예요."

그레이스의 단호한 말에 하들리가 눈을 깜빡였다.

"당연히 그래야죠." 하들리는 그렇게 말했지만 의도치 않게 울음이 터져 나왔다. 그녀는 원래 툭하면 울었다. 어떤 감정으로든지 울수 있었다. 슬플 때나 기쁠 때는 물론이고, 두려울 때나 긴장될 때도 울었다.

하들리는 아기를 안고 있지 않은 손으로 눈물을 훔쳐냈지만 미처 닦을 사이도 없이 다시 빠른 속도로 솟구쳤다.

그레이스가 인상을 찌푸리며 말했다. "아 진짜 왜 이래요!"

"미, 미안해요."

하들리가 말을 더듬으며 아기 트림용 손수건의 가장자리로 얼굴을 찍어냈다.

"물론 당신은 떠나야겠죠. 자, 이제 아기를 받아요."

하들리가 아기를 그레이스를 향해 내밀었다.

그레이스는 아기를 받아 안는 대신 하들리를 쏘아보며 팔짱을 끼었다. 하들리는 아기를 끌어안으며 다시 눈물을 훌쩍였다.

스키퍼가 그녀를 불렀다. "블루?"

스키퍼는 현재 상황이 도무지 이해되지 않는 눈치였다.

하들리가 가까스로 말했다. "우린 괜찮아, 챔프."

"미치겠네." 그레이스가 그렇게 말한 다음 벌컥 화를 내며 말을 이었다. "이제 알았으니까 그만 울어요. FBI 요원들을 따돌리고 여기서 빠져나갈 때까지 같이 가요. 하지만 그다음엔 각자 서로의 길을 가는 거예요."

21

그레이스

그레이스는 눈물에 약했다. 아이든 어른이든 상대의 눈에서 눈물이 흘러내리는 순간 그녀의 뇌에 경고등이 켜졌다. 무슨 방법을 동원해서라도 눈물을 멈추게 하고 싶었다. 그레이스는 1백만 달러가 들어있는 돈 가방을 들고 떠나는 대신 노드스트롬 백화점의 화장실에서 하들리와 논쟁을 벌이고 있었다. 하들리의 눈물을 멈추려고 충동적이고도 한심한 선택을 한 것이 너무도 후회스러웠다.

그레이스가 말했다. "당장 차가 한 대 필요해요."

"안 돼요."

하들리가 고개를 절레절레 저었다. 검은 머리카락이 그녀의 얼굴에서 찰랑거렸다.

누구 때문에 이 고생을 하게 되었는데 사사건건 고집을 부리는 하들리의 태도에 그레이스는 짜증이 치밀었다.

하들리가 말했다. "차가 필요한 건 맞지만 훔치는 건 안 돼요."

"*훔치는 게* 아니라 *빌리는* 거예요. 하루나 이틀 사용하고 나서 얌전히 돌려주면 되잖아요."

하들리가 더욱 세게 고개를 저었다. "총으로 위협해 차를 *빌릴* 생각이라면 절대 동의할 수 없어요. 단 일 분이라도 그런 짓을 해선 안 돼요."

그레이스는 속이 부글부글 끓었다. "그럼 차 없이 이 일을 해낼 수 있는 방법이 있어요?"

하들리의 초록빛 눈동자가 커졌다. "물론 있어요."

그녀가 발치에 놓인 배낭으로 손을 뻗어 1백 달러짜리 지폐 한 다발을 꺼냈다. "식초보다는 꿀이 파리를 더 많이 잡는 법이죠."

하들리가 의기양양하게 지폐를 흔들었다.

그레이스는 그 말을 듣는 순간 흠칫 놀랐다. 그녀의 할머니가 즐겨 쓰던 말이었다.

하들리가 돈을 흔들던 손길을 멈추고 물었다. "괜찮아요?"

그레이스는 가까스로 고개를 끄덕였다.

"총으로 위협하는 것보다는 낫지 않아요?"

그레이스가 눈을 깜빡이며 다시 고개를 끄덕였다. 하들리처럼 집 안에 틀어박혀 살림이나 하고 아이들을 보살피느라 긴 세월을 보낸 여자가 그토록 합리적인 제안을 할 수 있다는 사실이 놀라울 따름이었다.

그레이스는 돈이 있다는 걸 자꾸 잊었다. 마치 매번 유리에 부딪치는 풍뎅이처럼 엄청난 돈이 수중에 있는 데도 도무지 적응이 되지 않았다. 이제 그녀에겐 어마어마한 돈이 있었다. 총으로 위협하지 않고도 정당하게 돈을 지불하고 차를 빌릴 수 있다는 뜻이었다. 그레이스도 아무 원한도 없는 사람을 총으로 위협해 차를 빼앗고 싶지는 않았다.

하들리가 회심의 미소를 지었다.

그레이스는 그녀의 웃는 얼굴을 한 대 갈겨주고 싶었다.

"돈을 받고 차를 빌려줄 사람을 찾아내야 하는데, 그건 쉬운 일이 아니에요."

그레이스의 경험에 따르자면 사람들은 웬만해서는 낯선 사람을 믿지 않았다.

하들리가 목발을 짚고 당당하게 문을 나섰다.

"따라와요."

하들리는 백화점을 가로질러 그들이 들어온 입구 맞은편의 출구로 나갔다. 매티가 카시트와 기저귀 가방을 들고 있었고, 그레이스가 마일스를 안고 있었다. 마일스는 그녀의 어깨에 기대어 편안하게 잠들었다.

하들리가 말했다. "여기서 기다려요."

백화점 밖으로 나온 그들은 출입구의 차양 아래에 서있었다. 하들리가 배낭을 그레이스의 발치에 내려놓고 돈다발 몇 개를 주머니에 챙겨 넣었다. 그녀는 목발을 짚고 절뚝거리며 주차장으로 걸어가더니 장애인 전용 주차 공간 앞에 멈춰 섰다. 장애인 주차 공간은 두 칸이 비어 있었다.

무더운 날씨라 그레이스의 옷이 땀으로 축축해졌다. 어제 이후 샤워를 하지 못했고, 옷도 이틀째 그대로 입고 있었다. 그레이스는 자신의 몸에서 냄새가 난다는 사실을 깨닫고, 매티에게서 한 발짝 물러섰다.

쇼핑을 하러 온 고객들이 그녀의 곁을 지나갔지만 하들리는 엷은 미소만 지을 뿐 말 한마디 건네지 못하고 멀뚱하게 서있었다.

대체 뭘 기다리는 거야?

병원에 찾아왔던 사람들이 FBI 요원들이었다면 지금쯤 감시 카메라를 확인해 보았을 가능성이 컸다. 아마도 병원 주차장을 빠져나와 백화점 쪽으로 걸어가는 그들을 보았을 것이다.

그레이스가 태어나기도 전에 출시된 것처럼 보이는 구닥다리 차가 주차장으로 진입하더니 입구에서 가장 가까운 장애인 주차 구역에 멈춰 섰다. 운전석 문이 열리더니 밝은색 블라우스에 얼굴을 거의 다 가릴 만큼 커다란 선글라스를 착용한 노부인이 운전석에서 내렸다. 나이가 지긋한 노부인의 가냘픈 몸매와 솜털 같은 흰 머리카락이 눈에 들어왔다. 만약 하들리가 그녀에게 접근할 경우 강도로 착각해 심장마비를 일으키거나 비명을 지를 것 같았다.

매티도 초조해하며 몸을 꿈지럭거렸다. 그레이스와 매티는 환한 미소를 머금고 노부인에게 다가가는 하들리를 지켜보았다. 마치 이웃이나 오랜 친구를 만난 사람 같았다. 하들리가 목발을 잡고 있던 오른손을 흔들자 여자가 멈춰 섰다. 노부인이 호기심 어린 눈빛으로 하들리를 쳐다보았다. 마치 서로 오래전부터 알고 지낸 사이인데 갑자기 누군지 생각나지 않는다는 듯이.

하들리가 말을 붙이려는 순간 노부인이 미소를 지었다.

그레이스는 노부인이 적어도 하들리를 강도라고 생각하지 않는 것 같아서 안도했다.

매티가 옆에서 속삭였다. "엄마가 무슨 얘길 하려는 걸까요?"

"나도 모르겠어."

하들리가 이야기를 하는 동안 손이 입과 함께 부지런히 움직였다. 매우 흥미로운 이야기를 나누는 듯 언뜻 보기에도 활기가 넘쳤다. 노부인이 몇 번 깜짝 놀라는 표정을 지었다. 노부인이 착용한 검은 선글라스가 그레이스와 아이들 쪽으로 향했다.

그레이스는 어떻게 반응해야 할지 몰라 손을 흔들었다. 매티도 손을 흔들었다. 바로 그때 옆에 서있던 스키퍼가 길을 건너 하들리에게로 달려갔다. 스키퍼가 호기심을 느낀 듯 고개를 갸웃거리다가 손을 뻗어 노부인의 블라우스를 만지작거렸다. 분명 이상한 행동이었고, 만약 다른 사람이 그랬다면 몹시 불쾌할 수도 있는 상황이었다. 오히려 노부인은 LA 다저스 유니폼을 입은 아이의 천진스러운 행동이 귀엽다는 표정이었다.

그레이스는 눈을 가늘게 뜨고 노인이 입고 있는 블라우스를 바라보았다. 각양각색의 앵무새와 큰부리새들이 그려져 있는 블라우스였다. 노부인이 손가락으로 블라우스의 다른 부분을 가리키며 무어라 말했고, 아이가 고개를 끄덕이는 모습이 보였다.

스키퍼의 눈이 커다래지면서 얼굴에 미소가 번져갔다.

그레이스는 두 사람의 일거수일투족을 지켜보면서 스키퍼가 얼마나 놀라운 아이인지 새삼 깨달았다. 스키퍼는 지능이 떨어지는 편이었지만 귀엽고 신비로운 구석이 있는 아이였다. 엄청나게 커다란 아이의 눈은 낡은 청바지 빛깔이었고, 분홍색 입술은 작지만 완벽했고, 피부는 어찌나 하얀지 광채를 발했다.

하들리를 쳐다보는 노부인의 표정이 어느새 크게 달려져 있었다. 하들리가 스키퍼의 머리를 헝클어뜨리며 뭐라 말했다. 그런 다음 다시 그레이스와 매티를 가리키며 손을 흔들어 보였다. 두 사람도 지체 없이 손을 흔들어 주었다.

매티가 물었다. "엄마가 잘 해낼 수 있을까요?"

"나도 잘 모르겠어."

아무튼 하들리가 이런 아이디어를 냈다는 사실이 믿기지 않았다. 대화는 3, 4분 정도 더 이어졌고, 두 여자는 마치 오랜 친구 사이처럼 밝게 웃으며 이야기를 나누었다.

그레이스의 맥박이 점점 더 빨라졌다. 감시 카메라를 확인한 FBI 요원들이 언제고 그들을 덮칠 수 있는 상황이었다. 하들리에게 신발이라도 던져서 서두르라고 말해주고 싶은 생각이 간절했다.

한시라도 빨리 차를 빌려 여길 빠져나가야 해요.

그레이스의 말을 듣기라도 한 듯 하들리가 돈을 꺼내 노부인에게 건넸다. 노부인이 자동차 열쇠를 꺼내 하들리에게 내밀었다.

그레이스와 매티는 크게 안도하며 서로의 어깨를 토닥였다. 그레이스는 하들리가 무슨 말로 노부인을 설득했을지 궁금했다.

그레이스는 배낭을 들고 매티와 함께 차가 있는 곳을 향해 걸어갔다. 노부인이 옆을 지나쳐가며 그레이스에게 말했다. "제때 도착할 수 있길 바라요."

그레이스는 무슨 말인지 알 수 없었고, 알고 싶지도 않았다. 그녀는 오직 빨리 이곳을 빠져나가야 한다는 생각뿐이었다.

22

마크

마크가 땀에 흠뻑 젖은 셔츠를 벗으며 말했다. "지금 그걸 말이라고 해?"

습도가 높아 숨을 쉴 때마다 공기가 어찌나 눅눅한지 폐로 곰팡이를 들이마시는 듯했다. 벌써 2년 가까이 워싱턴 D.C.에 살고 있었지만 이곳은 여전히 임시 거처처럼 느껴졌고, 그는 적응하기 힘든 환경에서 살아남기 위해 애쓰는 외계 생명체가 된 기분이었다. 여름은 너무 더웠고, 겨울은 지나치게 추웠고, 습도는 항상 높았다. 보스턴의 날씨도 과히 좋지는 않지만 여기보다는 훨씬 쾌적했다. 보스턴의 봄, 여름, 가을, 겨울은 항상 해가 쨍하고, 맑고, 숨 막히게 아름다웠다.

피츠가 말했다. "죄송합니다, 팀장님."

마크는 욕이 튀어나오려는 입을 꽉 다물며 눈을 감았다. 그의 바로 앞에서 셸리가 수영장 벽을 짚고 서있었다. 셸리의 주위로 예닐곱 살짜리 아이들 여섯 명이 똑같이 벽을 짚고 서있었고, 수영 강사가 물속에서 기포를 만드는 방법을 가르쳐주고 있었다.

만약 마크가 만화 캐릭터였다면 귀에서 연기가 피어올랐을 것이다.

"그러니까 여자 둘이 감시 카메라 1천 대가 설치되어 있는 병원에서 FBI 요원을 따돌리고 무사히 빠져나갔다는 말이야? 그다음엔 바스토우 경찰과 FBI LA지부 요원들 절반을 속이고 현장에서 탈출했다고? 게다가 두 여자 가운데 한 명은 다리를 다쳐 목발을 짚고 있고 어린애 둘과 갓난아기까지 같이 움직이고 있다고?"

"간발의 차이로 놓쳤어요."

"어디로 사라졌는지 아직 확인 못 했나?"

"두 여자가 아이들을 데리고 〈맥도날드〉 앞을 지나가는 모습이 감시 카메라에 잡혔습니다. 나중에 확인해 보니 어떤 노부인이 〈맥도날드〉 주차장에 차를 세워 두었더군요. 요원들이 그 일대를 샅샅이 뒤지고 있는데 아직 찾아내지 못했습니다. 현재 40번 도로를 완벽하게 차단 중인데, 아직 두 여자가 탄 차는 지나가지 않았어요. 지난 세 시간 동안 모든 차량을 검문했는데 두 여자의 행방은 여전히 묘연한 상황입니다."

마크는 화가 나서 머리가 터질 지경이었다. "그럼 그 여자들이 증발해 버렸다는 거야?"

피츠는 현명하게도 그 질문에는 대답하지 않았다.

마크가 세 번 심호흡을 하고 나서 물었다. "두 여자는 어떤 관계야? 하들리와 그레이스 말이야?"

"그게 좀 이상합니다. 제가 조사해 봤는데 두 여자는 친분이 전혀 없어요. 휴대폰 통화 내역도 확인했고, 예전 감시 카메라 영상도 봤는데 하들리는 남편 사무실에 나타난 적이 거의 없어요. 그레이스는 사무실에서 벗어난 적이 거의 없고요."

"하들리의 여동생은 뭐래?"

"현재 벨리즈에서 신혼여행 중인데 전화를 받지 않고 있습니다. 지역 경찰에 연락을 취해두었고, 머무는 호텔에 사람을 보내 두었습니다."

"그레이스의 남편은?"

"그 친구가 정말 딱한 게 아직 부인이 집을 나간 사실을 모르고 있었습니다. 그 소식을 알려 주었더니 몹시 충격을 받은 눈치였어요. 도박을 했다가 낭패를 봤다고 하더군요. 지난주에 마이애미 말린스*에 돈을 걸었다가 집세를 다 날렸답니다."

"하필이면 왜 마이애미 말린스에 돈을 걸었을까?"

"한마디로 말도 안 되는 짓이었죠. 그다지 머리가 좋은 친구는 아닌 게 확실합니다."

마크는 다시 눈을 감았다. 그렇다면 그레이스 헤릭이 가출해 프랭크 토렐리의 사무실에서 돈을 훔친 이유는 명백했다. 멍청한 남편 지미 헤릭이 마이애미 말린스에 돈을 걸었다. 최근 마이애미 말린스는 성적이 바닥을 기고 있는 약체 팀이었다. 도박으로 돈을 몽땅 날렸으니 지미와 그레이스 부부는 살길이 막막했을 것이다.

* 미국 MLB 구단

하들리의 경우 집을 떠나는 대부분의 기혼 여성들과 이유가 비슷했다. 프랭크 토렐리는 그야말로 쓰레기 중의 쓰레기였다. 마크는 일 년 가까이 프랭크를 지켜보았고, 그처럼 비열한 작자가 어쩌다가 하들리 토렐리처럼 멀쩡한 여자와 살게 되었는지 의아했다.

하들리와 그레이스가 갑자기 힘을 합친 이유는 무엇일까? 현재 일이 전개되는 과정을 보면 전혀 앞뒤가 맞지 않았다. 감시 카메라를 보니 하들리가 먼저 사무실에 나타났고, 그레이스는 한 시간 뒤에 도착했다. 하들리는 사무실 뒤쪽에 차를 세워두었고, 그레이스는 앞쪽에 주차했다. 그레이스는 아기를 차에 남겨 두었고, 하들리는 아이들을 다른 장소에 두고 혼자 나타났다.

어쩌면 하들리가 금고를 열지 못해 그레이스에게 연락해 협상을 시도했을 수도 있었다. 두 사람의 통화기록은 없었지만 대포폰을 사용했을 가능성도 배제할 수 없으니까.

금고에서 돈을 빼내는 과정에서 하들리가 발을 다쳤다. 어쩌면 하들리가 발을 다치는 바람에 그레이스에게 연락을 취했을 수도 있었다. 그레이스가 하들리의 아이들을 인질로 잡고 일을 벌였을 가능성도 배제할 수 없었다.

만약 그런 상황이었다면 지금껏 두 여자가 계속 붙어 다니는 이유를 설명할 방법이 없었다. 하들리와 그녀의 아이들은 병원 주차장에서 그레이스를 뒤쫓아 갔다. 그때까지만 해도 그레이스는 그들과 전혀 얽히고 싶어 하지 않는 것처럼 보였다.

그렇다면 두 여자의 연결 고리가 무얼까?

피츠가 침묵을 깨며 말했다. "그나마 그 편지는 참 훈훈하던데요."

"편지라니?"

"하들리가 차를 빌려준 노부인에게 남긴 편지 말입니다."

마크는 이번에도 화가 치밀어 오르며 말문이 막혔다. 수영장에서 셸리가 그를 쳐다보며 웃는 바람에 마크는 애써 미소 지으며 엄지를 치켜세웠다. 그 편지는 결코 *훈훈하지* 않았고, 짜증을 돋우었다. 마크에게 두 여자는 골칫거리였다. 두 여자는 마크가 주시하던 사건의 수사 방향을 완전히 틀어놓았을 뿐만 아니라 FBI LA지부 요원 절반의 감시망을 뚫고 사라져 버려서 한마디로 망신살이 뻗치게 만들었다. 그 와중에도 두 여자는 노부인에게 감사의 편지를 써 운전대에 붙여두는 여유를 부렸다.

피츠가 말했다. "그분은 잔뜩 화가 났어요."

"누구?"

"차를 빌려준 노부인 말입니다. FBI가 헌법에 명시된 시민의 권리를 침해하고 있다면서 비난을 퍼붓던데요."

"범죄자들에게 차를 빌려줄 권리, 아니면 범죄자의 도주를 도울 권리를 말하는 건가?"

"엄밀히 말해 하들리와 그레이스는 범죄자라기보다는 그저 조사 대상일 뿐이잖아요. 따라서 노부인이 범죄자의 도주를 도왔다는 논리는 성립되지 않습니다."

"엄연히 현실에서 벌어진 일인데 그게 무슨 소리야?"

마크의 목소리가 너무 크고 날카로웠는지 수영 강사가 고개를 돌려 그를 쳐다보았다.

피츠는 지금 은연중 두 여자를 응원하고 있었다. 그가 현장 요원이 될 수 없는 이유를 스스로 증명하고 있는 셈이었다. 현장 요원은 그 어떤 상황에서도 감정에 얽매여선 안 된다. 용의자가 깡패든 선량한 노부인이든 흔들림 없이 임무에 충실해야 한다. 현장 요원은 어떤 상황이 벌어지더라도 냉정을 유지하며 용의자를 체포해야 하고, 정확한 단서와 증거를 확보하기 위해 노력해야 한다. 용의자가 범죄 행위를 저질렀는지 여부는 법정에서 가려내면 된다.

"아흔 살이나 된 노부인이 FBI를 고소하겠답니다. 저는 솔직히 노부인의 주장에 어느 정도 일리가 있다고 봐요. 노부인은 정당한 거래를 했을 뿐이니까요. 노부인의 돈을 압수하자니 꼭 베티 화이트*의 돈을 빼앗는 것 같은 기분이 들어 찜찜해요."

"우리는 돈을 빼앗은 게 아니야. 우리에게 그 돈은 중요한 증거물이잖아."

"그렇긴 하죠."

마크는 코로 숨을 길게 내쉬었다. 이번 일이 잘못된 건 결코 피츠의 잘못이 아니었다.

"파일 업데이트했나?"

* 미국의 원로 배우이자 코미디언

"네, 다 해놓았습니다."

"일단 집에 들어가서 쉬어. 늦게까지 일하느라 수고 많았어."

"별말씀을요."

마크는 통화를 마치고 휴대폰을 주머니에 넣었다. 셸리가 마크를 보며 웃다가 발장구치는 걸 잊어 물속으로 가라앉을 뻔했다. 수영 강사가 얼른 다가가 셸리를 붙잡아 주었다.

벤은 수영장 소음이 미치지 않는 건너편 벤치에 앉아 책을 읽고 있었다. 마크는 한숨을 푹 쉬고 나서 수영장을 끼고 돌아 벤이 있는 곳으로 걸어갔다.

"벤!"

그가 부르는 소리를 들었을 텐데도 벤의 시선은 여전히 책에 고정 되어 있었다.

"무슨 책을 읽고 있니?"

벤이 표지를 들어 마크에게 보여주었다. 릭 라이어던의 《번개 도둑(The Lightning Thief)》이었다.

"작년에 아빠와 함께 읽었던 책이네?"

일 년 전, 이혼하기 전에 마크와 벤은 함께 책을 읽곤 했다. 《번개 도둑》은 그들이 가장 좋아했던 책 들 중 하나였다.

벤이 고개를 끄덕이고 나서 턱을 앞으로 내밀었다.

"벤, 왜 그렇게 화가 났는지 아빠에게 말해주면 안 될까?"

벤은 아무 말도 하지 않았고, 책에서 시선을 떼지 않았다.

마크가 집에서 나온 뒤로 벤은 대화를 거부하고 있었다. 처음엔 엄마 아빠의 이혼 때문에 화가 났으려니 생각했다. 하지만 벤은 분노의 대상이 오직 아빠라는 사실을 분명히 하고 있었다. 마크는 이미 여러 차례 무슨 이유로 화가 났는지 물었지만 벤은 좀처럼 말을 하지 않았다.

마크는 침묵으로 시위하는 벤의 곁에 앉았다. 아빠 입장에서 벤의 인생에 도움이 되는 말을 해주어야 할 시점이라는 생각이 들었지만 딱히 떠오르는 말이 없었다. 과연 무슨 말을 해주어야 벤의 인생에 도움이 될까? 마크에게 아빠 노릇을 한다는 것은 나침반이나 삿대 없이 망망대해에 떠있는 것처럼 막막한 일이었다.

마크는 아버지를 떠올려 보았다. 아버지는 그와 그의 형에게 무슨 말을 해주어야 하고 어떤 모범을 보여야 할지 잘 알고 있었다. 아버지와 그들 형제는 성향이 비슷해 대체로 무던하고 의연했다. 그 반면 벤은 예민하고, 섬세하고, 그로서는 이해하기 어려울 정도로 내성적이었다.

마크는 가벼운 한숨을 쉬고 나서 피츠가 업데이트해 놓은 파일을 읽어보려고 벤과 몇 걸음 떨어져 앉았다. 감시 카메라 영상, 하들리와 그레이스에게 차를 빌려준 노부인의 진술, 두 여자가 운전대에 붙여놓은 편지 파일이 일목요연하게 정리되어 있었다.

마크는 우선 편지를 클릭했다. 첫 번째 사진은 편지 바깥쪽을 보여주었다. *감사합니다.* 라는 말이 적혀 있었고, 글자 주위로 나비

들이 날아다녔다. 두 번째 사진에 편지 내용이 들어 있었다.

친애하는 낸시

낸시의 차는 그야말로 최고였어요. 스키퍼는 차 이름을 푸홀스(LA 에인절스 팀 선수 이름)라고 지었죠. 차가 빠르지는 않지만 주어진 일을 믿음직스럽게 잘 해냈기 때문이에요. 차를 빌려주셔서 감사합니다. 때로는 신뢰와 믿음을 찾기가 쉽지 않아요. 낸시처럼 처음 보는 사람을 신뢰하기란 정말 힘든 일이지요. 짧게나마 낸시와 우리의 인생 행로가 포개어져서 기뻤어요.

친절한 당신의 그 모습 영원히 변치 않으시길

하틀리, 스키퍼, 매티, 그레이스, 마일스 올림

마크는 편지를 다 읽고 나서 신음 소리를 냈다. 피츠의 말대로 편지 내용이 제법 훈훈했다. 문득 섬뜩한 생각이 뇌리를 스쳤다. 만약 이 사건이 언론에 노출된다면 어떻게 될까? 두 여자가 아이들을 데리고 도주 행각을 벌이면서 FBI를 따돌리고, 노부인의 차를 빌리고, 유명 야구선수의 이름이 언급된 감사 편지를 남기는 이야기라면? 두 여자의 이야기가 언론에 알려지게 될 경우 FBI는 그야말로 여론의 집중포화를 맞게 될 게 뻔했다.

"아빠?"

벤이 부르는 소리에 마크는 정신을 수습했다.

하틀리와 그레이스

"응?"

마크는 되도록 초조한 표정을 짓지 않으려고 애쓰며 벤의 곁으로 다가가 앉았다.

벤은 여전히 고개를 숙이고 있었고, 책은 5분 전에 펼치고 있던 페이지 그대로였다.

"아빠가 전에 약속했잖아요."

벤이 힘겹게 뱉어낸 말은 속삭임보다 아주 조금 더 컸다.

마크는 머리가 빙글빙글 돌았고, 자신이 지키지 못한 약속이 과연 무엇인지 생각해 보았다. 그는 지금껏 무슨 일이 있어도 약속을 지키는 사람이라고 자부해왔다. 기회가 있을 때마다 아이들에게도 반드시 약속을 지켜야 한다고 강조했다. 벤과의 약속을 지키지 못했다면 비난받아 마땅했다.

벤에게 엄마와 절대로 이혼하지 않겠다고 약속했었나?

그런 약속을 했을 리 없었다. 마르시아와는 결혼 초부터 언젠가 그들의 부부 관계가 이혼으로 끝날 수도 있다는 생각을 했었다.

벤에게 절대로 곁을 떠나지 않겠다고 약속했었나?

그런 약속을 했을 가능성이 없지 않았지만 확실한 기억은 없었다.

벤은 아빠가 약속을 지키지 않고 떠난 걸 원망하고 있을까?

벤이 웅얼거렸다. "아빠가 분명히 말했잖아요."

마크는 절박한 심정으로 벤이 내준 수수께끼를 풀어보려 애썼다. 벤은 감정이 복받친 듯 피부가 분홍빛으로 물들고, 귀가 빨개졌다.

벤에게 얼마나 감당하기 힘든 순간인지 알 수 있었다.

"아빠가 분명히 말했잖아요. 우리가 자리를 잡고, 엄마가 덜 힘들어지면 그렇게 하겠다고."

마크의 기억이 2년 전으로 거슬러 올라갔다. 그의 가족이 워싱턴 D.C.로 막 이사했을 때였다. 그 힘들었던 시간 속에서 하나의 기억이 앞으로 굴러 나왔다. 벤이 화가 난 이유를 깨닫는 순간 마크는 목이 메었다. 엄밀하게 말하자면 벤은 화가 난 게 아니라 실망한 것이었다. 벤의 긴 침묵은 두 달간 묵혀둔 실망의 결과였다. 마크의 몸에서도 벤과 버금가는 열기가 발산되었다. 마크는 너무 화가 나서 그들이 앉아있는 의자를 번쩍 들어 바닥에 패대기치고 싶었다.

이혼을 하면 반드시 이런 문제들이 뒤따르기 마련이었다. 그는 마르시아에게 여러 번 거듭 설명했다. 그들 두 사람은 이혼 당사자이니 힘들어도 감당하면 그만이었다. 무엇보다 아이들이 받을 상처가 문제였다. 아이의 자아, 존재, 근원, 미래에 입히는 상처.

마크가 웅얼거렸다. "개 말이니?"

벤이 고개를 끄덕이고 나서 말했다. "아빠는 분명 개를 데려오겠다고 약속해놓고 안 지켰어요."

마크는 고개를 끄덕여 잘못을 인정했다. 벤이 감정이 복받치는 걸 억누르려고 눈에 힘을 주고 있는 모습이 보였다.

그들은 개에 대한 이야기를 즐겨 했다. 벤은 유기견 보호소에 가서 가장 못생긴 뮤트를 데려오자고 했다. 어느 누구도 녀석을 데려가길 바라지 않는다면서. 벤의 여덟 살 생일에 개를 데려올 생각이 었는데 담당하고 있던 사건 때문에 일이 바빴다. 그해 크리스마스에 데려올 생각이었는데 역시 여건이 좋지 않았다. 마르시아의 이혼 요구에 시달리던 때라서 정신이 없었다. 벤은 아홉 살이 되었고, 그 사이 크리스마스가 한 번 더 지나갔다. 그 후 석 달 뒤 마크는 더 이상 가족들과 살 수 없게 되었다.

벤이 떨리는 목소리로 말했다. "개를 데려오는 게 그다지 중요하지 않다는 걸 알아요. 그렇지만… 아빠가 분명히…….."

마크가 바짝 다가앉으며 벤의 어깨에 팔을 둘렀다. "아니, 매우 중요한 문제야. 아주 중요하고 말고. 아빠가 개를 데려왔어야 해."

셸리가 몸에서 물을 뚝뚝 흘리며 다가오더니 최근에 즐겨 쓰기 시작한 건방진 말투로 물었다. "웬일?"

벤이 허리를 펴면서 마크와 살짝 떨어져 앉았다. 벤은 여동생 앞에서 나약한 모습을 보이고 싶지 않았다.

벤이 웅얼거렸다. "아무것도 아니야."

마크는 가방에서 수건을 꺼내 아직 셸리의 몸에서 뚝뚝 떨어지고 있는 물기를 닦아주었다. 그는 셸리가 제발 그만하라고 애원할 때까지 간질이며 장난을 쳤다.

셸리가 옷을 갈아입도록 탈의실로 보내고 나서 마크는 다시 벤을 돌아보았다. "아빠가 새집을 구해볼게. 개를 키울 수 있는 집으로."

벤이 속눈썹 사이로 마크를 올려다보았다. "정말이에요?"

"그래, 약속할게."

마당이 딸린 집을 구해야 한다고 생각하니 막막했지만 무슨 일이 있더라도 이번에는 반드시 벤과의 약속을 지키기로 결심했다. 마크는 적어도 자신이 입으로 내뱉은 말에 대해서는 책임지려고 애쓰며 살아왔다.

탈의실에서 옷을 갈아입은 셸리가 돌아오고 나서 모두 함께 출구로 걸어갔다. 벤은 이제 움츠러들었던 어깨를 활짝 펴고 걷고 있었다. 벤이 기운을 차린 모습을 보이자 마크는 그나마 괜찮은 아빠가된 기분이었다.

수영장 문을 나서자 마르시아와 보험회사에 다니는 스탠이 건물 앞에서 대기하고 있었다. 마크가 보험회사 남자의 볼보 승용차 뒷좌석에 아이들을 태웠다. 차가 시야에서 사라지자 마크는 건물 앞 벤치에 주저앉아 손바닥으로 관자놀이를 눌렀다. 그는 휴대폰을 꺼낸 다음 프랭크 토렐리의 파일을 열었다. 그는 글자들이 흰 바탕의 검은 점들로 흐릿해질 때까지 화면을 스크롤하며 내용을 읽었다.

마크는 자신이 중요한 단서를 놓치고 있다는 느낌을 지울 수 없었다. 반드시 어딘가에 실밥이 풀려 있을 텐데. 실밥을 당기면 이 미스터리의 전모를 밝힐 수 있을 텐데. 그게 어디 숨어 있는지 도무지 알 수가 없었다.

마크는 등을 벤치에 기대며 눈을 감았다. 셸리의 앞니 빠진 미소가 머릿속을 채우며 그를 웃음 짓게 했다. 그는 하들리와 그레이스가 남긴 편지를 생각했다. 그 편지에는 스키퍼에 대한 절절한 사랑이 담겨 있었다. 스키퍼가 태어난 직후부터 하들리가 아이를 맡아 키웠다. 특별한 도움이 필요한 아이였고, 아무나 할 수 있는 일이 아니었다. 하들리는 조직폭력배나 범죄자 부인과는 거리가 먼 인물이었다.

반면 그레이스는 10대 시절 이미 전과 기록이 있었다. 그레이스의 파일에는 그녀가 살아온 거친 삶의 흔적이 빠짐없이 기록되어 있었다. 마크는 그레이스의 파일을 읽는 동안 피가 끓어올랐다. 이 나라의 복지 제도는 여러 단계에 걸쳐 그레이스를 좌절시켰다. 열네 살에 고아가 된 그레이스는 시에서 알선한 여러 보육원을 전전하다가 결국 제대로 검증되지 않은 먼 친척의 집에 입양되었다. 양부는 알코올 의존증 환자였고, 그레이스를 학교에 안 보내고 햄버거 가게에서 일을 시켜 생활비를 벌게 했다.

사회복지사가 양부의 부당한 행태를 파악하고 그레이스를 다시 보호시설로 돌려보냈다. 청소년 보호시설은 그레이스처럼 착하고 예쁜 여자아이가 지내기에 그다지 좋은 곳이 아니었다. 그레이스는 청소년 보호시설에 들어간 지 하루 만에 탈출했다.

몇 달 뒤 그레이스는 조지아주 사바나에서 실시한 노숙자 강제 추방 과정에서 미성년자라는 사실이 드러나 체포되었다. 그레이스는 소년원에 감금되었다. 사회복지사가 빼내 주려고 애썼지만 그레이스는 소년원에 남기를 원했다. 본인이 원한다고 소년원에 남을 수 있는 게 아니라는 사실을 알게 된 그레이스는 형량을 늘리기 위해 매점에서 물건을 훔치고, 교도소장실 문에 이름을 새겼다. 청소년 보호시설이나 길거리보다는 그나마 소년원이 안전하고 편한 곳이라 생각했기 때문이었다.

어쩌면 그레이스의 선택이 옳았을 수도 있었다. 그레이스는 소년원에서 열심히 공부했고, 열여섯 살이 되었을 때 고졸 학력 인증서를 받았다. 그 후 2년 동안 직업교육과 온라인 수업을 성실하게 받은 결과 회계학 학사에 준하는 학위를 받았다.

소년원 시절 그레이스의 사진 자료들이 첨부되어 있었다. 주근깨가 많은 앳되고 귀여운 얼굴이었다. 소년원을 나온 그레이스가 석 달 뒤에 찍은 사진도 있었다. 어느새 앳된 얼굴의 소녀는 카메라 렌즈를 반항적으로 노려보는 강렬한 눈빛의 여자로 변해있었다. 그레이스는 자신이 저지르지도 않은 범죄로 다시 체포되었다. 그녀는 떠돌이 여자아이를 도우려 했을 뿐이었다. 그 여자아이는 그레이스와 전혀 상관없는 일로 목숨을 잃었지만 경찰은 믿어주지 않았다.

마크는 셸리와 벤을 생각했다. 뒤이어 어머니, 아버지, 형과 함께 살았던 어린 시절이 떠올랐다. 독립해서 가정을 꾸리기도 전인 열네 살에 그레이스처럼 가족들을 모두 잃고 고아가 된다면 얼마나 힘들지 생각해 보았다.

그레이스는 육 개월 동안 수감 생활을 했고, 판사가 복역 기간을 감형해 주었다. 그레이스는 교도소를 나온 직후 캘리포니아로 이주해 닥치는 대로 일했다. 그 결과 그녀는 남편과 아기, 제법 안정적인 직장을 갖게 되었다. 그러다가 그녀의 남편 지미가 도박에 빠지는 바람에 모든 게 무너졌다. 마지막으로 남아 있던 집세마저 도박으로 날아갔다. 그렇게 해서 그레이스는 결국 상사의 금고를 털어 도주하기에 이르렀다.

그레이스는 왜 하들리와 함께 움직였을까?

이미 여러 번 생각해 봤지만 여전히 퍼즐이 맞지 않았다. 그레이스는 외로운 늑대 타입이었고, 그녀의 파란만장한 기록을 보면 얼마나 강하고 독립적인 여자인지 알 수 있었다. 그레이스의 소년원 상담 교사는 그녀의 가장 큰 문제는 다른 사람을 좀처럼 신뢰하지 않는 것이라고 반복적으로 기록하고 있었다. 그레이스는 누군가에게 도움을 청하거나 의지하지 않았다.

마크는 하들리의 파일을 열었다. 그레이스의 파일에 비해 분량이 많지 않았다. 나이는 서른여덟이고, 로스앤젤레스에서 태어나고 자랐다. 스키퍼의 엄마 바네사 발라가 유일한 혈육이었다. 바네사는 하들리의 아버지가 어머니와 이혼하고 나서 재혼한 여자와의 사이에서 태어난 이복동생이었다.

하들리의 어머니는 그녀가 대학교에 다닐 때 생을 마쳤고, 아버지는 10년 전에 숨을 거두었다. 하들리의 인생에서 법규 위반은 12년 전 미처 정지신호를 발견하지 못하고 달리는 바람에 받은 교통 위반 딱지가 전부였다.

하들리는 범죄와 거리가 먼 인물인 만큼 그레이스가 이 사건의 열쇠를 쥐고 있다고 봐야 할 것 같았다.

그레이스는 과연 프랭크의 금고에 들어있던 돈이 범죄와 밀접하게 연관되어 있고, FBI가 주시하고 있다는 걸 알고 있었을까?

FBI의 수사를 방해하고 증거물에 손을 대는 행위는 연방법 위반이었고, 그레이스의 전력을 감안할 때 제법 오래 교도소에서 복역할 가능성이 컸다.

그레이스는 억척스럽게 살아온 인물이었고, 지난 7년 동안 모범적인 삶을 일구었다. 그런 그녀가 하루아침에 정상적인 삶을 포기하고 범죄 행위에 뛰어든 이유가 무엇인지 짐작이 가지 않았다. 더구나 그녀에게는 아직 엄마의 손길이 절실한 아기도 있었다.

마크는 만약 자신이 그녀처럼 벗어날 방법이 없는 궁지에 몰린다면 아이들을 지키기 위해 어떤 해결책을 모색할지 생각해 보았다. 그레이스는 FBI가 프랭크를 주시하고 있다는 사실을 몰랐던 게 분명했다. 그저 비열한 상사의 돈을 몰래 훔쳐 달아나야겠다고 생각했을 것이다. 도난당해도 쉽게 신고할 수 없는 돈이니까. 프랭크가 그녀를 찾아내지 못한다면 완벽한 시나리오가 될 수 있을 테니까.

그렇다면 왜 프랭크의 부인을 끌어들였을까? 그레이스가 금고 위치를 몰랐거나 비밀번호를 몰랐기 때문일까?

마크는 파일을 닫고 처음부터 다시 되짚어 생각해 보았다.

두 엄마와 세 아이 사이에는 어떤 연결 고리가 있을까? 내가 무얼

놓치고 있을까?

응급실 간호사의 말에 따르면 하들리는 이제 막 결혼한 여동생에게 스키퍼를 데려다주러 가는 길이었다. 마크가 알고 있던 정보와 일치하는 증언이었다. 학교에서도 스키퍼가 위치토로 전학을 가서 엄마와 함께 살게 되었다는 사실을 확인해 주었다. 신용카드 조회 결과 빅터빌, 레이크 하바수, 앨버커키의 〈힐튼〉 호텔에 예약되어 있었다. 하나같이 위치토로 가는 길에 있는 도시들이었다.

마크는 하들리의 여동생에 관한 기록을 읽기 시작했다. 바네사 발라, 26세, 캔자스 위치토 거주, 직업 웨이트리스.

하들리는 조카를 동생에게 데려다주고 9일 뒤 집에 돌아오기로 되어 있었지만 실제로는 프랭크의 비서와 작당해 남편의 금고를 털고 함께 도망쳤다. 하들리와 그레이스 일행이 바스토우 방향으로 차를 몰았던 건 납득이 되었지만 캔자스로 가는 유일한 도로인 40번 도로를 타지 않고 도중에 증발해버린 이유를 알 수 없었다.

하들리와 그레이스 일행은 어디로 갔을까?

마크는 늘어지게 기지개를 켜고 나서 다시 휴대폰 화면으로 시선을 옮겼다.

하들리의 여동생이 왠지 석연치가 않았다. 마크는 다시 바네사 발라의 파일을 화면에 띄웠다. 바네사의 삶은 열일곱 살에 임신한 것 말고는 따분할 정도로 평범했고, 이렇다 할 특징이 없었다.

바네사의 신혼여행 일정표를 살펴보았다. 벨리즈에서 3주를 보내고, 수요일에 집으로 돌아오기로 되어 있었다.

마크의 얼굴에 미소가 번졌다. 좀 전에는 미처 발견하지 못했던 글자가 눈에 들어왔기 때문이다.

OMA.

마침내 미스터리를 풀어줄 실밥 한 가닥이 눈에 들어왔다. 바네사는 위치토에 살고 있었고, 그들 부부는 그곳에서 비행기를 타고 신혼여행을 떠났다. 화요일에는 바네사의 남편이 살고 있는 오마하로 돌아오기로 되어 있는 게 분명했다.

하들리와 그레이스는 위치토로 가는 척하며 FBI 요원들과 경찰이 헛물을 켜게 만들었다. 그녀는 처음부터 위치토가 아니라 오마하로 갈 계획이었다.

누구를 속이기 위한 트릭이었을까? 프랭크? FBI? 그레이스가 맡은 역할은 무엇일까?

마크는 구글 지도를 화면에 띄우고 새로운 목적지를 입력한 다음 재통화 버튼을 눌렀다. "피츠, 지금 당장 사무실로 와. 40번 도로 검문은 당장 취소하고, 라스베이거스행 비행기 표를 예약해 줘."

23

하들리

하들리는 발목이 아파 죽을 지경이었고, 계속되는 여행이 지루하고 짜증스러웠다. 그야말로 걱정과 고통으로 얼룩진 지겹고 고된 여정이었다. 그들은 세 시간 가까이 달리고 있었다. 그레이스는 〈맥도날드〉와 〈잭인더박스〉 중 어디에서 식사를 할지 물었을 때 말고는 한마디도 하지 않았다. 하들리가 둘 다 싫다고 하자 그레이스는 눈을 위로 치켜뜨고 나서 〈맥도날드〉로 결정하더니 단 몇 분 만에 수천 칼로리를 흡입했다. 하들리는 드레싱도 없는 시들시들한 샐러드를 깨지락거리며 커다란 엉덩이를 물려준 어머니를 원망했다.

그들은 비좁은 차에 다섯 명이 타고 있었고, 대화가 없어 질식할 것 같았다. 지루한 시간을 견뎌내려면 대화를 나누는 게 최선인데 그레이스는 하들리가 말을 걸 때마다 단음절로 대답했고 대화를 나눌 생각이 전혀 없다는 것을 분명히 하는 날카로운 눈빛으로 하들리를 쏘아보았다.

뜻하지 않은 일에 휘말려 들게 되어 잔뜩 화가 나는 모양인데, 하들리도 그 점에 대해서는 미안하게 생각하고 있었다.

하지만 FBI가 추격하고 있는데 어쩌라고?

FBI 요원들이 바스토우까지 따라올 줄은 미처 몰랐다. 오렌지카운티를 벗어나면 문제가 해결될 거라 생각했는데 오산이었다.

하들리는 매티와 스키퍼를 돌아보았다. 스키퍼는 창밖을 내다보고 있었고, 매티는 눈을 감고 있다가 하들리가 쳐다보는 시선을 느끼고 눈을 떴다. 하들리가 안심시키려는 듯 미소를 짓자 매티도 엷은 미소로 화답했다.

하들리는 그나마 매티의 말에 기분이 나아졌다. "엄마가 할머니를 설득해 차를 빌렸을 때 완전 멋졌어요. 실패할 줄 알았거든요."

뿌듯한 기분에 가슴이 벅찼다. 프랭크와 사는 동안에는 뿌듯한 기분을 느낄 일이 거의 없었다.

그레이스도 거들었다. "노부인을 어떻게 설득했어요?"

"난 나이 든 사람들이 좋아요. 노인들은 매사에 여유가 있으니까 그나마 설득할 수 있는 가능성이 크다고 생각했죠."

그레이스는 그 말에 동의한다는 듯 고개를 끄덕이고 나서 미소를 지었다. 그녀는 웃을 때마다 입꼬리가 위로 올라갔다. "아마 우리 할머니였더라도 1만 달러를 받고 차를 빌려주었을 거예요. 그리고 두고두고 그 이야기를 했겠죠."

"할머니랑 친했어요?"

그레이스의 목소리가 갑자기 퉁명스러워졌다. "베이커에서 차 세울 거예요." 웃음기가 사라진 그레이스의 입이 다시 직선이 되었다.

"라스베이거스보다는 사람들 눈에 덜 뜨일 테니까."

매티가 말했다. "엄마, 아빠에게 전화하는 거 잊지 말아요."

하들리가 돌아앉은 자세로 매티를 쳐다보았다.

"아빠가 전화 안 하면 의심할 거예요."

하들리가 고개를 끄덕였다. 매티가 머릿속으로 프랭크를 생각하고 있었다는 게 마음이 불편했다. 프랭크는 매티의 아빠였다. 엄마가 아빠로부터 멀리 벗어나고자 하는 게 매티에게는 커다란 상처가 될 수도 있었다.

그레이스가 물었다. "차 세울까요? 전화할래요?"

"아뇨. 오늘 아침에 호텔에서 전화했어요. 저녁 식사 시간에 전화하면 돼요. 남편도 내가 운전할 때 전화를 꺼놓는다는 걸 알고 있어요."

"휴대폰을 어디에 두었는지 물으면 뭐라고 둘러댈 거예요?"

"실수로 변기에 빠뜨렸다고 할 거예요. 전에도 빠뜨린 적 있거든요."

그레이스가 말했다. "차라리 내 대포폰을 써요. 프랭크가 지역번호를 추적할 수 없게."

"대포폰?"

"월마트에 들렀을 때 샀어요."

그레이스가 말해주지 않았더라면 지역번호를 의식하지 않고 프랭크에게 전화하는 실수를 저지를 뻔했다.

"고마워요."

대포폰을 빌려주어서 고맙다는 말이었지만 사실 그 말에는 더 큰 감사의 의미가 담겨 있었다.

그레이스가 짧게 고개를 끄덕이고 나서 입을 열려다가 이내 힘주어 다무는 모습이 하들리의 눈에 들어왔다.

하들리가 물었다. "그나저나 고향이 어디예요? 남부 억양이 살짝 느껴져서요."

그레이스가 코로 한숨을 내쉬었다. "이봐요, 우린 지금 내가 당신을 돕기로 결정했기 때문에 같이 있는 거예요. 내가 당신을 돕고 있긴 하지만 그렇다고 우리가 친구인 건 아니잖아요."

하들리는 상처받지 않으려 애썼지만 말이 너무 심하다는 생각이 들었다. 그녀는 사람들이 싫어하는 눈치를 보이면 못 견디는 편이었다. 게다가 하들리는 볼수록 그레이스가 마음에 들었다. 어젯밤 함께 돈을 셀 때 하들리는 그레이스와 친구처럼 가까운 사이가 되면 좋겠다고 생각했다.

하들리는 몇 시간째 베이지색 풍경이 펼쳐지고 있는 창밖을 내다보았다. 사막, 잡목 숲, 멀리 보이는 언덕들이 하나같이 베이지색이었다.

"왜 계속 다리를 흔들죠? 신경 쓰이는데 좀 그만하면 안 돼요?"

하들리는 고개를 돌려 그레이스를 보았다가 여전히 흔들고 있는 자신의 다리를 내려다 보았다. 그녀는 얼른 허벅다리 밑으로 손을 넣어 다리를 붙잡았다.

그레이스와 친구가 아니라서 다행이었다. 친구였다면 욕을 해주었을 것이다.

하들리는 가냘픈 한숨을 내쉬고 나서 얼른 자세를 바로 했다. 바스토우에서의 일을 생각하면 그레이스가 화를 낼 만도 했다. 낸시의 차를 〈맥도날드〉 주차장에 세워두고 출발하자마자 경찰이 들이닥쳤다. 길 건너에서 수십 대의 경찰차가 경광등을 번쩍이며 모여들었다. 하들리는 위협을 느낀 그레이스가 그들을 버리고 떠날 거라고 생각했는데 의외로 그러지 않았다.

그레이스는 그때 으르렁거리듯 말했다. "빨리 타요."

하들리와 아이들은 그레이스가 오렌지카운티에 있을 때 온라인 벼룩시장에서 산 밴에 올랐다. 그레이스가 온라인으로 차를 사자고 했을 때 하들리는 한심한 소리라고 일축했다. 하들리는 바스토우에 도착하면 중고차 매장에 들러 차를 구입하자고 주장했다.

결과적으로 그레이스의 선택이 옳았다. 그레이스는 차를 파는 사람에게 〈맥도날드〉 맞은편 〈모텔 식스〉에 밴을 세워두고 열쇠는 범퍼 뒤에 숨겨두라고 했다. 그레이스는 바스토우에서 벌어질 일을 어느 정도 예상하고 있었다는 뜻이다. 그토록 치밀한 예측이 어떻게 가능한지 하들리는 그저 놀라울 따름이었다.

"그만!"

하들리는 그제야 또 다리를 흔들고 있었다는 걸 알았다. 그녀는 다리를 흔드는 걸 원천적으로 막기 위해 신발을 벗고 책상다리를 하고 앉았다.

그들은 바스토우에서 경찰이 차에서 내리기 전에 서둘러 출발했고, 그 뒤로는 딱히 문제가 없었다.

그레이스가 긴장을 좀 풀면 좋을 텐데.

하들리는 이제 안전하다는 생각이 들었고, 또다시 다리를 흔들고 싶었다.

24

그레이스

그레이스는 베이커의 〈월스 파고〉 모텔 앞에 차를 세웠다. 그녀는 다른 사람들을 모두 차에 남겨두고 카운터로 가서 방 두 개를 빌렸다.

그레이스는 다시 밴으로 돌아와 일행을 내리게 한 다음 사람들 눈에 쉽게 띄지 않는 자리에 차를 세웠다. 그들은 다 함께 오는 길에 보아둔 식당가로 향했다. 〈대어리퀸〉, 〈피자헛〉, 〈데니스〉 따위의 간판이 눈에 들어왔고, 선택의 폭이 그리 넓지 않았다. 그들은 가장 가까운 거리에 있는 〈데니스〉로 결정했다.

하들리와 그레이스 일행은 입구에서 직원의 안내를 기다렸다. 직원이 종업원과 매니저를 겸하고 있는 것 같았다. 계산대에 **수표 사절(NO CHECKS)**이라는 안내문이 적혀 있었다. 그레이스는 미간을 잔뜩 찌푸리며 안내문을 바라보는 매티의 표정을 살폈다. 매티가 무엇 때문에 안내문을 그리 골똘히 쳐다보고 있는지 알 수 없었다.

직원이 말했다. "이쪽으로 오세요."

하들리가 스키퍼와 함께 앞장서서 걸었고, 그레이스는 마일스를 안고 그 뒤를 따랐다. 마일스는 답답한 차 안에서 네 시간이나 있었는데도 한 번도 울지 않았다. 그레이스는 고마운 마음이 발끝까지 느껴질 정도였다.

그레이스는 자신이 얼마나 끔찍한 실수를 저질렀는지 깨달았다. 프랭크는 단지 세금을 내지 않으려고 현금을 빼돌린 게 아니었다. 바스토우를 떠난 이후 그녀의 심장은 계속 빠르게 뛰고 있었다. 그들이 낸시의 차를 〈맥도날드〉 주차장에 세워두고 출발한 직후 바스토우의 경찰차가 그 일대에 총출동했다. 경찰이 탈세 문제로 그 정도의 병력을 투입할 리가 없었다.

병원에서 하들리 가족과 헤어졌어야 했다. 아니면 바스토우에서라도 마일스를 안고 밴에 올라 뒤돌아보지 말고 달렸어야 했다. 대체 무슨 일인지 아직 상황을 제대로 파악하지도 못했지만 괜한 일에 말려든 것 같아 후회가 막심했다.

그레이스는 아기의 보드라운 살에 코를 파묻었다. 마일스를 이토록 위험한 상황에 처하게 하다니 믿을 수 없었다. 모텔에서 하룻밤 자고 나서 아침이 되면 미련 없이 떠날 작정이었다. 하들리와 오렌지카운티를 벗어날 때까지 함께하기로 했으니 이미 약속은 지켰다. 이제부터는 헤어져서 각자의 길을 가는 수밖에 없었다. 운이 따라준다면 FBI가 그레이스라는 이름을 깨끗이 잊어줄 수도 있었다.

여러 가지 생각을 하며 무심하게 뒤를 돌아보니 매티가 보이지 않았다. 매티는 여전히 안내데스크 앞에 서있었고, 짓궂은 표정으로 펜을 홀더에 집어넣고 있었다.

***

저녁 식사를 하는 동안 하들리가 몇 번 대화를 시도했지만 그레이스는 좀처럼 받아주지 않았다. 그레이스는 서로의 관계를 끝내야 하는 시점이라 대화를 나누어봐야 그다지 의미가 있을 것 같지 않았다. 그래봐야 안 그래도 힘든 이별을 더 힘들게 만들 뿐이었다.

그레이스는 식사를 마치고 식당을 나설 때 안내데스크를 보는 순간 저도 모르게 웃음이 나왔다. **수표 사절(NO CHECKS)**이라는 안내문 대신 ***체코인 환영(Czechs Welcome)***이라는 말이 적혀 있었다. 매티가 수표(Check)와 체코(Czech)의 발음이 같다는 걸 이용해 장난을 친 게 분명했다.

매티는 발그레한 얼굴로 시치미를 뚝 떼고 있었다. 그레이스는 재미있는 장난을 친 매티를 향해 짧게 고개를 끄덕여 주었다. 그레이스는 매티가 마음에 쏙 들었다. 우선 매티는 재미있었고, 그레이스로서는 너무도 이해할 수 있는 반항기도 있었다.

그레이스는 모텔에 도착하자마자 마일스를 잠옷으로 갈아입히고 자신도 옷을 갈아입었다. 이틀 내내 입었던 옷은 쓰레기통에 넣었다. 그녀는 밴을 구입하려고 월마트에 들렀을 때 마일스에게 필요한 물품들을 사면서 자신이 입을 청바지와 스웨터, 티셔츠 몇 장, 신발 한 켤레를 구입했다.

그레이스는 쓰레기통에서 입을 떡 벌리고 있는 밑창 떨어진 구두를 보았다. 밑창의 접착제가 말라비틀어져 있었다. 이젠 1백만 달러가 생겼으니 다시는 접착제로 구두 밑창을 붙일 일은 없으리라 생각했다.

그레이스는 아기를 안고 밖으로 나갔다. 하들리가 길이 3미터에 너비 2.5미터쯤 되는 자그마한 수영장 근처에서 서성거리고 있었다. 매티와 스키퍼는 허리까지 오는 수영장 물에 몸을 담그고 야구 이야기를 나누는 중이었다. 야구 이야기는 두 아이의 대화에서 중요한 비중을 차지하는 주제였다.

사막의 공기는 여전히 한낮의 열기를 품고 있었지만 밤이 깊어지면 서늘해질 것이다. 하들리가 아기를 안으려고 두 팔을 내밀었다. 그레이스는 아기를 넘겨주고 나서 마일스가 사용할 용품들과 현금이 들어 있는 기저귀 가방을 바닥에 내려놓았다.

그레이스가 어깨를 으쓱하며 말했다. "방금 전에 저녁 식사를 했는데 아직도 배가 고파요. 잠시 아기 좀 봐줄래요? 자판기에 뭐가 있는지 보고 올게요."

하들리는 의아한 표정으로 쳐다보았다.

"정말 신기하네요. 저녁 먹은 지 얼마나 됐다고 배가 고파요?"

그레이스는 마음속으로 항변했다. 배가 고픈데 날 보고 어쩌라고? 그녀는 늘 식욕이 좋은 편이었다.

그레이스는 자판기로 다가가 뭐가 있는지 살펴 보았지만 딱히 구미가 당기는 먹을거리가 없었다. 자판기 앞에 서서 과자와 쿠키 봉지들을 보고 있자니 오히려 속이 울렁거리고 메스꺼웠다.

모텔 직원이 걱정스러운 표정으로 그녀를 쳐다보았다.

"괜찮아요?"

그녀가 한참 동안 자판기를 바라보고 있는 걸 이상하게 여긴 모양이었다. 그는 그녀보다 나이가 서너 살 어린 듯했고, 본격적으로 자라기 시작한 턱수염 사이로 여드름이 덕지덕지 나있었다. 이제 보니 어린이 만화 《스쿠비 두(Scooby Doo)》에 나오는 섀기 로저스를 닮은 얼굴이었다. 어쩌면 스쿠비 두를 닮은 것 같기도 했다.

그레이스는 자신에게 필요한 음료가 무엇인지 깨닫고 직원에게 물었다. "혹시 탄산수보다 더 독한 음료 있을까요?"

직원이 야릇한 미소를 지으며 말했다. "따라오세요."

두 사람은 마일스를 안고 있는 하들리의 곁을 지나쳐 걸어갔다. 하들리는 행복하게 젖병을 빨고 있는 마일스를 바라보며 입술 빠는 소리를 내고 있었다.

하들리는 아기를 정말 잘 다루었다. 하들리가 안으면 악을 쓰며 울던 아기가 기적처럼 울음을 뚝 그쳤다. 지금도 그레이스가 마일스를 안고 있었다면 고개를 뒤로 젖히고 악을 쓰고 울어대며 젖병을 뒤로 밀어냈을 것이다.

아기의 배앓이를 가라앉히는 데 특별한 재능을 가진 사람들이 있다는 글을 본 적이 있었다. 체취와 관계있다고 주장하는 전문가도 있었고, 목소리나 청각과 밀접한 관련이 있다고 하는 전문가도 있었다. 아무튼 하들리는 아기가 좋아하는 요소를 엄청나게 많이 지니고 있는 여자였다. 마일스가 이토록 편안해하는 모습을 그레이스는 본 적이 없었다.

매티와 스키퍼는 이제 수영장 밖으로 나와 타월을 몸에 두르고 휴대용 게임기를 가지고 놀고 있었다.

그레이스는 직원을 따라 관리동으로 들어갔다. 직원은 카운터 뒤쪽으로 들어가더니 문을 하나 지나 책상, 침대, 의자가 각각 하나씩 놓여 있는 방으로 들어섰다. 그가 맨 아래 책상 서랍을 열더니 조니 워커 레드 한 병과 종이컵 두 개를 꺼냈다. 그가 그녀를 의자에 앉으라고 권하고는 종이컵 두 개에 술을 따라 한 잔을 그녀에게 내밀었다.

"무슨 일로 복역했어요?"

그레이스가 남자의 팔뚝에 새겨진 X자와 조잡한 문신을 가리키며 물었다.

"철없던 시절에 멍청한 짓을 좀 했어요."

그레이스가 미소를 지으며 말했다. "나도요."

"당신도 복역했어요?"

"구치소에 육 개월 있었는데 판사가 감형해 주는 바람에 생각보다 일찍 나왔어요."

"운이 좋았네요."

그레이스는 어깨를 으쓱했다. 그 당시만 해도 운이 좋다는 생각
은 들지 않았다. 나가봐야 반겨줄 사람도 없었고, 어떻게 살아야 할
지 막막했으니까.

그들은 술을 단숨에 입 안으로 털어 넣었다. 위스키가 식도를 타
고 내려가는 동안 목이 타들어 가면서 기침이 나왔다. 독한 술을 마시
는 게 무척이나 오랜만이었다. 그동안은 술값을 모으기가 버거웠다.

직원이 한 잔을 더 권했다. 그가 잔을 채워주자 이번에는 천천히
홀짝이며 마셨다.

"오늘 힘든 하루였어요?"

"그렇다고 볼 수 있죠."

"난 헌터예요."

"난 그레이스."

헌터는 술을 한 잔 더 따랐지만 마시지 않고 잔을 들고 있었다.
그가 잔을 빙빙 돌리며 액체를 바라보았다. 언뜻 보기에 아직 술을
마실 나이가 안 되어 보였다. 어린 나이에 무슨 일로 감방에 갔는지
궁금했다. 인상을 보아하니 그다지 위험인물로 보이지는 않았다.

아마 마약을 거래한 게 아닐까? 젊은 사람들은 대부분 마약을 거
래하다가 감방에 가니까. 그가 팔에 새긴 문신은 수감자들 사이에
서 인기가 있었다. 힘을 상징하는 문신이었다. 수감자들은 어서 자

유의 날이 찾아오길 고대하지만 막상 나오면 얼마 있다가 또 들어가기 일쑤였다.

그레이스의 생각을 읽은 듯 헌터가 말했다. "차를 훔치다가 체포됐어요. 여자 때문에요."

"훔친 차를 여자에게 주려고 했어요?"

헌터가 고개를 저었다. "아뇨, 여자를 만나러 가려고 차를 훔쳤죠."

"와, 진짜 멍청했네요."

헌터가 종이컵을 내밀어 그녀와 건배했다. "당신은요?"

그레이스는 간략한 버전을 들려주었다. "교회에 무단으로 침입했어요."

가장 친한 친구가 함께 있었고, 그해 겨울이 조지아주 역사상 가장 추웠고, 버지니아가 아팠다는 이야기는 생략했다.

헌터가 삐딱한 미소를 지으며 물었다. "무단으로 교회에 침입할 만큼 기도가 하고 싶었어요?"

"추위를 피하려고 그랬어요."

그레이스의 눈에 작은 전율이 헌터의 몸을 관통하는 게 보였다. 그 역시 추위에 떨며 밤을 보낸 적이 있었다는 의미였다.

"별일 아니었죠. 감방에 들어갔다가 나왔고, 지금은 이렇게 새로운 기회를 얻었으니까."

헌터가 그녀와 건배하려고 잔을 들었다. "새로운 기회를 위해."

그들은 남아있던 술을 마저 마시고 나서 한참을 말없이 앉아 있었다. 전과자를 만나면 이런 점이 좋았다. 가만히 있어도 서로를 이해할 수 있었다.

그레이스는 요즘 들어 버지니아에 대한 생각을 거의 하지 않았다. 그날 밤 일을 머릿속에 떠올릴 때마다 마치 깊고 어두운 구멍처럼 현재의 빛을 모두 빨아들였다. 그들이 버지니아를 데려가려고 할 때 그레이스는 경찰에 저항했고, 그 사실도 혐의에 포함되었다. 무단 침입, 기물파손, 과실치사, 공무집행 방해, 경관 폭행.

그레이스는 그날의 기억을 떨쳐버리기 위해 헌터의 방을 둘러보았다. 좁고 낡았지만 나쁘지 않았다. 구석에 기타가 놓여 있었고, 책상 위에 하모니카도 있었다. 차를 훔쳐 만나려고 했던 그 여자를 위해 로맨틱한 곡을 애처롭게 연주하며 밤을 지새우는 헌터의 모습을 상상해 보았다.

그레이스는 잔을 내려놓고 기지개를 켜며 물었다. "차를 훔쳐 타고 만나려고 했던 그 여자는 어떻게 되었는데요?"

헌터의 눈길이 카펫으로 향했다. 그가 그녀를 얼마나 깊이 사랑했는지 알 것 같았다. "멀리 떠났어요. 돈 한 푼 없이 복역 중인 남자를 기다리기 쉽지 않았겠죠. 더구나 감방에 있을 때 치아를 두 개나 잃었어요."

헌터가 윗입술을 들어 왼쪽 아랫니 두 개가 빠진 자리를 보여주었다. 아마도 그가 오른쪽 입꼬리를 올리며 웃게 된 이유인 듯했다.

"가뜩이나 못생겼는데 이까지 빠지는 바람에 더 못생겨졌어요."

헌터가 빠진 이를 감추며 얼굴의 절반만 웃었다.

그레이스가 보기에 그는 결코 못생긴 얼굴이 아니었다. 다듬지 않은 머리카락과 꾀죄죄한 턱수염이 지저분해 보이긴 했지만 따스한 느낌이 도는 갈색 눈과 편안한 성격은 충분히 매력적이었다.

그레이스의 머릿속에서 또다시 지미의 얼굴이 떠올랐다. 그레이스가 지미에 대한 생각을 애써 떨쳐내며 말했다. "병원에 가서 임플란트 시술을 받으면 되잖아요."

"나이 들어 본격적으로 이가 빠지기 전에 임플란트 시술 비용을 마련할 수 있을지 모르겠어요."

얼굴의 반쪽만 삐딱하게 웃는 헌터의 모습을 보자니 마음이 아팠다. 그레이스는 그가 마음에 들었다. 헌터는 그녀의 할머니가 흔히 말하던 로맨티시스트였다. 헌터는 사랑하는 여자를 만나러 가기 위해 차를 훔쳤다. 그 한 가지만 보더라도 놀라울 정도로 로맨틱한 남자였다.

그레이스는 한 가지 생각을 머릿속에 떠올리며 물었다. "근무는 몇 시에 끝나요?"

"여덟 시."

"내가 한 가지 제안해도 될까요?"

헌터가 궁금하다는 듯 왼쪽 눈썹을 치켜올렸다.

"동행한 사람들을 여기 남겨두고 아기를 데리고 떠날 생각이에요. 나랑 같이 온 여자는 발목을 접질려 운전을 할 수 없어요. 당신이 운전을 대신 해줄 수 있을까요? 비용은 내가 지불할게요."

"어디로 가야 하는데요?"

"그 여자가 원하는 곳으로 가면 되겠죠."

그레이스가 주머니에서 오늘 아침에 넣어둔 백 달러짜리 묶음에서 다섯 장을 빼내 헌터에게 내밀었다. "이제부터 임플란트 시술을 위한 자금 마련을 시작하는 거예요."

헌터는 다시 한번 절반의 미소를 지으며 돈을 받았다. 그레이스는 수영장으로 돌아가면서 만약 헌터가 붙잡히지 않고 여자를 만났더라면 과연 그의 삶이 행복할 수 있었을지 생각해 보았다. 헌터와 자신이 애초부터 순탄치 않은 삶을 살 운명이었을지도.

그레이스가 옆자리에 앉자 하들리가 물었다. "어디 갔다 왔어요?"

마일스는 겉옷을 입고 하들리의 무릎에 앉아 있었다. 하들리가 마일스의 두 손을 잡고 박수를 쳤다. 마일스는 뭐 그리 재미있는지 까르르 웃었다.

그레이스는 문득 왜 자신은 마일스와 재미있게 놀아줄 생각을 못 했는지 궁금했다. 매티는 어디 갔는지 보이지 않았고, 스키퍼는 여전히 수영장에 있었다. 스키퍼는 수영복 바지에 스웨트셔츠 차림으로 계단에 서서 고개를 뒤로 젖히고 별을 바라보고 있었다. 아이는 마치 별을 잡으려는 듯이, 혹은 떼어내려는 듯이 양팔을 하늘로 뻗고 있었다.

그레이스가 말했다. "참 특별한 아이네요."

하들리가 힐난하는 어투로 쏘아붙였다. "그게 무슨 뜻이죠?"

그레이스는 그녀가 자신의 말을 잘못 이해했다는 걸 깨달았다.

"나쁜 뜻으로 한 말이 아니에요. 스키퍼가 자기만의 방식으로 세상을 바라본다는 뜻이었죠. 왜 그렇게 성격이 모가 났어요?"

"당신 입에서 그런 말이 나오다니 뜻밖이네요. 당신은 얼마나 부드럽고 상냥한데 그래요?"

"그냥 별 뜻 없이 한 말이니 너무 신경 쓰지 말아요."

하들리가 화가 풀리지 않은 듯 씩씩거리며 마일스의 손바닥을 쳤다. 이번에는 힘이 잔뜩 들어가 있어 마일스는 웃지 않았다.

그레이스는 한숨을 쉬며 고개를 저었다.

내가 못할 말을 한 건가? 내가 뭘 잘못했다고 저렇게 화를 내지? 어제, 오늘 아침 그리고 오늘 오후에도 구해 주었는데 고마운 줄도 모르고.

헌터가 관리동에서 나와 안뜰로 들어서더니 차양들을 걷기 시작했다. 그는 차양들을 주차장 옆에 세워두었다.

그레이스가 하들리에게 물었다. "혹시 펜 있어요?"

"기저귀 가방 앞주머니에 있어요."

그레이스는 어느새 깔끔하게 정리해둔 기저귀 가방에서 펜과 백 달러짜리 묶음들을 꺼냈다. 그녀의 시선이 기저귀들 틈에서 비죽이 나와 있는 권총에 닿았다. 그녀는 하들리의 배낭을 가까이 끌어당긴 다음 기저귀 가방에서 권총을 꺼내 배낭 앞주머니에 넣었다.

하들리가 물었다. "지금 뭐 하는 거예요?"

"난 총이 싫어요."

"나도 싫어요."

"당신 남편 총이잖아요. 당신이 총을 소지하고 있다가 붙잡히면 전혀 문제될 게 없지만 내 경우에는 큰일 나요. 그나저나 남편에게 전화는 했어요?"

"그 사람은 아직 돈이 사라진 걸 몰라요. 오늘은 하루 종일 골프를 쳤대요."

그레이스가 고개를 끄덕였다. 사무실은 화요일까지 닫혀 있을 것이다. 프랭크는 사무실에 갈 일이 없다고 했다. FBI는 아직 프랭크를 체포하지 않았다. 돈을 확보하지 못하는 한 프랭크를 체포해봐야 소용없는 일이 될 테니까.

그레이스는 하들리가 보지 못하도록 돌아앉았다.

하들리가 무얼 하는지 보려고 몸을 숙이며 물었다. "지금 뭐 해요?"

그레이스는 하들리가 보지 못하도록 다시 자세를 고쳐 앉았다.

하들리가 기가 막힌다는 듯 혀를 차며 말했다. "나를 보고 성격이 모가 났다고 하더니 당신은 한술 더 뜨네요."

"당신 성격이 모가 난 건 확실하고요. 이건 당신이 상관할 일이 아니라서 그래요."

25
하들리

그레이스는 돈을 들고 마치 도둑처럼 몰래 모텔 관리동으로 들어 갔다가 잠시 후에 나왔다. 돈을 누구에게 주었는지 손에 아무것도 들고 있지 않았다. 하들리는 정말이지 그레이스를 이해하기 힘들었 다. 그레이스는 〈맥도날드〉에서 돈을 아끼려고 쓰리 콤보 대신 특 가 상품을 주문했다. 그랬던 여자가 방금 전 마약쟁이처럼 생긴 모 텔 직원에게 1만 달러를 주고 왔다.

그레이스가 의자로 돌아와 앉았다.

"왜 그랬어요?"

그레이스가 대답 대신 어깨를 으쓱했다.

"분명 가방에서 1만 달러를 꺼내 갔는데 빈손으로 돌아왔잖아요?"

그레이스가 인정한다는 뜻으로 고개를 끄덕였다.

"1만 달러는 큰돈이에요."

"새로운 기회를 위해서라면 그렇게 큰돈은 아니죠."

그레이스는 마치 그렇게 말하면 한 점의 의혹도 없이 전부 다 설 명이 된다는 듯 자신만만한 태도를 보였다.

하들리가 아기를 무릎 위에 세워 다리로 서보게 했다. 아기가 작정한 듯 두 발로 하들리를 밀어냈다. 하들리는 아기의 강한 의지에 놀라며 미소를 지었다.

제 엄마를 쏙 빼닮았네.

하들리는 새로운 기회를 주려고 한 사람이 누구이고, 굳이 그럴 필요가 있었는지 묻고 싶었지만 그레이스는 어느새 고개를 돌리고 수영장을 바라보고 있었다. 그 얘기라면 더는 하고 싶지 않은 게 분명했다.

잠시 후 그레이스가 입을 열어 하들리를 놀라게 했다. "차를 빌려준 할머니가 왜 내게 제때 도착하길 바란다고 말했을까요?"

하들리가 미소를 지었다. "당신 남편의 부대가 바스토우를 지나가게 되었는데 아직 아들의 얼굴을 한 번도 못 봤다고 했어요. 원래는 당신 차로 가려고 했는데 갑자기 트랜스미션이 나갔다고요. 게다가 당신은 신용이 좋지 않아 차를 렌트할 수 없고, 나는 운전면허가 없으니 부득이 할머니 차를 빌릴 수밖에 없게 되었다고 둘러댔죠."

"그 짧은 시간에 그런 얘기를 다 했다고요?"

"우리에게는 무조건 차가 필요했으니까."

그레이스가 고개를 끄덕였고, 하들리는 모처럼 뿌듯한 느낌이 들었다. 그 자리에서 이야기를 지어내야 했던 상황이라 정신을 집중해 머리를 쥐어짜 낸 결과였다.

"이제 가족들을 만나러 갈 거예요?"

그레이스가 덤덤하게 말했다. "난 가족이 없어요. 마일스가 전부죠."

"부모님은요?"

"아빠는 누군지도 모르고, 엄마는 내가 두 살 때 세상을 떠났어요."

하들리는 그녀가 딱하다는 생각이 들었다. 세상에 홀로 남겨진다는 게 어떤 기분인지 알았다. 그녀 역시 부모를 모두 잃었으니까. 다만 성인이 되어서 잃었다는 게 그레이스와 달랐다.

"그럼 당신은 누가 키웠어요?"

"난 그만 잘래요."

그레이스가 자리에서 일어나 마일스를 향해 팔을 벌렸다.

"남편은요?"

그레이스가 빼앗다시피 하들리가 안고 있는 아기를 안아 들었다.

"한때 있었지만 지금은 없어요."

그레이스의 말속에 삭일 수 없는 고통이 배어 있었다. 하들리는 그 고통을 유발한 남자가 누군지 몰랐지만 분노가 치밀었다. 그레이스를 잘 안다고 할 수는 없어도 좋은 남자를 만날 자격 있는 여자라는 건 알고 있었다.

그레이스는 수영장 가장자리에 서서 스키퍼에게 물었다. "아까는 무얼 하고 있었던 거야?"

스키퍼는 수영장 계단에 앉아 물 표면에 원을 그리고 있었다.

그레이스는 아기를 안고 있지 않은 손을 스키퍼가 그랬듯이 하늘로 뻗으며 다시 물었다. "아까 하늘을 향해 두 팔을 벌리고 있었잖아?"

스키퍼가 고개를 들어 그레이스를 보았다. 아이의 얼굴에 반사된 달빛이 신비한 광채를 만들었다. "친구들을 향해 팔을 뻗고 있었어요. 코치가 그랬어요. 우리가 어디에서 살든지 똑같은 하늘 아래에서 잠이 드는 거라고요. 친구들과 내가 함께 팔을 뻗으면 멀리 떨어져 있어도 서로 손끝이 닿는 거나 마찬가지잖아요."

그레이스는 하늘을 바라보며 눈을 감았다. 하들리는 그녀가 눈을 감고 누구를 생각하는지 궁금했다.

그레이스가 눈을 뜨더니 물었다. "코치가 누군데?"

"프랭크 토렐리. 친아빠는 아니지만 저에게는 친아빠나 다름없었어요."

하들리는 깜짝 놀랐다. 스키퍼의 말이 그녀의 심장을 찔렀고, 그녀가 버리고 떠나온 게 무엇인지 일깨워 주었다. 그녀가 버리고 온 게 나쁘기만 한 건 아니었다는 것도 깨달았다.

26

마크

마크가 탑승한 비행기는 새벽 2시 반에 착륙했다. 우선 현장 사무실로 갈까 생각했지만 그럴 시간이 없었다. 하들리와 그레이스는 두 번이나 그들을 따돌렸다. 또다시 그런 일이 벌어지게 할 수는 없었다.

몇 분 전에 피츠가 전화해 좋은 소식을 전했다. 캘리포니아주 베이커의 어느 식당에서 하들리와 그레이스 일행을 목격했다는 소식이었다. 지도로 확인해 보니 베이커는 라스베이거스에서 두어 시간 떨어진 곳이었다.

피츠는 현장 요원으로는 부적합했지만 내근 요원으로는 탁월한 능력을 발휘했다. 마크는 이번 수사를 마무리하고 나면 피츠를 승진 대상으로 추천할 생각이었다. 피츠는 바스토우와 라스베이거스 사이에 있는 모든 호텔에 직접 연락을 취했다. 하들리와 그레이스가 아이들과 동행하고 있기 때문에 밤이 되면 반드시 숙박을 해야 할 거라고 판단했다. 그의 판단은 정확했다. 베이커에 위치한 식당 〈데니스〉의 매니저가 두 여자 일행이 식사를 마치고 모텔 쪽으로 걸어가는 걸 보았다고 제보했다.

이 사건을 조용히 수습할 가능성은 아직 남아 있었다. 돈이 사라진 지 이제 겨우 하루가 지났을 뿐이었다. 두 여자를 추적하는 데 성공해 돈을 확보할 경우 법정에서 승리할 가능성이 컸다. 무엇보다 더는 실수를 저지르지 않는 게 중요했다. 두 여자를 체포해 돈을 회수하고, 〈아즈텍 파킹〉 사무실에서 가져왔다는 진술을 받아내면 이 사건은 의외로 쉽게 종결될 수 있었다.

마크는 렌터카 주차장에서 차를 몰고 나오면서 라스베이거스 현장 수사본부에 지원을 요청했다. 수사 지원팀이 구성되어 움직일 수 있기까지 한 시간 정도 소요될 것이다. 그 정도 시간은 문제될 게 없었다. 하들리와 그레이스 일행은 아직 잠들어 있을 테고, 마크는 수사 지원팀이 도착할 때까지 감시하고 있다가 그들이 오면 상황을 마무리할 계획이었다. 모든 게 생각대로 진행될 경우 그는 내일 오후에 워싱턴 D.C.로 돌아가는 비행기에 오를 수 있을 것이다.

마크는 가속페달을 밟으며 피가 끓는 걸 느꼈다. 근래에는 주로 책상 앞에 앉아 퍼즐을 풀 듯 사건을 분석하는 전략가 역할을 해왔다. 가장 효율적으로 수사를 진행할 전략을 세우고, 현장에서 작전을 수행할 실무팀을 구성했다. 이 사건을 맡아 워싱턴 D.C.로 오기 전까지 그는 주로 현장을 누비는 요원이었다. 현장에서 활동하던 때가 그리웠다. 사냥감에 접근할 때 맥박이 가파르게 뛰는 그 느낌이 좋았다. 하들리와 그레이스가 또다시 도주를 시도할 경우 마크는 직접 현장을 지휘할 생각이었다. 그는 내심 그런 상황이 되길 바랐다. 하들리와 그레이스를 체포해 현장 사무소로 들어가는 모습이 연상되었고, 동료 요원들이 등을 두드리며 축하 인사를 건네는 소리가 벌써부터 귓가에 맴돌았다. 물론 그는 별일 아니라는 듯, 늘 하던 일을 했을 뿐인데 웬 호들갑이냐는 듯 무덤덤하게 축하를 받을 것이다.

이번 사건을 성공적으로 마무리해서 그동안 떨어져 있던 사기를 끌어올리고 싶었다. 지난 몇 달은 힘든 일이 많았다. 개를 데려오기로 한 벤과의 약속이 떠올랐다. 이번 일만 잘 끝나면 승진을 기대할 수 있었고, 급여가 오르면 정원이 있는 집을 장만할 수도 있을 것이다.

마크는 차창을 열고 사막의 서늘한 공기를 폐부 깊숙이 들이마셨다. 그는 앞으로 많은 게 달라지리라는 희망과 짜릿한 흥분으로 설레었다.

27

하들리

모텔 건물 가장자리의 어둠 속에서 하들리가 한기를 달래기 위해 두 팔로 몸을 감싸고 홀로 서있었다. 그녀의 입에서 흘러나온 담배 연기가 동트기 전 햇살 속으로 스며들었다. 그녀는 나선형으로 멀어지는 담배 연기를 바라보았다.

하들리는 여러 가지 걱정 때문에 잠이 오지 않아 몸을 뒤척이다가 담배를 피우러 방에서 몰래 빠져나왔다. 그레이스가 걱정되었다.

그레이스는 잘 알지도 못하는 나를 도와주었어. 자신의 미래를 위태롭게 하면서.

하들리는 자신이 아는 사람들 가운데 어느 누가 그레이스처럼 호의를 베풀 수 있을지 생각해 보았다. 앞뒤 가리지 않고 도와줄 수 있는 친구라면 멜리사가 유일했다.

가족도 없고, 도박에 빠진 남편과의 결혼 생활도 순탄하지 않은 그레이스를 위험한 상황에 끌어들인 게 미안했다. 그레이스에게는 오직 마일스밖에 없었다. 현재 벌어지고 있는 이 모든 상황은 그레이스와 상관이 없었다. 어렵게 살아가는 그레이스에게 애초에 도움을 청하지 말았어야 했다.

하들리는 담배 연기를 길게 내뿜었다. 애초에 프랭크의 금고를 터는 게 아니었다. 프랭크에게서 벗어나 뜻대로 자유롭게 살아 보려다가 큰 낭패를 보게 되었다. 오늘, 그레이스를 떠나게 해야 한다. 그녀는 최대한 멀리 도망쳐야 한다. 더는 그레이스에게 도움을 바랄 수 없었다. 위기에서 벗어날 수 있는 방법을 찾을 수 있을지 의문이었지만 더는 그레이스를 위험에 빠뜨릴 수 없었다. 지금까지 도와준 것만으로도 충분했다. 상황이 통제 불능 상태로 치닫고 있었지만 이제부터는 모든 걸 혼자 감당하기로 결심했다.

하들리는 자수해야 할지 FBI의 처분에 맡겨야 할지 생각해 보았다. FBI를 찾아가 프랭크의 가정 폭력에 대해 증언하면 증인 보호 프로그램을 통해 보호받을 방법을 찾아낼 수도 있겠지만 복잡하고 지난한 과정이 기다리고 있을 게 뻔했다.

하들리는 남편의 금고에서 훔친 돈의 성격을 전혀 알지 못했다. 프랭크가 〈아즈텍 파킹〉을 통해 정당하게 벌어들인 돈이 아니라는 것만은 분명했다. FBI가 주시하고 있는 자금이었다면 범죄와의 연관성을 의심해 볼 수밖에 없었다.

바닥에 꽁초를 버리고 고개를 드는 순간 차 한 대가 〈데니스〉에서 모텔 쪽으로 방향을 틀었다. 한 시간째 밖에서 서성거리고 있었지만 모텔로 방향을 튼 차는 처음이었다. 시계를 보니 새벽 4시 26분이었다. 모텔에서 쉬어가려고 들른 여행자일 거라고 생각했는데 진입로를 조금 남겨두고 헤드라이트를 꺼버리는 게 수상했다. 차가 모텔 관리동 앞에 조용히 멈춰 섰다.

차에서 내린 남자를 보는 순간 하들리는 털이 곤두서는 느낌이 들었다. 편한 바지에 캐주얼한 재킷을 입고 타이를 느슨하게 맨 남자였다. 키는 중간 정도에 어깨가 떡 벌어진 남자는 전혀 지쳐 보이지 않았다. 남자가 당당하게 관리동 안으로 들어섰다.

불빛이 새어 나오는 창문을 통해 하들리는 남자가 책상 위의 벨을 누르는 모습을 지켜보았다. 잠시 후 헌터가 눈을 비비며 걸어 나왔다. 남자가 바지 앞주머니에서 무언가를 꺼내더니 헌터에게 내밀었다. 헌터는 고개를 끄덕이며 어깨를 축 늘어뜨렸다.

하들리는 곁눈질로 자신의 방과 그레이스의 방을 쳐다보았다. 남자의 눈을 피해 방으로 돌아갈 방법이 없었다. 하들리는 두근거리는 가슴을 억누르며 발치에 놓인 배낭을 내려다보았다.

남자가 다시 운전석에 올라 수영장 옆으로 차를 옮겼다. 그들의 방을 정면에서 살필 수 있는 위치였다. 그는 차창을 내린 다음 의자를 뒤로 젖히고 밖을 내다보며 뭔가를 기다렸다.

28

그레이스

그레이스는 팽팽한 긴장감 속에서도 너무 피곤해서 머리가 베개에 닿기도 전에 잠이 들었다. 마일스가 한 번 깨어서 젖병을 찾았지만 고맙게도 다시 잠이 들어주어서 그녀도 계속 잤다.

그레이스는 눈을 비비며 끈질기게 달라붙는 잠기운을 떨쳐냈다. 하들리에게 편지를 남길까 생각하다가 단념했다. 딱히 할 얘기도 없는 데다 굳이 불리한 증거를 남길 필요는 없었다. FBI는 하들리를 추적하고 있었다.

그레이스는 시계를 보고 시간이 4시 32분인 걸 보고 깜짝 놀랐다. 알람을 분명 오전 5시에 맞춰놓았다. 그녀는 비로소 잠을 깨운 게 알람 소리가 아니라 탁자에 놓인 전화기라는 사실을 깨달았다.

그레이스는 얼른 수화기를 들었다.

"그레이스?"

"헌터?"

헌터가 낮은 소리로 말했다. "방금 전에 FBI 요원이 나타났어요. 지금은 혼자 차에서 대기하고 있고, 동료들을 기다리는 것 같아요."

그레이스는 순간적으로 몸이 얼어붙었다. 갑자기 얼음이 깨져 차가운 물속에 빠진 느낌이었다. 그레이스는 두 팔을 머리 위로 뻗고 잠들어 있는 마일스를 바라보았다.

"고마워요."

그레이스는 겨우 말하고 전화를 끊었다. 헌터가 위험을 감수하면서 전화한 게 분명했다. 그녀는 눈에 뜨이지 않게 조심하면서 창가로 다가가 커튼 틈으로 밖을 내다보았다. 눈을 한 번 깜빡인 그녀는 곧장 문을 향해 걸어갔다.

"지금 뭐 하는 거예요?"

그레이스는 주차장 앞에서 깜짝 놀라 멈춰 서며 하들리가 들고 있는 총이 자신을 겨누고 있는 것으로 착각하고 양손을 높이 들었다. 하들리가 들고 있는 총은 그녀를 겨누고 있지 않았다. 그 대신 검은색 소형차의 운전석을 겨누고 있었다.

하들리가 긴박하게 말했다. "그레이스, 어서 짐을 챙겨 떠나요!"

얼마나 긴장했는지 총을 들고 있는 하들리의 손이 떨렸다.

"당신과 마일스는 여길 빠져나가야 해요."

"그렇게 서두르지 않아도 괜찮아요."

"전혀 괜찮지 않아요. 당신은 여기 남아 있으면 안 돼요."

눈물과 콧물이 하들리의 뺨을 하염없이 적시고 있었다.

그레이스가 조심스럽게 하들리를 향해 한 걸음 떼어놓았다. 그레이스는 그녀의 입이 아닌 어딘가 다른 곳에서 흘러나오는 소리인 것처럼 최대한 침착한 목소리로 말했다. "일단 차에 탄 남자를 트렁크에 가두고 나서 어떻게 할지 생각해 보는 게 어때요?"

하들리의 몸이 경련을 일으키며 총이 흔들리는 걸 본 순간 그레이스는 걷잡을 수 없는 두려움이 밀려들었다.

하들리는 고개를 끄덕였다기보다는 살짝 흔들었다. 그레이스는 동의한다는 의미로 받아들이고 천천히 차가 있는 곳으로 다가갔다.

맨발이라 자갈이 발바닥을 파고들었고, 허리끈이 풀리는 바람에 엉덩이에 겨우 걸쳐져 있는 트레이닝 바지가 금방이라도 흘러내릴 것만 같았다. 그레이스는 혹시라도 돌발 상황이 벌어져 남자가 총에 맞는 불상사가 발생하지 않도록 정신을 집중했다.

차창을 통해 남자의 윤곽이 보였다. 건장한 체구의 남자가 마치 석고상처럼 운전석에 가만히 앉아 있었다.

그레이스가 조수석 문으로 손을 뻗으며 말했다. "내가 차 안으로 들어가 차 열쇠를 빼앗을게요."

하들리가 다시 한번 고개를 끄덕였고, 그레이스는 차 문을 열었다. 남자는 고개를 돌리고 하들리에게 시선을 고정시켰다. 머리카락이 밝은색이고, 목에 주름이 많은 걸 보니 적어도 중년은 되어 보였다.

그레이스는 차 안으로 들어서는 순간 심장이 미친 듯이 뛰었다. 남자도 이런 상황은 전혀 예상하지 못했는지 잔뜩 긴장하고 있었다.

제발 멍청한 짓을 해서 총에 맞지 않기를.

남자 역시 그녀와 같은 결론에 도달한 모양이었다. 남자가 곧바로 긴장을 풀었다.

그레이스는 남자의 벨트에 매달린 권총집에서 총을 꺼내고 자동차 열쇠를 뽑아 든 다음 뒤로 물러섰다. 그녀는 총의 안전장치를 풀고 나서 차 뒤쪽으로 걸어가 트렁크를 열었다.

"엄마?"

그레이스가 돌아보니 매티가 문 앞에 서있었다. 매티의 눈이 휘둥그레져 있었다. 그리고 바로 그 순간 모든 일이 벌어졌다. 차 문이 갑자기 벌컥 열렸고 차문에 부딪친 하들리가 바닥으로 쓰러졌다. 차에서 튀어나온 남자가 하들리의 총을 빼앗으려고 달려들었다.

그레이스가 위험을 감지하고 총을 쏘았다. 총알이 손을 스치고 지나가는 순간 남자는 그 자리에 얼어붙었다. 그레이스는 아스팔트의 푹 파인 지점을 바라보며 방금 전 자신이 무슨 짓을 했는지 깨달았다. 그녀는 방금 전 FBI 요원을 총으로 쏘았다.

이제 네가 알고 있는 삶은 다시는 돌아오지 않아.

심장이 어찌나 격렬하게 뛰는지 마치 밖으로 튀어나올 듯했다.

FBI 요원이 천천히 허리를 펴더니 양손을 머리 위로 들었다.

하들리가 비틀거리며 일어서더니 남자에게 총을 겨누었다. 그녀의 몸이 부들부들 떨리고 있었고, 총도 눈에 보일 정도로 흔들렸다.

그레이스가 말했다. "하들리, 이제 괜찮아요. 그 남자는 스스로 트렁크에 들어갈 거예요."

FBI 요원이 조심스럽게 뒤로 물러섰다. 그의 시선은 여전히 부들부들 떨고 있는 하들리에게 고정되어 있었다.

그레이스가 그에게 말했다. "트렁크 안으로 들어가."

FBI 요원이 그레이스를 위아래로 훑어보았다.

그레이스가 이번에는 좀 더 날카롭게 말했다. "어서 들어가라니까."

그레이스는 머리에 불이 붙은 듯 열이 났지만 침착한 목소리를 낼 수 있어 다행이라고 생각했다.

FBI 요원이 두려워서라기보다는 치욕스러워서 한숨을 내쉬며 태아 자세로 팔다리를 오므리며 트렁크에 몸을 욱여넣었다.

그레이스가 트렁크 문을 쾅 닫았다. 그녀는 그제야 긴장이 풀려 하마터면 그 자리에 주저앉을 뻔했다.

매티가 달려오며 소리쳤다. "엄마, 괜찮아요?"

그레이스가 허리를 펴며 매티에게 말했다. "매티, 엄마는 괜찮으니까 방에 가서 스키퍼를 깨워서 데려오고, 밴에 있는 짐을 전부 다 챙겨와."

매티가 그 말을 듣고도 머뭇거렸다. 매티의 관심은 오로지 엄마가 정말 괜찮은지에 집중되어 있었다.

하들리는 여전히 넋이 나간 듯 멍한 표정이었다.

그레이스가 명령하듯 소리쳤다. "어서!"

매티가 두려움이 깃든 표정으로 뛰어갔다.

그레이스가 여전히 하들리가 들고 있던 총을 받아들었다. 그녀는 권총의 안전장치를 채우고 허리춤에 꽂아 넣었다. FBI 요원의 총도 똑같이 했다.

하들리의 얼굴은 온통 눈물로 얼룩져 있었다. 그레이스가 하들리의 어깨를 붙잡고 자신을 향하도록 하더니 말했다. "하들리, 잠시 여기서 기다려요. 금방 다녀올게요."

하들리가 보일 듯 말 듯 고개를 끄덕였다.

"마일스를 데리고 오려고요."

하들리가 고개를 저었다.

"마일스를 데리고 곧 돌아올게요."

하들리가 더욱 세게 고개를 저었다. 그녀가 아랫입술을 떨며 말했다. "당신과 마일스는 당장 여길 떠나야 해요. 여기 있으면 위험해요."

그레이스는 방으로 향하면서 하들리의 말이 너무나 옳다고 생각했다.

29

마크

마크는 렌터카 트렁크에 갇힌 신세였다. 그는 마치 감자 포대처럼 이리저리 뒹굴다가 차가 급정거할 때마다 몸이 천장에 부딪혔다가 바닥으로 털썩 떨어졌다. 그는 머리를 보호하기 위해 양손으로 머리를 감싸며 자신의 한심한 처신을 자책했다.

빌어먹을!

여자들에게 꼼짝없이 당했고, 렌터카를 빼앗겼다. 차라리 총을 맞아 죽는 편이 낫겠다는 생각이 들었다. 설령 살아남는다고 해도 이 치욕은 죽을 때까지 그를 따라다닐 게 분명했다.

하들리는 어느 틈엔가 슬며시 그의 곁으로 다가와 느닷없이 총을 겨누었다. 목발 없이 한 발로 서있는 것으로 보아 차를 세워둔 곳까지 기어 온 게 분명했다.

하들리와 그레이스는 대체 어디에 숨어 있다가 갑자기 튀어나온 거야!

분명 그가 주시하고 있던 모텔 방에서 나오지는 않았다. 두 사람이 번갈아 가며 불침번을 섰을 수도 있었다.

생각보다는 더럽게 영리한 여자들이었어.

여자는 형편없는 영화의 한심한 배우처럼 말했다. "내가 볼 수 있게 손을 보여줘."

여자는 그에게 총을 겨누고 있었고, 그의 총은 안전장치를 채운 상태로 권총집에 들어있었다.

이제 와 생각해 보니 망신을 당하는 것보다 차라리 총을 맞는 편이 더 나았을 것 같았다.

"윽!"

마크는 *마음속으로* 비명을 질렀다가 트렁크 앞쪽에 무릎을 세게 부딪치는 바람에 실제로 크게 비명을 질렀다.

이제 곧 지원팀이 도착하기로 되어 있었다. 그들은 30분 전에 도착 예정 시간을 알려주었다. 차량 두 대에 요원들이 두 명씩 타고 오는 중이었다.

마크는 바스토우 병원에서의 불미스러운 일이 반복되는 걸 원하지 않았다. 사막 지역의 모텔에 투숙한 두 여자를 체포하려고 FBI 요원 다섯 명을 투입한 건 병력 낭비라는 생각이 들었다. 적어도 그 당시는 그렇게 생각했다.

모텔은 관리동에서 흘러나오는 불빛을 제외하면 대체로 어두웠다. 마크는 긴장을 푼 상태로 두 여자가 투숙한 방을 쳐다보고 있었다. 마크는 현재 벌어지고 있는 이 상황이 얼마나 치욕스러운지 생각하지 않으려고 두 팔로 머리를 감쌌다. 그나마 곧 마무리 지을 수 있어 다행이었다. 지원팀이 도착해 상황을 파악하고 나서 라스베이거스로 가는 유일한 도로인 15번 도로를 봉쇄하면 상황은 종결될 것이다.

차가 모퉁이를 돌 때 몸이 한쪽으로 쏠렸다. 다친 어깨가 바퀴 집에 세게 부딪혔다. 그 충격이 등골까지 전해지며 신음 소리가 절로 나왔다. 차가 조금 속도를 늦추고 비포장도로로 접어들었고, 조금 더 달리다가 이내 멈춰 섰다.

여자들이 큰 소리로 다투고, 아기가 울고, 남자아이가 유니폼이 없다고 고함치는 소리가 들려왔다.

하들리가 허스키하고 낮은 목소리로 말했다. "FBI 요원이 트렁크에서 볼링공처럼 구르고 있을 거예요. 저러다가 죽으면 어쩌려고요?"

"그래서 어쩌자고요? 다른 방법이 있어요?"

"적어도 죽이진 말자고요."

"그런 말이라면 당신이 FBI 요원을 향해 총을 겨누기 전에 했어야죠."

"우릴 체포하게 내버려 두었어야 한다는 거예요?"

차 문이 열렸다가 닫혔다. 아기는 여전히 울고 있었고, 남자아이는 소리를 질렀다.

하들리가 말했다. "챔프, 새 유니폼을 사줄 테니까 그만해."

"수영장에 유니폼을 두고 왔어요. 돌아가야 해요."

"안 돼, 챔프. 지금은 돌아갈 수 없어."

아기가 악을 쓰며 울었다.

남자아이가 울먹이며 말했다. "유니폼을 찾아와야 해요."

"매티, 아기를 나에게 넘겨. 젖병과 분유통도 같이 줘."

"돌아가서 유니폼을 찾아올래요."

남자아이가 발로 바닥을 쿵쿵 차는 소리가 들려왔고, 차체가 흔들렸다. 마크는 바닥을 차고 있는 남자아이의 모습을 상상해 보았다.

여자아이가 말했다. "이봐, 챔프, 로키스 유니폼은 어때? 우린 덴버를 지나갈 거야."

"싫어! 싫어!"

마크는 남자아이가 바닥을 차는 소리와 아기가 더 크게 우는 소리를 들으며 이를 악물었다.

하들리가 말했다. "챔프, 야구 경기를 보러 가는 건 어때? 매티, 이번 주에 로키스의 홈경기가 있는지 알아봐."

드디어 발길질이 멈추었고, 아기도 더 이상 울지 않았다.

남자아이가 떨리는 목소리로 물었다. "덴버에서 야구 경기해?"

여자아이가 밝은 목소리로 대답했다. "응, 해."

마크는 덴버에서 야구 경기가 열리는 걸 어떻게 알아냈는지 궁금했다. 피츠가 모든 휴대폰을 추적했다. 하들리의 아이패드와 노트북 컴퓨터까지. 하들리와 그레이스 일행은 병원을 떠날 때 휴대폰과 노트북을 모두 버린 것으로 확인되었다.

남자아이가 물었다. "등 번호가 44번인 유니폼이 있었으면 좋겠어."

44번, 위대한 행크 에런의 번호. 마크가 가장 좋아하는 선수였다.

하들리가 말했다. "그래, 야구장에 가자. 매티, 손수건을 이리 내."

또다시 차 문이 열렸다. 이번에는 오른쪽 문이었다.

여자아이가 말했다. "우리 선수 명단을 확인해 볼까?"

남자아이가 웅얼거렸다. "월터스. 난 월터스가 좋아."

여전히 불안한 목소리였다.

여자아이가 말했다. "토니 월터스, 포수?"

마크는 여자아이가 야구에 대해 잘 알고 있는 게 놀라웠다.

"응, 토니 월터스는 진짜 잘해."

마크는 차 밖에서 울리는 말다툼 소리 때문에 아이들의 대화에 더이상 집중할 수 없었다. 하들리와 그레이스가 다투는 소리가 들려왔지만 말을 알아듣기 힘들었다.

갑자기 트렁크 문이 열렸다. 마크는 깜빡이며 눈앞에 서있는 그레이스를 바라보았다. 오른손에 권총을 들고 있었다.

마크는 몸을 일으켰다. 몸이 뻐근하고 어깨가 욱신거렸다.

하들리가 옆에서 물었다. "얼른 안 나오고 뭐 해요?"

그녀는 아기를 어깨에 기대어 안고, 다친 다리를 뒤로 빼고 서있었다.

그레이스가 소리쳤다. "어서 안 나오고 뭐 해? 계속 거기 있고 싶어?"

하들리의 얼굴에서 엷은 미소가 번져갔다.

마크가 차에서 나오자 그레이스가 한 발짝 뒤로 물러섰다. 전혀 동요하지 않고 침착한 태도로 일관하는 모습이 놀라웠다. 게다가 총을 능숙하게 다루었다. 그녀의 남편은 미 특수부대 사격팀 소속이었다. 남편에게서 총 쏘는 법을 배운 게 분명했다.

그레이스는 사진으로 본 모습과 많이 달랐다. 사진으로 본 그레이스는 예쁜 얼굴이었지만 별다른 특징이 없었다. 거친 갈기 같은 그레이스의 머리카락이 마치 최면을 거는 듯 갈색 눈동자 주변에서 소용돌이쳤다. 그녀는 두뇌 회전이 빨랐고 다음에 취해야 할 행동이 뭔지 정확히 알고 있었다.

반면 하들리는 사진에서 본 모습 그대로였다. 마치 파리의 패션쇼나 최고급 요트에 어울리는 화려한 외모의 소유자였다. 잉크처럼 검은 머리카락에, 고양이 같은 눈, 남자들의 사랑 고백을 유발하는 몸매를 지녔다.

그레이스가 여자아이를 보며 말했다. "매티, 네 도움이 필요해."

여자아이는 엄마와 아빠의 특징을 반씩 지니고 있었다. 머리카락을 희게 탈색했지만 아빠를 닮은 곱슬머리였고, 눈동자도 아빠처럼 초콜릿 빛 갈색이었다. 다른 신체적 특징은 엄마를 닮았다. 입술은 엄마를 닮아 도톰했고 코가 살짝 들려있었다. 왼쪽 귀의 은색 피어싱이 시선을 끌었다.

그레이스가 마크에게 말했다. "타이를 풀어."

마크는 시키는 대로 했다. 그녀의 의도가 뭔지 파악하는 순간 수치심이 증폭되었다.

"무릎 꿇고 손을 뒤로 해."

마크가 인상을 찌푸리자 그레이스가 눈에 힘을 주었다.

"어서." 그레이스가 총으로 그의 무릎을 겨누며 시키는 대로 하지 않을 경우 어디를 쏠지 분명하게 알려주었다.

하들리가 말했다. "그레이스, 이렇게까지 할 필요가 있을까요?"

그레이스가 그녀를 쏘아보았다. "물론 이렇게까지 할 필요는 없을지도 모르죠. 하지만 어설프게 굴다가 이 남자에게 당하는 것보다는 낫잖아요."

하들리가 돌아서서 아기를 어르며 코를 아기 목덜미에 박았다. 그레이스는 주어진 임무가 뭔지 정확하게 알고 있는 반면 하들리는, 곰돌이 푸우가 야생 흑곰이 될 수 없듯이, 범죄 행위와는 거리가 먼 인물로 보였다.

마크는 타이를 왼손에 들고 무릎을 꿇고 앉았다. 그제야 그들이 어느 방향으로 가고 있는지 깨달았다. 그들은 오랫동안 사용하지 않은 가판대 뒤에 차를 세워두었고, 그 뒤로 태양이 떠오르고 있었다. 그의 가슴이 철렁 내려앉았다. 상황이 쉽게 종결될 거라 생각했던 희망이 순식간에 사라졌다. 베이커는 라스베이거스로 가는 길목에 있었고 그들의 최종 목적지는 오마하였다. 그런데 그레이스는 반대 방향으로 차를 몰고 있었다.

더럽게 똑똑한 여자들이네.

동쪽 방향 도로는 하나뿐이라 봉쇄가 용이한 반면 서쪽 방향 도로는 여러 갈래라 모든 도로를 차단하기는 어려울 거라고 판단한 게 분명했다.

그레이스가 말했다. "매티, 이 아저씨의 손목을 묶어야 해. 단단하게 매듭짓는 방법 알지?"

"지난 학기 항해 수업 때 배워서 끈을 단단하게 매듭지을 줄 알아요."

"손목에서 가장 가느다란 부분을 빈틈없이 묶어."

여자아이가 한 바퀴 돌아 뒤쪽으로 다가오더니 마크가 손에 들고 있던 타이를 낚아챘다.

마크는 재빨리 돌아서서 여자아이를 인질로 잡아볼까 생각했다가 이내 단념했다. 그레이스가 총을 겨누고 있었다. 여자아이를 걱정하는 마음이 느껴지는 걸 보면 보호 본능이 강한 여자가 분명했다. 괜히 여자를 자극할 필요는 없었다.

여자아이는 놀라울 정도로 힘이 셌다. 손목을 어찌나 단단하게 조였는지 피가 통하지 않았다. 여자아이가 매듭을 짓고 나서 거듭 당겨보며 단단하게 묶였는지 확인했다.

그레이스가 명령했다. "일어나."

마크는 비틀거리며 힘겹게 몸을 일으켰다.

그레이스는 그의 위아래를 훑어보며 머리를 굴리다가 여자아이에게 말했다. "신발을 벗겨."

하들리가 항의하듯 말했다. "그레이스, 적당히 좀 해요."

그레이스가 단호하게 명령했다. "매티, 어서 신발을 벗겨."

하들리가 물었다. "신발을 벗겨야 하는 이유가 뭔데요?"

"혹시 엉뚱한 생각이 들어도 맨발로는 도망치기는 힘들 테니까."

그레이스가 그를 똑바로 쳐다보았다. 마치 무슨 생각을 하고 있는지 다 알고 있고, 아주 멍청한 생각이라는 걸 일깨워 주듯이.

마크는 깊은 한숨을 쉬고 나서 더는 모욕을 당하지 않기 위해 직접 신발을 벗었다.

"매티, 신발을 트렁크에 넣고, 양말도 벗겨."

하들리가 또 끼어들었다. "양말도요?"

"당신 같으면 펄펄 끓는 사막을 맨발로 걷고 싶겠어요?"

마크는 그 말을 듣는 순간 뱃속이 서늘해졌다.

그레이스가 정말 그를 사막 한복판으로 데려갈 생각인지 궁금했다.

30
하들리

매티와 스키퍼가 앞좌석에 같이 앉았고, FBI 요원은 뒷좌석의 하들리와 아기 사이에 앉았다. 맨발은 좌석 사이 불룩한 부분에 올려놓았고, 양손은 뒤로 결박되어 있었고, 가슴이 무릎에 닿도록 몸을 숙이고 있었다. 언뜻 보기에도 무척이나 불편해 보이는 자세였다. 하들리는 그가 너무 안됐다는 생각이 들었다. 구부린 자세 때문에 안전벨트를 채울 수도 없었다.

하들리는 안전벨트에 대해서라면 항상 철저했다. 부디 사고가 나지 않기를 바랐다. FBI 요원은 인상이 그리 나빠 보이지 않았다. 나이는 40대 중반에 그녀보다는 몇 살 위로 보였다. 넓적하고 정직해 보이는 얼굴, 시나몬 색 머리카락에 연푸른색 눈동자는 스키퍼와 비슷했다.

FBI 요원은 마치 할 말이 있는 사람처럼 그녀를 힐끔거리다가 이내 생각을 고쳐먹고 고개를 돌렸다. 괜찮을 거라고 안심시키고 싶었지만 정말 괜찮은지 그녀 자신도 알 수 없었다. 상황이 미쳐 돌아가고 있었다. 이 모든 일이 순식간에 벌어졌다. 분명히 담배를 피우고 있었는데, 어느 순간 정신을 차리고 보니 총을 들고 주차장을 기어서 가로지르고 있었다.

어제까지만 해도 총은 만져본 적도 없었다. 불과 며칠 사이에 두 번의 각기 다른 상황에서 두 사람에게 총을 겨누었다. FBI 요원이 다시 그녀를 힐끔 쳐다보았다. 하들리는 그제야 자신이 울고 있다는 걸 깨달았다. 당황한 그녀는 손으로 눈물을 닦고 나서 그가 보지 못하도록 고개를 돌렸다.

그가 센터 콘솔에 몸을 기대며 그레이스 쪽으로 몸을 숙였다.

"그레이스?"

그가 불렀지만 그레이스는 무시하고 대답하지 않았다.

그가 몸을 숙이고 다시 한번 불렀다. "그레이스?"

차가 갑자기 멈추는 바람에 모두의 몸이 앞으로 쏠렸다. 안전벨트를 맨 사람들은 괜찮았지만 FBI 요원은 신음 소리를 내며 앞좌석에 몸을 부딪쳤다.

하들리는 그가 다시 자리에 앉도록 도우며 소리쳤다. "그레이스?"

그레이스는 룸미러로 하들리를 돌아보며 다시 가속페달을 밟았다.

FBI 요원은 이제 말을 걸지 않았다. 고개를 푹 숙인 그는 어깨를 움츠리고 앉아 있었다. 왼쪽 어깨가 오른쪽 어깨보다 조금 더 구부정했다.

한 시간 가까이 차를 달렸을 때 하들리가 물었다. "그레이스, 앞으로 어떻게 할지 계획이 있어요?"

어느덧 해가 높이 떴고, 이제 곧 아이들을 먹여야 하고, 모두들 화장실에 다녀와야 할 시간이었다.

그레이스가 덤덤하게 말했다. "계시(Sign)를 찾고 있어요."

하들리는 도대체 무슨 소리인지 알 수 없어서 침을 꿀꺽 삼켰다.

신의 계시를 말하는 건가? 초월적 존재로부터의 계시?

그레이스가 스트레스 때문에 완전히 맛이 가서 아예 정신 줄을 놓아버리고 운명을 신의 손에 맡기기로 결정한 것인지 궁금했다.

"저기 있네요."

그레이스가 잠시 후 말하며 고속도로에서 급격하게 방향을 틀어 좁은 흙길로 접어들었다. 그다음부터 차는 줄곧 사막을 달리기 시작했다.

표지판(Sign)에 이렇게 적혀 있었다.

캘리코 얼리맨 유적지
개장 : 화요일–토요일, 오전 9시–오후 4시
일반인 환영
3.2킬로미터

오늘은 일요일이다. 유적지는 문을 닫았고, 이틀간 열지 않는다.

하들리는 FBI 요원을 바라보았다. 그의 얼굴이 창백했다.

"그레이스, 이건 좋은 생각 같지 않아요."

"혹시 더 좋은 생각이 있으면 말해 봐요."

FBI 요원이 그레이스가 다시 브레이크를 밟을까 봐 몸을 웅크리며 말했다. "가장 좋은 생각은 지금 당장 자수하는 겁니다."

그는 한쪽 팔을 가슴과 머리의 충격을 흡수할 수 있는 위치로 움직였다.

그레이스는 급브레이크를 밟지 않고 말했다. "정말 좋은 생각이네요. 안 그래도 휴가를 어떻게 보낼지 고민하는 중이었거든요. 자수하면 앞으로 10년에서 20년은 끼니 걱정 없이 살 수 있겠네요. 무료 숙식을 제공받을 테니까. 그런데 어쩌죠? 두 가지 사소한 문제가 있어요. 첫째, 난 침대 시트의 품질에 민감해요. 둘째, 그렇게 되면 난 앞으로 내 아이가 자라는 모습을 지켜볼 수가 없어요."

FBI 요원이 말했다. "두 사람이 중대 범죄를 저질렀다고 단정할 수는 없습니다. 조사만 받고 무죄로 석방될 수도 있어요."

그레이스가 그 말을 진지하게 고려한다는 듯 말했다. "만약 우리가 자수하면, 오늘 아침에 총을 쏘고, 차량을 탈취하고, FBI 요원을 납치한 사건들을 모두 눈감아줄 수 있다는 뜻인가요?"

FBI 요원이 선뜻 대답을 못 하고 망설였고, 하들리가 그를 쳐다보았다. 하들리는 그가 오늘 아침에 발생한 일은 지극히 사소하고, 그들이 자수해 어떻게 된 상황인지 정확하게 설명하고 잘못을 뉘우치며 선처를 바라면 쉽게 해결될 수 있는 문제라고 안심시켜 주길 기대했다.

매티가 목을 길게 빼고 하들리를 쳐다보았다. 매티의 갈색 눈동자가 커다래졌다. 하들리는 침을 꿀꺽 삼키고 나서 그레이스와 FBI 요원을 번갈아 쳐다보았다.

FBI 요원이 말을 아끼듯 조심스럽게 말했다. "그 문제는 내가 결정을 내릴 수 있는 부분이 아니라서 단언할 수는 없지만 검사가 정상참작을 해준다면……."

차가 느닷없이 멈춰 섰고, 하들리는 뒷바퀴가 분명 공중에 떴다고 확신했다. 하들리는 안전벨트 때문에 목이 조였고, 매티와 스키퍼의 몸이 앞으로 심하게 쏠렸다. FBI 요원은 어마어마한 강도로 콘솔에 부딪혔다. 가슴이 커다란 충격을 그대로 흡수한 듯 FBI 요원이 씩씩거리며 숨을 헐떡였다. 하들리가 그를 일으켜 세우고 나서 딱히 무얼 해야 좋을지 몰라 등을 두드려 주었다. 마일스가 소리를 지르며 발을 굴렀다. 현재 벌어지고 있는 일들이 너무나 신나고 재미있다는 듯이.

그들은 깊은 침묵 속에서 계속 길을 달렸다. 매티가 양손으로 머리를 감싸고 몸을 앞뒤로 흔드는 스키퍼에게 다 괜찮을 거라고 나지막이 속삭여 주었다.

하들리는 창밖으로 사막을 가로질러 꼬불꼬불하게 뻗어있는 길을 내다보았다. 그녀는 머릿속으로 '검사', '정상참작'이라는 말을 되뇌었다. 현재 벌어지고 있는 모든 상황과 이 일을 저지른 사람이 그녀 자신이라는 사실이 믿기지 않았다. 그녀는 자신이 범죄자가 되었다는 사실을 받아들이기 힘들었다. 시간을 되돌릴 수만 있다면, 매티와 스키퍼가 각자의 방에서 안전하게 쉬고 있다면, 다시 따스하고 편안한 침대에 누울 수 있다면, 차라리 떠날 생각을 하지 않았더라면, 이미 저지른 일들을 없던 것으로 할 수 있다면, 차라리 그레이스를 만나기 이전으로 돌아갈 수 있다면 얼마나 좋을까?

그러나 지나간 일들은 결코 돌이킬 수 없었다. 한 가지 결정을 내리면 많은 일들이 연쇄적으로 달라진다. 실수를 딛고 앞으로 나아가다 보면 어느 순간 처음 출발했던 곳, 혹은 가고자 했던 곳과는 전혀 상관없는 어딘가에 서있게 된다.

마침내 차가 멈추어 섰다. 유적지의 관리 사무소 역할을 하는 트레일러가 눈앞에 있었고 그 맞은편에는 야구장만큼 넓고, 2층짜리 건물보다 깊은 구덩이가 있었다.

그레이스가 차 문을 열기 전에 하들리가 말했다. "그레이스, 이 사람을 여기에 두고 갈 수는 없어요. 이 유적지는 화요일 전까지 문을 안 열고, 여긴 음식이나 물이 전혀 없어요."

"이 사람만 두고 가진 않을 거예요."

하들리는 안도의 한숨을 쉬었다.

"당신이 같이 있을 거예요."

그레이스가 말했다.

31

마크

트레일러는 직사각형 모양이었다. 직사각형의 짧은 면에 문이 하나 있고, 긴 면에 두 개의 창문이 나있었다. 트레일러 안은 덥고 눅눅하고 온갖 잡동사니로 가득 차있었다. 지도와 사진, 암석과 화석, 끝이 뾰족한 도구들과 오래된 연장들, 턱이 날아간 해골.

마크는 바닥에 앉았다. 닳아서 시커멓게 된 회색 카펫이 깔려 있었다. 출입문 맞은편에 화장실, 작업실, 창고가 있었다. 발을 묶었던 붕대를 그의 바지 벨트에 연결해서 관리인의 책상 컴퓨터 케이블 구멍에 고정시켜 두었다. 손목도 단단히 결박해놓은 상태였지만 이번에는 앞으로 묶었다.

하들리와 그레이스는 손목을 묶기 전 한바탕 말다툼을 벌였다. 하들리는 손을 뒤로 묶으면 너무 불편할 거라고 주장했고, 그레이스는 지금 이 사람은 스파에 쉬러 온 게 아니라며 호통을 쳤다. 손을 뒤로 묶어야 달아나기 힘들다면서.

그레이스의 말이 전적으로 옳았지만 다행히 하들리가 이겼다. 하들리는 만약 손을 뒤로 묶을 경우 그레이스가 떠나는 순간 자기가 곧바로 풀어주겠다고 협박했다.

두 여자는 한참 동안 서로를 쏘아보다가 결국 그레이스가 한발 물러섰다.

"좋아요. 하지만 총은 내가 가져갈게요. 그가 밧줄을 풀고, 당신을 쏘든지 말든지 내 알 바 아니지만."

두 여자는 그야말로 이상한 사이였다. 두 사람이 어쩌다 뭉치게 되었는지 도무지 이해가 가지 않았다. 마치 태어나자마자 헤어졌다가 다시 만난 쌍둥이처럼 그 어떤 공통점도 없었고, 얼굴만 맞대면 싸우는 자매들 같았다. 그레이스는 뒷골목 고양이처럼 공격적이고 영리했다. 그녀가 살아온 삶에 걸맞게 약삭빠르고 방어적이고 교활하고 거칠었다. 반면 하들리는 정반대였다. 그녀는 FBI의 추적을 피해 사막 한복판 트레일러에 앉아 있기보다는 잡지의 화보에 나올 것 같은 여자였다.

"하들리?"

하들리가 책상 앞에 앉아 있다가 고개를 들었다. 그녀는 아직 시퍼렇게 멍이 들고, 부기가 빠지지 않은 한쪽 다리를 책상 위에 올려놓고 있었다.

"제발, 내 말 좀 들어봐요."

하들리가 무릎 위에 올려놓은 손을 보며 고개를 저었다.

"전부 다 오해에서 비롯된 일이에요."

하들리가 고개를 돌리더니 그의 말에 동의한다는 뜻으로 고개를 끄덕였다.

"당신은 범죄자가 아니잖아요."

그 말에 하들리의 몸이 다시 움찔했다. 마치 해서는 안 되는 짓을 하다가 들킨 여자아이 같았다.

마크는 그녀가 딱하다는 생각이 들었다. 하들리는 이런 상황에 어울리지 않는 여자였다. 지금껏 그녀가 저지른 잘못이라면 실수로 잘못된 선택을 한 것뿐이었다. 프랭크 토렐리라는 인간쓰레기와 결혼한 것은 최악의 선택이었다.

"하들리, 상황이 더 악화되기 전에 자수해요."

하들리의 눈에서 흘러나온 눈물이 턱에서 무릎으로 떨어졌다. 마크는 여자와 아이들의 눈물에 약했다. 여자의 눈물은 항상 그를 무너뜨렸다.

마크는 애써 마음을 다잡고 조금 더 밀어붙였다. "내가 FBI 요원이라는 사실을 몰랐다고 하면 정상참작이 될 수도 있어요. 당신 남편이 고용한 사람인 줄 알았다고 둘러대는 거예요."

하들리의 얼굴이 눈물로 얼룩졌다. 그녀의 얼굴은 그가 FBI 요원이라는 걸 너무나 잘 알고 있었다는 고백을 담고 있었다.

마크는 그녀의 초록빛 눈동자에 깃든 슬픔을 보고 고개를 돌렸다.

하들리가 물었다. "프랭크가 무슨 짓을 저질렀죠?"

"정말 아무것도 몰랐어요?"

"남편이 주차장 사업을 하는 걸로만 알고 있었어요."

하들리는 노련한 거짓말쟁이거나 정말 아무것도 모르는 눈치였다. 마크가 보기에는 몰랐을 가능성이 커 보였다. 마크는 짜증과 분노가 동시에 치밀었다. 순진한 여자들은 남자들을 너무 쉽게 믿는다. 프랭크 토렐리 같은 범죄자들은 여자들의 믿음을 이용한다. 셸리가 좀 더 자라면 남자를 만날 때 무엇을 가장 우선적으로 고려해야 하는지 알려 주어야겠다는 생각이 들었다. 부부는 서로 믿고 존중해야 한다. 그와 마르시아는 비록 열정은 사라졌지만 여전히 서로를 존중했다.

마크는 문득 마르시아가 고맙다는 생각이 들었다. 마르시아와 관련해 모처럼 상처와 분노 이외의 감정을 느꼈다.

"프랭크는 불법 도박과 마약 밀매를 하고 있었어요. 코카인과 엑스터시 따위를 취급했죠."

하들리는 시선을 떨어뜨리며 갑자기 속이 쓰린 듯 두 팔로 배를 감쌌다.

"당신이 가져간 돈이 범죄의 증거예요. 우린 증거를 되찾으려고 당신들을 추적하고 있어요."

"그럼 병원에서 날 체포하려던 게 아니었어요?"

"우린 그저 당신들이 수사를 망치는 걸 막으려고 했던 것뿐이었어요."

"우리가 돈을 돌려주었다면 아무것도 문제될 게 없었다는 뜻인가요? 당신들은 프랭크를 체포하는 대신 날 무죄로 풀어줄 수도 있었다는 거예요?"

"프랭크의 범죄를 전혀 몰랐다면 무죄판결을 받을 수도 있어요."

"난 마약을 싫어해요. 프랭크가 그런 짓을 저질렀다는 사실이 믿기지 않아요."

하들리의 격한 감정이 목소리를 삼켰다.

"난 당신의 말을 믿어요."

하들리가 여전히 배를 꽉 움켜쥐고 몸을 앞뒤로 흔들었다. "이제 그레이스와 난 교도소에 가게 될까요?"

FBI 요원 납치, 총기 사용, 차량 탈취라면 정상참작을 한다고 해도 유죄를 면하기 힘들었다. 마크는 차에서 그를 향해 웃던 그레이스의 아기, 행크 에런을 사랑하고 야구 유니폼을 잃어버렸다고 속상해하던 남자아이, 항해 수업을 받을 때 매듭 묶는 법을 배웠다는 여자아이를 생각했다. 그가 지원팀이 도착하길 기다렸거나 현장 사무소로 먼저 갔더라면 굳이 벌어지지 않았을 일이라 자책감이 들었다.

마크가 조심스럽게 물었다. "그레이스에 대해 얼마나 알고 있죠?"

대답이 없었지만 주변이 조용한 것으로 보아 그의 말을 듣고 있는 게 분명했다.

"혹시 그레이스에게 전과가 있다는 걸 알고 있었나요?"

하들리가 고개를 숙이고 있어 표정을 볼 수 없었지만 깜짝 놀란 듯 숨을 헉 들이쉬는 소리가 들려왔다. 그녀는 그레이스의 과거에 대해 전혀 모르는 듯했다.

"두 사람은 어쩌다가 서로 얽히게 되었죠?"

하들리가 긴 침묵 속에서 몸을 흔들다가 대답했다.

"돈을 챙기러 프랭크의 사무실에 갔다가 그레이스와 마주쳤어요. 우리는 둘 다 금고를 털 생각이었죠. 난 금고가 어디 있는지 몰랐는데 그레이스는 알고 있더군요. 나는 그레이스에게 금고 위치를 알려주면 절반을 주겠다고 했어요."

마크는 우연을 믿지 않았다. 두 사람이 우연히 같은 시간에 프랭크의 사무실에 갔다가 서로 얽히게 되었다는 말은 믿기 힘들었다.

"그레이스가 금고 위치를 알려주면 *절반*을 주기로 했다고요?"

"난 그 정도로 큰 금액이 금고에 들어있을 줄은 몰랐어요."

"당신이 챙긴 절반의 돈이 얼마나 되던가요?"

피츠가 조사해 본 결과에 따르면 프랭크는 불법 도박과 마약 거래로 한 달에 1만 달러 정도를 벌고 있고, 그 사업은 적어도 2년간 지속되었다. 피츠의 계산으로는 프랭크가 벌어들인 돈이 어림잡아 2백만 달러쯤 될 거라고 했다.

하들리는 잠시 전후좌우를 살피며 머뭇거리다가 그와 눈이 마주쳤다. "90만 달러 정도."

"엄청난 액수네요."

하들리가 고개를 끄덕이고 나서 다시 자기 손을 쳐다보았다.

"프랭크가 추격해올까 봐 걱정돼요?"

"당연하죠. 병원에서 도망친 것도 프랭크가 날 추격한다고 생각했기 때문이었어요. 당신들이 프랭크 밑에서 일하는 하수인들인 줄 알았거든요."

마크는 그녀가 안됐다는 생각이 들었다.

트레일러 안이 무척 더웠지만 하들리는 추위를 느끼는 듯 두 팔로 자신의 몸을 감쌌다.

마크는 지난 일 년 동안 프랭크 토렐리를 지켜보았고, 그가 얼마나 무자비하고 변덕스럽고 야비한 인간인지 잘 알고 있었다. 부인이 1백만 달러를 챙겨 딸과 함께 도망쳤는데 프랭크가 잠자코 있을 리 없었다.

마크가 말했다. "그게 바로 당신이 내 말을 들어야 하는 이유입니다. 프랭크는 위험인물이고, 당신과 그레이스는 지금 아주 큰 위험에 처한 상황이에요."

하들리는 금방이라도 무너질 것처럼 안색이 창백했다.

마크는 마음이 무거운 가운데 이 상황을 현명하게 헤쳐 나갈 방법을 찾느라 고심했다. "발목은 어쩌다가 다쳤어요?"

"금고를 감추고 있던 화장실 덮개에 걸려 넘어졌어요."

"금고가 화장실에 있던가요?"

"화장실 물탱크요."

마크가 고개를 끄덕였다. 지금껏 금고를 숨겨둔 장소들을 수없이 보았지만 화장실은 처음이었다.

"그레이스가 금고 비밀번호를 알고 있던가요?"

"금고 비밀번호는 내가 알고 있었어요."

마크로서는 믿기 힘든 얘기였다. 하들리는 금고에서 돈을 챙기기 위해 프랭크의 사무실에 갔다. 금고를 찾지 못해 고심하고 있을 때 마침 그레이스가 나타났다. 그레이스는 금고가 어디 있는지 알고 있었지만 비밀번호를 몰랐다. 하들리 없이는 금고 문을 열 수 없었다는 뜻이다.

말도 안 되는 소리.

실제 삶에서 그런 식의 우연은 일어나지 않는다. 마크의 머릿속에서 그레이스가 가방을 들고 건물로 들어서던 모습이 떠올랐다. 그레이스는 병원에서도 똑같은 가방을 들고 있었고, 어찌나 불룩한지 걸음걸이가 어색해 보였다.

그레이스는 돈이 필요해 프랭크의 사무실에 갔다. 하들리는 그레이스의 말을 믿었을까? 아니면 거짓말이라고 생각했을까?

하들리가 말했다. "내가 발목을 접질려 운전을 할 수 없게 되어서 그레이스가 차로 아이들이 있는 호텔까지 데려다주었죠. 그 다음 날 아침에 헤어지려고 했는데 그레이스가 날 병원까지 데려다주었어요. 그때 당신들이 병원으로 들이닥쳤고, 그다음부터는 어떻게 되었는지 잘 알고 있을 거예요."

마크가 완벽하게 앞뒤가 맞는 이야기라는 걸 인정한다는 듯 고개를 끄덕였다. "그레이스는 왜 병원에서 당신을 두고 떠나지 않았죠?"

하들리가 고개를 저으며 긴 한숨을 내쉬었다. "나도 그 이유가 뭔지 모르겠어요. 그레이스는 떠났어야 했어요. 아무튼 그레이스는 이번 일과 전혀 상관없어요."

개소리.

그레이스가 어떤 약점을 잡고 있기에 하들리가 이야기를 지어내면서까지 감싸려 드는지 의문이었다.

"이젠 상관이 있어요."

하들리가 고개를 저으며 소리쳤다. "상관없어요! 그레이스는 우릴 도와주려고 했을 뿐이에요."

마크가 단호한 목소리로 말했다. "하들리, 내 말 잘 들어요. 자수하지 않으면 문제가 심각해져요. 딸을 생각해서라도 자수하는 게 유리해요."

하들리는 아무런 대답도 하지 않고 있다가 한참 뒤에 물었다. "그레이스가 무슨 죄를 저질렀는데요? 전과가 있다고 했잖아요."

"어렸을 때 나쁜 선택들을 했어요."

"사람을 죽인 적은 없죠?"

그레이스의 불행한 과거를 매도하긴 싫었지만 하들리가 자수하게 만들 수 있는 기회를 놓치고 싶지 않았다.

하들리가 고개를 들었다. "그레이스가 사람을 죽였어요?"

사실 그레이스가 그 여자를 죽인 건 아니었다. 그 여자는 폐렴으로 사망했고, 그레이스의 혐의는 과실치사였지만 그렇다고 해서 살인이 아니라고 말할 수는 없었다.

마크는 작게 고개를 끄덕였다.

하들리가 침을 꿀꺽 삼키고 나서 고개를 저었다. 그의 말을 믿지 않거나 그것으로 상황이 바뀌는 걸 용납하지 않겠다는 뜻이었다.

"하들리, 유능한 변호사를 선임하면 당신은 무죄를 받을 수 있어요."

마크는 그녀의 얼굴에 드리워진 불확실성의 그림자를 읽었다. 그는 그 불확실성을 공략했다. "그레이스가 방아쇠를 당겼고, 날 트렁크에 넣으라고 명령했어요. 그레이스가 운전을 해서 날 여기까지 데리고 왔고요."

하들리가 고개를 들었다. 그녀는 마치 그의 말이 이해되지 않는다는 듯 미간을 잔뜩 찌푸렸다.

마크가 그녀를 똑바로 쳐다보며 말했다. "하들리, 그레이스는 전과자예요."

마크는 자신이 방금 전 내뱉은 말의 의미가 선명해지는 과정을 지켜보았다. 하들리의 눈이 커다래지더니 이내 어둡게 변했다가 돌처럼 단단해졌다. 그 순간 마크는 자신이 큰 실수를 저질렀다는 걸 깨달았다.

하들리가 날카롭게 쏘아붙였다. "적어도 이번 일만큼은 그레이스와 아무 상관이 없어요."

고양이 같은 외모 안에 감추어진 호랑이의 성난 포효였다. "그레이스가 떠나지 않은 이유는 오로지 나 때문이었어요. 날 돕기 위해 모든 위험을 감수한 거예요."

하들리에게 마지막으로 남아있던 기회의 문은 그렇게 닫혀버렸다.

마크는 남아 있는 선택지들을 생각해 보았다. 너무나 한심한 실수를 저질렀다. 지원팀이 올 때까지 기다렸어야 했다. 그랬다면 아무 일도 일어나지 않았을 테니까.

32

그레이스

그레이스는 생필품을 사기 위해 월마트에 들렀다. 분유와 기저귀를 사고 나서 FBI 요원을 화요일 전까지 묶어두는 데 필요한 생필품들을 구입했다. 물, 먹을거리, 담요, 베개, 손전등, 잡지 몇 권, 케이블 타이 따위였다. FBI 요원을 납치한 건 무모했다. 결국 FBI 요원 납치 혐의가 추가되었다. 지금까지 누적된 온갖 혐의들을 생각하면 범죄 하나가 추가된다고 해서 크게 달라질 건 없었다. 체포될 경우 제법 오래 복역해야 한다. 형기를 마칠 무렵이면 마일스는 다 자라 성인이 되어 있을 것이다. 그때는 출소해봐야 큰 의미가 없었다.

일이 이렇게까지 꼬일 줄은 몰랐다. 가장 끔찍한 악몽이 현실이 되었다. 벗어났다고 믿었던 과거의 악몽이 재현되고 있었다. 마치, 아등바등 살려고 애써봐야 어차피 그녀는 범죄자가 될 운명이었다는 듯이.

FBI 요원을 향해 총을 발사한 순간 모든 게 달라졌다. 그 이전까지만 해도 일말의 희망이 있었는데 이제는 완전히 사라졌다. 이제 마일스를 그녀가 키울 수 있는 방법은 도주밖에 없었다. FBI 요원에게는 정말 미안한 일이었지만 어쩔 수 없었다. 그나마 그를 데리고 있어야 도주에 유리했다. 수사 지원팀이 현장에 도착하면 매우 혼란스러워하다가 이내 몹시 당황할 것이다. FBI 요원과 차가 사라져 버렸으니까.

FBI 요원의 차는 그녀와 하들리의 방 앞에 주차되어 있었다.

헌터는 모텔 현관문에 **'1시간 뒤에 돌아옴'**이라고 적힌 쪽지를 붙여두었다. 괜한 일에 휘말리지 않기 위해 잠시 사라지고 싶었을 것이다. 헌터가 사라졌으니 목격자는 없었다. 그녀가 총을 쏘고 FBI 요원의 차를 타고 도주하는 걸 본 사람은 없었으니까. 만약 운이 따라준다면 수사 지원팀은 그들의 작전이 여전히 유효하다고 판단할 가능성이 컸다. 먼저 현장에 와있던 FBI 요원은 잠시 휴식을 취하거나 식사를 하러 갔고, 그녀와 하들리는 여전히 방에 있을 거라고 짐작할 수도 있을 테니까. 그 경우, 긴 시간이 흐른 뒤에야 그들은 뭔가 일이 크게 잘못됐다는 사실을 깨달을 것이다.

매티가 물었다. "괜찮아요?"

"응, 괜찮아." 그레이스는 쇼핑 카트에 양말 한 묶음을 던져 넣으며 애써 미소를 지었다. 매티가 얼마나 긴장하고 있는지 느껴졌다. 스키퍼는 오전 내내 말이 없었다.

그레이스는 아이들을 데리고 컴퓨터 코너로 갔다. 인터넷에 접속해 보증금을 현금으로 받아주는 호텔을 찾아보고 나서 캐나다로 가는 경로를 알아보았다. 여권 없이 캐나다 국경을 넘는 방법을 알아내야 했다.

스키퍼가 물었다. "내 유니폼은 언제 살 수 있어요?"

매티가 말했다. "내가 스키퍼를 데리고 다녀올게요. 야구 유니폼과 모자를 파는 데가 있을 거예요."

그레이스가 말했다. "그냥 다 같이 움직이자." 그녀가 진열대 끝에 있던 대포폰을 집어 들었다. 하들리가 지난번에 산 대포폰을 쓰고 있어 한 개가 더 필요했다. 그다음에는 아이들을 따라 남아 용품 코너로 이동했다.

그레이스가 매티에게 물었다. "넌 필요한 게 없어?"

매티가 수줍어하며 되물었다. "혹시 책 사도 돼요?"

"당연히 되고 말고."

콜로라도 로키스의 유니폼은 없었지만 회색 야구 바지와 파란 양말, 다저스 유니폼과 모자가 있었다.

스키퍼는 다저스 유니폼에 흡족해했다.

그레이스는 도서 코너를 둘러보고 있는 매티가 청소년 문학이나 《왕좌의 게임》 시리즈 가운데 한 권을 고를 거라고 생각했다. 매티는 고전 코너로 가더니 폭이 넓은 타이를 매고 머리카락이 곱슬거리는 남자의 그림이 있는 책을 집어 들더니 카트에 넣었다. 그레이스는 그 책이 아이에게 친근하게 느껴지는 이유를 깨닫기까지 잠시 시간이 걸렸다. 21세기에 살고 있는 열네 살짜리 여자아이가 왜 《캔디드》를 재미있어하는지 이해가 되지 않았다. 그레이스는 9학년 영어 시험을 통과하려고 그 책을 읽은 기억이 났다.

매티가 책을 계산대에 올려놓으며 미소를 지었다.

그레이스가 물었다. "그 책이 재미있니?"

그녀가 기억하기로 이런저런 불운으로 결국 등장인물 모두가 죽어가는 내용이었다.

"주인공이 캔디드라는 남자인데 완전 웃겨요. 뭘 모르는 사람이라 인생이 거지처럼 꼬이죠. 어딜 가서 무얼 하든 죄다 실패하지만 황당할 정도로 낙천적이라 계속 그렇게 살아요. 세상에서 일어나는 모든 일은 반드시 이유가 있다고 믿으면서요. 사실은 그 사람 인생이 거지 같아 그런 일이 벌어지는 건데도. 너무 바보 같아서 좋아하게 되었어요. 세상에 대해 아무것도 모르는 사람이라서."

매티가 카트에 들어있는 물건들을 계산대에 올려놓았다. 그레이스는 재미로 책을 읽어본 적이 없었지만 앞으로는 읽어 봐야겠다는 생각이 들었다.

월마트를 나온 그들은 스키퍼의 표현대로 '만루 진출'을 위해 〈페기 수〉 식당으로 갔다. 얼마 후, 그들은 팬케이크 한 무더기, 달걀 두 개, 베이컨 반 접시로 배를 채웠다. 그레이스는 어찌나 피곤한지 당장 쓰러질 것 같았다. 기온이 37도를 웃돌았고, 더운 날씨에 이른 아침부터 움직였더니 머리가 몽롱했다.

그레이스는 차를 그늘에 세우고 마일스가 앉은 카시트를 앞좌석으로 옮겨 매티와 스키퍼가 여유 있게 자리를 쓰게 해주었다. 차 안은 에어컨이 돌아가 시원했다. 매티는 책을 펼쳤고, 스키퍼는 컴퓨터 게임을 시작했다.

그레이스의 눈꺼풀이 무겁게 내려앉을 때 스키퍼가 물었다.

"1루수?"

"응?"

"내 드림 팀 트레이드를 도와줄 수 있어? 나는 월터스를 데려오고 싶은데 코치가 월터스를 갖고 있어."

"물론이야. 화요일 시합의 포수가 월터스야?"

"아마도 그럴 것 같아."

두 아이는 스키퍼의 드림 팀과 트레이드에 대한 이야기를 계속했다. 그레이스는 아이들이 제발 야구 경기를 볼 수 있길 바라는 한편 어떻게든 모든 일들이 잘 풀리기를 간절히 바랐다. 그녀는 다른 차를 구입해 베이커스필드로 이동할 생각이었다. 거기서 하들리의 가족과 헤어져야 할 것이다.

그레이스는 일단 마일스를 데리고 캐나다로 간 다음 자국민 불인도 국가를 찾아보기로 했다. 언젠가 버지니아와 그런 이야기를 나눈 적이 있었다. 보석상을 털어 돈을 마련하면 어느 나라로 도망칠지에 대해. 그 당시 그레이스는 인도네시아나 몰디브 가운데 하나를 선호했지만 버지니아는 두바이 혹은 남아프리카의 한 나라가 좋겠다고 했다. 그 지역 사람들 대부분이 영어를 할 줄 알기 때문이었다.

40여 분 뒤 눈을 떠보니 매티가 몸을 숙이고 바라보고 있었다.

"왜?" 그레이스는 지쳐 잠든 모습이 어땠을지 생각하니 기분이 머쓱해져 물었다. 그레이스는 등받이를 올리고 입가에 묻은 침을 닦았다.

매티가 불쑥 말했다. "운전하는 법 좀 가르쳐 주세요."

"매티, 왜 운전을 배우려고 해?"

"엄마는 발목을 다쳐 운전을 못 하고, 아줌마 혼자 너무 오래 해야 하잖아요. 9개월만 지나면 저도 운전면허 딸 수 있어요."

그레이스가 손을 들어 매티의 말을 가로막았다. 매티는 속눈썹 사이로 그레이스를 바라보며 하려던 말을 꾹 참았다.

그레이스는 열네 살 때 삶이 산산조각 났고, 앞으로 무슨 일이 밀어닥칠지 알 수 없어 두려웠다. 열네 살은 정말이지 이상한 나이였고 그래서 그레이스는 그 시절을 또렷이 기억했다. 다 자란 것 같지만 여전히 보호가 필요한 나이.

매티는 동맥이 파열될 것 같은 표정을 지으며 눈을 부릅뜨고 그레이스의 대답을 기다렸다.

"네 엄마가 허락하지 않을 거야."

"엄마는 지금 여기에 없잖아요."

매티의 말에 그레이스는 하마터면 웃음을 터뜨릴 뻔했다. 그녀도 열네 살 시절에 자주 그렇게 말했다.

생각해 보니 매티가 운전을 배워서 나쁠 건 없었다. 매티가 운전을 배워두면 그들 가족이 어딘가로 떠나야 할 때 여러모로 도움이 될 테니까.

"좋아, 가르쳐 줄게."

그레이스의 말에 매티가 강아지처럼 낑낑거리며 문손잡이를 잡았다.

"서두르지 마. 일단 내 설명을 잘 듣고 나서 어떻게 하는지 유심히 지켜봐. 네가 내 말을 잘 기억하고 있어야 운전대를 잡게 해줄 수 있어."

매티가 뭔가 따지려고 입을 벌렸다가 마음을 고쳐먹은 듯 입을 다물었다. 그레이스는 다시 한번 속으로 웃었다. 정말이지 보면 볼수록 마음에 드는 아이였다.

매티가 마일스를 다시 뒷좌석으로 옮기고 조수석에 앉았다.

"차를 세울 때는 발을 브레이크에 올려놓고 지그시 밟아야 해." 그레이스가 설명하며 고갯짓으로 발을 가리켰다. "오른쪽이 가속페달, 왼쪽이 브레이크 페달이야. 차를 움직이려고 할 때는 가속페달을 밟고, 멈춰 세울 때는 브레이크를 밟아. 그리고 운전은 한쪽 발로만 하는 거야. 무슨 말인지 알겠지?"

매티가 고개를 끄덕였다.

"양손은 항상 운전대를 잡고 있어야 해. 오른손은 2시 방향, 왼손은 10시 방향을 잡아. 거울은 모두 합해 세 개가 있어. 백미러가 양쪽에 있고, 룸미러가 차 안에 있고. 백미러와 룸미러가 어디에 있는지 확인해 봐."

매티가 집중해 이야기를 듣느라 미간을 찌푸렸다. 그레이스는 운전석에 똑바로 앉았고, 막중한 책임감을 느꼈다. 생각해 보니 지금껏 누군가에게 뭔가를 가르쳐본 적이 한 번도 없었다.

33

하들리

하들리는 마크와 함께 있게 된 처음 한 시간 동안은 마음이 혼란스러웠다. 두 시간째에 접어들면서 그가 움직일 때마다 신경이 곤두서고 가슴이 두근거렸다. 마크는 이제 자수를 유도하려는 생각을 접었다. 세 시간째부터 욱신거리던 발이 저리기 시작했다. 네 시간째에 접어들면서 배가 고팠고, 두통 때문에 관자놀이가 욱신거렸다. 마크는 머리를 벽에 기댄 상태로 살짝 입을 벌리고 코까지 가볍게 골며 잠에 빠져들었다. 그는 그녀를 진심으로 걱정해 주는 눈치였다. 그가 도우려는 마음은 이해할 수 있었지만 하들리와 그레이스는 교도소에 갈 수 없었다.

하들리는 진열장에 전시된 해골을 바라보았다. 그녀는 해골의 이름을 프레드라고 붙였다. 프레드와 프레드의 부인, 그들 가족에 얽힌 이야기도 지어보았다. 프레드는 분명 아주 착하고 재미있는 사람이었을 것이다. 치아가 겨우 몇 개밖에 남지 않았는데도 저렇게 활짝 웃고 있는 걸 보면.

마크가 몸을 뒤척이며 자세를 바꾸었다. 그의 머리가 한쪽으로 심하게 기울어졌다. 외모는 투박한 편이라 더욱 강직해 보였다. 뽀빠이처럼 팔이 두껍고 어깨도 넓었다. 턱수염은 시나몬 색 머리카락보다 두 단계 정도 어두웠고, 코는 살짝 휘었다. 운동을 하거나 결투를 벌이다가 코뼈가 부러진 듯했다. 머리카락은 군 복무 이후 고수하게 된 헤어스타일인 듯 대체로 짧고 단정했다.

마크는 선량한 미국인의 전형이었다. 엄마를 어머니라 부르고, 아빠를 아버지라고 부르는 엄격한 가정에서 자라 여자들을 위해 문을 열어주고, 누군가 재채기를 하면 *저런!* 이라고 말해줄 수 있는 아량을 가진 인물로 보였다. 하들리의 아버지가 인정해 주고, 어머니에게 사랑받았을 것 같은 사람이었다. 프랭크와는 정반대인 남자.

하들리는 고개를 돌려 문 위 시계를 보았다. 어느새 정오였고, 그레이스와 아이들이 밖으로 나간 지 한참이 지나 걱정스러웠다.

마크는 몸을 뒤척이며 잠꼬대를 하다가 다시 코를 골았다. 하들리는 걱정스런 얼굴로 시계를 쳐다보았다. 그녀는 오후 1시가 되면서 방광의 강력한 압박에 더 이상 버틸 수가 없었다. 화장실에 가기전 마크를 쳐다보았다. 그는 여전히 눈을 감고 있었지만 호흡의 박자가 좀 전과 달랐다.

하들리가 말했다. "화장실에 다녀올게요."

마크가 눈을 번쩍 떴고, 그의 얼굴에 미소가 번져갔다.

"나도요."

34
마크

마크와 하들리는 너무나 우스꽝스러운 상황이라 동시에 웃음을 터뜨렸다. 하들리는 마크의 탈출을 우려해 화장실에 갈 때 서로의 몸을 하나로 묶어야 한다고 고집을 부렸다.

하들리는 그를 책상에서 풀어주고 나서 붕대로 서로의 몸을 묶었다. 두 사람이 동시에 발을 떼어놓으려는 순간 하들리의 목발 때문에 엇박자가 되었다. 마크는 어쩔 수 없이 하들리를 깍지 끼어 안고 화장실로 향했다.

숨이 턱 밑까지 찬 마크가 하들리의 발목에 무리가 가지 않도록 조심하며 바닥에 내려놓았다. 마크가 붕대를 풀 때 하들리는 그에게 기댄 자세로 서있었다. 하들리의 몸에서 비누와 땀, 꽃 냄새가 났다. 마크는 자신이 그녀의 체취를 맡고 있다는 걸 깨달았다.

하들리가 그의 어깨를 잡고 성한 다리로 붕대를 뛰어넘은 다음 다친 다리를 들어 그가 밑으로 지나가게 했다. 그가 몸을 숙였다가 일어섰다. 그가 미처 다 일어서기도 전에 그녀는 중심을 잃고 그의 몸 위로 쓰러졌다. 그녀가 두 팔로 그의 머리를 붙잡고, 그의 어깨에 주저앉았다.

하들리가 소리를 질렀다. "이제 그만 좀 웃겨요. 이러다가 오줌 싸겠어요."

"용의자가 내 몸 위에서 오줌을 싸지 않아도 오늘 나의 하루는 이미 충분히 굴욕적이었습니다."

마크는 그녀가 성한 발로 딛고 일어서도록 도와주고 나서 반대편으로 빠져나왔다. 하들리가 몸의 중심을 잡기 위해 그에게 기대며 말했다. "엄밀히 말하면 내가 용의자가 아니라 당신이 포로죠."

"말했잖아요. 내가 당신들의 포로가 된 사실이 너무나 굴욕적이라고."

하들리의 팔이 마크의 가슴 위에 있었고, 그녀의 숨결이 그의 목에 닿았다. 여자와 이렇게 가까이 있어 보는 건 몇 달 만에 처음이었다. 마크는 미처 생각할 틈도 없이 그녀의 체취를 들이마셨다. 그는 꽉 찬 방광으로 주의를 돌렸다. 그의 의지를 배신하고 살아나려는 신체 일부를 제어하려면 주의를 분산시켜야 했다. 지금까지는 목발을 짚고 다니는 여자에게 납치당하고, 렌터카 트렁크에 갇힌 게 인생 최대의 굴욕이었다. 만약 소변을 볼 수 있게 도와주려는 여자 때문에 발기가 된다면 그것은 단연 압도적인 굴욕이 되고도 남았다.

하들리가 마지막 매듭을 풀기 위해 한 발로 뛰어 그의 주변을 한 바퀴 돌고 나서 말했다. "자, 이제 소변을 보게 돌아서서 두 손으로 귀를 막아요."

마크는 그녀가 시키는 대로 했다. 그의 얼굴에 미소가 번졌다. 그는 미소를 닦아내고 싶었다. 지금은 웃을 때가 아니었다. 진지하게 상황을 파악하고 탈출을 모색할 때였다. 손목이 여전히 묶여 있었지만 책상에 묶여있지 않아 여차하면 그녀를 제압할 수 있는 상황이었다.

마크는 그녀를 제압하려다가 이내 마음을 접었다. 아무도 다치는 사람 없이 이 상황을 극복하려면 하들리를 설득해 자수시키는 게 최선이었다. 그렇다면 가급적 오래 하들리의 '포로'가 되어야 한다.

그레이스가 언제 돌아올지 알 수 없었다. 그가 있는 곳과 고속도로 사이의 공간은 3.2킬로미터에 달하는 사막이었다. 만약 도망치다가 발각될 경우 그레이스는 더욱 단단하게 결박하거나 총을 쏘려고 할 것이다. 두 가지 경우 다 마음에 들지 않았다.

하들리가 깡충깡충 뛰어 가까이 다가오더니 세면대에 기대어서며 말했다. "이제 당신 차례예요."

"이번엔 당신이 물을 틀어놓고 두 손으로 귀를 막아요."

"소리가 엄청 요란한가 봐요?"

"남자잖아요."

하들리는 재미있다는 듯 키득거리며 웃고 나서 수도꼭지를 틀었다. 마크는 그녀가 눈을 꼭 감고 두 손으로 귀를 막는 걸 지켜보았다. 마치 숨바꼭질 놀이를 하는 여자아이 같았다. 셸리 같은 여자아이. 그는 죄책감과 걱정에 휩싸이며 침을 꿀꺽 삼켰다.

35

그레이스

그레이스가 말했다. "코너를 돌 때는 원을 크게 그리면서 돌아야해. 속도를 늦추고 핸들을 부드럽게 꺾어."

그레이스는 검지로 허공에 그림을 그리며 설명했다.

매티가 고개를 끄덕이고 나서 트럭을 휴게소 주차장 맨 끝 칸에 집어넣었다. 운전은 그리 쉽지 않았다. 그레이스는 거대한 타이어가 달린 쉐보레 실버라도 킹캡을 구입했다. 그레이스가 커피를 사려고 차를 세웠던 스타벅스에서 바로 옆에 트럭을 주차했던 웨이드란 사람에게서 구입했다.

매티는 운전 센스가 뛰어난 아이라 그레이스가 하는 말을 주의 깊게 들었고 놀라울 정도로 빠르게 습득했다.

그레이스가 말했다. "차를 너무 바짝 붙였어. 차를 뒤로 뺐다가 다시 주차해 봐."

매티가 백미러와 룸미러를 차례로 확인한 다음 뒤를 돌아보며 트럭을 후진했다가 다시 앞으로 나가며 완벽하게 줄을 맞추어 주차했다. 그레이스는 별말 없이 트럭에서 내렸다. 할머니가 말했듯이 쉽게 얻는 칭찬은 의미가 없었다.

매티는 스키퍼와 자판기로 향했고, 그레이스는 마일스를 안고 화장실로 갔다. 그레이스가 기저귀를 가는 동안 마일스가 발길질을 하며 까르륵거렸다. 기저귀를 갈아주고 나서 그레이스가 마일스의 배에 입을 대고 소리를 내자 더욱 까르륵거리며 웃어댔다. 마일스는 물티슈를 손으로 잡으려고 했고, 그레이스는 요리조리 뒤로 빼며 잠시 놀아주었다.

험난한 여행이 시작된 이후 엄마 노릇은 주로 하들리가 도맡아 했다. 하들리가 아기를 보살펴주고, 먹여주고, 얼러주었다. 하들리가 아기를 돌보는 모습은 무척 자연스러웠다. 하들리는 아기를 돌보는 재능을 타고 났다. 그레이스는 그런 재능이 없는 자신에게 화가 치미는 한편 그동안 애써준 하들리가 고마웠다. 지난 이틀 동안 마일스는 거의 울지 않았다. 마일스가 울음을 터뜨릴 때마다 하들리가 등장해 진정시켰으니까.

그레이스는 방긋방긋 웃으며 발길질을 하는 마일스를 바라보았다. 마일스는 이제 자주 웃었고, 그럴 때마다 더 지미를 닮은 것 같았다. 그레이스는 아기가 고집스러운 표정을 지을 때마다 선명해지는 오른쪽 뺨의 자그마한 보조개를 보며 흐뭇한 미소를 지었다. 그녀의 뺨에도 보조개가 파였다. 불과 다섯 달 전만 해도 마일스가 이 세상에 존재하지 않았다는 사실이 놀라웠다. 이제 그녀의 세상은 온통 이 꿈틀거리는 작은 생명체를 중심으로 돌아가고 있다고 해도 과언이 아니었다.

그레이스는 아기의 보드라운 피부를 손등으로 문지르며 말했다. "아가, 엄마랑 넌 어떻게든 이 시련을 이겨낼 거야."

마일스가 그녀의 손을 쳐내며 다시 물티슈를 잡으려고 하는 바람에 그레이스는 또다시 장난기가 발동했다. 그레이스는 물티슈를 이리저리로 옮겨가며 약을 올렸고, 마일스는 앙증맞은 두 손을 정신없이 휘저었다.

그레이스가 마침내 물티슈를 가까이 대주었다. 물티슈를 손에 잡는 순간 마일스의 얼굴이 승리감으로 환해졌다. 이제 그만 가봐야 할 시간이 다가오고 있었지만 자유로운 순간에서 벗어나 불확실성을 마주하고 싶지 않았다. 그레이스는 한숨을 크게 내쉬고 나서 아이를 안고 밖으로 나왔다.

어느덧 태양이 하늘 높이 걸려 있었고, 날씨는 푹푹 찌기 시작했다. 매티와 스키퍼는 자판기 근처에서 다른 아이들과 함께 있다. 매티 또래 남자아이는 키가 크고, 살집이 있고, 둥글둥글하게 생긴 반면 다른 아이는 키가 작은 데다 몸이 가냘프고 왜소했다.

매티가 말했다. "어서 돌려줘."

키 큰 아이가 스키퍼의 야구 모자를 벗겨 손이 닿지 않도록 높이 흔들고 있는 모습이 시야에 들어왔다.

스키퍼가 모자를 잡으려고 키 큰 아이에게 달려들자 가볍게 피했다. "어서 모자를 돌려주라고 했잖아."

매티가 크게 소리치며 키 큰 아이를 향해 한 걸음 다가섰다.

남자아이가 매티를 힐끔 쳐다보고 나서 계속 모자를 높이 들고 흔들어댔다.

그레이스는 그들에게 다가가려다가 생각을 바꾸었다. 주위를 둘러보던 그녀의 시선이 뒤쪽에 펼쳐진 솔트 플랫*에 닿았다. 그다음에는 옆에 있는 쓰레기통 속을 들여다보았다. 그 순간 묘안이 떠올랐다.

그레이스는 쓰레기통에서 빈 술병과 콜라가 반쯤 남아있는 컵을 꺼냈다. 그녀는 빈 술병에 콜라와 물을 반쯤 채웠다. 술병을 솔트 플랫 몇 미터 앞쪽에 놓아둔 그녀는 다시 아이들이 있는 곳으로 돌아갔다. 그녀는 한 치의 망설임도 없이 키가 큰 남자아이가 들고 있는 모자를 낚아챘다. 작은 남자아이의 곁을 지나면서 그녀가 말했다. "네 형을 따라가면 안 돼."

그레이스는 화장실 뒤쪽의 솔트 플랫을 쳐다보았다. 물과 콜라가 반쯤 들어있는 술병이 솔트 플랫의 몇 미터 안쪽에서 반짝였다.

매티와 스키퍼는 그레이스를 따라 걸었다. 매티는 여전히 화가 풀리지 않는 듯 계속 씩씩거렸다.

그레이스가 트럭에 다다랐을 때 말했다. "내가 운전할게."

"저런 재수 없는 애들 진짜 싫어요."

매티는 이를 악물고 중얼거리며 조수석에 올랐다.

---

* 바닷물의 증발로 침전된 염분으로 뒤덮인 평지

그레이스는 뒷좌석에 마일스의 카시트를 고정하고 나서 운전석에 올랐다. 차를 후진시키는 그레이스의 얼굴에 미소가 번졌다. 그녀가 뒤쪽 창밖을 가리켰다.

키가 큰 아이가 솔트 플랫으로 들어가려고 발끝을 내디뎌보고 있었다. 들어가도 된다고 판단한 아이가 발을 내딛는 순간 모래가 무릎까지 잠겨 들었다. 아이는 발을 빼내려고 해보았지만 중심을 잃고 앞으로 쓰러졌다. 그러자 왼쪽 다리도 무릎까지 잠겨버렸다.

매티는 웃음을 터뜨렸고, 스키퍼는 크게 소리를 질렀다. "저길 좀 봐요."

스키퍼가 어깨를 들썩이며 손가락으로 키 큰 아이를 가리켰다.

키 큰 아이는 몸의 중심을 잡으려고 두 팔을 허우적거리며 안전한 둑에 서있는 작은 아이에게 무어라 큰 소리를 질렀다. 작은 아이는 고개를 저었고, 키 큰 아이는 계속 소리를 지르다가 몸의 중심을 잃고 쓰러졌다. 키 큰 아이의 팔이 구덩이에 빠져들었다.

매티는 깔깔대며 웃었고, 스키퍼는 트럭이 흔들릴 정도로 펄쩍펄쩍 뛰었다. 그레이스는 기어를 전진에 놓고 출구 쪽으로 차를 몰았다. 그녀는 열아홉 살 때까지 조지아에서 살았다. 솔트 플랫이 겉보기에는 바싹 말라보이지만 바삭거리는 표면 아래에 발이 빠지는 진흙을 감추고 있다는 걸 잘 알고 있었다.

주차장을 빠져나올 때 매티가 창문을 내리고 소리쳤다. "저길 봐, 스키퍼. 돼지가 진흙탕에 빠졌어!"

키 큰 아이가 그들을 쳐다보았다. 사막을 배경으로 서 있는 키 큰 아이가 울상을 지었다.

스키퍼가 소리쳤다. "홈런! 잘했어요. 트라웃(Trout)! 홈런!"

그레이스가 매티에게 물었다. "나를 송어(Trout)라고 부른 거야?"

매티는 여전히 입이 귀까지 찢어져 있었다.

"LA 에인절스의 마이크 트라웃 선수를 말하는 거예요. 트라웃으로 불리는 건 정말 대단한 영광이에요. 스키퍼는 아무에게나 별명을 붙여주지 않거든요. 트라웃처럼 대단한 선수 이름은 더더욱."

36

하들리

두 사람은 절뚝거리며 사무실로 돌아와 다시 뒤엉켰다. 붕대가 하들리의 목발에 감기는 바람에 그가 풀어주는 동안 두 사람은 어쩔 수 없이 찰싹 달라붙어 있어야만 했다. 마크는 점잖게 행동하려고 애쓰는 반면 하들리는 자꾸만 짓궂은 장난으로 우스꽝스러운 분위기를 만들어내고 있었다. 그녀의 내면에서 몇 년 동안 느껴본 적 없던 열정이 끓어올랐다.

하들리는 일부러 바닥으로 쓰러지며 묶여있는 그의 두 손이 그녀의 허리를 잡게 만들었다. 블라우스와 스커트 사이로 드러난 그녀의 피부에 닿는 그의 손바닥이 뜨거웠다. 하들리는 그가 소스라치듯 놀라며 얼른 두 손을 치우는 모습을 보고 깔깔거렸다. 프랭크와 달리 그는 지나치게 예의 바른 남자였다.

하들리는 지금 무슨 일이 일어나고 있는지 감을 잡을 수 없었다. 자신이 살짝 미친 것 같기도 했다. 그녀는 지금껏 착하게 살기 위해 애써왔고, 규칙을 잘 지켜왔고, 모든 일이 다 잘 될 거라고 믿으며 살았다. 그런데 이제 그런 삶이 지긋지긋했다.

"붕대를 풀게 가만히 좀 있어요."

하들리는 그의 말을 순순히 따랐다. 마크가 붕대를 이리저리 움직이며 푸는 동안 그녀는 팔이나 다리를 들어주었다. 그녀가 그의 어깨를 짚고 붕대를 타 넘을 때 일부러 젖가슴이 코를 스치도록 움직였다. 그는 가까이에서 붕대를 푸는 동안 되도록 그녀의 젖가슴을 보지 않으려고 애썼고, 어쩌다가 눈에 들어오면 서둘러 눈길을 돌렸다. 하들리는 그의 과민한 반응을 지켜보는 게 무척이나 재미있었다.

마크는 몸을 숙여 조심스럽게 하들리의 발목에서 붕대를 풀고 있었고, 그녀는 몸의 중심을 잡기 위해 두 손으로 그의 목을 감았다. 그녀의 젖가슴이 이번에는 그의 귀를 살짝 스쳤다.

마크가 말했다. "내가 마음만 먹으면 당신을 당장 제압할 수 있다는 걸 알아야 해요."

하들리가 깔깔거리며 웃었다. 소녀 같은 웃음이었다. "어디 한번 해보세요."

마크가 얼굴을 붉히며 자신이 했던 말의 의미를 명확하게 짚어주었다. "당신을 제압하고 탈출할 수도 있다는 뜻입니다."

하들리가 몸을 더욱 밀착시켰다. "만약 탈출하려 했다가는 그레이스가 돌아오자마자 당신을 총으로 쏴버릴지도 몰라요."

"그렇게 되면 영광의 불꽃 속에서 장렬하게 사라질 수 있겠네요."

마크가 그녀의 몸을 돌며 붕대의 매듭을 풀려고 하자 그녀는 동시에 같이 움직이면서 다시 엉키게 만들었다.

"매듭을 풀어야 해요. 가만히 좀 있어요."

"그나저나 영광의 불꽃이 되고 싶어 하는 당신의 이름이 뭐예요?"

마크가 즉각 대답하지 않고 머뭇거렸다. 이름을 말해주는 게 과연 옳은지 확신할 수 없었다.

"마크."

그가 이름을 말하자 하들리는 마음속으로 환호했다.

마커스? 마크햄? 아니면 그냥 마크? C로 끝나는 마크일까, 아니면 K로 끝나는 마크일까? 마크 월버그, 마크 트웨인, 〈그레이 아나토미〉에 나오는 마크 슬론, 맥스티미[*]*!*

"이제 다 됐어요."

마크가 마지막 매듭을 풀고 나서 한 걸음 뒤로 물러섰다. 이제 붕대는 두 사람 사이에서 힘없는 뱀처럼 늘어져 있었다. 그가 뿌듯한 미소를 지었다.

하들리가 깡충깡충 뛰어 그에게로 다가왔다. 그가 뒤로 물러서자 그녀가 깡충거리며 한 발짝 더 다가섰다.

마크가 뒤로 물러서다가 벽에 부딪치자 말했다.

"하들리!"

"마크."

하들리의 마음 깊은 곳에서 무모한 도발을 부추기는 열정이 끓어

---

[*] 〈그레이 아나토미〉에 등장하는 바람둥이 의사 마크 슬론의 별명

올랐다. 하들리는 마치 술에 취한 것 같은 기분이 들었다. 마크가 뭔가 말하려고 계속 입을 벌렸고, 하들리는 그의 입술에 키스했다. 그는 묶인 손으로 그녀의 젖가슴 사이를 살며시 뒤로 밀쳤다. 그녀는 그와 닿아 있기 위해 목을 길게 빼냈다. 그의 입술은 여전히 어설프게 벌어져 있었다.

마크가 두 사람 사이의 공간을 좀 더 벌렸다. "하들리."

하들리가 고개를 저으며 말했다. "아뇨."

"하지만 지금 여긴……."

하들리가 다시 고개를 저으며 말했다. "아뇨."

하들리의 눈에 눈물이 고였고, 마크의 시선이 두 사람 사이의 바닥으로 향했다.

하들리가 무너져 내리기 직전, 절망과 간절함 사이의 어딘가에서 서성거릴 때 마크의 두 손이 그녀의 턱을 잡고 몸을 숙여 입술에 키스했다.

거절의 충격을 덜어주기 위해 예의상 해주는 키스라는 걸 알면서도 마크의 입술이 닿는 순간 하들리의 뜨거운 갈망이 꿈틀거렸다. 그녀는 그의 고통과 절박감을 느낄 수 있었다. 그녀가 그의 목을 두 손으로 감싸고 끌어당기자 그는 다시 다가와 입술에 키스했다.

뒤로 물러서는 마크의 파란 눈동자에 수치심이 어렸다.

하들리가 그의 말을 막으려고 손가락을 그의 입술에 가져다 댔다. "지금은 우리 둘뿐이잖아요. 이 순간을 놓치기 싫어요."

어디서 나왔는지 알 수 없었지만 그녀가 하고 싶었던 말이었다. 그동안 하들리가 견뎌야 했던 두려움과 앞으로 닥칠 일에 대한 두려움이 시간과 공간의 소강상태를 만들었다. 그 속에는 오직 그와 그녀 그리고 지금 이 순간뿐이었다.

하들리가 두 손을 그의 가슴에 대고 다시 한번 키스했다. 그녀가 손을 내려 셔츠 단추를 푸는 동안 그는 더 이상 막지 않았다. 하들리가 그의 셔츠를 벗겨 내리자 팔꿈치까지 내려가다가 묶여있는 손에 걸려 더는 내려가지 않았다.

하들리와 마크는 그 모습을 보고 누가 먼저랄 것 없이 웃음을 터뜨렸다. 마크가 셔츠를 벗으려고 몸을 흔들고, 뛰고, 빙글빙글 돌았다. 이내 두 사람은 배를 잡고 미친 듯이 웃어댔다.

하들리가 말했다. "좋은 방법이 있으니까 몸을 숙여 봐요."

마크가 시키는 대로 하자 하들리가 셔츠 자락을 잡고 머리 위로 끌어올렸다. 셔츠가 뒤집히며 벗겨져 손목에 걸렸다.

"똑똑하네요." 마크가 그렇게 말하고 나서 자유를 얻은 걸 자랑하듯 오리처럼 양쪽 팔꿈치를 파닥거렸다.

두 사람은 다시 키스했고, 이번에는 제법 오랫동안 키스에 열중했다. 두 사람 사이에 매달려 있는 셔츠가 우스꽝스러운 상황을 연출했지만 아랑곳하지 않았다. 그들은 어설픈 동작으로 나머지 옷을 벗었다. 하들리는 만약 누군가 지금 이 모습을 본다면 얼마나 가관일지 상상조차 할 수 없었다. 셔츠와 브래지어가 두 사람을 연결하고 있는 붕대에 매달려 있었고, 그의 바지와 속옷은 발목에 걸려 있었고, 그녀의 스커트는 허리에 걸려 있었다. 하들리는 그런 것 따위는 아무래도 상관없었다. 지난 15년 동안 하들리가 함께한 남자는 허구한 날 폭력적인 언사와 행위로 그녀를 공포로 몰아넣었다. 하들리는 지금 만난 지 하루도 안 되었지만 자상하고, 다정하고, 친절한 남자의 곁에 있었다. 그들이 함께 절정에 도달한 순간은 이상할 정도로 짧았지만 두 사람은 그게 얼마나 놀라운 일인지 잘 알고 있었다. 마크는 너무 빨리 끝나 부끄러운 기색이었지만 그녀는 전혀 실망하지 않았다. 마크도 사실 그녀처럼 사랑에 굶주려 있었다. 오랫동안 굶주렸던 사람들이 느긋하고 여유 있게 절정에 이르는 건 불가능했다.

하들리는 '정말 멋졌어요.'라고 말하고 싶었지만 진부하게 들릴 것 같아 그만두었다.

마크가 그녀에게서 떨어져 나가 바닥에 등을 대고 누웠다. 하들리의 눈에 그의 가슴이 오르내리는 모습이 보였다. 하들리는 몸을 움직여 그의 어깨에 머리를 올려놓았다. 그녀가 손가락으로 그의 가슴에 원을 그리며 물었다. "사막 한복판에 있는 트레일러 안에서 손이 묶인 상태로 여자와 사랑을 나눈 기분이 어때요?"

마크가 피식 웃더니 몸을 숙여 그녀의 이마에 키스했다. 친근한 행동이었고, 하들리는 그가 마치 오래된 연인처럼 편안하게 느껴져 놀랐다.

마크가 말했다. "솔직히 지금껏 용의자와 *이런* 적은 한 번도 없어요."

"용의자가 아니라 억류자."

"억류자?"

하들리가 그의 왼쪽 어깨에 난 흉터를 손끝으로 문질렀다.

"전쟁에 나가서 싸웠어요?"

"축구하다 다쳤어요."

"수비수?"

"마스코트."

하들리는 미소를 짓고 나서 상처에 키스했다. 그녀가 다시 눕자 마크가 다가와 손을 잡았다.

하들리가 물었다. "라스베이거스에 살아요?"

"워싱턴 D.C.에 살아요. 2년 전에 이사했죠."

마크가 간략하게 살아온 이야기를 했다. 마크는 보스턴에서 자랐고 노트르담 대학 미식축구팀에서 뛰었다. 해군 복무를 마치고, FBI에서 일을 시작했다. 셸리와 벤 이야기를 할 때 마크의 얼굴이 유난히 환해졌다. 아이들을 사랑하는 그의 마음이 컨테이너를 가득 채웠다. 결혼 생활에 대해 이야기할 때는 그가 받은 상처가 오롯이 느껴졌다. 그는 결혼 생활의 실패가 자신의 인격적 결함 때문이라고 여기는 듯했다.

"내일 아이들을 만나기로 했어요. 아들을 데리고 개를 보러 갈 거예요."

하들리는 집에 두고 온 찰스 황태자 이야기를 들려주었다.

"찰스 황태자를 집에 두고 와서 마음이 아파요. 찰스 황태자가 결혼 생활 내내 곁에서 날 지켜주었고, 고통스러운 시간을 견딜 수 있도록 도와주었거든요. 어쩔 수 없는 일이었지만 오랜 시간 함께한 녀석을 배신한 것 같아서 마음이 아파요."

마크는 매티와 스키퍼에 대해 물었다. 그는 프랭크에 대해서는 이미 많은 정보를 확보하고 있고, 어떤 인물인지 확고한 판단을 내린 눈치였다.

하들리는 떠나기 전날 저녁에 벌어졌던 피자 사건 이야기를 들려주었다.

"왜 좀 더 일찍 떠날 생각을 하지 않았어요?"

"힘든 날들이었지만 결혼 생활을 끝까지 유지해야 할 의무가 있다고 생각했어요. 남편이 폭력적인 성향을 보이기 해도 날 사랑한다고 믿었죠."

한참 후에 마크가 입을 열었다. "하들리, 내가 해줄 말이 있으니까 잘 들어요."

"지금은 아무 말도 하지 말아요. 그냥 이대로 있고 싶어요."

마크는 뭔가 하고 싶은 말이 있는 것 같았지만 이내 단념했다.

하들리가 깜빡 졸다가 깨어나 보니 마크가 그녀를 물끄러미 쳐다보고 있었다.

"이제 그레이스가 진짜로 날 쏘겠네요."

하들리는 자신이 벌인 짓을 그레이스가 알게 된다면 과연 어떤 태도를 보일지 의문이었다. 차라리 그레이스가 알게 되면 좋겠다는 생각이 들었다. 그러다가 이내 매티와 스키퍼가 떠올랐고, 그런 생각은 일시에 잦아들었다.

하들리는 주섬주섬 옷을 입기 시작했다. 셔츠와 브래지어는 붕대와 서로 엉켜 있는데 팬티는 어디로 사라졌는지 눈에 띄지 않았다.

마크는 바지를 입고 나서 셔츠를 어떻게 입어야 할지 몰라 난감해했다. 하들리는 브래지어를 채우고 나서 그가 셔츠를 입을 수 있도록 도왔다. 그녀가 그의 어깨 위로 셔츠를 잡아당기고 있을 때 밖의 자갈밭에서 타이어 마찰음이 들려왔다.

하들리는 일단 그의 셔츠를 입혀주는 걸 포기하고 자신의 옷을 입는 데 집중했다. 그녀가 셔츠의 마지막 단추를 채우고 있을 때 자동차 엔진 소리가 멎었다. 하들리는 자신이 마크와 묶여있다는 사실을 잠시 잊는 바람에 문 쪽으로 달려갔다. 마크가 앞으로 고꾸라졌고, 하들리의 몸과 바닥 사이에 끼어 신음하는 처지가 되었다.

하들리가 미처 몸을 추스르기도 전에 컨테이너 문이 열렸고, 양팔에 쇼핑백을 잔뜩 들고 있는 그레이스와 눈이 마주쳤다.

그레이스가 두 사람을 번갈아 쳐다보며 코를 벌름거렸고, 그녀의 눈이 휘둥그레졌다. "내가 뭘 잘못 본 건가요? 어서 잘못 본 거라고 말해줘요."

마일스를 안은 매티가 앞으로 나서며 물었다. "뭘 잘못 보았다는 거죠?"

하들리가 얼른 말했다. "매티, 넌 밖에서 기다려."

그녀는 마크에게서 떨어져 무릎을 꿇고 앉았다.

매티를 일단 밖에 머물게 하고 문을 닫은 그레이스가 책상 쪽으로 빠르게 걸어왔다. "이 사람이 당신을 체포하러 왔다는 걸 알고 있죠?" 그레이스가 쇼핑백들을 책상 위에 내려놓으며 말을 이었다. "당신을 체포해 교도소에 보내는 게 이 사람의 임무라는 걸 모르지 않죠?"

하들리가 비틀거리며 일어서자 마크도 덩달아 일어섰다.

그레이스가 다시 말을 이었다. "한 평짜리 좁은 공간에 갇히고 싶어요? 아마도 당신은 버타라는 이름의 감방 동료와 같이 지내게 될 거예요." 그레이스가 물병을 요란한 소리가 나도록 책상 위에 내려놓았다. "버타는 쥐꼬리를 깨물고, 자기 발톱에 이름을 붙이죠. 내 말이 무슨 뜻인지 알겠어요?"

하들리가 멋쩍어하며 속눈썹 사이로 그레이스를 올려다보았다. 그레이스는 손에 들고 있는 손전등으로 하들리의 머리를 한 대 갈기고 싶어 하는 표정이었다. 그레이스의 이마에서 주름이 깊어지더니 이내 고개를 저으며 못마땅한 듯 혀를 끌끌 찼지만 처음보다는 화가 한풀 꺾인 기색이었다. 어쩌면 그레이스도 잘된 일이라고 생각할 수도 있었다. 그레이스가 고개를 절레절레 저으며 식료품들을 풀어놓기 시작했다.

하들리는 서로의 몸을 연결한 붕대를 푼 다음 마크를 다시 책상에 묶고 이중삼중으로 단단하게 매듭을 지었다.

그레이스가 가방에서 서브웨이 샌드위치를 꺼내 하들리에게 내밀었다. "배가 많이 고플 텐데 어서 먹어요. 칠면조 고기, 치즈, 이탈리안 소스, 양상추가 들어있어요."

하들리가 피식 웃자 그레이스가 화난 표정으로 그녀를 쏘아보았다. 그레이스가 샌드위치를 하나 더 꺼내 마크에게 주었다. 그가 뭔가 말하려고 입을 벌리려는 순간 그레이스가 사전 차단했다. "샌드위치를 먹는 용도 이외에 입을 열기만 해봐요. 물이랑 곡물 과자만 남겨두고 떠나버릴 테니까."

하들리가 마크에게 입 모양으로 말했다. "미안해요."

하들리가 샌드위치를 먹는 동안 그레이스가 플라스틱 끈을 이용해 마크를 책상에 다시 묶었다. 그녀는 그의 오른 손목과 책상을 잇는 줄을 두툼하게 꼬았고, 왼손은 풀어두었다. 그런 다음 쇼핑한 물품들을 그의 손이 미치는 거리에 놓아두었다.

그레이스는 일주일 분량의 식료품을 구입했다. 생수 24통, 잡지들, 비닐 매트리스, 침낭, 베개, 양동이 하나. 하들리가 호기심 어린 눈으로 양동이를 쳐다보았다. 그녀는 그제야 양동이의 용도가 뭔지 깨닫고 몸서리를 쳤다.

그레이스와 하들리가 떠날 채비를 모두 마쳤을 때 마크가 말했다. "그런 방식으로는 절대 좋은 결말이 있을 수 없어요."

하들리는 화가 난 그레이스가 정말로 곡물 과자와 음료만 남겨두고 떠날까 봐 걱정되었다. 그레이스가 고개를 끄덕이고 나서 마크에게 물었다. "아이 있어요?"

"아들 하나 딸 하나 있어요."

"그럼 내 마음 이해하겠네요."

그레이스는 그렇게 말한 다음 돌아서서 문 쪽으로 걸었다.

37

그레이스

유일하게 잡히는 라디오 채널에서 컨트리 음악이 흘러나왔다. 그레이스와 하들리가 〈세이브 어 호스(Save A Horse)〉를 목이 터져라 따라 부르자 매티가 귀를 틀어막았다.

하들리는 타고난 음치에다 후두에 뱃고동을 장착했다. 그레이스는 그녀처럼 노래를 못하는 사람을 처음 보았다. 외모는 더할 나위 없이 우아한데 노래를 부르는 목소리는 개를 쫓아버리고도 남을 만큼 우렁찼다. *고양이, 생쥐, 바퀴벌레까지.*

마일스도 덩달아 옹알거리며 흥을 돋우었다. 이제 보니 마일스는 컨트리 음악의 열혈 팬이었다. 어느새 밤이 깊었고, 평소 같으면 경기를 일으킬 시간인데 마일스는 종달새처럼 해맑게 옹알거렸다. 음악에 맞춰 신나게 발길질을 하며 제대로 즐기고 있었다. 그레이스는 의사 말대로 고질적이었던 마일스의 배앓이가 저절로 멈춘 건지 아니면 달라진 환경이 변화를 촉진시켰는지 알 수 없었다. 아무튼 잘된 일이었고, 가슴을 무겁게 짓누르던 커다란 짐을 내려놓은 듯 마음이 홀가분했다. 의사는 아기의 고통이 엄마의 잘못은 아니라고 말했지만 그동안 마치 엄청난 잘못을 저지른 것 같은 기분을 떨쳐낼 수 없었다. 그레이스는 엄마가 된 이후로 줄곧 자신을 실패자로 치부했는데 가장 어려운 검열을 통과한 기분이었다.

베이커스필드에서 하들리와 아이들을 떼어놓으려던 계획은 무산되었다. 베이커스필드로 빠지는 출구를 놓쳐버렸다. 그레이스는 실수로 그렇게 된 거라고 자신을 속였다. 사실은 베이커스필드로 빠져나가는 출구가 가까워졌을 때 모두들 동트기 전부터 움직이느라 녹초가 된 탓에 곤히 잠들어 있었다. 차창에 기대어 마치 기절한 것처럼 잠든 하들리는 미동도 하지 않았다. 마일스는 카시트에서 스키퍼의 야구 모자를 조그만 손에 쥐고 새근새근 잠들어 있었다. 매티의 무릎에 앉은 스키퍼도 몸을 웅크리고 잠들어 있었고, 매티는 아이 위에 엎드려 있었다.

한 사람이라도 깨어 있었다면 하들리와 아이들은 지금쯤 열차에 올라 오마하로 가고 있을 것이다. 다행인지 불행인지 아무도 깨어 있지 않았다. 모두들 잠들어 있었고, 그레이스는 평화를 깨고 싶지 않았다. 또다시 출구가 나왔지만 이번에도 지나쳤다. 결국 차를 돌리기에는 너무 늦어버렸다. 그녀가 원한 일이었지만 마일스를 쳐다볼 때마다 자신이 아이를 자꾸만 위험한 상황으로 내몰고 있다는 자책감이 밀려들었다.

그레이스가 더 크게 노래를 부르고, 하들리도 목청을 높이자 매티가 소리쳤다.

"그만! 이건 아동 학대라고요!"

***

트럭 운전석에는 허리 지지대가 없어 등이 아팠다. 그레이스는 운전하는 내내 몸을 웅크리고 앉아 있었더니 온몸이 욱신거렸고, 등에서 경련이 일었다. 현재 매머드의 산동네를 관통하고 있었고, 라디오에서는 80년대 로큰롤이 흘러나왔다. 룸미러에 마일스가 옹알거리는 모습이 보였다. 마일스는 요즘 옹알이를 부쩍 많이 했다. 하루하루 변화가 얼마나 빠른지 그저 놀라울 따름이었다. 마치 악을 쓰며 울어대는 것 말고도 목소리를 사용해야 할 데가 정말 많다는 걸 이제야 깨달았다는 듯이.

스키퍼가 하던 일을 멈추고 마일스 쪽으로 몸을 숙이더니 월마트에서 산 야구공을 들어 보이며 말했다. "공!"

마일스가 세상에 나와 처음 배운 단어를 '공'으로 만들기로 작정한 듯 스키퍼는 틈만 나면 '공'이라고 소리쳤다. 그 반면 하들리는 마일스의 첫 단어를 *엄마*로 만들기로 작정한 듯 틈날 때마다 '엄마'라는 말을 가르쳐 주려고 애썼다. "엄마. 이 사람이 네 엄마야. *엄마* 해 봐."

그레이스는 모른 척했지만 속으로는 관심이 있었다. 요 며칠 지미 생각이 부쩍 많이 났다. 그에게 전화해 마일스가 요즘 말을 배우려고 열심히 옹알이를 한다는 말을 전해주고 싶은 마음이 간절했다. 그럴 때마다 전화를 할 수 없게 만든 지미의 무책임한 행동이 떠올랐다. 그레이스는 마음속으로 수없이 되뇌었다.

이제 지미는 잊어.

트레일러에서 하들리와 마크가 애정 행각을 벌이는 광경을 본 이후 그레이스의 머릿속에서 지미에 대한 생각이 좀처럼 사라지지 않았다. 트럭이 시내로 접어들었고, 그레이스는 시속 55킬로미터로 유기된 스키 마을을 느릿느릿 관통했다. 시내를 거의 빠져나올 무렵 경찰차의 파란색과 빨간색 경광등이 백미러를 가득 채웠다.

"하들리?"

그레이스가 쉰 목소리로 하들리를 불렀다. 하들리는 그레이스와 앞 유리에 반사되는 경광등 불빛을 번갈아 보다가 뒤를 돌아보았다.

"빌어먹을! 혹시 과속했어요?"

"아뇨, 전혀요."

"내가 해결해 볼게요."

그레이스가 미처 대답하기 전에 하들리가 목발을 짚고 트럭에서 내렸다.

그레이스는 경찰차를 향해 절뚝거리며 걸어가는 하들리를 지켜보았다. 경관은 경찰차에 앉아 무전기에 대고 뭔가 말을 하고 있었다. 하들리가 다가오는 걸 발견한 경관이 차에서 내리더니 차 문 뒤에 서서 무어라고 소리쳤지만 무슨 말인지 알아들을 수 없었다.

그레이스가 창문을 내렸다.

경관이 반복해서 말했다. "부인, 차에 탑승하세요."

매티가 물었다. "우리 엄마가 체포되는 거예요?" 아이의 목소리에서 긴장감이 묻어났다.

그레이스는 고개를 저었다. 그녀는 트럭을 후진해 경찰차를 들이받아 차를 망가뜨리면 어떨지 생각했지만 하들리가 가로막고 있어 불가능했다.

그레이스는 마음속으로 소리쳤다.

비켜!

프랭크의 권총이 30센티미터 거리인 배낭 앞주머니에 들어있었다. 그레이스는 현재 벌어지고 있는 일을 막아낼 방법이 필요했다. 경찰에 체포되어 구치소에 수감되는 것과 연방법 위반 재판을 막을 수 있는 모든 방법을 구상해 보았다. FBI 요원에게 총을 쏘고, 차를 빼앗고, 심지어 납치까지 했다. 그 정도면 여생을 교도소에서 썩어야 할 수도 있었다.

"게르르르."

마일스가 옹알거리는 소리가 들려왔다. 그레이스는 룸미러로 마일스를 보았다. 그녀는 두려움에 떨며 배낭에서 권총을 꺼내 무릎 위에 올려놓았다.

매티가 낮은 소리로 물었다. "지금 뭐 하시는 거예요?"

그레이스는 권총을 스웨터 안에 갈무리한 다음 매티의 질문을 무시하고 경관을 향해 걸어가는 하들리를 지켜보았다.

경관이 단호하게 말했다. "차량에 탑승하라고 했을 텐데요."

하들리가 이해하기 힘들다는 듯 고개를 갸웃거리며 물었다. "차량? 차량은 차? 맞아요?"

경관은 머리가 벗겨진 데다 턱수염을 기른 중년 남자로 얼굴이 넓적했다. 그가 미소를 머금은 얼굴로 문 뒤에서 걸어 나왔다. "네, 차량은 차를 말하는 겁니다."

하들리가 깡충거리며 뒤로 물러서더니 트럭 뒷문에 기대섰다.

"몸수색을 하나요?"

하들리의 말에 그레이스는 어찌나 답답한지 눈이 튀어나올 지경이었다.

매티가 어이없다는 듯이 말했다. "엄마 왜 저래요?"

그레이스만큼이나 매티도 기가 막힌 게 분명했다.

하들리의 연기는 너무나 어색해 실감이 나지 않을뿐더러 몹시 황당해 보였다.

경찰에게 몸수색을 할지 말지 물어보는 사람이 어디 있단 말인가?

그레이스의 한쪽 발이 가속페달 위에서 맴돌며 유사시에 달아날 태세를 취했다. 경관은 총을 꺼내 들고 하들리가 어떤 마약에 취했는지 확인하려 들 게 뻔했다.

경관이 손사래를 치며 말했다. "몸수색은 하지 않습니다."

"몸수색 안 해요? 나는 검사를 처음 받아봐서 잘 모르겠어요."

"검사가 아니라 검문입니다."

하들리가 고개를 기울였고, 그레이스는 그녀의 표정을 볼 수 없었지만 어떤 모습인지 상상할 수 있을 것 같았다. 고양이처럼 눈을 커다랗게 뜨고, 이맛살을 찌푸리고, 순진한 표정으로 경관을 쳐다보고 있을 게 뻔했다.

매티가 물었다. "이거 실화 맞아요?"

마일스가 대신 대답했다. "아, 아, 아, 아."

마일스처럼 주변 상황에 무심한 스키퍼가 공을 들고 말했다. "공, 공이라고 말해봐."

매티가 말했다. "챔프, 나중에."

스키퍼가 매티의 말을 순순히 따르며 공을 마일스에게 건넸다. 마일스는 신이 나서 공을 입으로 가져갔다가 떨어뜨렸고, 스키퍼가 다시 주워서 건네주었다.

경관은 이제 하들리에게서 30센티미터쯤 떨어진 거리에서 한껏 긴장을 풀어헤친 자세로 서있었다.

"그럼 왜 나 검사, 아니 검문을 해요? 내 친구 너무 느려서? 내 친구 할머니처럼 운전해서? 아흔 살 할머니 차 더 빨라요. 내 친구, 너무 소심해요."

그레이스는 짜증이 치밀어 오르는 걸 느꼈다.

경관이 트럭의 왼쪽 범퍼를 가리키며 말했다. "차가 너무 느리게 달려서 세운 게 아닙니다. 후미등이 깨졌기 때문에 세웠어요."

하들리가 깡충거리며 경관 쪽으로 지나치게 가까이 다가섰다. 그녀는 깨진 후미등을 바라보며 고개를 갸우뚱했다. "나, 딱지 뗄 거예요?"

"당신 친구가 운전을 했으니 그분의 딱지를 떼야죠."

"사실은 내 친구 트럭이 아니라 우리 오빠 차라서요."

"딱지를 떼면 당신 오빠에게 전해 차를 수리하게 하세요. 범칙금을 내는 게 아니라 차를 수리하면 됩니다."

경관이 유난히 아둔한 학생에게 뭔가를 가르치는 교수처럼 인내심을 갖고 차분하게 설명했다.

하들리가 갑자기 고개를 저으며 심각한 표정을 지었다. "안 돼요! 우리 오빠 딱지 떼면 안 돼요." 두려움에 가득 찬 하들리의 목소리가 떨려 나왔다. "딱지를 나에게 줘요. 과속이든 뭐든 난 상관 안 하니까. 하지만 오빠에게 딱지를 주면 나 죽이려고 할 거예요."

그레이스는 하마터면 하들리가 연기를 하고 있다는 사실을 잊을 뻔했다. 그레이스는 괴물 같은 오빠에게 딱지를 건네야 하는 가여운 여동생의 고통에 공감할 수 있을 듯했다.

경관이 하들리를 달랬다. "이봐요, 아무 일 없을 테니까 진정해요."

하들리의 연기가 제대로 위력을 발휘한 느낌이 들었다.

하들리는 계속 고개를 저으며 미친 듯이 몸을 떨었다. "당신은 우리 오빠를 몰라서 하는 소리야!"

경관이 한숨을 푹 쉬었다. 그레이스는 경관이 무슨 말을 할지 충분히 예상할 수 있었다. "이봐요, 내가 그냥 보내줄 테니까 걱정 말아요."

하들리는 매혹과 숭배 사이의 표정을 지으며 경관을 올려다보았다. "나, 보내줘요? 나, 검사 안 해요?"

경관이 자축하듯 미소를 지으며 말했다. "네, 검사 안 하고 보내 줄게요." 경관은 그레이스를 향해 모자를 벗는 시늉을 하고는 마치 영웅처럼 거들먹거리며 순찰차로 돌아갔다.

경관이 순찰차를 몰고 지나가면서 손을 흔들었다. 그레이스는 가까스로 한 손을 들어 화답해 주었다.

하들리는 마치 카나리아를 잡아먹은 고양이 같은 표정을 지으며 차에 오르더니 젖은 뺨을 쓱 문질렀다. "아홉 번 중에서 여덟 번 성공이야!" 하들리가 그렇게 말하며 손을 들어 그레이스와 하이파이브를 했다.

매티가 엄마와 하이파이브를 하려고 손을 뻗으며 물었다.

"아홉 번 중에서 여덟 번?"

하들리가 자랑스럽게 말했다. "엄마가 운전을 하다가 경찰 순찰차에 아홉 번 걸렸는데 실제로 딱지를 뗀 건 여자 경관을 만났을 때뿐이었어. 여자 경관은 끝내 안 넘어가더라."

그레이스는 여전히 가시지 않은 두려움과 설명할 수 없는 분노로 맥박이 빠르게 뛰었다. 경관에게 추파를 던지고, 순진한 여자 연기를 하고, 즉흥적으로 이야기를 지어내는 하들리의 재능을 함께 기뻐해야 할 때였지만 왠지 마음이 내키지 않았다. 그레이스의 눈이 벌겋게 충혈되었고, 운전대를 잡고있는 손이 하얗게 변했다.

그레이스가 빈정거렸다. "딸에게 참 좋은 걸 가르치네요."

하들리가 그녀를 쳐다보며 고개를 한쪽으로 기울였다. "왜 그리 꼬였어요?"

"다음에는 남자 무릎 위에서 춤을 춰서 공짜 술을 얻어먹는 방법을 가르칠 건가요? 차라리 곧바로 마지막 수업으로 넘어가 돈 많은 남자를 꼬드겨 결혼하는 방법을 가르쳐주는 게 어때요?"

하들리는 눈을 깜박였고, 그레이스는 고개를 돌려 전방을 주시하며 고속도로로 접어들었다.

하들리가 눈에 쌍심지를 돋우고 물었다. "도대체 왜 그리 꼬였는지 물었잖아요?"

그레이스가 다시 고개를 돌려 하들리를 쳐다보았다. 그녀의 얼굴이 벌겋게 달아올라 있었다. 왜 이리 꼬였는지는 모르지만 몹시 화가 난 건 분명했다.

그레이스가 말했다. "섹스는 거래 수단이 될 수 없어요. 당신의 매력을 그런 식으로 사용하는 건 곤란해요. 대부분의 여자들은 써먹을 수 없는 방법이잖아요. 매티, 내 말 듣고 있니? 네 엄마처럼 외모가 반반해야 젖가슴을 들이밀며 남자들을 멍청하게 만들 수 있는 거야. 외모로 남자들을 유혹하는 데 통달한 여자들이지."

하들리가 말했다. "적어도 젖가슴을 들이밀지는 않았어요."

매티가 고개를 저으며 말했다. "엄마가 젖가슴을 좀 들이밀긴 했어요."

하들리는 말도 안 된다는 듯 혀를 끌끌 차며 젖가슴을 두 팔로 감쌌다.

"우리가 경찰에 체포되는 걸 막기 위한 궁여지책이었으니까 이해해줘."

그레이스가 갑자기 운전대를 틀어 갓길에 차를 세우더니 문을 열고 밖으로 뛰쳐나가 길바닥에 토했다. 토사물 옆에 권총이 떨어졌다. 그녀가 권총을 쳐다보며 가쁜 숨을 헐떡였다.

하들리가 뒤따라 나와 그레이스 옆에 섰다. 그레이스가 입 안에 남은 토사물을 마저 뱉어내도록 하들리가 옆에서 머리카락을 붙잡아 주었다.

매티가 차에서 내리더니 그레이스에게 생수 한 통을 건넸다.

하들리가 말했다. "매티, 차에 가서 물티슈 좀 가져와."

그레이스의 등을 문질러주는 그녀의 목소리에 근심이 가득했다.

그레이스는 '이건 너무해.' 라고 생각했다. 어제, 오늘 그리고 방금 전 일어난 일까지 죄다 너무하다는 생각이 들었다. 그녀는 눈을 꼭 감고 코로 숨을 들이쉬었다.

하들리가 말했다. "앞으로는 경관이 딱지를 떼려고 하더라도 절대로 꼬리치기 없기! 그런 짓을 하면 그레이스가 몹시 화가 남! 앞으로 명심할게요."

그레이스는 가까스로 엷은 미소를 짓고 나서 총을 집어 들려고 몸을 숙였다.

"정말 경관을 쏘려고 했어요?" 하들리가 그렇게 말하고는 다시 가짜 프랑스인 말투로 돌아가 덧붙였다. "총을 쏘는 것보다 차라리 꼬리를 치는 게 훨씬 낫지 않아요?"

"맘대로 생각해요."

그레이스가 그렇게 말하고 나서 트럭에 올랐다. 그레이스는 차를 운전하면서 판사 앞에 서있는 자의 모습을 상상했다. 그녀의 곁에 하들리가 서있었다. 상상 속에서 얼굴 가득 미소를 머금은 판사가 하들리에게는 무죄를 선고하고, 그녀에게는 종신형을 선고했다.

38

마크

찬바람이 심하게 창문을 때렸다. 한 시간 전에 해가 졌고, 바람이 점점 거세졌다. 바람이 트레일러를 삐걱거리고 울부짖게 만들며 흙먼지와 마른 풀을 하늘로 날아 올렸다. 히터는 손이 닿지 않아 켤 수 없었고, 화장실도 너무 멀어 사용할 수 없었다. 그레이스가 주고 간 양동이에 용변을 보았더니 끔찍한 악취 때문에 속이 뒤집혔다. 해군에서 복무할 때 이보다 더 힘든 일을 겪었지만 이미 오래전이었다. 그때는 지금보다 훨씬 젊고 강했다.

여섯 시간째 슬리핑백 지퍼로 플라스틱 끈을 문지르느라 왼쪽 손가락이 아렸다. 지퍼를 책상 가장자리에 갈아 좀 더 날카롭게 만들었다. 그레이스가 그의 손목을 묶은 세 개의 줄 가운데 가까스로 두 개를 잘랐다. 이제 지퍼는 아주 작은 조각만 남았고, 두툼한 플라스틱 끈을 자르고 있었지만 거의 진전이 없었다. 플라스틱 끈을 자르는 마크의 마음이 싱숭생숭했다. 하들리의 체취, 부드러운 손길, 매력적인 웃음이 수시로 머릿속을 점령했다.

마크는 하들리에 대한 생각을 떨쳐버리기 위해 고개를 저었다.

FBI에서 20년 가까이 일했지만 용의자와 선을 넘어본 적은 단 한 번도 없었다.

하들리의 어떤 매력에 홀렸을까?

하들리는 고양이 같은 눈, 도톰한 입술, 작고 부드러운 손, 탄력 있는 가슴으로 그의 정신을 잃게 만들었다. 새틴 브래지어 밖으로 넘쳐흐르던 하들리의 보드라운 속살을 떠올리는 순간 온몸이 예민해졌다.

마크는 고개를 저으며 하들리에 대한 기억을 떨쳐내려고 손바닥으로 눈을 지그시 눌렀다.

다시 눈을 뜬 마크는 원래 하던 일로 돌아가 미친 듯이 톱질을 했다. 지퍼 조각이 손에서 미끄러지며 피부를 그었고, 이미 10개 넘게 생긴 상처에 하나를 더 보탰다.

마크는 지퍼 조각을 떨어뜨리고, 슬리핑백 천에 손목을 누르며 벽에 머리를 기댔다.

망할 년.

마크는 하들리가 무슨 짓을 저지르고 있는지 분명하게 알고 있었다. 깡충거리며 뛰어오던 몸짓, 얼굴에 번지던 장난기 어린 미소가 떠올랐다. 하들리가 먼저 키스했고, 그는 거절하려고 애쓰다가 어쩔 수 없이 받아들였다.

나도 사람이고, 남자야.

마크는 두 눈을 꼭 감았다. 하들리가 다가설 때 마크의 마음은 수

백만 갈래로 갈라져 비명을 지르고 있었다. 걱정이 되면서도 놀라웠고, 들뜨면서도 절망적이었다. 그러다가 두 사람이 함께 웃었고, 그녀의 깔깔거리는 웃음소리가 그를 따스하게 감쌌고, 그들이 하고자 하는 일이 너무도 즐거운 일이 되어버렸다.

마크는 자신이 처한 상황을 의식하고 있었지만 도저히 거부하기 힘들었다. 하들리의 다친 발목이 걱정되었고, 그녀를 눕힐 담요나 침대가 있었으면 좋겠다고 생각했고, 어색한 상황을 무마해 줄 알코올이 있었으면 좋겠다고 생각했다. 하들리의 가느다란 손가락이 목을 감쌀 때 복잡한 상념들이 그의 머릿속에서 맴돌았고, 어느 순간부터는 아무 생각도 나지 않았다. 아주 오랫동안 어느 누구도 해준 적 없던 것들을 그녀가 해준 순간 그의 모든 생각들이 지워졌다.

그 순간의 기억을 떠올리자 다시 온몸이 뜨거워졌다. 마크는 자신이 그런 관계를 받아들였다는 사실을 믿을 수 없었고, 당혹스럽고, 수치스러웠다.

마크는 상처를 내려다보았다. 피가 멎어 있었다. 지퍼 조각을 든 그는 손목을 긋지 않도록 조심하면서 다시 톱질을 시작했다. 여자들은 남자들의 혼을 쏙 빼놓는 방법을 알고 있었다. 하들리는 자신의 매력을 이용해 그를 유혹하고 머릿속을 헤집어놓고 나서 용변을 볼 양동이 하나만 달랑 남겨두고 사라져버렸다.

이런 데도 여자들이 남자들보다 정의롭다고?

집에 돌아가면 벤과 진지한 대화를 나눌 생각이었다. 벤은 이제 겨우 아홉 살이었지만 여자들이 남자들을 제멋대로 주무르려 하고, 당혹스럽게 만들고, 피폐하게 하는지 일찍 가르쳐 줄수록 좋을 것이다. 여자들이 필요에 따라 얼마나 냉혹해질 수 있는지도 빼놓지 않고 알려줄 생각이었다. 벤도 알고 있어야 대비할 수 있을 테니까.

마크는 피가 나고 벗겨진 검지 대신 중지로 지퍼 조각을 쥐었다. 그는 그녀와 사랑을 나누는 동안 몸을 짓누를까 봐 걱정되었고, 위에서 균형을 잡고 버티느라 식은땀이 났다. 몸을 지탱해야 한다는 생각과 조금 더 오래 하고 싶다는 생각이 서로 충돌하는 바람에 집중력이 흐트러졌다. 사랑의 행위가 끝나는 순간 곧장 다시 하고 싶었다. 근사하게 해낼 수 있다는 걸 증명하고 싶었다. 푹신한 침대가 있고, 손목이 묶여있지 않았다면 얼마든지 잘 해낼 자신이 있었다.

다시 칼날이 미끄러지면서 동맥을 겨우 비켜 갔다. 그는 눈을 꼭 감고 심호흡을 했다.

섹스를 마치고 나서 하들리는 그의 어깨에 머리를 기대더니 손가락으로 가슴을 쓸어내렸다. 그는 말없이 천장을 보고 있었다. 형광등이 깜박거리면서 신비감을 더했다. 그때 마크는 살아온 이야기를 했고, 하들리도 그랬다.

프랭크가 폭력적이고 뒤틀려 있긴 해도 그의 사랑을 믿었어요. 결혼 생활을 지키고 싶었죠. 우린 가족이었으니까. 무슨 일이 있어도 가정을 깨고 싶지 않았어요. 그 모든 결함에도 견뎌내려고 애썼죠.

하들리의 그 말이 가슴에 와 닿았다. 그녀가 한 말은 그가 마르시아에 대해 느끼고 있는 감정과 그리 다르지 않았다. 그것이 그가 마르시아와 영원히 함께하고 싶었던 이유였다.

망할 년.

언젠가 벤에게 여자들은 남의 말을 듣지 않으려 하고, 상식이 통하지 않고, 머리보다는 가슴으로 생각한다고 말해줄 생각이었다.

하들리는 이 어설픈 도주극을 언제까지 지속할 수 있을 거라고 생각하는 걸까? 거액의 돈을 들고 저 멀리 우주로 날아가기라도 하겠다는 건가?

잔뜩 화가 치민 마크는 플라스틱 끈을 세게 그었고, 마침내 결박이 풀렸다.

39

그레이스

그레이스와 하들리는 레이크 타호 외곽의 모텔에서 하룻밤 묵어
가기로 결정했다. 극심한 피로감이 무거운 외투처럼 그레이스를 짓
눌렀다. 그레이스는 손톱 끝, 세포 하나하나까지 완전히 탈진한 상
태였다. 마일스를 씻기고, 먹이고, 옷을 갈아입힌 다음 아기 옆에
쓰러지듯 누웠다. 몸은 피곤한데 잠이 오지 않았다. 눈을 감으면 지
미가 떠올랐다. 마일스가 옹알이를 시작했다는 소식을 지미에게 알
려주고 싶었다. 소식을 듣는 순간 지미는 꼬치꼬치 캐물으면서 동
료들에게 자랑할 사진이나 비디오를 보내달라고 할 것이다.

그레이스는 침대에 누워 팔다리를 꼼지락거리는 마일스를 쳐다보
았다. 마일스는 마치 챔피언처럼 양손을 머리 위로 올리고 입을 살
짝 벌리고 있었다. 마일스와 단둘이 있을 때면 늘 그랬듯이 그레이
스의 얼굴에 미소가 어렸다. 그녀는 자신이 이토록 귀엽고 완벽한
존재를 만들었다는 사실이 그저 놀라울 따름이었다.

자꾸 지미가 생각나는 건 하들리와 마크가 벌인 애정 행각의 영
향 때문인 듯했다. 하들리는 하루 종일 혼자 실실 웃으며 남몰래

섹스 이후의 나른한 기분을 즐기고 있었다. 그레이스는 지미를 생각하며 강렬한 육체적 갈망을 느꼈다. 침대에 누워 천장을 바라보고 있자니 섹스에 대한 갈망이 더욱 뜨거워져 도저히 잠이 올 것 같지 않았다.

지미는 항상 그녀의 품으로 비집고 들어와 온기를 빼앗곤 했다. 둘이서 함께 잠들 때면 언제나 다양한 방식으로 그녀의 몸을 만졌다. 잠을 자면서도 발을 종아리 사이에 넣거나 팔을 어깨에 걸치고, 손가락을 깍지 끼었다.

그레이스는 치근대는 지미가 귀찮았다. "이제부터 여기까지가 당신 자리야. 앞으로 여긴 내 자리니까 절대로 선을 넘어오지 마."

그레이스는 침대에 가상의 선을 그어놓고 늘 자신의 자리에 머물렀다. 지미는 짓궂은 미소를 지으며 그 말을 듣는 척하다가 그녀가 깊은 잠에 빠져들면 언제 그랬냐는 듯 다시 파고들었다. 그는 온몸을 활용해 어떻게든 몸을 밀착시켰다.

어느덧 그레이스도 그런 지미에게 익숙해졌는지 지미가 집을 비울 때면 이내 그가 그리웠다. 오늘 밤만 해도 침대에 누운 지 벌써 두 시간이 지났지만 지미가 그리워 몸을 뒤척였다.

그레이스는 잠자는 걸 포기하고 발코니로 나갔다. 하들리도 잠이 오지 않았는지 발코니에 나와 먼 산을 바라보며 담배를 피우고 있었다. 그레이스는 차가운 밤공기에 몸을 부르르 떨면서도 스웨트셔츠를 가지러 들어가지 않았다.

그레이스가 말했다. "여긴 불면증 환자들이 모이는 곳인가 봐요."

하들리가 옆으로 비켜서며 공간을 만들어 주었고, 그레이스는 그녀의 곁으로 다가가 난간에 몸을 기댔다. 오래된 전나무들이 밤하늘을 향해 가지를 뻗고 있는 숲이 시야에 들어왔다. 별이 총총 박힌 하늘에 전나무들이 톱니 모양 그림자를 만들어냈다. 두 사람은 어깨를 맞대고 광활하게 펼쳐진 숲을 바라보았다. 전나무 숲을 스치는 나지막한 바람 소리만이 들려올 뿐 사방이 고요했다.

그레이스가 말했다. "월마트에서 산 옷을 입고 있네요?"

하들리는 검은색 벨루어 트레이닝복, 파란색 운동화, 치타 그림이 그려진 블라우스 차림이었다.

"내가 무슨 페기 번디*도 아니고. 벨루어에 동물 프린트라니 이게 말이 된다고 생각해요?"

그레이스가 어깨를 으쓱하며 짓궂게 웃었다. 그레이스는 오늘 아침 월마트에서 하들리의 옷을 구입할 때 일부러 가장 촌스러운 디자인을 골랐다. 옷이 아무리 우스꽝스러워도 하들리는 여전히 우아했다. 그녀가 쓰레기봉투를 걸치고 있어도 유행이 될 것이다. 레드카펫을 밟는 여배우들이 하들리를 따라해 비닐이나 지퍼백을 두르고 포토존에 설지도 모른다. 하들리는 FBI 요원과 단둘이 남겨두었더니 순식간에 그를 유혹해 일을 치를 만큼 매력이 넘치는 여자였다.

그레이스가 말했다. "당신이 FBI 요원과 잘 생각을 했다는 게 믿

* 미국의 인기 TV 시트콤 〈못 말리는 번디 가족〉의 여주인공

기지 않아요."

"실은 나도 그래요."

흐릿한 조명 속에서 하들리가 얼굴을 붉히는 모습이 보였다.

"그와 잔 게 그렇게 으스댈 일은 아닐 텐데요?"

"으스대다니, 내가 언제요?"

"아주 대놓고 으스댔으면서 안 그런 척은."

하들리의 얼굴이 더욱 붉어졌고, 그레이스는 발코니 밖으로 밀어 버리고 싶을 만큼 그녀가 얄미웠다. 한편으로는 그녀처럼 매력을 맘껏 과시하며 으스대고 싶었다.

지미가 여기 있다면 하들리 앞에서 마음껏 으스댈 수 있을 텐데.

하들리가 담배를 깊이 빨아들이자 끝이 빨개지도록 반짝였다. 그녀가 고개를 한쪽으로 기울이고 담배 연기를 길게 내뿜었다. 깃털 같은 연기가 멀리 퍼져나갔다.

그레이스가 말했다. "당신이 그 남자랑 잔 건 알았지만 그를 진심으로 *좋아하는* 줄은 미처 몰랐네요."

하들리가 얼른 표정을 고쳤다. "그를 좋아하는 게 아니에요. 단지……." 그녀가 고개를 돌리며 말끝을 흐렸다.

그레이스는 문득 그녀를 놀린 게 미안해졌다. 하들리는 그를 진심으로 좋아하는 게 분명했고, 그 경우 두 사람의 로맨스는 상당히 비극적인 결말로 이어질 게 뻔했다. FBI 요원과 용의자는 앞으로 영원히 만나지 않는 게 최상의 시나리오일 테니까.

그레이스는 다시 전나무 숲으로 고개를 돌렸고, 하늘에서 구름이 달을 가리는 모습을 물끄러미 바라보았다.

하들리가 물었다. "당신 남편은 어디에 있어요?"

"아프가니스탄."

"군인?"

그레이스가 고개를 끄덕였다.

하들리는 뭔가 질문을 하려다가 잠시 망설였다. 그레이스는 그녀가 궁금한 걸 못 참는 성격이라 이내 다시 질문하리라는 걸 알고 있었기에 캐묻지 않고 기다렸다.

하들리가 불쑥 물었다. "왜 떠났어요? 남편이 개자식이었어요?"

그레이스가 서늘한 공기를 깊이 들이마시고 나서 천천히 대답했다. "아뇨. 지미는 내가 아는 모든 사람들 중에 가장 착해요."

하들리는 좀 더 구체적으로 말해주길 기다렸지만 그레이스는 더 이상 입을 열지 않았다. 사랑하는 남자에 대해 험담을 늘어놓고 싶지 않은 듯했다.

하들리가 부루퉁한 표정으로 말했다. "당신은 내 이야기를 다 알고 있잖아요. 너무 불공평하네요."

"당신이 떠벌리기를 좋아해 스스로 다 털어놓았을 뿐이면서, 괜히 날 원망하지 말아요."

하들리가 코웃음을 쳤다.

그레이스가 다시 말했다. "지미는 도박을 좋아해요. 도박으로 두 번째 빈털터리가 되었을 때 지미에게 한 번만 더 이런 일이 발생하면 끝장이라고 경고했죠. 지미는 끝내 약속을 지키지 않았어요."

그레이스는 덤덤한 목소리를 유지하려고 애썼지만 그녀에게는 너무나 가슴 아픈 고백이었다. 지미와 있었던 일을 소리 내어 말할 때마다 그녀는 견딜 수 없을 만큼 큰 고통을 느꼈다. 마치 탄산수를 흔들다가 갑자기 뚜껑을 여는 것처럼. 처음에는 지극히 단순한 사실인 듯 침착하게 말했지만 막상 털어놓고 나니 긴 세월 동안 애써 숨겨왔던 상처와 수치심이 한꺼번에 폭발했다.

하들리의 초록빛 눈동자가 연민으로 애틋해졌다. 연민을 좋아하지 않는 그레이스는 마음이 더 불편해졌다. 한동안 두 사람은 아무 말도 하지 않고 침묵을 지켰다. 그러다가 하들리가 먼저 입을 열었다. "만약 남자가 아이를 낳으면 어떻게 될지 생각해 본 적 있어요? 마치 펭귄처럼 수컷은 암컷이 먹이를 구해 보금자리로 돌아올 때까지 기다리겠죠. 암컷이 빵이든 물고기든 식량을 구해올 때까지. 암컷 펭귄이 해변에서 가장 예쁘지 않다고 하더라도."

"해변이 아니라 빙산."

"빙산?"

"펭귄이라면 빙산이겠죠."

하들리가 그레이스를 바라보며 인상을 찌푸렸다. 그레이스가 어깨를 으쓱했다. "펭귄은 해변이 아니라 빙산에서 살아요. 내 말이 틀렸어요?"

"이제 보니 당신 남편 지미가 이 세상에서 가장 착한 남자가 맞는 것 같네요."

그레이스는 혀를 내밀었고, 하들리는 손가락 욕을 했다. 두 사람은 마치 사춘기 아이들처럼 굴고 있었다.

하들리가 물었다. "오늘은 아이들과 무얼 했어요? 시내에 한참 있다가 왔잖아요."

그레이스가 어깨를 으쓱했다.

"말 안 해줄 거예요? 스키퍼가 당신을 트라웃이라고 부르던데. 트라웃은 메이저리그 역사상 가장 존경받는 선수죠. 게다가 세상 사람들 거의 대부분을 좋아하지 않는 내 딸이 당신을 강아지처럼 졸졸 따라다니며 잘 어울리던데, 대체 비결이 뭐예요?"

"나의 거부할 수 없는 매력과 인품 때문이 아닐까요?"

하들리는 말도 안 된다는 듯 코웃음을 쳤고, 그레이스는 의기양양하게 웃었다. 그때 방 안에서 마일스가 칭얼대는 소리가 들려왔다. 그레이스의 얼굴 표정이 갑자기 얼어붙더니 방 안으로 달려들어 갔다.

마일스를 왼손으로 안아 든 그레이스는 젖병을 꺼내려고 기저귀 가방으로 오른손을 뻗었다. 그 와중에도 아이를 계속 흔들었다.

"아기를 그런 식으로 흔들면 안 돼요."

그레이스가 돌아보니 하들리가 뒤따라 들어와 있었다.

그레이스는 왼쪽 팔에 아기를 안고 계속 흔들어대며 오른손으로 기저귀 가방을 뒤졌다. 마일스가 더욱 크게 울었다.

"세상에! 그러다가 아기가 목이라도 다치면 어쩌려고 그래요? 아기를 이리 줘요."

그레이스는 하들리가 시키는 대로 했다.

하들리는 매트리스에 앉아 마일스를 어깨에 기대어 안았다. 하들리가 부드럽게 어르며 등을 다독이자 마일스는 이내 울음을 그쳤다.

그레이스가 멍하니 하들리를 쳐다보았다.

"왜 그래요?"

"아무것도 아니에요."

"어서 젖병을 가져와요."

그레이스가 분유를 탄 젖병을 들고 와 하들리에게 건넸다. 잠시 후 마일스는 젖병을 입에 물고 하들리의 무릎을 베고 누웠다. 마일스는 조그만 주먹으로 젖병을 움켜쥐고 열심히 빨았다.

그레이스가 속상한 표정을 짓자 하들리가 말했다. "처음엔 다 그래요. 차차 익숙해질 거예요. 시간이 필요한 것뿐이에요."

그레이스는 고개를 저었다. "난 형편없는 엄마예요."

하들리는 결코 그럴 의도가 없었지만 자기도 모르게 고개를 살짝 끄덕여 그레이스가 이미 알고 있는 사실을 확인시켜 주었다. 그레이스는 세상에서 가장 중요한 일에 서툴렀다.

하들리가 말했다. "이리 와서 옆에 앉아요."

그레이스가 다가와 하들리 옆에 앉으며 손을 마일스의 엉덩이 밑에 집어넣었다. 계속 젖병을 빠는 마일스의 눈이 만족한 듯 풀려 있었다.

하들리가 마일스를 안아 들더니 그레이스에게로 내밀었다.

그레이스가 비켜 앉으며 고개를 저었다. "마일스는 지금이 가장 행복해 보여요."

하들리는 다시 마일스를 가까이 안아 들고 아기의 자그맣고 오동통한 발을 어루만졌다.

하들리의 입가에 미소가 번졌다. "지금 이 시간에 내가 집에 있었다면 무얼 하고 있었을까요?"

그레이스는 일요일 밤 자정이 되기 직전에 하들리가 무얼 하고 있을지는 알 길이 없었다. 다만 그레이스는 자신이 무얼 하고 있을지는 알았다. 마일스가 목이 터져라 울면 어떻게 달래야 할지 몰라 아기를 안고 허둥대다가 겨우 잠이 들면 잔뜩 지친 몸으로 아기 옆에 누워 피곤한 눈을 붙였을 것이다.

하들리가 말했다. "아마 담배를 피우고 나서 침대에 앉아 있을 거예요. 지금처럼 담배를 대놓고 즐기지는 못했겠죠. 프랭크는 내가 담배 피우는 걸 몹시 싫어했거든요. 프랭크가 내 몸에서 담배 냄새를 맡으면 안 되니까 몹시 초조했을 거예요. 방에서 혹시 담배 냄새가 나는 건 아닌지, 내 몸에 밴 건 아닌지 코를 킁킁거리며 서성대거나 청소를 하고 있었겠네요. 마음이 초조할 때면 늘 청소를 했으니까."

"지금 이 상황이 그때보다는 낫다고 생각해요?"

"그런 질문을 들으니 내 인생이 서글퍼지네요."

"당신 인생은 끝나지 않았어요."

"조금 있으면 마흔이에요."

"이미 마흔이 넘어 보이는데?"

하들리는 황당해했고, 그레이스는 짓궂게 웃었다.

"날 놀리니까 재미있죠? 당신도 조만간 거울 속에서 짙은 주름이 윙크를 보낼 거예요. 언제까지 날 놀릴 수 있을지 두고 보자고요."

마일스가 입가에 분유를 흘리며 젖병을 쥔 상태로 곯아떨어졌다.

"트림 손수건."

하들리가 말하자 그레이스가 손수건을 건넸다.

하들리는 마일스를 어깨에 기대게 한 다음 트림을 몇 번 유도해냈다. 그레이스였다면 그냥 자게 내버려두었을 것이다.

"트림을 하게 해야 나중에 배앓이를 하지 않아요."

하들리가 주위를 둘러보며 말했다. "수건을 하나 갖다줘요."

그레이스가 욕실에서 수건을 들고 왔다.

"바닥에 평평하게 깔아요."

하들리가 아기를 수건 위에 대각선으로 눕히고 나서 끝을 접어 발을 감싸주었다.

그레이스가 말했다. "마일스가 발을 단단히 싸매는 걸 좋아하지 않던데요."

"좋아하니까 걱정 말아요."

하들리의 말에 그레이스는 화가 났다.

그레이스는 팔짱을 끼고 마일스가 악을 쓰고 울기를 기다렸다. 마일스는 갓 태어났을 때부터 몸을 싸매는 걸 좋아하지 않았다.

하들리가 수건으로 마일스의 몸을 감싼 다음 반듯해지도록 매만졌다. "자, 아가, 이제 푹 자야 할 시간이란다."

마일스는 울음을 터뜨리기는커녕 챔피언처럼 두 팔을 위로 번쩍 쳐들고 새근새근 잠이 들었다.

하들리가 말했다. "남자아이들은 대체로 팔을 빼내고 싶어 하죠."

그레이스는 그 사실을 몰랐다. 아무도 말해주지 않았으니까. 마일스는 얼굴을 조금도 찌푸리지 않았고 고르게 숨을 쉬었고, 지극히 편안해 보였다.

하들리가 일어서서 목발을 짚었다. "내일도 힘든 날이 될 텐데 잘 자요. 제발 오늘처럼 사건이 많지 않았으면 좋겠네요."

그레이스가 가까스로 말했다. "고마워요."

하들리가 고개를 한쪽으로 기울였다. "사실은 그 반대죠. 고마워 해야 할 사람은 나예요."

문을 나서려는 순간 그레이스가 말했다. "당신을 만나서 다행이에요."

하들리가 돌아섰다. "이 상황이 어떻게 마무리될지 알 수 없지만 한 가지 사실만큼은 분명해요. 지난 이틀 동안 나름 재미있었어요."

하들리는 환하게 웃고 나서 문을 열고 밖으로 나갔다. 그레이스는 좀 전까지 하들리가 있었던 자리를 한참 동안 쳐다보았다. 누군가를 좋아한다는 건 위험한 일이었다.

그레이스는 섣불리 위험한 선택을 하지 않기로 마음먹었다. 지금은 오직 마일스만 생각하기로 했다. 하들리와 아이들은 그저 우연히 만났을 뿐이고, 즐거운 추억으로 남겠지만 내일이 되면 그들을 남겨두고 떠날 생각이었다.

그레이스는 손등으로 가슴을 문질렀다.

40

하들리

고속도로가 시에라 산맥에서부터 굽이치며 아래로 뻗어있고, 울창한 나무들 꼭대기에서 찬란한 햇빛이 비쳤다. 하늘을 향해 뻗어있는 도로 양편의 거대한 소나무 숲이 웅장하고 아름다웠다. 하들리는 나무 앞에서 자신이 너무도 작은 존재로 느껴지는 한편 모든 걱정이 아득히 멀게 느껴졌다. 그녀의 눈은 나무들이 울창한 숲의 풍경 속으로 빠져들었다. 시에라 산맥의 대자연 앞에서 현실 세계도, 걱정도, 후회도 없었다. 오직 찬란한 아름다움과 숙연해지는 마음만이 있을 뿐이었다.

숲길을 벗어나 수평선까지 길게 이어진 아스팔트로 접어든 순간 지난 사흘 동안 벌어진 일들이 한꺼번에 떠오르며 감정이 파도처럼 출렁거렸다. 하나같이 놀랍고 믿기지 않는 일들이었다.

내가 경찰의 추적을 피해 달아나는 도망자라니? 내가 범죄자라니?

내가 마크와 자다니? 서로 쫓고 쫓기는 사이인 FBI 요원과 섹스를 하다니?

도저히 납득하기 힘든 일이었지만 하들리는 자꾸만 마크에게로 향하는 마음을 억제할 수 없었다. 마크의 웃음이 그녀의 마음을 가득 채웠고, 다른 생각은 나지 않았다.

하들리는 인생을 통틀어 단 한 번도 충동적으로 행동한 적이 없었다. 항상 올바른 처신에 집중하다 보니 멋진 일을 만들 수 있는 기회들을 허망하게 날려버린 적이 많았다. 어제는 주저하고 망설이던 습관이 이상할 정도로 쉽게 사라졌고, 난생처음 일을 그르치거나 후회할 일을 만드는 게 아닌가 하는 걱정을 하지 않고 내키는 대로 밀어붙였다. 어제처럼 대범하게 내일에 대한 두려움을 잊은 적이 없었다.

마크는 오히려 올바르게 처신하려고 애썼다. 그녀가 깡충거리며 다가가자 손이 묶인 그는 뒤로 주춤거리며 물러섰고, 얼굴에 당혹감과 두려움이 서렸다.

그레이스가 힐끔 돌아보고 나서 눈을 위로 치켜떴다가 라디오 볼륨을 높였다. 하들리는 고개를 돌려 창밖에 펼쳐진 베이지색 풍경을 바라보았다. 마크와 함께했던 놀라운 시간들이 머릿속을 가득 채웠다.

20분? 30분? 아니면 그보다 더 짧았을까?

그리 길지 않은 시간이었지만 그때 그녀는 완전히 다른 사람이 되었다. 하들리는 운전에 열중하면서 라디오 소리에 귀를 기울이고 있는 그레이스를 바라보았다.

어디에서 그런 용기가 솟아났을까? 혹시 그레이스의 엄청난 용기가 자극이 되었나?

마크와 옷을 벗느라 한바탕 소동을 벌였고, 그는 손이 묶인 상태로 두 사람을 감고 있는 붕대를 풀어보려 애썼다. 어제처럼 즐거운 섹스를 경험한 적은 없었다. 평소 섹스는 그녀에게 무척 심각한 일이었다. 섹스가 즐겁고 웃길 수도 있다는 걸 어제 처음 알았다.

하들리는 마크와 섹스할 당시의 감정 상태를 떠올려 보았다. *편안하고 즐거운* 기분이었다. 하들리는 우연히 엄청난 비밀을 발견했음을 깨달았다. 잘 맞는 사람과의 섹스는 편안하고 즐거웠다. 마치 1천 개의 퍼즐을 맞춘 것처럼 온몸의 감각들이 완벽하게 살아 움직이는 것 같았다.

매티가 언젠가 해마에 관한 보고서를 쓴 적이 있다. 해마는 평생 짝짓기를 하는 자그마한 동물이다. 파트너를 찾으면 꼬리를 서로 묶고 끝없이 바다를 함께 떠다닌다. 중대 결단을 내리기 전까지 그들은 서로를 유혹하고, 끊임없이 곁을 맴돌고, 며칠 동안 춤을 추면서 서로가 함께할 수 있는지, 몸이 잘 맞는지 확인한다. 몸의 박자, 맥박, 주기가 전부 다 맞아야 한다.

마크와의 섹스가 그랬다. 그들은 마치 서로에게 완벽하게 맞는 해마 같았다. 두 사람이 얼마나 잘 맞았는지를 떠올리며 하들리가 미소를 지었다.

그레이스가 빈정거리듯 말했다. "진짜 눈꼴 시려서 못 봐주겠네!"

하들리는 그제야 자기도 모르게 웃고 있었다는 걸 알았다. 마크에게 빠져 허우적거릴 때가 아니었지만 도저히 멈출 수가 없었다. 아무리 밀어내려고 애써도 어느 틈엔가 마크가 미소를 지으며 다가와 온갖 방법으로 그녀를 애무했다. 짓궂고, 놀랍고, 근사한 애무였다.

하들리는 이런 감정을 느끼는 자신이 놀라웠다. 마치 걷잡을 수 없는 사랑의 파도에 휩쓸린 10대 소녀 같았다. 설레고, 들뜨고, 숨이 막히고, 애가 탔다.

마크를 사랑하게 된 걸까? 그럴 수도 있을까? 함께한 시간이 그리 길지 않은데 어떻게 사랑이 가능할까?

마지막으로 사랑의 감정을 느낀 게 언제인지 기억도 나지 않았다. 과연 진정한 사랑의 감정을 느낀 적이 있기는 했던가? 중학교 시절에 보이 밴드의 리드 싱어를 짝사랑했지만 이런 식은 아니었다. 마크는 현실이었다.

라디오 주파수가 바뀌었고, 앞으로 30년 동안 진실하게 사랑하겠다고 고백하는 노랫말이 흘러나왔다. 하들리는 그 구절을 따라 불렀다.

피넛 버터와 젤리, 햄과 치즈, 프라이드 치킨과 와플처럼 잘 맞았던 두 사람. 하들리는 지난 15년 동안 무척 힘들었지만 뭐가 문제인지 알지 못했다. 그저 모든 게 다 너무 힘들었다. 이제 눈앞을 가리고 있던 장막이 걷히듯 모든 게 선명해졌다. 화학반응. 두 유기체가 서로에게 느끼는 끌림. 그녀와 마크는 어제 지글지글, 쉭쉭, 보글보글 불타는 열정으로 서로의 몸을 어루만졌고, 맘껏 웃고 즐기면서 세상에서 가장 자연스럽게 서로를 사랑해 주었다.

하들리는 창문에 머리를 기대고 한숨을 쉬었다. 마크의 아들은 벤, 딸은 셸리. 마크와 벤이 어떤 개를 고를지 상상해 보았다. 부디 그들이 마음에 드는 강아지를 데려오기를 기원했다. 강아지가 저지르는 말썽들은 정말이지 너무나 귀엽다.

마크, 벤, 셸리가 강아지를 데리고 놀 때 내가 함께 있으면 어떨까? 나와 매티, 마크, 벤, 셸리, 강아지가 모두 함께 한다면? 황당하고 비현실적인 망상이었지만 어딘가 달콤했다. 그녀의 머릿속에서 그들과 함께 어울리며 웃음 짓는 자신의 모습이 떠올랐다. 그녀의 마음이 나비의 날갯짓처럼 파닥거렸다. 나비는 부스럭거리고 꼼지락거리다가 어느 순간 환한 빛을 발하며 그녀의 마음을 채웠다.

하들리는 그런 마법이 다시 한번 가능한 순간이 있을지 생각해 보았다. 서른여덟 살이 되도록 이토록 애틋한 감정을 느낀 적이 없었다. 서른여덟에 마음을 설레게 하는 상대를 만난다는 건 쉽지 않았다. 만분의 일, 혹은 백만분의 일?

그레이스가 물었다.

"괜찮아요?"

"괜찮아요."

하들리는 거짓말을 했고 더 이상 행복하지 않았다.

***

하들리와 그레이스 일행은 트러키 강변에서 점심 식사를 했다.
그들은 몇 마일 거리에 있는 화물자동차 휴게소에서 산 샌드위치와
포테이토 칩으로 소풍을 즐겼다. 아름다운 강변에는 그들뿐이어서
한적했다. 마일스는 비치 타월에 누워 새롭게 터득한 몸 뒤집기를
연습하고 있었다. 엎드린 상태에서 몸을 뒤집어 바로 눕는 기술이
그 반대보다는 훨씬 뛰어났다.

메모리얼 데이라 만약 집에 있었다면 지금쯤 바닷가에 있을 것이
다. 해마다 메모리얼 데이가 찾아오면 동네 사람들과 해변에 모여
발리볼, 부기 보드, 바비큐를 즐겼고, 스키퍼가 가장 좋아하는 위
플 볼*도 했다. 프랭크와 스키퍼는 메모리얼 데이 행사를 좋아했고,
하들리와 매티는 싫어했다.

올 행사는 작년보다 더 근사할 것이다. 대체로 부유한 그녀의 이
웃들은 올해 경기가 좋았던 만큼 더 비싼 와인을 즐기며 다가오는
선거를 화제 삼아 이야기꽃을 피울 것이다.

하들리는 그 자리에 참석하지 않아도 되어서 다행이라고 생각했
다. 이웃들과 고개를 끄덕이고 미소를 지으며 대화를 나누면서도
마음속으로는 늘 자리에서 언제 일어나면 좋을지 눈치를 보느라 바
빴다.

* 구멍이 난 플라스틱 공으로 하는 약식 야구 게임

프랭크는 지금 그 자리에 가 있을지도 모른다. 이틀 전 베이커의 〈데니스〉에서 식사를 한 이후 그에게 전화하지 않았다. 프랭크가 현재 상황과 금고를 털어간 사실을 모르고 있다고 해도 그들이 애초의 일정표대로 움직이고 있지 않다는 건 지금쯤 알고 있을 것이다. 그런 생각을 하는 순간 갑자기 머릿속이 하얘졌다. FBI에 체포되는 것과 프랭크에게 붙잡히는 것 중 어느 쪽이 더 두려운지 알 수 없었다.

하들리는 불길한 생각을 애써 떨쳐내고 현재에 집중했다. 그녀는 지금 네바다의 강가에 누워 혼자 놀고 있는 마일스를 바라보고 있었다. 매티와 스키퍼는 강물에 발을 담그고 블루베리를 입 안으로 던져 넣으며 플레이스테이션 게임을 하고 있었다. 매티가 보라색으로 변한 혀를 내밀자 스키퍼가 자지러지게 웃었다. 하들리는 그 모습을 보며 미소를 지었다. 매티와 스키퍼가 즐거워하는 모습을 보니 그나마 기분이 좋았다.

그레이스는 커다란 바위에 누워 깜빡 잠이 들었다. 그녀는 오늘 아침 컨디션이 안 좋아 보였는데 지금은 그나마 좀 나아 보였다. 하들리는 내심 그레이스가 걱정스러웠다. 그레이스는 무척 피곤해 보였고, 내색은 안 했지만 힘에 부쳐 보였다.

그레이스가 솔트레이크시티까지 그들을 데려다주기로 했다. 그 다음부터는 하들리가 차를 구입해 직접 운전할 생각이었다. 여전히 발목이 아팠지만 이제 곧 운전을 할 수 있을 정도로 나을 것이다.

그레이스와 헤어져야 한다고 생각하니 마음이 서글펐다. 지난 사흘 동안 하들리는 그레이스와 정이 듬뿍 들었다. 하들리는 비치 타월에 누워있는 마일스를 바라보았다. 마일스는 허공에 발길질을 하면서 자그마한 주먹을 흔들었다. 두 사람 다 무척이나 보고 싶을 것이다.

스키퍼가 환호하는 소리를 듣고 하들리는 고개를 들어 매티에게 미소를 지어보였다. 매티가 일부러 져주었을 것이다. 일주일 전만 해도 매티에게 도저히 기대할 수 없던 너그러운 모습이었다. 최근에 툭하면 화를 내기 일쑤였던 매티는 이제 예전의 모습과 많이 비슷해졌다.

심지어 매티는 오늘 아침 식사 시간에 하들리에게 처음 가져본 차의 차종을 물었다. 하들리가 아버지에게 물려받은 낡은 벤틀리라고 하자 모두들 크게 웃었다. 시트는 빨간 가죽으로 되어 있었고, 크롬으로 테를 두른 세미 트레일러 크기의 차였다. 하들리는 그 차를 물려받고 나서 한 달간 자동차 정비소를 수시로 드나들며 차를 수리했다. 차가 어찌나 자주 고장이 나던지 아버지가 일부러 골탕 먹인 건 아닌지 의심스러울 정도였다.

매티는 차에 대해 묻고 나서 그레이스에게 운전을 배웠다며 직접 차를 몰아보겠다는 황당한 제안을 했다. 매티는 이제 겨우 열네 살이었고, 운전은 절대 허락할 수 없었다. 하들리는 발을 움직이는 순간 인상이 저절로 찌푸려졌지만 얼른 감추었다. 그녀의 뇌리에 어두운 그림자가 드리워졌다. 솔트레이크에서 덴버까지 가려면 여덟 시간 가까이 운전해야 한다. 움직일 때마다 통증이 느껴지는 발목으로 운전은 무리였다.

매티가 담요 쪽으로 다가가 마일스의 곁에 털썩 앉았다. 서늘한 바람이 불어와 매티의 뺨이 발그레해지고 머리카락이 흩날렸다. 옅은 화장을 한 매티의 얼굴에서 주근깨가 보였다.

매티는 바닥에 엎드려 마일스와 얼굴을 맞댔다. 마일스는 뒤집힌 거북이처럼 팔다리를 허우적대다가 몸을 뒤집어 엎드린 자세를 취하려고 애썼다. 매티가 살짝 밀어 도와주자 마일스가 비로소 엎드린 자세가 되어 기쁘게 옹알거렸다. 마일스는 마치 공작새처럼 엎드린 자세로 몸을 지탱하다가 다시 뒤집어 등을 대고 누우면서 팔다리를 허우적거렸다.

매티가 깔깔거리며 웃는 소리가 종소리처럼 경쾌했다. 매티는 다시 어린 시절로 돌아간 듯했다. 곰 인형을 끌어안고 엄마의 무릎 위로 올라와 품으로 파고들던 눈이 커다란 아이.

하들리는 세월이 참 빠르다는 생각이 들었다. 시간이 영원히 지속될 줄 알았던 시간이 눈 깜짝할 사이에 지나가 버렸다.

매티가 물었다. "엄마 만약 일이 잘 안 풀리면 그땐 어떻게 해요?"

매티는 아무렇지 않은 척하려 애썼다. 엄마에게 무슨 대답을 듣게 되든지 대범하게 넘길 작정인 듯했다.

하들리는 딸이 대견하다고 여기며 머리카락을 귀 뒤로 넘겨주며 말했다. "그럼 우리가 더 강해져야지."

매티가 씩씩한 미소를 지었고, 하들리는 마음이 뭉클했다. 매티가 다시 마일스를 주시하다가 몸을 뒤집는 걸 한 번 더 도와주었다. 마일스는 또다시 허공을 향해 신나게 팔을 저었다.

매티가 중얼거렸다. "내가 전보다 잘하고 있는 거면 좋겠어요."

하들리는 아무 말도 하지 않았다. 매티는 전에도 잘했다. 학교에서 인기가 많은 아이는 아니었지만 성적도 좋았고, 딱히 말썽을 부리지도 않았다. 선생님들은 매티를 훌륭한 학생으로 평가했다. 어쩌면 매티는 아빠를 생각하면서, 만약 자신이 좀 더 잘 처신했다면 상황이 달라질 수도 있었을 거라고 생각하고 있는지도 모른다.

하들리는 이 모든 어려움을 극복해내고 다시 시작할 수 있기를 간절히 원했다. 무엇보다도 하들리는 늘 바랐던 좋은 엄마가 될 수 있기를 바랐다.

하들리의 시선이 그레이스에게로 향했다. 비록 체구는 왜소하지만 누구도 그레이스를 만만하게 보지 않을 것이다. 프랭크도 그녀를 해고하려다가 이런 낭패를 보았다. 그레이스는 줄무늬 가방을 들고 나타나 프랭크의 금고에서 당당하게 자기 몫을 챙겨 도망쳤다.

스키퍼가 성큼성큼 걸어와 매티 옆에 앉았다.

하들리가 물었다 "어제 그레이스랑 시내에 나갔을 때 무슨 일 있었니?"

"홈런." 매티가 미처 대답하기도 전에 스키퍼가 대답했다. "담장 밖으로 날렸어요."

"와우!"

하들리는 환호하며 매티가 상황을 설명해 주길 기다렸지만 아무 말이 없었다.

"외야석을 넘겼어요." 스키퍼가 얼마나 큰 홈런이었는지 자랑하려고 말했지만 매티는 그저 엷은 미소만 짓고 있었다.

하들리가 따지듯이 말했다. "대체 무슨 일이 있었는지 얘기 안 해 줄 거야?"

그레이스가 다가와 마일스를 안아 들며 물었다.

"무슨 얘길 듣고 싶은데요?"

"챔프가 그러는데 당신이 홈런을 날렸다면서요."

스키퍼가 정정했다. "그랜드 슬램." 스키퍼의 얼굴이 환해졌고, 매티와 그레이스는 마치 공모자처럼 은밀한 눈빛을 주고받았다.

"얘기해 줄 사람?" 아무도 대답하지 않자 하들리가 살짝 역정을 냈다. "정말 이러기야?"

하들리를 제외한 모두가 그저 웃기만 했다. 하들리는 기가 찬다는 듯 씩씩거리며 자리에서 일어섰다. "이제부터는 홈런을 치면 안 돼. 가능한 한 자세를 잔뜩 낮추고 숨어다녀야 해. 사람들의 관심을 끌면 안 되니까."

하들리가 화를 내며 걸어갔다. 그녀를 제외한 나머지 사람들이 엄청난 비밀을 공유하고 있다는 사실이, 한편으로는 너무 좋았고 한편으로는 너무 싫었다.

***

하들리와 그레이스 일행은 고지대의 사막을 통과해 몇 개의 작은 마을들을 지나쳤다. 화장실을 가기 위해 두어 번 쉬었을 뿐 나머지 시간에는 계속 달렸다. 사흘째 계속되는 장거리 여행에 모두들 지쳐갔다.

그레이스는 밤 8시가 가까워질 무렵 솔트레이크시티 외곽의 바비큐 레스토랑 앞에 차를 세웠다. 지미와 결혼 직후에 다녀갔던 레스토랑이었다. 건물에서 요란한 음악 소리가 흘러나왔고, 베란다에는 사람들이 북적거렸다. 바비큐 요리와 소스 냄새가 하들리의 코를 자극했고, 배에서 꼬르륵 소리가 났다.

하들리는 지난 사흘 동안 다이어트를 포기했다. 전에도 이미 여러 번 포기했다. 다이어트는 치실과 비슷했다. 치과 의사는 매일 치실을 사용하라고 권했지만 실행에 옮기기 쉽지 않았다. 치실을 사용하지 않을 경우 결국 대가를 치르게 되고, 이가 썩는다는 걸 알았지만 이가 썩는 것은 다가오지 않을 먼 미래의 일처럼 느껴졌다. 당장 치실을 사용해야 할 만큼 절박하지 않았다.

하들리와 그레이스 일행은 빨간 체크무늬 테이블보가 덮인 테이블을 앞에 두고 둘러앉았다. 하들리가 마일스를 안고 있었고, 그레이스와 아이들은 음식을 가지러 갔다. 시끌벅적한 음악과 휘황찬란한 조명에 놀란 마일스의 눈이 휘둥그레졌다. 하들리가 보기에도 놀라웠다.

〈팻 바비큐〉 식당은 제대로 된 카우보이 레스토랑이었다. 무대에서는 컨트리 밴드가 즉흥 연주를 하고 있었고, 댄스플로어에서는 카우보이 부츠와 모자를 쓰고, 커다란 은색 벨트를 착용한 사람들이 흥겹게 춤을 추고 있었다.

그레이스가 소고기 바비큐, 구운 옥수수, 양배추 샐러드, 옥수수빵이 가득 담긴 접시를 들고 와 테이블 위에 내려놓았다. 하들리는 구운 옥수수의 버터와 소고기 바비큐의 소스를 냅킨으로 찍어내고 나서 두 가지 음식을 동시에 먹기 시작했다. 반면 그레이스는 소고기 바비큐에 소스를 듬뿍 뿌리고, 감자도 걸쭉한 소스에 푹 담갔다가 먹었다.

스키퍼는 나이프로 스테이크를 썰어 먹고 있었고, 마일스는 옹알거리며 옥수수빵 한 조각을 주먹에 쥐더니 입 안으로 집어넣으려고 애썼다. 빵의 일부는 겨우 입 안으로 들어가고 나머지는 바닥으로 떨어졌다. 매티는 음식을 먹는 틈틈이 그레이스에게 차에 대해 물었다. 매티는 차에 대해 부쩍 관심이 많아졌다.

두 가족이 너무도 자연스럽게 어우러져 오히려 이상할 정도였다. 저녁 식사를 함께하고 있는 다섯 명은 누가 보아도 한 가족이었다. 하들리는 이렇게 즐거운 식사를 해본 게 언제인지 기억이 나지 않았다.

"춤추시겠어요?"

체격이 호리호리한 카우보이가 그레이스에게 다가오더니 함께 춤을 추자며 손을 내밀었다. 모두들 고개를 들고 카우보이를 쳐다보았다. 그레이스가 살짝 얼굴을 붉히며 자리에서 일어섰다. 카우보이가 그레이스를 댄스플로어로 안내하자 그녀는 마치 기다렸다는 듯 사람들 사이로 들어가 발을 구르고, 손뼉을 치며 빙글빙글 돌았다. 적어도 몇 년은 정식으로 춤을 배운 솜씨였다.

그레이스의 옷도 너무나 잘 어울렸다. 밑단을 걷어 올린 엷은 색 청바지, 흰색 브이넥 티셔츠, 흰색 운동화. 그레이스는 스물여섯 살 여자답게 열정적이고 젊고 활기가 넘쳤다. 그레이스가 춤추는 모습을 바라보는 동안 하들리는 그녀를 커다란 위험에 빠뜨린 게 더 미안해졌다.

"엄마, 어디 가요?"

"매티, 마일스와 스키퍼를 잘 보고 있어. 곧 돌아올 테니까."

하들리는 목발을 짚고 레스토랑 밖으로 나가 베란다 난간에 기대서서 대포폰을 꺼내 들었다. 내일이면 그레이스와 마일스는 떠나야 한다. 이제 다음 일정을 생각해야 할 때가 되었다. 그녀의 앞쪽에서 한 무리의 바이커들이 술에 취해 소란을 피웠다. 하들리는 그들로부터 몸을 돌리고 대포폰을 귀에 대었다. 바네사가 전화를 받았다.

"세상에! 그동안 어디에 있었어? 내가 지난 며칠 동안 계속 전화했는데 연결되지 않았어. FBI가 언니를 추격하고 있는 거 알아?"

FBI가 바네사에게 전화했다는 사실을 깨닫는 순간 맥박이 빨라졌다. 한 번도 고려해 보지 않은 일이었다. 바네사가 그동안 무슨 일이 벌어졌는지 다 알고 있다고 생각하니 머릿속이 아찔했다.

"언니, 듣고 있어?"

"그래, 듣고 있어."

"도대체 무슨 일이야? FBI 요원들이 5분 간격으로 전화했는데 내가 안 받았더니 호텔로 찾아왔어."

"FBI 요원이 벨리즈로 널 찾아갔다고?"

"아니, 직접 오지는 않고 벨리즈 경관 두 사람을 보내 앞으로 FBI에서 전화가 오면 무조건 받아야 한다고 했어. 톰은 언니가 FBI 요원들에게 쫓기고 있다는 말을 듣고 신경이 곤두서서 완전 난리도 아니야."

"너무 걱정하지 마."

"말이 되는 소리를 해. 톰은 완전히 열 받았다니까. FBI에서 걸려오는 전화 때문에 스트레스를 받는다면서 신혼여행을 끝내자고 하고 있어."

하들리는 이전에 딱 한 번 톰을 만나보았다. LA에 갔을 때 그와 점심 식사를 했다. 하들리는 톰이 마음에 안 들었다. 톰은 말하기 좋아하는 타입이었고, 그의 관심사는 오로지 산악자전거와 투자에 한정되어 있었다.

"톰은 정직하게 살아온 사람이라 자기는 FBI에게 시달릴 이유가 없다고 생각하고 있어."

하들리는 목소리를 침착하게 유지하려 애쓰며 말했다. "네가 걱정하는 마음은 이해해. 아무튼 우린 무사하고, 스키퍼도 잘 지내고 있어."

잠시 침묵이 이어졌다.

하들리는 갑자기 등골이 서늘해졌다. 그녀는 창문 너머로 스키퍼를 쳐다보았다. 스키퍼는 그녀가 일어설 때와 똑같이 자리에 그대로 앉아 있었다. 야구 모자를 비스듬히 눌러 쓴 스키퍼는 어깨를 축 늘어뜨리고는 춤을 추고, 먹고, 시끄럽게 떠들어대는 사람들을 무심히 바라보고 있었다.

바네사가 한참 동안 대답이 없어 하들리가 먼저 말했다. "계획을 변경해야겠어. 스키퍼를 톰의 집으로 데려갈 수 없게 되었으니까 네가 솔트레이크시티로 우릴 만나러 와야겠어."

바네사는 아무 말이 없었다.

"내 말 들었어?"

"언니는 내가 그동안 얼마나 힘들었는지 모를 거야." 금방이라도 울음이 터질 것 같은 목소리였다. "톰이 화가 나서 내 말을 안 들어."

이번에는 하들리가 할 말을 잃었다. 다음 말을 기다리는 동안 하들리는 심장이 타들어 가는 듯했다. 이미 무슨 말이 나올지 짐작은 했지만 바네사가 소리 내어 말하기 전까지 결코 받아들일 수 없었다.

바네사가 우물거리며 말했다. "미안해, 언니. 그건 불가능한 일이야. 톰이 원하지 않을 거야. 나도 거기까지 갈 수는 없어."

잠시 후 전화가 끊겼다. 하들리는 휴대폰을 귀에서 떼고 화면을 쳐다보았다. 휴대폰을 던져버리고 싶을 만큼 답답했지만 술에 취한 바이커들이 여전히 그녀의 맞은편에서 와자지껄하게 떠들어대고 있었다. 바이커 가운데 하나가 맥주병을 머리 위에 올려놓고 균형을 잡으려 애썼다.

하들리는 다시 창문 너머로 스키퍼를 살펴보았다. 지나가던 여자가 스키퍼를 향해 미소를 지었다. 스키퍼가 미소로 화답하자 여자는 귀여워 죽겠다는 듯 활짝 웃었다. 스키퍼는 종종 낯선 사람들의 시선을 끌었다. 사랑스러운 스키퍼는 사람들 눈에 뜨일 수밖에 없는 아이였다.

하들리는 가슴이 무너져 내리며 눈에 눈물이 고였다. 스키퍼가 없다면 그녀와 매티에게 승산이 있었다. 스키퍼가 있는 한 전혀 승산이 없었다.

41

그레이스

그레이스와 춤을 추는 카우보이의 이름은 버트였다. 버트는 지미처럼 키가 크지만 근육이 전혀 없었다. 그는 마치 프레드 아스테어*처럼 돌고 돌리고 도시도**를 했다. 그레이스는 그저 버트의 리드를 따를 뿐이었다. 몇 번 돌고 나자 예전의 기량이 돌아왔고, 세 번째 노래가 나올 무렵에는 몸이 완전히 풀려 여유 있게 댄스를 즐기기 시작했다.

하들리가 잠시 자리를 비웠다가 테이블로 돌아와 앉는 모습이 보였다. 테이블로 돌아온 하들리는 마일스를 안아 들고 맥주를 홀짝였다. 그 옆에 앉은 매티는 몹시 지루한 표정이었다. 그레이스는 버트의 손을 잡고 매티 쪽으로 이끌었다. 테이블 앞으로 다가간 그레이스가 매티에게 말했다.

"매티, 우리 같이 춤출까?"

매티가 고개를 삐딱하게 기울이면서 마치 미친 사람 대하듯 그레

---

* 미국의 배우이자 댄서
** 등을 맞대고 돌면서 추는 춤

이스를 쳐다보았다.

지금 장난해요? 난 컨트리 음악이 싫어요. 촌스러운 춤을 추는 촌스러운 아이가 되고 싶지 않아요.

매티가 말은 안 했지만 그렇게 말하고 싶어 하는 눈빛이었다.

그레이스는 여전히 매티를 향해 내민 손을 거두지 않았다. 그녀가 맞받아치는 눈빛으로 매티를 쳐다보았다.

너야말로 장난하니? 그렇게 따분한 표정으로 앉아있는 게 그리 좋아?

결국 그레이스가 이겼다. 매티는 입을 비죽거리면서도 그레이스의 손에 이끌려 댄스플로어로 나갔다. 버트가 기본 스텝을 가르쳐주었고, 매티는 몇 곡을 연습하고 나더니 환하게 웃으며 차차*와 워블**을 따라 했다.

매티는 엄마처럼 몸매에 굴곡이 있어 엉덩이를 흔드는 동작이 무척 예뻤다. 그레이스는 몇몇 남자들이 매티를 흘끔거리는 모습을 보았다. 열네 살짜리 여자아이가 춤추는 모습을 음흉한 눈으로 쳐다보는 남자들의 얼굴을 갈겨주고 싶은 마음이 드는 한편 매티가 분위기에 잘 녹아드는 모습이 대견했다.

하들리는 고민이 많은 듯 딸이 춤을 추고 있는 댄스플로어를 보고 있지 않았다. 그 대신 앞에 놓인 술잔을 자주 기울였다. 마일스

---

* 라틴아메리카의 빠른 춤
** 줄을 맞추어 몸을 흔드는 춤

는 카시트에 있었고, 스키퍼는 의자에 앉아 졸고 있었다. 잠시 걱정스러운 마음이 들었지만 매티에게 다가와 콜라 한잔하자며 수작을 거는 남자아이 때문에 주의가 분산되었다.

매티가 허락을 구하는 눈빛으로 쳐다보는 바람에 그레이스는 당혹스러웠다. 그레이스는 지금껏 한 번도 허락해 주는 위치에 있어본 적이 없었다. 그레이스는 더 이상 어색한 침묵이 흐르지 않도록 매티를 향해 고개를 끄덕였다. 매티와 남자아이가 콜라를 마시러 가는 모습을 바라보면서 그레이스는 가슴이 뭉클했다. 매티가 반쯤 가다가 돌아보며 그녀를 향해 미소를 지어 보였다. 그레이스는 엄지 두 개를 들어 화답했다. 가슴이 터질 듯 벅차올랐다.

버트가 물었다. "동생이에요?"

"친동생은 아니지만 아주 가깝게 지내는 아이죠."

그레이스는 지금 이 순간 매티가 진짜 가족처럼 느껴졌다.

버트가 제안했다. "우리 다트 게임을 하러 갈까요?"

그레이스는 한 번 더 하들리, 스키퍼, 마일스를 차례로 돌아보았다. 다들 괜찮아 보여 버트와 함께 게임 룸을 향해 걸어갔다.

그레이스가 미처 몇 발짝 떼어놓기도 전에 매티가 그들 쪽으로 달려왔다. 매티가 눈을 커다랗게 뜨고 말했다. "우리 빨리 떠나야 해요." 매티가 콜라를 마시자고 했던 남자아이를 노려보았다. 남자아이는 휴대폰 화면을 들여다보며 회심의 미소를 짓고 있었다.

매티가 말했다. "쟤는 범죄 사건에 관심이 많대요. 그래서 우리가 누군지 다 알아요. 오늘 아침 FBI 범죄 현장 영상을 통해 우릴 봤대요. 처음에는 나랑 사진을 찍고 싶다고 해서 별생각 없이 응해주었어요. 사진을 찍더니 FBI의 추격을 받는 도망자와 찍은 사진을 보여주면 친구들이 재미있어할 거라며 좋아했어요."

"이런 젠장!"

버트가 물었다. "무슨 일이에요?"

그레이스가 매티에게 차 열쇠를 건네주며 말했다. "매티, 먼저 차에 가서 기다리고 있어."

버트가 다시 물었다. "무슨 일인데 그래요? 뭐가 잘못됐어요?"

그레이스가 미소를 지으며 말했다. "별일 아니니까 신경 쓰지 말아요. 사춘기 아이들이 다 그렇죠, 뭐. 아무튼 오늘 즐거웠어요."

그레이스는 버트와 작별 인사를 하고 나서 남자아이에게로 눈길을 돌렸다. 남자아이는 뭐가 그리 즐거운지 휴대폰 화면을 들여다보며 히죽거리고 있었다.

그레이스가 다짜고짜 휴대폰을 빼앗았다.

"왜 이래요?"

그레이스가 남자아이를 쏘아보며 말했다. "친구들에게 사진 보여주는 거 재밌니? 네가 모를까 봐 일러두는데, 난 총이 있어. 여차하면 꺼내 쏠 수 있다는 뜻이지. 그러니까 총 맞아 죽고 싶지 않으면 까불지 마."

남자아이의 얼굴이 하얗게 질렸다.

그레이스는 휴대폰 화면에서 〈스냅챗〉을 열었다. 남자아이가 매티와 함께 찍은 사진에 달아놓은 해시태그가 눈에 들어왔다. #도망자_유혹_성공 #완전_핫함 #팻바비큐

그레이스는 사진 앨범을 열고 문제의 사진을 삭제했다.

"다른 사이트에도 사진을 올렸어?"

남자아이가 창백한 얼굴로 고개를 저었다.

"만약 거짓말이면 널 끝까지 쫓아가 갓 태어난 수송아지에게 하듯 거세해버릴 거야." 그레이스가 냉혹한 표정으로 말했다. 지미도 쫄게 만드는 바로 그 표정이었다.

남자아이가 공포에 질린 표정으로 고개를 끄덕였다. 그레이스는 그제야 남자아이에게 휴대폰을 돌려주고 나서 주머니에서 20달러를 꺼냈다. "자, 음료수 값이야. 내 말 명심하는 게 좋을 거야."

그레이스는 서둘러 하들리와 아이들이 있는 곳으로 돌아갔다.

"어서 여길 떠나야 해요."

하들리가 머리를 팔에 대고 엎드려 있다가 일어나더니 충혈된 눈으로 그레이스를 쳐다보았다. 그녀 앞에 빈 술병이 놓여 있었다.

"그레이스, 춤을 잘 추던데 더 놀다 오지 그랬어요."

"하들리, 충분히 놀았고, 이제 그만 가야 해요."

하들리가 고개를 젓더니 다시 머리를 팔에 대고 엎드렸다. "어서 가서 춤 더 춰요. 난 좀 쉬고 있을 테니까."

그레이스가 눈을 위로 치켜떴다. "아, 진짜 미치겠네. 하들리, 어

서 일어나요."

하들리가 주위를 살피며 물었다. "매티는 어디 있어요?"

"차에서 기다리고 있어요."

하들리는 일어서려고 애쓰다가 다시 벤치에 주저앉았다. 그 바람에 벤치에서 잠을 자던 스키퍼가 바닥으로 미끄러졌다. 갑자기 잠이 깬 스피커는 허둥대며 다시 벤치에 앉았다. 스키퍼의 눈이 바쁘게 양쪽을 살폈다. 갑자기 잠을 깨는 바람에 잠시 여기가 어디인지 잊은 듯했다.

그레이스가 말했다. "스키퍼, 마일스를 트럭까지 안고 갈 수 있겠니? 나는 하들리를 부축해 가야겠어."

"난 부축할 필요 없어요." 하들리가 말하고는 목발을 잡았다. 그녀가 목발 하나를 놓치는 바람에 목발이 벤치에 걸려 대롱거렸다.

그레이스는 마일스가 잠들어 있는 카시트를 스키퍼에게 건네주었다. 스키퍼는 비장한 표정으로 카시트를 받아들고 문으로 향했다.

하들리가 웅얼거렸다. "스키퍼, 차 조심해."

그레이스는 한숨을 푹 쉬고 나서 배낭을 어깨에 메고, 기저귀 가방을 가로질러 멨다. 오른손으로 목발 하나를 집어 든 그녀는 왼손으로 하들리의 허리를 부축했다. 발을 내딛는 순간 기저귀 가방이 앞으로 기울어져 하마터면 넘어질 뻔했지만 가까스로 중심을 잡았다.

그레이스가 말했다. "배낭은 당신이 들어야겠어요."

그레이스는 배낭을 하들리의 어깨에 메어주고, 기저귀 가방을 뒤로 돌린 다음 다시 목발 하나를 집어 들고 다른 팔로 하들리의 허리를 부축했다. 하들리가 세 번에 한 번꼴로 목발을 놓칠 때마다 그레이스는 앞으로 쓰러질 뻔했지만 가까스로 중심을 잡았다.

레스토랑 문을 나서려는 순간 하들리가 갑자기 멈춰서는 바람에 두 사람은 동시에 비틀거렸다.

하들리가 말했다. "이제 당신은 갈 길을 가야 해요."

그레이스가 짜증을 내며 말했다. "지금 가고 있잖아요."

하들리가 목발로 레스토랑을 가리켰다. "여기서부터는 우릴 두고 혼자 가요."

그레이스가 쏘아붙였다. "안 그래도 혼자 갈 생각이었어요."

하들리가 더 세게 고개를 저었다. "아뇨, 지금 당장 떠나요." 하들리가 어깨에 메고 있던 배낭을 내려놓으려고 했다. "마일스의 스웨터가 배낭 안에 있어요."

그레이스가 그녀를 제지했다. "대체 무슨 소릴 하는 거예요?"

"당신은 이제 떠나야 한다니까요." 하들리가 다시 한번 그렇게 말하며 자꾸만 배낭을 내려놓으려고 했다.

"하들리, 제발 그만 해요."

하들리가 동작을 멈추더니 몸을 앞으로 숙이고 울음을 터뜨렸다. 흐느끼는 울음소리와 함께 하들리의 어깨가 들썩였다.

그레이스가 물었다. "무슨 일이에요?"

하들리가 고개를 떨어뜨렸다. "우린 결국 붙잡힐 거고, 난 교도소에 가게 될 거예요. 그러니까 당신은 지금 떠나야 해요. 내 동생이……."

하들리는 흐느끼느라 미처 말을 잇지 못했다. 그녀의 어깨가 계속 들썩였다.

그레이스는 그제야 무슨 일이 있었는지 짐작할 수 있었다. 하들리는 동생에게 전화를 했고, 동생이 스키퍼를 받을 여건이 안 된다고 말한 것 같았다.

"무슨 말인지 알았으니까 일단 차가 있는 곳까지 걸어요."

"그만 떠나라니까요."

"당신이 가라고 하지 않아도 난 마일스를 데리고 떠날 거예요. 하지만, 지금 당장이 아니라 내일 떠날 거예요. 오늘 밤까진 우린 같은 팀이에요."

하들리가 젖은 속눈썹 사이로 그레이스를 올려다보며 말했다. "당신과 내가 같은 팀?"

그레이스가 눈을 위로 치켜떴다.

"보니와 클라이드처럼?"

"그래요, 보니와 클라이드처럼. 자, 이제 차까지 걸어요."

"보니 역할을 내가 해도 괜찮겠어요?"

"보니를 하든 피노키오를 하든 당신 마음대로 하세요."

그레이스가 다시 한 팔로 하들리의 허리를 감싸며 부축했다. 하들리는 절뚝거리면서도 온 힘을 다해 걸었다. 여전히 코를 훌쩍였지만 더는 울지 않았다.

그레이스는 할머니가 했던 말을 생각했다.

재앙은 한 번에 하나씩 극복하는 거야.

할머니가 좋아했던 말이었다. 그레이스는 일단 이번 재앙을 극복하고 나서 다음 재앙에 대처하기로 했다. 베란다로 나서자 차가운 바람이 얼굴을 때렸다. 하들리를 부축하느라 땀을 흘리던 그레이스에게는 너무나 반가운 바람이었다. 어둠 속을 바라보니 스키퍼가 트럭 옆에 서있었고, 마일스가 앉은 카시트는 바닥에 놓여 있었다.

스키퍼는 왜 매티와 함께 트럭에 타지 않았을까?

그레이스의 시선이 어둠 속의 세 남자에게로 향했다. 남자들 셋이 주차장 가장자리에서 매티를 둘러싸고 있었다. 매티의 어색한 웃음소리가 들렸다. 그레이스는 그 웃음소리의 의미를 알았다. 지난날 그녀가 겁에 질리지 않고 위험한 상황에서 벗어나려고 할 때마다 그렇게 웃었다.

바이커 하나가 매티의 어깨에 팔을 둘렀고, 또 다른 놈이 위협적으로 다가섰다. 그레이스는 하들리를 부축하면서 그들 쪽으로 걸어갔다. 그레이스가 갑자기 발을 앞으로 떼어놓는 바람에 두 사람은 동시에 넘어질 뻔했지만 가까스로 균형을 잡았다.

그레이스가 허리를 부축하고 있던 팔을 풀더니 하들리에게 목발을 건네며 말했다. "여기서 좀 기다려요."

그레이스는 아스팔트를 가로지르며 바이커들의 동태를 주시했다. 이제 보니 사흘 전 주유소에서 새치기를 했던 바로 그 바이커들이었다. 그레이스는 분노가 끓어올랐다. 네 번째 바이커가 오토바이에 기대어 맥주를 홀짝였다. 미니 마트에서 도넛을 사 왔던 바로 그 작자였다. 그가 그레이스를 발견하고 가상의 모자를 들어 올려 인사했다. 그레이스는 그를 무시하고 오직 매티에게 집중했다. 매티를 잡고 있던 바이커가 뒤를 돌아보았다.

"내 딸 몸에서 당장 손을 떼!"

그레이스는 갑자기 들려온 소리에 깜짝 놀라 뒤를 돌아보았다. 술에 취한 하들리가 목발을 짚고 절뚝거리며 걸어오고 있었다.

"당신이 이 아이 엄마야?"

바이커가 그렇게 말하고는 매티를 가까이 끌어당기더니 한 팔로 목을 조르다시피 했다. 바이커의 팔에 갇힌 매티는 빠져나오려고 몸을 버둥거렸다. 그레이스를 바라보는 매티의 눈에 두려움이 가득했다.

매티를 잡고 있는 바이커가 그레이스에게 말했다. "어이, 우리 어디선가 서로 본 적이 있지? 어디서 봤더라?"

그레이스가 가죽 바지와 성병에 대해 이야기하려는 순간 뒤쪽에서 총성이 울렸다.

하들리가 권총을 바이커들에게 겨누며 소리쳤다. "내 딸 몸에서 당장 손 떼라고 했지?"

그레이스가 손을 들어 말리려는 순간 또 한 번의 총성이 울렸다.

바이커들이 겁을 집어먹고 바닥에 납작 엎드렸다. 오토바이에 기대서있던 바이커는 허둥지둥 숨을 곳을 찾고 있었다. 다른 바이커들은 마치 군인처럼 낮은 포복으로 차가 있는 쪽을 향해 기어갔다. 매티를 잡고 있던 남자는 곧바로 놓아주고 통나무 뒤로 숨었다.

그레이스가 겁에 질린 매티의 손을 잡아끌었다. "매티, 트럭에 가 있어!"

하들리가 허공에 총을 흔들어대며 소리쳤다.

"씨발, 나 건드리지 마! 수틀리면 다 죽여 버린다."

그레이스가 다가가 하들리의 손에서 총을 빼앗아 들었다. "얼른 트럭에 타요." 그녀가 바닥에 뒹굴고 있는 목발을 집어 들고 하들리에게 건넸다.

하들리는 목발을 짚고 절뚝거리며 걸었다. 그레이스는 바이커들이 있는 쪽을 향해 총을 겨눈 상태로 뒷걸음질 치며 하들리를 따라갔다.

바이커들은 여전히 차와 통나무 뒤에 숨어 꼼짝도 하지 않았다. 레스토랑 손님들이 좋은 구경거리를 만난 듯 상황을 주시하고 있었다. 그레이스는 휴대폰 카메라에서 플래시가 터질 때마다 심장이 멎는 듯했다. 그녀는 기저귀 가방을 시트에 던지고 트럭에 올랐다. 운전석 옆 콘솔 박스에 총을 넣은 그녀는 트럭의 시동을 걸었다.

그레이스가 레스토랑 출구로 달려가려고 할 때 오토바이에 기대 서있던 바이커가 트럭 쪽으로 걸어왔다. 그가 그레이스를 향해 미소를 짓고 나서 엉덩이를 앞으로 튕기더니 윙크를 했다.

그레이스는 가속페달을 밟으며 핸들을 오른쪽으로 꺾었다. 거대한 타이어가 자갈을 튀기며 옆으로 미끄러졌다가 앞으로 곧장 돌진했다. 바이커가 깜짝 놀라며 옆으로 비켜섰다. 그레이스는 바이커를 지나쳐 트럭의 전면 그릴로 오토바이를 들이받으며 앞으로 나아갔다. 나머지 세 대의 오토바이들도 트럭의 육중한 타이어에 깔려 으스러지는 소리가 들렸다. 트럭은 뒤로 후진했다가 도로로 접어들었고, 잠시 후 밤을 향해 질주하기 시작했다.

42

하들리

그레이스는 방금 전에 오토바이 네 대를 깔아뭉갰다. 하들리는 방금 전에 총을 쏘아 바이커들을 위협했다. 그녀는 온몸이 부들부들 떨렸고, 뇌에서 아드레날린과 알코올이 위험하게 혼합되어 출렁거렸다.

하들리가 말했다. "그레이스, 속도를 늦춰요."

위험하게 질주하는 트럭의 양옆으로 가로수들이 빠르게 지나갔다.

"왜요? 과속 딱지 뗄까 봐 걱정돼요? 당신이 경관을 구워삶으면 될 테니까 걱정할 필요 없잖아요. 전에도 열에 아홉은 성공했다면서요? 그런데 방금 전 주차장에서 총을 쏘아댔으니, 이번엔 그냥 말로 해서 빠져나가긴 좀 힘들 수도 있겠네요."

그레이스의 목소리에서 독기가 배어났다.

"그레이스, 나 지금 속이 울렁거려요. 속도 좀 늦추면 안 될까요?"

"지금쯤 유타주 경찰 절반이 〈팻 바비큐〉 레스토랑으로 출동했을 텐데, 그걸 알면서 그런 소리를 하는 거예요?"

뒷좌석에서 매티가 울음을 터뜨렸다. 매티의 흐느낌이 그레이스의 고함 소리를 뚫고 흘러나왔다.

하들리는 매티를 위로하려고 돌아앉았다가 곧바로 다시 자세를 바로 했다. "그레이스, 나 진짜 토할 것 같아요."

트럭이 요란한 타이어 마찰음을 내며 오른쪽으로 급회전하더니 도로 경계석을 타 넘어 극장 상가의 주차장으로 진입했다. 그레이스는 맨 끝에 주차되어 있는 레저용 차량을 끼고 돌면서 트럭의 브레이크를 밟고 멈추어 세웠다.

하들리가 문을 열고 밖으로 나갔다. 그녀는 발목을 휘청하면서 무릎을 꿇고 바닥에 주저앉아 구토를 했다. 소고기 바비큐, 구운 옥수수, 맥주, 위스키가 토사물이 되어 뒤섞여 나왔다. 트럭 아래로 두 사람의 발이 보였다. 매티의 검은색 컨버스 하이 톱, 그레이스의 싸구려 흰색 운동화.

그레이스가 매티를 위로하는 목소리가 들려왔다. "시원하게 전부 다 쏟아내."

하들리는 그제야 매티도 토하고 있다는 걸 알았다.

남자와 함께 주차장 맞은편에 서있던 매티의 얼굴이 하얗게 질려 있었다. 바이커 하나가 매티의 어깨에 손을 두르고 있었고, 다음 순간 하들리는 총을 꺼내 들었다.

탕!

하들리는 총소리가 너무나 커서 놀랐고, 방아쇠를 당기는 게 너무 쉬워서 놀랐다. 손가락에 살짝 힘을 가했을 뿐인데 총알이 발사되었고, 그 반동으로 몸이 심하게 흔들렸다.

하들리는 총을 혐오해왔다. 총으로 인생을 그르치기 너무도 쉬웠으니까. 바이커가 실실 웃으며 매티의 목에 팔을 두른 순간 그녀는 이성을 잃었다.

탕!

총을 쏘는 바람에 상황이 더욱 악화되었다. 하들리는 부정적인 생각을 떨쳐내려고 눈을 꼭 감았다. 다시 눈을 떴을 때 그레이스의 신발이 코앞에 있었다. 매티의 컨버스 하이 톱도 보였다. 매티가 두 팔로 몸을 감싸고 웅얼거렸다. "미안해요. 엄마."

하들리가 힘겹게 말했다. "넌 아무런 잘못이 없어. 엄마 잘못이야."

그레이스가 물었다. "바이커 놈들과 뭘 하고 있었어?"

"그 남자들이 사진을 찍어 달라며 말을 붙였어요." 매티가 발끝으로 땅을 문지르며 말을 이었다. "그러더니 나랑 같이 사진을 찍고 싶다고 하더군요. 뭐라고 대답해야 할지 몰랐어요." 매티가 두 팔로 몸을 더욱 세게 감싸며 고개를 저었다. "그 남자들이 내 몸을 잡고 놓아주지 않았어요. 가끔 이상한 욕설을 하면서요."

매티가 곤경에 처해 있는 동안 하들리는 아무것도 모르고 있었다.

트럭에서 쿵쿵거리는 소리가 들려 모두들 돌아보았다. 하들리도 따라 일어섰지만 그녀의 발목은 여전히 통증이 심해 중심을 잡을 수 없었다. 하들리는 비틀거리다가 다시 도로에 주저앉았다.

하들리가 발목의 통증을 추스르며 고개를 들었을 때 매티가 보이지 않았다. 트럭 안에서 매티가 말했다. "괜찮아, 챔프. 우린 다 괜찮아."

쿵쿵거리는 소리가 계속되었다.

매티가 목소리를 변조해 말했다. "세인트루이스 카디널스의 1루수는 누구?"

쿵. 쿵. 쿵.

"2루수는 무엇?"

쿵. 쿵. 쿵.

매티는 스키퍼가 올해 학예회 때 했던 애봇과 코스텔로*의 '1루수가 누구야?'라는 코미디극 대사를 외우고 있었다.

"3루수는 몰라요**."

하들리가 그레이스를 올려다보며 말했다. "동생이 스키퍼를 데려갈 수 없게 되었대요."

"그래서 술을 마신 거예요? 폭음할 만큼 기분이 울적한 이유가 있었네요."

"내가 당신에게 그만 떠나라고 한 이유이기도 하죠. 이제 다 끝났어요. 아무리 조심해도 잡히지 않을 방법이 없잖아요."

매티가 말했다. "봐, 마일스가 웃고 있어."

이제야 쿵쿵거리는 소리가 멈추었다.

---

* 1940년대와 1950년대에 활약했던 코미디 듀오. '1루수가 누구야?'라는 코미디극으로 유명
** 1루수가 '누구', 2루수가 '무엇', 3루수가 '몰라'라서 두 사람이 계속 대답과 질문을 반복하게 되는 코미디극의 대사

매티가 말을 이었다. "우린 다 괜찮아. 마일스는 '1루수가 누구야?' 놀이를 하는 걸 한 번도 못 들어봤을 거야. 우리, 마일스를 위해서 한 번 더 해보자."

스키퍼가 감정이 북받치는 소리로 말했다. "그래서 내가 물었잖아. 세인트루이스 카디널스팀 선수들 이름을 말해 보라고."

하들리와 그레이스가 거의 동시에 안도의 한숨을 쉬었다. 매티와 스키퍼는 늘 주고받던 대사를 이어갔고 하들리와 그레이스는 귀 기울여 들었다.

그레이스가 하들리를 돌아보며 말했다. "사람들의 관심을 끌지 않기 위해 조심하는 거라면 이제 할 만큼 했어요."

하들리가 속눈썹 사이로 그레이스를 쳐다보았다. "그래서 바이커들의 오토바이를 깔아뭉개버린 거예요?"

그레이스의 입가에 엷은 미소가 번졌다. "아마도."

하들리는 눈물을 글썽이며 말했다. "당신이 한 짓이 마음에 들어요. 사랑해요."

"미치겠네." 그레이스가 말했다. 하들리와 똑같은 감정이 아닌 건 분명했다. 그녀가 돌아서서 걸어갔다.

"어딜 가려고요?"

"어서 이 난장판에서 벗어나야죠."

43

마크

마크는 카페 〈빈〉의 창가 옆 테이블에 혼자 앉아 있었다. 라스베이거스 외곽에 위치한 카페였다. 신문의 전면에 실린 반 페이지짜리 흐릿한 사진은 솔트레이크시티의 〈팻 바비큐〉 레스토랑의 창문을 통해 찍었다. 사진 속에서 하들리는 총을 쏘고 있었다. 사진은 놀랍게도 총구에서 흘러나오는 연기까지 포착했다. 하들리의 뒤로 그레이스와 바이커 넷, 매티도 찍혔다. 바이커 하나는 그레이스와 가까이에 있었고, 나머지 셋은 그들로부터 조금 떨어진 뒤쪽에서 매티를 위협하고 있었다. 바이커들 가운데 하나가 매티의 몸에 팔을 걸치고 있었다. 하들리가 총을 쏘게 된 이유였다.

신문의 헤드라인이 눈에 들어왔다.

현실판 델마와 루이스 솔트레이크시티를 휩쓸다

마크는 한숨을 푹 쉬고 나서 신문을 내려놓고 눈을 비볐다. 눈이 침침해 여러 번 깜빡인 그는 커피를 한 모금 마시고 나서 벌써 네 번째로 기사를 읽었다. 읽을 때마다 기사 내용의 정확도에 놀랐다.

가상의 인물 델마와 루이스처럼 두 여인이 안락한 삶을 버리고 길을 떠났다. 의도치 않게 범죄에 휘말린 그들은 경찰을 피해 도주 중이다. 영화와는 달리 두 여자만 있는 게 아니라 세 아이도 있다. 아이들의 나이는 각각 열네 살, 여덟 살, 4개월이다.

하들리 토렐리(38)와 그레이스 헤릭(26)은 지난 금요일 캘리포니아 오렌지카운티에 있는 집을 떠났다. 어떤 이유로 집을 떠나게 되었는지 밝혀지지 않았다. 다만 두 사람은 지난 금요일에 하들리 토렐리가 접질린 발목을 치료받고 있던 미션비에호 병원 그리고 바스토우에서 FBI 요원들을 따돌리고 도주했다. FBI가 두 여성을 추적했던 이유는 명확하지 않다. 현재 FBI는 답변을 거부하고 있다.

하들리 토렐리와 그레이스 헤릭은 모두 기혼 여성이다. 하들리는 오렌지카운티의 유명 사업가 프랭크 토렐리와 결혼 15년 차이며, 그레이스는 현재 아프가니스탄에서 군 복무 중인 제임스 헤릭과 결혼 6년 차이다.

토요일 아침, FBI의 선임 특수요원 마크 윌키스는 라스베이거스 외곽의 작은 도시 베이커의 모텔까지 두 여성을 추적했다. 마크가 체포하기 직전 두 여성은 그를 총기로 위협해 납치한 다음 차량을 탈취해 폐허가 된 유적지로 싣고 갔다. 두 여성은 그를 식량과 물, 각종 생필품들과 함께 유적지에 남겨두었다. 마크는 일요일 밤에 가까스로 탈출했고, 부상자는 없다.

하들리와 그레이스의 이야기는 소설보다 더 드라마틱하고, 갈수록 점점 더 변화무쌍한 행태를 보이고 있다. FBI 요원을 남겨두고 떠난 이후 행방이 묘연했던 두 여성은 솔트레이크시티의 레스토랑 〈팻 바비큐〉에 나타났다. 그곳 주차장에서 두 여성은 한 무리의 바이커들과 총격전을 벌였고, 그레이스는 트럭으로 바이커들의 오토바이 네 대를 깔아뭉갰다.

목격자들의 증언에 따르면 두 여성은 엄청난 현금을 보유하고 있고, 상냥하고, 친절하고, 너그러웠다고 한다. 미션비에호에서 바스토우까지 이동할 수 있도록 그들에게 차량을 빌려준 낸시 캐런(85)은 하들리에 대해 이렇게 평했다. "정말 사랑스러운 여자였는데 딱하기도 하지. 많이 힘들어 보였어요. 하들리와 사랑스러운 아이들이 가는 길에 행운이 함께하길 바라요. 아이들의 눈동자가 너무 맑아 꼭 유리알 같더군요."

낸시 캐런은 1만 달러를 받고 차를 빌려주었다. "내 차 푸홀스를 약속했던 장소에 두고 갔어요. 따스한 마음이 담긴 편지까지 써놓고요. 갑자기 FBI 놈들이 나타나 편지와 돈을 빼앗아 갔어요. 나쁜 놈들 같으니라고."

하들리와 그레이스가 친절을 베푼 사람은 낸시 외에 또 있다. 두 여성이 머물렀던 베이커의 〈월스 파고〉 모텔에서 근무하는 직원 헌터 슈와츠(23)에게도 그들이 1만 달러를 주었다. 그들이 남긴 돈뭉치 위에는 '밝은 미소와 새 여자 친구를 찾길 바랍니다.'라고 적혀 있었다. 헌터는 부러진 치아 두 개를 치료하기 위해 돈을 모으고 있었다. FBI 요원들이 들이닥쳐 수색하기 전까지 헌터는 두 여성이 돈을 놓고 사라진 줄 전혀 알지 못했다.

안타깝지만 낸시와 헌터는 두 여성이 베푼 호의를 받아들일 수 없게 되었다. FBI는 돈을 '증거물'로 압수했고 이번에도 구체적인 설명을 거부했다.

낸시는 FBI를 고소하겠다고 공언하고 있는 만큼 FBI가 계속 입장 표명 없이 '노코멘트'를 유지할 경우 소송이 성립될 수도 있는 상황이다.

낸시는 말했다. "정정당당하게 협상해 거래가 이루어졌어요. 범죄 행위와는 전혀 관련 없었죠. FBI는 정당한 사유 없이 내 돈을 압수해 갔어요. 재판을 통해 반드시 받아낼 거예요."

헌터도 낸시의 주장에 동의했다. "그레이스는 단지 날 도우려 했어요. 우린 불운을 겪은 뒤 새 삶을 찾기가 얼마나 힘든지에 대해 이야기했죠. 그레이스는 멋진 여자였어요. FBI가 돈을 빼앗아 간 사실을 알게 되면 몹시 화날 거예요."

레스토랑 밖에서 어쩌다가 총격전이 벌어지게 되었는지 아직 불확실한 상황이다. 목격자들은 두 여성과 아이들이 즐거운 시간을 보내다가 어떤 사건이 발생해 급하게 자리를 떴다고 했다. 하들리가 총을 쏠 당시 특정인을 겨냥했는지 아니면 그저 경고의 의미였는지는 아직 확실하지 않다.

하들리와 그레이스는 캘리포니아 번호판이 달린 셰비 트럭을 몰고 있다. 수잔 서랜든과 지나 데이비스는 아닐지라도 66년형 선더버드 컨버터블도 아니고, 오스카상 후보는 아닐지라도 이 두 여성의 이야기가 〈델마와 루이스〉를 닮은 건 분명하다. 부디 두 여성과 아이들의 결말이 영화보다는 행복하게 마무리되길 바란다.

마크는 신문을 내려놓고 팔꿈치로 테이블을 짚은 다음 손가락 두 개로 한참 동안 양쪽 관자놀이를 문질렀다. 언론은 갈수록 집요한 관심을 보일 게 뻔했다. 마크가 배지를 보여주었을 때 얼굴이 하얗게 질렸던 청년은 지금쯤 6명의 여성에게 청혼을 받고, 12명의 후원자가 기꺼이 새로운 미소를 선물해 주겠다고 나설 가능성이 컸다. 기사에 등장한 인물들이 유명 인사나 영웅으로 떠오르게 된 반면 FBI는 할머니가 정당한 거래로 취득한 돈을 빼앗고, 선량한 청년 헌터가 치과에서 사용할 돈을 빼앗고, 빨간 모자 소녀를 추적하는 늑대로 묘사되었다.

마크는 자리에서 일어나 커피를 리필하러 갔다. 셸리 또래 여자아이가 까치발을 하고 엄마의 잔에 조심스럽게 크림을 따르는 모습이 눈에 들어왔다. 마크는 한숨을 푹 쉬었다. 오늘 밤 아이들을 만나기로 한 약속을 지킬 수 없다고 하자 마르시아는 오히려 안도하는 눈치였다. 마치 신경 쓸 일 하나가 사라졌다는 듯이.

하들리와 그레이스

보험회사 직원인 스탠이 늘 마르시아의 곁에 있었다. 마르시아는 이혼을 요구한 지 미처 한 달도 안 되어 스탠을 삶의 일부로 받아들였다. 마크는 그들이 이전부터 사귀고 있었다고 생각지는 않았다. 마르시아는 은밀하게 바람을 피우기에 지나치게 올곧은 성품이었다. 스탠이 노골적으로 추파를 던지기 시작한 이후부터 마르시아가 본격적으로 이혼을 요구하기 시작했을 가능성이 컸다.

마르시아와 스탠은 벤을 데리고 야구장에 가고, 아티스에서 피자를 먹고, 집으로 돌아와 *심슨 가족*을 보고 나서 아이들을 재우겠지? 아이들이 잠들고 나면 그들은 2층에 있는 우리의 방 침대에서 함께 잠을 자겠지? 보험회사 직원 스탠이 내가 누리던 삶을 완벽하게 차지한 건가?

마크는 보험회사 직원 스탠의 넓적한 얼굴을 주먹으로 한 대 갈겨주고 싶은 충동이 일기를 기다렸다. 놀랍게도 분노보다는 체념의 감정이 먼저 밀려들었다. 어쩌면 몸이 피곤해서일 수도 있었고, 아니면 하들리와 나누었던 교감 때문일 수도 있었다.

마크는 반창고들을 붙인 오른손을 문질렀다.

하들리는 왜 바이커들을 향해 총을 쏘았을까? 보나 마나 바이커들이 매터에게 수작을 부렸겠지.

마크는 바이커들에 대해 분노가 치밀었다.

카페 문이 열리더니 그의 상사 가레트 오툴이 들어섰다. 그는 약속 시간이 15분이나 지나 나타난 주제에 되레 못마땅하고 짜증스러운 표정이었다. 그는 조종사들이 주로 쓰는 선글라스를 대머리 위에 걸치고, 아마도 처음에는 흰색이었을 크림색 버튼다운 셔츠에 갈색 바지를 배 위까지 끌어 올려 입고 낡은 가죽 벨트로 꽉 조이고 있었다.

"마크?"

"네, 국장님."

두 사람은 서로에게 악수를 청하지 않았다.

가레트가 자리에 앉더니 몸을 앞으로 숙였다. 그의 비대한 체구에 의자가 삐걱거리는 신음을 발했다. 장신에 배가 불룩 나온 거구의 가레트는 자신의 신체 사이즈를 부하 직원들을 압도하는 데 활용했다. 그는 사적인 영역을 침해해 상대를 주눅 들게 하고, 만나는 사람 모두를 불편하게 했다.

가레트가 팔꿈치를 테이블에 올려놓더니 몸을 조금 더 앞으로 숙였다. 그의 숨결은 마치 방금 민트 껌을 씹은 것처럼 놀라울 정도로 깨끗했다.

"주말에 수백만 도박꾼들이 찾는 라스베이거스 방향 도로를 전면 통제하고, 네바다주 경찰 절반과 캘리포니아와 네바다의 FBI 요원들 전원을 24시간 비상근무에 돌입하게 만들고, 두 여자에게 납치당해 차 트렁크에 갇혀 오지로 끌려갈 정도로 멍청한 요원이라니? 자네처럼 동료들에게 큰 불편을 주고, 엄청난 혈세를 낭비할 수 있는 요원은 절대 흔하지 않아."

가레트의 불만스러운 얼굴이 불과 5센티미터 앞에 있었지만 마크는 동요하지 않았다. "걱정 마세요, 국장님. 저는 괜찮습니다. 제 걱정해 주셔서 감사합니다."

가레트가 치아를 드러내지 않고 쓴웃음을 지었다. 마크는 그와 거의 동시에 뒤로 몸을 젖혔다. 마크는 그날 벌어진 사건에 대해 노골적으로 비난하는 말을 처음 들었다. 어젯밤 현장 사무실로 들어섰을 때 동료들은 오히려 수고했다며 악수를 청하고 등을 다독이며 반겨주었다. 모두들 그가 안전하게 돌아온 것에 대해 안도감을 표했다. 요원들은 그의 위치를 알려주는 단서를 찾는 데 실패했고, 그를 살아서 다시 만날 수 있을지 확신할 수 없었다고 고백했다. 그로부터 몇 시간 뒤 마크의 이야기를 들은 몇몇 요원들은 하들리와 그레이스처럼 매력적이고 멋진 여성들에게 납치된다면 굳이 거부하지 않을 것 같다며 너스레를 떨었다. 마크가 납치된 이유가 혹시 여자들 때문은 아니었냐며 농담을 건네기도 했다.

가레트가 말했다. "마크, 자네가 네바다주 사막으로 끌려간 것보다 더 열 받았던 게 뭔지 아나?"

마크는 아무런 대답도 하지 않았다.

"자네는 왜 흡혈귀 같은 언론들 앞에서 혼자 영웅 행세를 하면서 지원팀을 기다리지도 않고 위험한 여자들을 독자적으로 상대한 건가?"

"그 여자들은 전혀 위험인물이 아닙니다."

가레트의 얼굴에서 짜증이 배어났다. "그럼 자네 같은 FBI의 베테랑 요원이 왜 아이 셋을 데리고 모텔에 투숙한 여자들의 모성 본능을 자극해 갑자기 총을 쏘아대는 위험인물로 둔갑시켰는지 한번 설명해 보게."

마크는 얼굴이 화끈거렸다.

"자네는 지금 살얼음판을 걷고 있어."

가레트의 눈이 번득였다. 함께 일하기 시작한 2년 전부터 두 사람은 사이가 좋지 않았다.

가레트가 몸을 뒤로 젖히며 말했다. "자네는 이제부터 이 사건에서 손을 떼."

마크는 초연하게 대처하려고 애썼지만 실패했다. 가레트가 입술을 씰룩거리며 웃었다.

마크가 말했다. "저는 이 사건에 대해 누구보다도 잘 알고 있습니다. 하들리와 그레이스는 절대……."

"하들리와 그레이스?" 가레트가 그의 말을 잘랐다. 마크는 마치 나쁜 짓을 하다가 들킨 아이처럼 눈썹을 치켜 올렸다.

"두 여자는 전형적인 범죄자들과 전혀 달라요. 아이들을 키우는 선량한 엄마들인데 어쩌다 보니 범죄 사건에 휘말린 거예요. 경찰에 체포돼 교도소에 가지 않으려고 도주하고 있을 뿐이고요."

"선량한 엄마들인데 그런 짓을 해? 선량한 우리 엄마는 그 여자들처럼 수백만 달러를 훔치지 않았고, FBI 요원을 납치하지 않았고, 주차장에서 총격전을 벌이지 않았어. 최고급 오토바이 네 대를 한

꺼번에 깔아뭉개지도 않았어."

마크는 다시 한번 얼굴이 화끈거렸다. 가레트 오툴 국장은 가장 편한 길을 선택하는 유형의 인물이었다. 그는 무슨 일이든 최소한의 노력을 투입해 최대한의 성과를 내고 마무리하려 했다. 그의 공감 능력, 연민, 상식이 결여되어 있는 성향을 볼 때 이 사건을 어떻게 처리할지 뻔했다. 정상참작의 여지가 있든 말든 그는 일말의 주저도 없이 하들리와 그레이스를 사살하라는 명령을 내릴 것이다.

마크는 지금 이 순간이 얼마나 중요한 선택의 기로인지 깨달았다. 그는 감정을 억누르고 최대한 침착하고 냉정한 목소리로 말했다. "국장님, 부탁드립니다. 두 여자는 범죄자가 아닙니다. 저는 그들과 한동안 같이 지냈고, 서로 신뢰하는 부분이 있어요. 제가 그 여자들이 앞으로 문제를 일으키지 않도록 안전하게 데려오겠습니다. 만약 이 사건에서 저를 배제한다면, 그건 엄청난 실수가 될 겁니다."

가레트가 회심의 미소를 지었다. 마크는 자신의 실수를 깨달았다. 가레트가 그에게 기회를 줄 리 없었다. 가레트는 이 사건에 관심이 있었고, 그가 기회를 달라고 할수록 주지 않으려 할 것이다.

"자네가 나서서 그 여자들을 설득하겠다고? 그럴 필요 없어. 자기들이 법 위에 있다고 믿는 여자들이야. 자네는 이 사건을 해결할 기회를 잃었어. 이제부터는 내가 직접 그 여자들을 상대할 거야."

"그럼 피츠 요원을 현장에 투입해 주십시오. 피츠 요원이 이 사건에 대해 전반적으로 잘 알고 있으니 분명 도움이 될 겁니다."

가레트가 반짝이는 눈을 가늘게 떴다. 마크는 눈을 내리깔았다. 순종적인 태도가 그를 설득하는 데 도움이 되길 바라면서. 무릎을 꿇길 원한다면 마다하지 않을 생각이었다.

가레트는 한참 동안 그를 빤히 쳐다보다가 마침내 고개를 끄덕였다. 마치 강아지에게 뼈다귀 하나를 던져주듯이. 마크는 속으로 안도의 한숨을 내쉬었다. 그나마 앞으로도 상황이 어떻게 돌아가는지 알 수 있게 되어 다행이었다.

가레트가 신문을 힐끗 내려다보았다. "현실판 델마와 루이스?" 그가 헛웃음 소리를 내며 말을 이었다. "그 영화는 정말 멋졌지. 수잔 서랜든과 지나 데이비스의 연기가 아주 훌륭했어."

"결말이 좋지 않았어요."

가레트는 뒤로 기대며 양손을 커다란 배 위에 포갰다. "난 그런 결말이 마음에 들어." 그는 마크와 눈을 맞추며 설령 하들리와 그레이스가 차의 가속페달을 밟아 낭떠러지에서 허공으로 날아간다고 해도 전혀 아쉬울 게 없다는 표정이었다. 그렇게 되면 사건은 종결되고, 복잡한 서류작업도 필요 없고, 확실한 결말이 될 테니까.

44
그레이스

마치 핫도그에서 떨어진 겨자소스 꼴이었다. 지미는 모든 음식에 대해 자기만의 견해가 있는 편이었다.

케이크가 만병통치약은 아니야. 와퍼 버거를 들려면 두 손이 필요한 법이지. 빵의 틀에서 벗어나서 생각할 필요가 있어.

지미는 음식을 사랑했다.

그레이스는 커튼 사이로 쏟아져 들어오는 햇살을 막기 위해 손차양을 만들었다. 어젯밤에는 술을 많이 마시지 않았는데 숙취가 밀려와 머리가 지끈거리고 속이 울렁거렸다. 순식간에 상황은 엉망이 되었다. 버트와 춤을 추며 웃고 즐긴 것까지는 좋았는데, 하들리가 바이커들에게 총을 쏘았고, 그녀는 오토바이 네 대를 깔아뭉갰다.

그레이스는 극장에서 돌아오자마자 하들리에게 말했다. "이제 가야 해요."

극장에서 어느 여자의 가방을 훔쳤다. 그 여자는 동물을 납치해 숙주로 이용하려는 외계인이 등장하는 영화에 완전히 몰입해 있어서 가방을 훔치는 건 식은 죽 먹기였다. 그레이스가 돌아왔을 때에도 하들리는 여전히 같은 자리에 앉아 있었다. 다만 무릎을 꿇고 앉아 있는 대신 철퍼덕 엉덩이를 깔고 앉아 있었고, 토사물이 그녀의 앞이 아니라 옆에 있다는 것만이 달랐다.

하들리가 말했다. "이제 당신은 마일스를 데리고 떠나요."

그레이스는 차라리 그럴까도 생각해 보았다. 트럭 열쇠는 차에 그대로 꽂혀 있었다.

그레이스는 여자에게서 훔친 가방에 들어 있던 자동차 열쇠를 들고 있었다. 이제 마일스를 안고 떠나면 그만이었다.

"이제 어디로 가요?" 매티가 하들리의 목발을 들고 트럭에서 내리며 물었다. 모두가 함께 움직이지 않을 가능성을 완전히 배제한 질문이었다.

그레이스가 트럭 안으로 몸을 숙이며 말했다. "스키퍼, 이제 가야 해."

스키퍼는 마일스 옆에 얼어붙은 듯 가만히 앉아 있었다. 아이는 정면을 바라보고 있었고, 얼굴이 창백했다.

"스키퍼, 이제부터 우린 따로 가야 해."

스키퍼가 두 손으로 귀를 막고 고개를 세차게 저었다.

그레이스가 아이의 어깨에 손을 얹었다. "적응이 되면 다 괜찮아질 거야." 그녀가 매티를 쳐다보며 다시 말했다. "매티, 이제부터 우린 따로 가야 해."

마치 기다렸다는 듯 사이렌 소리가 가느다랗게 울려 퍼지더니 점점 더 가까워졌다.

매티는 엄마 옆에 목발을 내려놓고 다시 트럭에 올라타 스키퍼의 옆자리에 앉았다. "내일 버스터 포지가 포수로 등판했으면 좋겠어."

스키퍼가 귀를 막고 있던 손을 떼고 매티 쪽으로 돌아앉았다. 아이의 눈이 양쪽으로 빠르게 움직였다.

매티가 말을 이었다. "나는 포수 중에서 버스터 포지가 제일 좋아. 내일, 버스터 포지를 볼 수 있을까?"

스키퍼가 깊은 관심을 보이는 가운데 그레이스는 다음 말을 찾는 매티를 지켜보았다.

"버스터 포지는 타율도 좋은 포수잖아."

스키퍼가 입술 끝을 씰룩거리다가 말했다. "버스터 포지는 콜로라도 로키스전에는 포수로 안 나와."

그레이스는 속으로 크게 놀랐다.

매티가 말했다. "그럼 포수로는 누가 나와?"

매티는 스키퍼의 안전벨트를 풀고 그의 손을 잡아 트럭에서 내리게 했다.

그레이스는 놀란 표정으로 매티를 바라보았다. 매티는 아무 일도 아니라는 듯 어깨를 으쓱했다.

스키퍼가 말했다. "크리스 이아네타 아니면 토니 월터스가 나올 거야."

"코치에게 토니 월터스를 트레이드할 수 있는지 물어봤어?"

"당연하지. 내 플레이스테이션 갖고 있어? 확인해 보고 싶어."

매티는 또다시 초조해했다. 스키퍼의 관심은 야구 드림 팀과 반드시 성사시키고자 하는 트레이드에 집중되어 있었다.

매티가 말했다. "갖고 있어."

매티는 앞좌석에 있는 배낭을 집어 들었다. "게임기가 이 안에 있어. 새 차에 옮겨 타고 나서 확인해 보자."

매티가 스키퍼를 극장 쪽으로 이끌었고, 그레이스는 마일스를 안고 기저귀 가방을 챙겨 들었다. 그녀는 목발을 하들리 쪽으로 밀어놓고 아이들을 뒤따라갔다.

두 시간 뒤, 그들은 블레어 버츠라는 이름으로 호텔에 투숙했다. 그레이스가 훔친 차의 주인인 블레어 버츠는 하들리와 외모가 제법 비슷했다. 하들리가 블레어라고 신분을 속이고 호텔에 체크인했다.

그레이스는 방으로 들어선 지 10분 만에 깊은 잠에 빠져들었다. 세상모르고 잠을 자다가 여덟 시간 만에 깨어났다. 눈을 뜨는 순간 외면할 수 없는 현실이 눈앞에 엄습해왔다. 차라리 다시 무의식의 세계로 돌아갔으면 좋겠다는 생각이 들었다.

옆방과 연결된 문이 열렸다. 하들리가 문 앞에 서있었다. 하들리는 목발을 짚지 않고, 절뚝거리며 걸어왔다. 눈이 퉁퉁 부어있었고, 숙취가 얼마나 심한지 눈에 보일 정도였다.

침대로 다가오는 하들리의 동작과 말이 모두 지나치게 느렸다.

"좋은 호텔이네요."

"돈도 많은데, 안 될 건 없잖아요?"

남은 인생을 교도소에서 보내게 될 확률이 높은 상황이라 그레이스가 호텔을 〈쉐라톤〉으로 업그레이드했다. 현금을 받는 호텔을 검색해 보니 〈쉐라톤〉이 있었다. 신분증만 보여주면 현금 결제가 가능했다.

하들리가 조심스럽게 그레이스의 옆에 앉아있는 마일스의 통통한 다리를 어루만지며 말했다.

"내가 생각해둔 계획이 있어요."

"나도요. 우리 그냥 자수해요."

하들리가 움찔 놀랐다.

"진지하게 말하는 거예요. 일이 더 커지기 전에 자수하는 게 최선이에요."

어젯밤의 사건 때문에 이 상황을 무사히 빠져나갈 수 있는 희망은 완전히 사라졌다. 〈스냅챗〉에 사진을 올렸던 남자아이도 이미 그들에 대해 알고 있었다. 그들의 사진과 이야기가 이미 온 세상에 파다하게 퍼졌다는 뜻이었다. 어젯밤에는 수십 명의 사람들이 식당에서 벌어진 소동을 목격했고, 그들 가운데 몇 명은 사진을 찍었다. 이제 몰래 국경을 넘어 우아하게 새 출발을 할 수 있는 방법은 없었다.

그레이스가 덧붙였다. "하지만 그러기 전에 말을 맞춰야 해요."

"무슨 말을 맞추자는 거예요?"

"우리는 FBI의 수배자가 되었어요. 총기를 소지한 범죄자인데다,

사람들 눈에는 살짝 정신 나간 여자들로 보일 거예요."

하들리가 고개를 떨어뜨렸다. 깊이 후회하고 있는 게 분명했다. 그러나 지나간 일은 더 이상 중요하지 않았다. 현재 상황을 제대로 인식하고, 최선의 방안을 찾아내는 게 중요했다.

그레이스가 경직된 목소리로 말했다. "사실 난 전과가 있어요."

하들리의 얼굴이 충격에 휩싸이길 기다렸지만 전혀 변화가 없었다.

"혹시 알고 있었어요?"

하들리가 고개를 끄덕였다.

그레이스는 늘 그래왔듯이 자신의 과거에 대해 수치심을 느끼며 침을 꿀꺽 삼켰다.

"나에겐 전과가 있지만 당신은 깨끗해요. 그러니까 내가 다 뒤집 어쓰는 걸로 해요."

하들리는 말도 안 된다는 듯 고개를 절레절레 저었다. 그레이스 는 이미 충분히 생각했고, 다른 방법이 없다는 결론에 도달했다. 그 녀는 어차피 체포될 수밖에 없었다. 갖고 있는 패를 적절히 활용해 서 하들리가 이 상황에서 벗어날 방법을 찾아야 했다.

"내가 당신을 협박해 돈을 훔치자고 한 걸로 몰아가야 해요."

하들리가 손을 들어 그레이스의 말을 가로막았다. "우린 자수하 지 않아요. 만약 붙잡힐 경우 사실대로 말하면 그만이에요."

"법은 공평하지 않아요. 뭐가 옳은지 따져봐야 소용없어요. 무조 건 법을 지킨다고 상을 받지도 않아요. 우리에게 가장 유리한 선택이 뭔지 생각해 봐야 해요. 자수하기 전에 미리 협상을 시도할 필요가 있어요. 돈을 전부 돌려주겠다고 하고, 이 모든 일을 내가 꾸몄다고 몰아가야 해요. 당신은 협박을 당했고 어쩔 수 없이 협조하게 되었다고 해요. 내가 총을 갖고 있었고, FBI 요원이 나타났을 때 당신의 아이들이 나랑 같이 있었다고 해요."

하들리가 어이없어하며 소리를 질렀다. "이제 그만해요! 우린 자수하지 않아요. 내가 더 좋은 계획을 짜두었어요."

하들리의 성격으로 짐작해 보건대 국경 수비 대원을 프랑스어로 유혹해 캐나다로 잠입한 다음 전용기를 임대해 스페인으로 도망치자는 계획일 가능성이 컸다. 성공할 가능성이 전혀 없는 계획이었다. 지금 이 상황에서는 어떻게 해서든 형을 최대한 줄이는 시나리오가 최선이었다. 최대 10년 형을 받더라도 모범수로 복역하면 5년 내로 나올 수 있었다.

하들리가 계획을 말했다. "오늘 아침에 내 친구 멜리사에게 전화했고, 다 준비가 되었어요. 오마하의 우체국으로 멜리사가 본인 여권을 보내줄 거예요. 내가 이미 멜리사 이름으로 런던행 비행기를 예약해 두었어요. 그레이스, 당신은 멜리사와 생김새가 정말 비슷해요. 머리카락은 다르지만 키와 체중, 눈빛이 빼닮았죠. 나이 차이는 좀 나지만 당신이 멜리사인 척해도 아무도 모를 거예요. 런던에 도착하면 당신은 어디든 원하는 곳으로 갈 수 있어요. 목요일에 런던행 비행기를 타고 출발할 거예요."

그레이스가 눈을 깜빡였다. 하들리의 말을 듣는 동안 눈을 세 번이나 깜빡여야 했다. 그다지 황당하지 않을뿐더러 놀라울 정도로 실현 가능성이 높은 계획이었다.

하들리가 뿌듯해하며 미소를 지었다. "좋은 계획이 있다고 했잖아요."

"당신 친구인 멜리사가 큰 곤경에 처할 수도 있어요."

하들리는 언젠가 그레이스를 보면 멜리사가 떠오른다고 말한 적이 있었다. 하들리가 처음 그 말을 했을 때만 해도 성격이 비슷하다는 의미인 줄 알았다.

하들리가 말했다. "경찰이 멜리사를 추적할 수도 있겠죠. 그 경우 나는 오렌지카운티를 떠나기 전에 멜리사의 여권과 신용카드를 훔쳤다고 주장할 거예요. 당신이 오마하에서 비행기를 타야 하는 이유죠. 그래야만 처음부터 치밀하게 계획된 일로 보일 테니까."

그레이스는 깜짝 놀랐다. 오마하에서 비행기를 타도록 한 건 정말 기발했다. 어젯밤 그런 사건이 있었던 만큼 FBI는 그들이 오마하를 선택할 거라고 생각하지 않을 것이다.

"블레어 버츠의 운전면허증으로 체크인을 하면서 생각했어요. 당신이 멜리사인 척한다면 좋은 방법을 찾을 수 있겠다고."

그레이스가 갑자기 벌떡 일어서며 말했다. "멜리사가 아이들을 입양했다고 했죠?" 그레이스 자신이 입양아 출신이라 언젠가 하들리가 그렇게 말한 사실을 기억하고 있었다. "멜리사가 입양한 아이

가운데 하나가 스키퍼보다 한 살 어리다고 했죠? 다른 아이들은 둘다 고등학생이고요."

하들리가 고개를 저었다. "나는 멜리사인 척할 수가 없어요. 멜리사와 생김새가 전혀 다르니까."

"그게 아니라 내가 매티와 스키퍼를 런던으로 데리고 갈게요."

그레이스는 미처 생각이 여물기도 전에 불쑥 그 말을 내뱉었다. 말을 하고 나서야 얼마나 엄청난 말인지 깨달았다.

하들리는 어려운 방정식을 풀 듯 이맛살을 찌푸렸다. 그러다가 눈썹이 위로 치켜 올라가며 아치 모양을 만들었다. "당신이 매티와 스키퍼를 데리고 런던으로 간다고요? 나도 없는데?"

그레이스가 고개를 끄덕였다.

하들리는 조금 더 이맛살을 찌푸리고 나서 고개를 절레절레 저었다.

"나는 추후에 합류하고요?"

"바로 그거예요. 당신은 지금 내가 훔친 블레어 버츠의 자동차 면허증을 가지고 있어요. 혼자 다니면 훨씬 행동하기 편할 거예요. 그러다가 혹시 당신이 체포되면 우리가 짜놓은 이야기를……."

"안 돼요." 하들리가 말을 잘랐다. "지금껏 일어난 일에 대해서는 거짓말하지 않을 거예요."

그레이스는 침을 꿀꺽 삼켰고, 하들리의 표정이 부드러워졌다.

"그레이스, 만약 계획이 실패할 경우, 난 진실을 말할 거예요. 당신은 감옥에 가지 않아도 돼요."

그레이스가 엷은 미소를 지었다. 두 사람은 아주 오랫동안 말없이 앉아 있었다. 계획이 형태를 갖추고 점점 더 커지고 모양을 제대로 갖추더니 어느 순간 방 안을 가득 채웠다. 희망의 빛을 발할 때까지.

45
하들리

매티는 머리에 수건을 두르고 침대에 앉아 있었다. 표정이 시무룩하고 눈이 퉁퉁 부은 상태였다. 무릎 위에 책이 펼쳐져 있었지만 보고 있지 않았다. 스키퍼는 다른 침대에 앉아 멍한 눈으로 허공을 바라보고 있었다. 스키퍼에게는 이 모든 상황이 감당하기 벅찼다.

매티의 슬픔이 방 안을 가득 채웠다. 어젯밤 사건에서 매티는 희생자였고 무기력했다.

하들리가 매티에게 말했다. "다 괜찮아질 거야."

매티는 그 말이 너무나 한심하게 들려 다시 책으로 눈을 돌렸다.

하들리는 머릿속에서 수류탄이 터진 듯 머리가 지끈거렸다. 손가락을 살짝 머리에 대었다. 머리가 박살난 칸탈루프*처럼 부드럽고 흐물거리지 않는 게 놀라울 지경이었다. 어젯밤에 그렇게 술을 많이 마셨다는 게 믿기지 않았다. 바이커들에게 총을 쏘았던 순간을 생각하자 또다시 머리가 지끈거렸다.

매티와 스키퍼는 그레이스와 함께 있는 편이 나을 수도 있었다.

* 껍질은 녹색에 과육은 오렌지 색인 멜론

그레이스는 무슨 일이 있어도 용감하게 아이들을 지켜줄 것이다. 그러나 그렇게 생각하면서도 마음이 머리만큼 아팠다.

하들리는 침대 가장자리에 앉아 스키퍼의 무릎에 손을 얹었다.

"챔프, 괜찮아?"

스키퍼가 천천히 그녀를 돌아보았다. 스키퍼의 눈은 너무도 투명해 깊이를 가늠할 수 없었다.

스키퍼가 물었다. "나, 엄마랑 안 살아요?"

어젯밤의 혼란스러운 사건들 속에서 스키퍼도 어렴풋이 상황을 파악한 듯했다.

하들리는 고개를 끄덕였다. 스키퍼가 엄마에 대한 또 한 번의 실망을 어떻게 받아들일지 걱정되었다. 하들리는 그동안 바네사의 무책임한 태도와 외면으로부터 스키퍼를 보호하려고 애써왔다. 확실하지 않은 약속은 하지 않았다. 얼마 전에는 이제부터 엄마와 살아야 한다는 말을 야구 용어에 빗대어 설명했다. 바네사가 갑자기 전화해 스키퍼를 데려가겠다고 선언했다. 그 다음 날 하들리는 아이에게 말했다. "넌 내 인생에서 가장 잘 뽑은 선수였어. 1차 드래프트의 1지망 신인이었지."

"내가 아기였을 때요?"

"넌 훈련 캠프에서 이제 막 나온 신인이었어. 네 엄마 팀은 코치가 떠나버렸어. 아마 새로운 코치를 찾을 때까지 팀이 제대로 운영되지 않을 거야. 내가 널 데려오고 싶어 서둘러 계약을 체결한 거야."

스키퍼가 그 말에 환한 미소를 지었다.

"돌발 상황이 발생했네요."

스키퍼가 정확한 뜻을 이해하는지 알 수 없었지만 간혹 사용하는 말이었다.

"바로 그거야. 네 엄마 팀이 비로소 정상적으로 운영되기 시작해서 스타 선수가 필요한가 봐."

스키퍼는 완벽하게 이해하지 못했지만 그 말을 순순히 받아들였다. 원하지 않아도 트레이드되는 일이 생길 수 있고, 인생이 항상 바라는 대로 이루어지지 않는다는 걸 어렴풋이나마 스키퍼는 알고 있었다.

스키퍼가 말했다. "잘 됐어요. 그 사람이 우리 엄마이긴 해도 가족은 아니니까요."

스카퍼는 마음의 결정을 내려야 할 때마다 늘 그렇듯이 단순하고 명쾌했다.

하들리는 아이의 등을 다독여주고 나서 방을 나와 지하 주차장으로 내려가는 엘리베이터를 기다렸다.

어쩌다가 내 인생이 이 지경이 되었을까?

하들리는 손에 쥐었던 권총과 총을 발사하는 순간에 휩싸였던 감정이 떠올랐다. 매티가 처한 상황을 목도하는 순간 제어하기 힘든 분노가 솟구쳤고, 마치 무언가에 홀린 듯 총을 쏘았다. 총이 발사되던 순간에 남자의 얼굴을 보았다. 두려움에 휩싸인 표정이었고, 겁에 질려 덜덜 떨며 입을 벌리고 두 손으로 머리를 감싸더니 바닥에 납작 엎드렸다.

엘리베이터 벨이 울렸고, 장면이 바뀌었다. 하들리는 자신이 총을 겨누고 쏘는 모습을 상상했다. 남자의 눈이 휘둥그레지더니 자신의 가슴에 난 총구멍을 바라보았다. 남자가 고개를 들었고, 자세히 보니 프랭크였다. 하들리는 총을 한 발 더 쏘았다. 탕, 탕, 탕. 연이어 발사된 총알이 프랭크의 가슴을 찢어발기며 몸을 피투성이로 만들었다.

하들리는 엘리베이터에 올라 지하 1층 버튼을 눌렀다.

46

그레이스

마일스는 젖병을 입에 물고 꼭지를 질겅질겅 씹고 있었다. 우유를 건성으로 먹느라 속도가 느렸다. 마일스는 언제나 사랑스러웠지만 그레이스는 다른 엄마들처럼 아이의 투정을 한없이 넉넉한 마음으로 받아들이기 쉽지 않았다. 그녀는 어서 출발하게 빨리 우유를 먹으라고 소리를 버럭 지르고 싶은 충동을 가까스로 억제했다.

그레이스의 할머니는 말했다.

한 발짝씩 꾸준히 앞으로 내딛는 거야. 그렇게 계속 앞으로 나아가는 거야. 그러다 보면 어느 순간 목적지에 도착해 있지.

이론적으로는 옳은 말이었지만 삶은 그리 단순하지 않았다. 한 발짝씩 내딛다가 빠져나오기 힘든 곤경에 처한 적이 한두 번이 아니었다.

하들리가 문간에 서서 말했다. "아직 준비 안 됐어요?"

그레이스는 눈을 번쩍 떴다. 하들리가 마일스를 쳐다보며 얼굴을 찌푸렸다. "마일스가 우유를 먹는 데 집중하지 않고 장난을 치잖아요. 먹을 만큼 먹은 거예요."

그레이스는 그제야 마일스가 물고 있는 젖병을 내려다보았다. 그러고 나서 하들리와 마일스를 번갈아 쳐다보았다. 입가에 우유를 흘리며 미소 짓는 마일스를 보는 순간 화가 스르르 풀렸다. 마일스는 제 아빠처럼 매력이 넘쳤다. 엄마가 짜증을 내려고 하면 금세 알아차리고 상대를 무장해제 시키는 미소를 방출했다. 그레이스가 젖병을 빼자 마일스는 건성으로 떼를 쓰는 척하다가 세워서 안고 엉덩이를 두드리자 곧바로 얼굴에 천진한 미소를 드리웠다.

하들리가 말했다. "엉덩이보다는 더 위쪽을 두드려야 트림이 나와요. 벌써 한낮이니까 트림을 시키고 나서 욕실로 와요."

"욕실에는 왜요?"

"깜짝쇼를 준비해두고 있으니까 기대해도 좋아요."

그레이스는 고개를 절레절레 저으며 하들리를 쳐다보았다. 그녀는 깜짝쇼를 싫어했다. 게다가 지난 나흘 동안 평생 겪을 깜짝쇼를 다 겪었다.

하들리가 말했다. "그렇다고 겁먹지는 말고요."

그레이스는 고개를 끄덕였다. 마일스도 마치 동의한다는 듯 길게 트림을 했다. 하들리가 다가와 마치 인질로 삼으려는 듯 그레이스의 품에서 마일스를 받아 안고는 앞장을 섰다.

그레이스는 무거운 한숨을 쉬며 침대에서 일어나 하들리를 뒤따라갔다. 그녀는 침대에 앉아 벽을 멍하니 쳐다보고 있는 스키퍼의 옆을 지나쳤다. 스키퍼가 무얼 보고 있는지 궁금해 시선을 따라가

봤지만 아무것도 없었다.

매티가 욕조 가장자리에 앉아 가운을 걸치고 바닥을 내려다보고 있었다. 매티는 흰색에 가까운 금발을 적갈색으로 염색했다. 짙고 따스한 밤색이었고, 턱밑까지 내려왔던 긴 머리도 단발로 잘랐다. 화장은 하지 않았고, 평상시 하고 다니던 여섯 개의 귀고리와 트레이드마크인 뱀 피어싱도 보이지 않았다. 매티는 작고 어리고 상처 입은 소녀 같았다. 매티의 그런 모습을 보니 마음이 저렸다.

하들리가 마일스를 매티에게 맡기며 말했다. "매티, 네가 마일스를 안아."

매티가 마일스를 안았다. 마일스는 매티의 코를 잡으려고 팔을 버둥거렸다. 마일스가 가장 좋아하는 장난이었다. 매티가 고개를 돌려 코를 잡지 못하게 하자 마일스가 발버둥을 쳤다. 매티가 감당하지 못하겠다는 듯 마일스를 욕실 매트에 내려놓았다.

하들리가 염색약 두 개를 들어 보이며 물었다. "레더 블랙? 아니면 미드나잇 딜라이트?"

그레이스는 두 눈을 염색약 상자에 고정한 채 머리를 격하게 흔들었다. 그녀는 자신의 외모에 대한 환상이 없었다. 대단한 미인은 아니었지만 뚜렷한 특징이 있다면 창백한 피부, 갈색 눈동자와 어우러진 심한 곱슬머리였다. 그 강렬한 조합이 그녀의 인상을 평범함과 구별 지었다. 그녀의 얼굴을 보고 몽환적인 조합이라고 말한 사람도 있었다. 집에 돌아오자마자 그레이스는 그 단어의 뜻을 찾아보았다. 그 말이 너무 마음에 들어 거울에 비친 자신의 얼굴을 볼 때마다 '몽환적이야.'라고 중얼거렸다.

"좋아요, 그럼. 내가 먼저 할게요."

하들리가 그렇게 말한 다음 염색약을 세면대 위에 올려놓고 나서 일말의 주저도 없이 옆에 있던 가위를 들고 긴 머리카락을 싹둑 잘 랐다.

그레이스와 매티는 동시에 움찔 놀랐다. 마치 새침한 소녀의 처형 장면을 보는 듯했다. 하들리의 머리카락은 비달 사순 광고에 나올 만큼 매끄럽고 검었다. 하들리가 머리카락을 또 한 번 싹둑 잘랐다. 가위질을 몇 번 하는 동안 그녀의 머리는 밑단이 고르지 않은 헬멧 모양이 되었다.

하들리가 가위를 매티에게 내밀었다. "매티, 이제 다듬어줘."

매티가 가위를 보고 한숨을 쉬더니 마지못해 일어섰다. 매티는 마치 전문 미용사처럼 하들리의 머리를 능숙하게 다듬었다. 매티가 얼마나 다양한 재능을 가진 아이인지 새삼 느낄 수 있었다. 매티가 머리 손질을 마치고 가위를 내려놓았을 때 하들리는 마치 엘렌 드제 너러스처럼 짧은 머리의 세련된 모습으로 변신해 있었다.

그레이스는 놀란 표정으로 하들리를 쳐다보았다. 머리카락을 자르고 나니 목이 더 길어 보였고, 광대뼈가 도드라져 보였다. 마치 그리스 신화에 등장하는 여신 같았다. 용감하고 두려움 없는 여신.

하들리가 도전적으로 눈썹을 치켜올리며 물었다. "이제 할 수 있겠어요?"

그레이스는 여전히 고개를 저으며 뒤로 물러섰다.

"내가 당신을 힘으로 제압하길 바라요? 당신은 멜리사와 여러모로 비슷해요. 머리카락만 빼면."

마일스가 바닥에서 똥을 싸는 소리가 그레이스를 구원했다. 아기의 얼굴이 일그러졌고, 고약한 냄새가 좁은 욕실을 가득 채웠다.

마일스를 안기 위해 그레이스가 몸을 숙였다. 하들리가 먼저 마일스를 안았다. "내가 기저귀를 갈아주고 돌아올 때까지 가운을 입고 염색 준비를 하고 있어요."

그레이스는 변기에 털썩 앉으며 미드나이트 딜라이트 염색약을 들고 이전과 이후 사진을 보며 몸서리를 쳤다. 그녀는 고개를 절레절레 저으며 염색약을 내려놓은 다음 손을 뻗어 욕실 문을 잠갔다.

욕조 가장자리에 앉아 있던 매티가 그녀를 쳐다보았다. 그레이스는 입술을 일그러뜨리며 미소를 짓다가 멈추었다.

그레이스는 매티의 곁에 앉았고, 두 사람은 어깨가 맞닿았다. 그레이스는 느린 한숨을 내쉬고 나서 말했다. "그 이야기하고 싶니?"

매티가 바닥을 내려다보았다.

그레이스가 말했다. "네 잘못이 아니었어."

매티는 여전히 아무 말도 하지 않았다.

"바로 그 부분이 가장 화나는 대목이긴 해. 차라리 네 잘못이었다면 너도 할 말이 있었을 텐데."

매티가 곁눈질로 그레이스를 바라보았다. 매티의 눈빛이 프랭크와 비슷했지만 그레이스는 그런 생각을 하지 않으려고 애썼다.

매티가 자신의 무릎을 바라보며 웅얼거렸다. "세상은 늘 이런 식인 것 같아요. 쓰레기 같은 사람들이 권력을 가져요. 왜냐하면 그들은 쓰레기니까."

그레이스가 고개를 끄덕였다. 세상의 냉혹한 진실을 너무 일찍 알아버린 매티의 모습이 애잔했다.

문이 덜컹거렸지만 그레이스는 무시했다.

매티가 두 팔로 자신을 감싸더니 몸을 숙여 가슴이 무릎에 닿게 했다.

하들리가 계속 문을 두드렸다. "정말 이럴 거예요? 나이 값 좀 해요! 당신 몇 살이에요? 열두 살?"

"내가 좀 더 잘 대처했어야 했어요."

매티가 너무도 작은 목소리로 말해 그레이스는 가까스로 의미를 알아들을 수 있었다. 그레이스가 매티의 등을 쓰다듬어 주었다.

"그레이스 아줌마처럼."

그레이스는 고개를 저었다. 그녀는 매티가 자신을 닮기를 바라지 않았다.

"어젯밤에 그레이스 아줌마는 조금도 두려워하지 않았어요."

"사실 나도 많이 두려웠어. 내가 얼마나 무서웠는지 넌 모를걸."

매티가 그녀를 힐끔 쳐다보며 물었다. "정말요?"

"당연하지. 내가 너랑 다른 점이 있다면 나이가 좀 더 많다는 것뿐이야. 나이를 먹으면 선택의 여지가 없는 상황을 구분할 수 있거든. 실은 나도 두려웠고, 네 나이였다면 나도 너랑 똑같이 행동했을 거야."

매티는 수치심을 느끼는 듯 고개를 돌렸다. 아이는 굳이 설명하지 않았지만 그레이스는 알 수 있었다. 남자들이 목을 팔로 감고 있는 상황이었다면 그녀 역시 매티와 똑같이 행동했을 것이다.

하들리가 문밖에서 말했다. "언젠가는 문을 열어야 할걸요! 내가 당신 아들을 데리고 있으니까!"

두 사람은 하들리를 무시했다.

매티는 아랫입술을 빨다가 후하고 한숨을 내쉬었다. 매티가 일어나 자동차 와이퍼처럼 왔다 갔다 했다. 발톱에 칠한 짙푸른 매니큐어가 거의 벗겨져 있었다. 매티가 다시 앉더니 두 팔로 무릎을 감싸고 말했다. "또 다른 내가 있는 것 같은 기분을 느껴본 적 있어요?"

그레이스가 한쪽 눈썹을 치켜올렸다.

"내 안에 또 다른 내가 있는 것 같은 기분."

"그러니까 신장이나 방광 뒤에?"

매티는 그레이스의 농담에 웃지 않았다. 아이의 시선은 무릎을 향해 있었고, 머리를 연신 앞뒤로 흔들었다.

"내 안 깊숙한 곳에 정말 근사한 여자아이가 있어요. 그 여자아이는 밖으로 나오고 싶어 하는데 이미 내가 다른 사람이 되어 있어서 나올 수 없나 봐요. 내가 가로막고 있어 더 나은 그 여자아이가 밖으로 나오지 못하는 거예요."

그레이스는 대답하지 않았다. 매티가 자신과 너무 똑같은 생각을 하고 있어서 놀랐다. 다만 그레이스는 그 질문을 매티와 조금 다른 방식으로 던졌다. 그녀는 종종 지금보다 훨씬 더 멋진 자신의 모습을 상상해 보곤 했다. 만약 할머니가 세상을 떠나지 않았고, 그녀가 실수를 저지르지 않았더라면, 모든 상황이 지금과 달리 전개되어 현재의 자신보다 더 나은 사람이 될 수 있었더라면.

매티가 생각을 정리하려 애쓰며 말을 이었다. "전혀 다른 아이는 아니고, 더 나은 버전의 나라고 할 수 있어요. 더 강하고, 옳은 일을 할 수 있는 나."

"우리 할머니가 이렇게 말씀하셨어. '누구에게나 척추가 있단다. 하지만 척추를 반듯하게 펴는 방법을 배우는 건 각자의 몫이지.'"

매티가 미소를 지었다. "아줌마의 할머니를 알았더라면 정말 많이 좋아했을 것 같아요."

"할머니도 분명 널 좋아했을 거야." 그레이스가 말하며 매티의 어깨를 가볍게 두들겨 주었다. 그녀가 몸을 앞으로 숙이고 팔꿈치를 무릎에 올려놓고 말했다. "내가 이야기를 하나 들려줄게. 지금껏 누구에게도 하지 않은 이야기야."

매티가 그녀를 돌아보았다. 그레이스는 잠시 매티와 눈을 마주쳤다가 다시 손을 내려다보았다.

그레이스가 한숨을 쉬고 나서 말했다. "사실 내 이름은 그레이스가 아니야."

매티가 완전히 고개를 돌려 그레이스를 쳐다보았다.

"내 이름은 사바나야. 사바나 그레이스 스위프트." 그레이스의 심장이 저려 왔다. 유령과도 같은 그 이름. 엄마의 영혼이 너무도 가까이 있는 것만 같아 숨이 막혔다. 그레이스는 어렸을 때 그 이름을 정말 좋아했다. 엄마가 물려준 유산 중에서 그 이름이 가장 마음에 들었다. 사바나 스위프트. 아무리 생각해도 기막히게 예쁜 이름이었다.

"사바나? 너무 예뻐요."

그레이스는 고개를 끄덕였다. 그 이름을 떠올린 게 얼마 만인지 알 수 없었다. 너무 오래전 이야기였다.

"어느 날부터 그 이름을 버리기로 했어. 그 이름과 그 이름으로 불리던 여자아이를."

매티가 궁금해하는 게 느껴졌지만 이유를 묻지 않았다. 그레이스는 이유를 묻지 않은 매티가 고마웠다. 그 얘기는 하고 싶지 않았다.

"그래서 새 이름을 지었어요?"

"새 출발을 했지. 캘리포니아로 이주했고, 그레이스로 다시 시작했어."

"이름을 바꾼 건 성공적이었어요?"

"나는 여전히 나였고, 이전의 삶을 기억하고 있었어. 내가 저지른 잘못에 대한 후회도 끝내 지워지지 않았지. 다만 캘리포니아에서 만난 어느 누구도 내가 예전에 어떤 사람이었는지 알지 못했어. 그 결과 나는 다시 시작할 수 있었지. 과거를 묻어버리고, 내가 어떤 사람이 되고 싶은지 결정할 수 있었어."

매티가 열심히 듣다가 눈을 가늘게 뜨고 그레이스를 쳐다보았다.

"과거에 어떤 사람이었는지에 대해 거짓말을 했어요?"

"아니, 그냥 이야기를 하지 않았을 뿐이야. 내 과거에는 사람들에게 굳이 알려주고 싶지 않은 부분들이 있었지. 정말이지 놀라운 건 사람들은 막상 내 과거에 대해 거의 묻지 않았고, 별 관심도 없었어. 대부분의 사람들은 살기 바빠서 타인의 삶에 대해 별로 관심이 없다는 걸 새삼 알게 되었지."

긴 침묵이 흘렀고, 그레이스는 손을 바라보면서 사바나였던 시절을 떠올렸다. 똑같으면서도 다른 여자.

"나도 그렇게 할 수 있을까요?"

그레이스가 고개를 들었다. "그야 모르지. 네 상황은 나랑 많이 다르니까. 적어도 하들리와 스키퍼는 널 기억할 테니까. 그리 쉽지는 않을 거야. 네가 실제로 바뀌어야 해. 누구도 그 역할을 대신해 줄 수는 없어. 나는 모두를 용서하고, 내가 붙잡고 있던 분노를 떨쳐버리기 위해 어쩔 수 없이 변화를 선택했을 뿐이야. 힘든 일이야, 새로운 내가 된다는 건."

매티는 고개를 돌리고 생각에 잠겼다. 그레이스는 곰곰이 생각에 잠긴 매티를 바라보았다. 마치 어린 시절 자신의 모습을 보는 듯했다.

"나도 이름을 바꾸어야 할까요?"

"이름을 바꾸고 싶니? 내 경우에는, 이름을 바꾼 게 딱히 도움이 되었다고 말할 수는 없어. 다만 과거의 나는 사바나, 현재의 나는 그레이스야. 그때와 지금, 과거와 미래가 뚜렷이 구분되긴 하지." 그레이스는 잠시 말을 멈추었다가 매티에게 물었다. "네 진짜 이름은 뭐니? 매티는 뭐의 약자야?"

매티가 조금 창피해하며 웅얼거렸다. "마틸드. 원래는 아빠의 할머니 이름이었대요."

그레이스는 잠시 생각에 잠겼다. "틸리는 어때? 틸리도 예쁘지 않니?"

매티는 아무 말도 하지 않았지만 그 이름을 머릿속에 넣고 이리저리 굴려보고 있다는 걸 알 수 있었다.

틸리 토렐리.

그레이스는 썩 괜찮은 이름이라고 생각했다.

매티가 말했다. "내가 틸리라는 이름으로 잘 해낼 수 있을까요?"

"잘 해낼 수 있고 말고."

매티가 엷은 미소를 짓더니 자리에서 일어났다. "어젯밤에 사진을 올렸던 그 남자아이 있잖아요."

"응."

"슈퍼맨 팬티를 입었어요."

"그 아이 속옷을 봤어?"

"바지 지퍼가 열려 있었어요."

"그 녀석 팬티 사진을 찍어 〈스냅챗〉에 올렸어야 하는데."

매티가 피식 웃었다. "해시태그는 슈퍼맨 팬티 찌질이."

하들리가 놀이에 끼지 못한 어린아이처럼 칭얼대는 목소리가 들려왔다. "도대체 뭐 하는 거예요? 문 좀 열어줘요!"

매티가 말했다. "이제 엄마를 들어오게 할까요?"

그레이스가 머리를 만지며 고개를 저으려는 순간 매티가 문을 열었다.

47

하들리

하들리는 눈을 뜨는 순간 곧바로 후회했다. 숙취가 한껏 올라온 상태라 차창으로 들어오는 햇살이 뇌를 찌르는 칼처럼 날카롭게 느껴졌다. 그녀는 양쪽으로 머리를 붙잡았다. 안에서 머리를 찌르는 게 무언지는 몰라도 실제로 머리가 두 쪽으로 갈라질까 봐 두려웠다.

하들리는 엄마에 대한 꿈을 꾸고 있었다. 그 달콤한 꿈은 그녀가 미처 잡기도 전에 사라져 버렸다. 곡물 과자와 베리도 있었다. 아침 식사와 관련한 꿈이었던 것 같았다. 오후 4시가 조금 넘어 있었고, 여섯 시간 전에 늦은 아침 식사를 한 뒤로 아무것도 먹지 않아 배가 고팠다.

그레이스는 미니 마트가 있는 주유소로 차를 몰았다. 뒤쪽으로 집들과 소들이 보이는 도로변 상가에 주유소가 있었다. 그동안 작은 마을을 수없이 지나쳤다. 인구가 불과 몇천 명 밖에 안 되는 외딴 마을로 주민들은 대부분 목장, 농장, 주유소를 운영하며 생계를 꾸려가고 있었다. 하들리는 뭐 하나 제대로 갖추어진 게 없이 황량한 동네를 바라보면서 도시는 왜 그리 북적대는지 의문이 들었다.

"여기가 어디예요?"

"래러미."

"무슨 수죠?"

"와이오밍."

하들리는 몸을 일으켜 머리카락을 쓰다듬으려고 했지만 손가락이 허전했다. 머리카락이 싹둑 잘린 걸 자주 잊었다. 그녀의 긴 머리는 이제 쇼트커트로 바뀌었다. 하들리는 곁눈질로 그레이스를 보았다. 반듯하게 펴진 그녀의 검은색 머리카락을 보니 웃음이 저절로 흘러 나왔다. 그레이스가 너무 싫어하기 때문이기도 했고, 멜리사와 진짜 닮았기 때문이기도 했다. 그레이스의 살짝 찌푸린 표정이나 꿰뚫는 시선은 영락없는 멜리사였다.

그레이스가 시선을 의식하며 말했다. "왜 자꾸 훔쳐봐요?"

"그냥요."

그레이스가 뒷좌석으로 고개를 돌렸다. "매티, 스키퍼를 화장실에 데려가줘. 그 대신 거리를 유지하고 가. 난 주유비를 계산하고 나서 미니 마트에 들러 간식을 사 올 테니까."

스키퍼만 변신을 하지 않았다. 다른 사람들은 마음이 내키지는 않아도 어쩔 수 없이 변신을 시도했지만 스키퍼는 필사적으로 거부했다. 머리카락을 자르거나 모자를 바꾸거나 야구 유니폼을 다른 옷으로 갈아입는 것에 대해 절대로 동의하지 않았다. 모두들 달라졌는데 스키퍼는 여전히 똑같았다. LA 다저스 유니폼을 입은 아이.

스트레스에 취약한 스키퍼에게는 감당하기 벅찬 일이었다. 지난 나흘 동안 스키퍼의 스트레스는 극에 달했다. 스키퍼는 현재 벌어지고 있는 일들을 정확히 이해하진 못했지만 어제 매티가 위험에 처했고, 하들리가 총을 쏘았고, 그레이스가 트럭으로 오토바이들을 뭉개버린 것은 알고 있었다. 하들리가 구토를 했고, 모두들 말다툼을 하고 울었다는 것도 알았다.

오늘 아침 호텔을 나설 때 스키퍼는 안 가겠다고 고집을 부렸다. 벽에다 시선을 고정하고 팔짱을 낀 상태로 "싫어요."라는 말을 반복했다. 이따금 변화가 있다면 "집에 가고 싶어요."라는 말을 덧붙인 것뿐이었다.

20여 분 동안 실랑이를 벌인 끝에 그레이스가 스키퍼를 안고 가기로 했다. 스키퍼를 안으려던 그레이스는 아이가 소리를 지르고 발버둥을 치는 바람에 몸의 중심을 잃고 휘청거렸다. 매티가 뒤따라가며 스키퍼를 달래려고 애썼다. 하들리는 목발을 짚고 부지런히 일행을 뒤쫓아 갔다.

호텔 객실의 발코니에서 몇 사람이 그들을 유심히 지켜보고 있었다. 하들리와 그레이스 일행은 좌석 등받이에 주먹질과 발길질을 하며 울부짖는 스키퍼를 달래가며 겨우 호텔을 빠져나왔다. 다들 가뜩이나 신경이 곤두서 있었는데 스키퍼 때문에 더욱 날카로워졌다. 한 시간 동안 심한 투정을 부리던 스키퍼는 몹시 지친 상태로 매티에게 기대어 잠들었다.

그레이스가 하들리에게 말했다. "스키퍼가 LA 다저스 유니폼을 계속 입고 다니면 우리 모두 끝장이에요."

하들리의 생각도 다르지 않았다. 어젯밤 〈팻 바비큐〉에서 총격전을 벌인 이후 스키퍼가 걸어 다니는 광고판 역할을 하고 있었지만 묘안이 떠오르지 않았다.

매티와 스키퍼가 차 쪽으로 돌아왔다. 매티는 사람들의 눈에 잘 띄지 않도록 스키퍼를 최대한 가리면서 걸었다. 아이들이 차에 오르자 하들리가 물었다. "챔프, 괜찮니?"

스키퍼의 파란 눈동자가 왕방울 만해졌다. "집에 가고 싶어요."

"그래, 알아. 알고 있어."

하들리는 가슴이 찢어지는 것 같은 아픔을 느끼며 돌아앉았다.

그레이스가 미니 마트에서 걸어 나왔다. 무슨 일이 있었는지 잔뜩 움츠린 어깨에 얼굴빛이 창백했다. 손에는 음료와 먹을거리가 들어있는 두 개의 봉투를 들고 있었다.

하들리는 그녀가 차에 오르자마자 부리나케 시동을 걸고 출발할 거라고 예상했지만 그러지 않았다. 그레이스는 일단 봉투를 뒷좌석에 놓아두고 주유를 했다. 주유를 마친 그레이스는 차를 몰아 도로로 진입했다.

그레이스는 끝없이 펼쳐진 이차선 도로에 시선을 고정했다.

"무슨 일이에요?"

"우리가 4시 뉴스에 나오는 걸 봤어요."

48

그레이스

TV 리포터는 무법자, 도망자, 현대판 로빈 후드라는 단어를 사용했다. 젊은 히스패닉계 여성인 리포터는 무척 예뻤다. 〈팻 바비큐〉 앞에 서있는 그녀의 뒤쪽으로 네온사인이 반짝였다. TV 화면 하단에 '*여성 도망자들 여전히 활보 중*' 이라는 자막이 보였다.

그레이스는 점원이 계산을 하는 동안 TV 화면을 지켜보고 있었다. 그들 일행의 사진이 등장했고, 짧은 동영상도 있었다. 영상은 어두워 총을 든 하들리의 희미한 모습, 총이 발사되는 순간의 섬광, 멀리서 바닥으로 엎드리는 검은 그림자들 말고는 잘 보이지 않았다. 다만 총소리, 그녀들과 바이커들이 등장하는 검은 그림자들만으로도 5초짜리 영상은 시청자들의 관심을 끌기에 충분했다.

리포터는 지난 나흘 동안 벌어졌던 사건들을 순서에 따라 놀라울 정도로 상세하게 설명했다. FBI가 병원으로 들이닥친 순간부터 시작해 바스토우에서의 도주, 베이커에서의 FBI 요원 납치, 어젯밤에 솔트레이크시티에서 벌어진 총격전에 대해 실감 나게 다루었다. 심지어 사건이 발생한 지역의 지도와 시간대별 상황까지 일일이 보여

주며 긴장감을 고조시켰다.

"계산 끝났어요."

그레이스는 점원의 말을 듣고도 TV 화면에서 눈을 떼지 못했다. 때마침 리포터가 어젯밤 그녀와 춤을 추었던 버트를 소개했다. 그제야 그레이스는 TV 화면에서 고개를 돌렸다.

"그레이스는 춤을 아주 잘 추었어요."

TV 화면에 등장한 버트가 그렇게 말하고 있을 때 그레이스는 고개를 잔뜩 숙이고 미니 마트를 나섰다.

무법자, 도망자, 현대판 로빈 후드.

TV 리포터는 그녀들을 그렇게 비유했지만 그레이스는 동의할 수 없었다. 그녀는 지금 친구들과 장난을 치다가 실수로 창문을 깨뜨려 속상해하는 어린아이 같은 심정이었다.

하들리가 옆으로 고개를 돌려 그녀를 보며 말했다. "몇 시간 동안 말을 한마디도 안 했어요."

그레이스는 그녀를 잠시 쳐다보고는 다시 시선을 도로에 고정했다.

"무슨 말이 듣고 싶은데요?"

"무슨 말이든 해봐요."

"FBI 요원이 탈출했다는 소식을 들었어요."

"마크가 탈출했다고요?"

하들리의 목소리에 기뻐하는 기색이 역력했다. 하지만 하들리는 자신이 기뻐할 입장이 아니라는 걸 깨달은 듯 애써 미소를 감추었다.

"나도 FBI 요원이 무사히 탈출해서 기뻐요."

그레이스는 FBI 요원을 남겨두고 올 때 마음이 괴로웠지만 어쩔 수 없었다. 그 대신 FBI 요원이 쉽게 찾아낼 수 있도록 그의 권총을 렌터카 트렁크에 넣어두었고, 최대한 편안한 상태로 동료들을 기다릴 수 있도록 그를 묶은 끈을 최대한 길게 늘여주었다.

그레이스가 쿠어스필드 램프로 빠지려고 길게 꼬리를 물고 늘어서 있는 차량의 대열에 합류하며 말했다. "야구장에 가는 건 별로 좋은 생각이 아닌 것 같아요."

하들리가 걱정스러운 표정으로 스키퍼를 힐끗 쳐다보고 나서 말했다. "그래도 가야 해요."

스키퍼는 꼿꼿이 허리를 펴고 앉아 쿠어스필드로 이어지는 야구 팬들의 물결을 신기한 듯 바라보았다.

그레이스의 차가 앞으로 움직였고, 그녀의 심장이 빠르게 뛰었다.

하들리가 말했다. "아무도 우리가 야구장에 나타날 거라고 예상하지 못할 거예요. 야구장은 우리가 오해를 받지 않고 사람들 틈에 섞일 수 있는 장소일 수도 있잖아요."

하들리는 스키퍼가 입고 있는 야구 유니폼을 염두에 두고 하는 말이었다. 스키퍼는 오로지 야구 유니폼만 입겠다고 고집을 부렸다. 그들은 덴버 외곽의 스포츠 용품점에 들러 스키퍼가 입고 있던 LA 다저스 유니폼을 콜로라도 로키스 유니폼으로 바꿔 입혔다. 그레이스도 야구 유니폼을 입고 있는 아이들과 스키퍼가 그리 달라 보이지 않는다는 걸 인정할 수밖에 없었다.

그레이스가 주차 안내원의 손짓에 따라 운동장 10개 크기의 거대한 주차장 가장자리로 차를 몰며 말했다. "돈이 들어있는 가방을 차에 두고 가는 게 마음에 걸려요."

스키퍼가 흥분을 감추지 못하고 엉덩이를 들썩거렸다. 스키퍼는 자신의 드림 팀과 모든 기록이 담겨 있는 플레이스테이션을 손에 들고 있었다.

차가 멈추자마자 스키퍼가 매티에게 말했다. "어서 내려, 1루수."

매티가 차에서 내리자 스키퍼는 곧바로 뒤따라 내리며 깡충깡충 뛰었다.

"2백만 달러를 손에 들고 경기장 안으로 들어갈 수는 없잖아요. 우리도 모처럼 경기장에 들어가 야구도 보고, 핫도그도 먹으면서 몇 시간 동안이나마 평범한 삶을 즐겨보는 것도 괜찮지 않을까요?"

하들리가 그레이스를 안심시키려는 듯 미소를 지어 보이며 말했다.

그레이스도 결국 미소를 지었다. 하들리는 거의 스키퍼 만큼이나 들떠 있었다.

그레이스는 새로 구입한 아기 띠에 마일스를 넣고 끌어안았다. 마일스가 사방을 다 볼 수 있게 고안된 아기 띠였다. 마일스가 흥분해 발길질을 했다. 콜로라도 로키스 우주복에 모자를 쓰고 양말을 신은 마일스가 너무나 귀여웠다.

그레이스는 블레어 버츠의 자동차 트렁크를 바라보았다. 돈과 총이 들어있는 기저귀 가방이 트렁크에 있었다. 그레이스는 길게 한숨을 내쉬고 나서 스키퍼를 따라 셔틀버스로 향했다. 스키퍼는 목발 없이 발을 절며 걷는 하들리의 손을 잡고 걸었다.

마침내 경기장에 도착하자 그레이스는 하들리, 스키퍼, 매티를 정문에 세워두고 매표소로 향했다. 불어오는 바람에 팝콘과 맥주 냄새가 배어 있었다. 그레이스는 숨을 깊이 들이마시며 경기장 안에서 무얼 먹을지 생각해 보았다. 땅콩을 안주로 시원한 맥주를 마실 생각을 하자 벌써부터 입 안에 침이 고였다.

상황은 여전히 좋지 않았지만 그나마 오늘 아침보다는 분위기가 절망적이지 않아 다행이었다. 매티는 그레이스와 함께 런던으로 떠나는 것에 동의했다. 스키퍼는 런던에서도 야구를 볼 수 있는지 궁금해했다. 런던으로 떠나는 계획은 놀라울 정도로 희망적이었다. 매티와 스키퍼가 곁에 있어줄 거라고 생각하니 든든했다.

그레이스는 마일스의 이마에 뽀뽀하며 말했다. "아가, 이틀 뒤에 우린 비행기를 타고 런던으로 떠날 거야. 너도 이 계획이 마음에 들지?"

마일스가 발길질을 하며 허공에 대고 팔을 휘저었다.

그레이스는 매표소 유리창에 비친 자신의 모습을 보고 깜짝 놀랐다가 이내 미소를 머금었다. 아무도 알아보지 못할 만큼 스타일이 바뀌어 있었다. 그녀 자신도 알아보기 힘들 정도라 안심이 되는 한편 마음 한구석이 불편했다. 파도처럼 구불거리는 머리카락을 빼면 그녀의 외모는 지극히 평범해서 눈에 잘 띄지 않았다.

매표소 직원이 입장권을 출력하는 동안 마일스가 소리를 지르며 옹알거렸다. 시끌벅적한 소리가 울려 퍼지자 제단에도 몹시 흥분한 눈치였다. 경기장 주변이 온통 야구팬들과 상인들이 웃고 떠드는 소리로 와자지껄했다.

가뜩이나 배가 고픈데 핫도그 냄새가 코를 찔렀다. 그레이스는 야구장에서 파는 핫도그를 좋아했다. 그녀는 눈을 감고 핫도그 한 입을 먹고 나서 곧바로 시원한 맥주를 들이켜는 자신의 모습을 상상했다.

먹을 생각에 취해있는데 갑자기 목덜미의 솜털이 곤두섰다. 직감이 그녀에게 경고신호를 보내고 있었다. 그레이스는 사람들의 관심을 끌지 않으려고 조심하며 주변을 살폈다. 처음엔 아무것도 보이지 않아서 자신이 잘못 짚었다고 생각했다. 그때 그녀의 바로 뒤에 서있던 남자가 옆으로 비켜섰고, 그 순간 온 세상이 멈춘 듯했다.

30미터 거리의 나무 그림자 아래 마크가 몸을 숨기고 서있었다. 갈색 점퍼, 흰색 버튼다운 셔츠, 넓은 어깨, 굵은 허리, 시나몬 색 금발에 선글라스를 착용하고 있었다. 고개의 움직임으로 보아 주변을 샅샅이 훑듯이 살피는 중이었다.

매표소 직원이 말했다. "표 여기 있어요."

그레이스는 직원을 보고 다시 마크를 보았다. 그레이스는 최대한 침착하게 표를 받아들고 야구장 입구 쪽으로 걸었다.

49

마크

마크는 워싱턴 D.C.로 돌아가는 비행기를 탈 예정이었다. 신용카드 사기와 관련된 새로운 사건을 맡기로 되어 있었다. 무엇보다 셸리와 벤을 만날 약속을 다시 잡아야 했다.

하마터면 하들리와 그레이스 일행을 놓칠 뻔했다. 어느 여자가 "자기야, 저기 좀 봐. 아기 너무 귀엽지 않아? 세상에서 가장 어린 로키스 팬이야!"라고 말하지 않았더라면 돌아보지 않았을 테고, 마일스를 안고 인파 속으로 걸어가는 그레이스를 놓쳤을 것이다. 그레이스는 검은색으로 염색한 머리를 곧게 펴는 바람에 전혀 다른 사람이 되어 있었다. 하마터면 몰라볼 뻔했다. 마크는 고개를 치켜들고 어깨를 당당하게 펴고 걷는 특유의 반항적인 모습을 보고 나서야 그녀가 그레이스라고 확신했다.

마크는 얼른 그레이스를 뒤따라갔다. 그녀도 그를 보았는지 여부는 확실치 않았지만 빠른 걸음으로 걷고 있는 걸 보면 이미 보았을 수도 있다는 느낌이 들었다. 스키퍼는 야구를 보고 싶어 했고, 로키스의 홈구장인 쿠어스필드는 그들의 최종 목적지인 오마하로 가는 길목에 있었다.

　그레이스가 뒤를 힐끗 돌아보았고, 마크는 재빨리 허리를 숙이고 몸을 숨겼다. 그가 다시 허리를 폈을 때 그레이스는 모퉁이를 돌아 입구 쪽으로 향하고 있었다. 그는 재킷 안쪽 권총집으로 손을 뻗어 권총을 손에 쥐고 안전장치를 풀었다.

　마크는 모퉁이를 돌아선 다음 멈춰 섰다. 그레이스도 걸음을 멈추었다. 두 사람 사이의 거리는 불과 3미터도 되지 않았다.

　그레이스의 뒤쪽에 하들리가 있었다. 그녀는 머리카락을 짧게 잘랐고, 목발을 짚지 않고 성한 다리에 체중을 싣고 서있었다. 하들리는 오른팔로 스키퍼의 어깨를 감싸고 있었고, 매티는 조금 뒤쪽에 처져 있었다.

　하들리와 그레이스 일행으로부터 몇 미터 떨어진 곳에 프랭크와 그의 형 토니도 있었다.

　프랭크가 스키퍼에게 말을 건넸고, 하들리가 순간적으로 긴장하는 모습이 보였다. 마크는 그 광경을 지켜보면서 어떻게 된 상황인지 파악하려고 애썼다. 바로 그때 프랭크가 몸을 숙이더니 하들리의 귀에 대고 무어라 속삭였다. 하들리는 고개를 저으며 매티를 지키려는 듯 손을 뻗었다.

　하들리가 조금 늦었다. 프랭크가 번개처럼 재빨리 매티의 팔을 끌어당겼다. 하들리가 다가가려다가 프랭크의 위협적인 시선에 놀라 멈춰 섰다.

하들리가 소리를 질렀다. "안 돼, 프랭크! 제발!"

뒤를 돌아본 매티의 얼굴이 창백했다.

하들리는 급히 매티를 따라갔고, 그레이스가 그녀를 붙잡았다.

"안 돼요, 하들리. 가지 말아요."

그 뒤로 순식간에 모든 일이 벌어졌다. 그레이스가 하들리를 돌려세웠고, 두 사람 사이에 마일스가 있었다. 그 틈을 타 토니가 매티를 인파 속으로 끌고 갔다. 그가 택시 승차장에서 불법 주차하고 있는 검은 유리 차의 뒷좌석으로 매티를 밀어 넣었다.

권총을 뺴든 마크는 경기장 입구로 향하는 사람들을 헤집고 달려갔다. "프랭크 토렐리, FBI다. 거기 서."

사람들이 깜짝 놀라며 숨을 들이켰고, 누군가가 소리를 질렀다.

"총이야!"

마크는 사람들이 말한 총이 자신이 손에 들고 있는 총이 아니라는 사실을 뒤늦게 깨달았다. 프랭크가 총으로 그를 쏘았고, 마크는 타이밍을 놓치는 바람에 조금 늦게 발사했다.

마크의 머릿속에서 셸리의 모습이 떠올랐다. 노래 부르는 걸 잊고 손을 흔들어주던 셸리. 그다음엔 벤이 떠올랐다. 벤에게 개를 데리고 가겠다고 약속했는데 끝내 지키지 못했다. 그리고 비명을 지르는 하들리의 모습이 보였다.

50

하들리

그레이스는 어서 가야 한다며 소리를 질렀다. "어서 가야 해요!"

무슨 일이 일어났는지 구경하려고 몰려든 사람들이 고개를 길게 빼고 주위를 둘러보았다. 허공으로 높이 쳐든 휴대폰 카메라에서 불빛이 번쩍거렸다. 사람들은 무엇이든 포착해 이 상황의 일부라도 카메라에 담아보려 애썼다.

하들리는 뒤쪽으로 목을 길게 빼고 주변을 둘러보았다. 마크가 바닥에 쓰러져 있었고, 그 주위로 사람들이 몰려들었다. 고개를 옆으로 돌린 마크는 아직 숨이 끊어지지 않는 듯 눈을 뜨고 있었다.

매티를 태운 토니의 차는 이미 어디론가 사라졌다. 하들리가 비틀거리자 그레이스가 얼른 그녀의 팔을 잡았다. 마일스가 아기 띠 안에서 이리저리 흔들리며 큰 소리로 울어댔다. 스키퍼가 하들리의 손을 잡아끌었다. 스키퍼의 눈에서도 눈물이 흘렀고, 얼굴이 몹시 창백했다.

하들리와 그레이스 일행은 경기장 안에 들어가면 무얼 먹을지 의논하던 중이었다. 스키퍼는 사람 발 크기의 소시지를 먹고 싶다고 했다. 스키퍼는 야구장에 갈 때마다 늘 그 소시지에 머스터드소스를 듬뿍 발라서 먹었다. 음료는 루트 비어를 좋아했다. 매티는 구운 양파와 피클, 특제 소스가 들어간 힐튼 버거를 먹고 싶다고 했다.

그레이스가 애원했다. "하들리, 제발!"

프랭크는 요술처럼 갑자기 눈앞에 나타났다. 그의 곁에는 토니가 있었다.

하들리의 뒤에 서있던 매티가 토니에게 붙잡혀 차로 끌려갔다. 하필이면 그때, 마치 그녀가 불러내기라도 한 것처럼 마크가 나타났다. 잠시나마 하들리는 마크가 혼란한 상황을 수습할 거라고 생각했는데 오산이었다. 프랭크가 총을 갖고 있었고, 그가 마크를 향해 총을 쏘았지만 소음기를 달아놓아서인지 소리는 들리지 않았다.

퍽!

마크의 시선이 그녀에게로 향해 있을 때 그가 총을 맞았고 그대로 쓰러졌다. 그 모든 일들이 마치 두 개골 안에 구슬을 쏟아놓은 듯 이리저리 튀었다. 하들리는 몸이 휘청거렸고, 무릎이 저절로 풀렸다. 그녀는 하마터면 쓰러질 뻔했지만 무릎에 힘을 주며 가까스로 버텨냈다.

"블루, 어서 뛰어요!"

스키퍼가 소리를 지르며 하들리를 잡아당겼다.

하들리는 스키퍼의 모자에 달린 동그란 단추에 시선을 고정하고 아이가 이끄는 대로 달렸다.

51

그레이스

그레이스는 턱까지 찬 숨을 헐떡였다. 늦은 오후인데 땀이 비 오 듯 쏟아졌다. 그들은 어느 교회의 정원에 있었다. 쿠어스필드에서 12블록 떨어진 시골 교회였다. 하들리는 벤치에 털썩 주저앉았다. 턱에 힘이 빠져 입이 벌어졌고, 동공이 바늘 끝처럼 줄어들었다. 스 키퍼가 그녀 곁에 앉아 몸을 앞뒤로 흔들었다. 아이의 눈동자에도 초점이 없었다.

그레이스는 배낭에서 담요를 꺼내 바닥에 펴고, 아기 띠에서 마일 스를 꺼내 그 위에 눕혔다. 마일스가 발길질을 하다가 보라색 양말 을 잡아당겼다. 사태 파악이 될 리 없는 마일스는 방금 전 엄마 품 에 안겨 거리를 질주해온 흥분이 채 가시지 않은 듯 신이 나있었다.

그레이스가 스키퍼 앞에 무릎을 꿇더니 아이의 두 손을 잡고 말했 다. "챔프, 이제 괜찮아."

스키퍼가 손을 빼더니 겨드랑이 사이에 넣고 몸을 더욱 세게 흔들 었다.

그레이스가 하들리를 돌아보며 양손으로 그녀의 얼굴을 잡았다.

"하들리, 내 말 들려요? 지금부터 그 어느 때보다 정신을 똑바로 차려야 해요."

하들리가 꿀꺽 침을 삼키는 소리를 내더니 입을 벌리고 얼어붙었다.

그레이스가 다시 말했다. "하들리, 제발 정신 차려요."

하들리가 또 한 번 눈을 깜빡이고 나서 이번에는 비장한 표정으로 고개를 끄덕였다.

"좋아요, 잘했어요."

하들리는 스키퍼를 돌아보았다. 앞뒤로 몸을 흔드는 스키퍼를 본 그녀는 옆으로 다가가 아이를 꼭 끌어안았다.

하들리가 다시 그레이스를 돌아보았다. "그레이스……."

"잠깐만요."

그레이스는 무너져 내리지 않기 위해 온 힘을 끌어모았다. 그녀는 침착하게 주위를 둘러보았다. 그들은 지금 허름한 마을의 낙후된 교회의 정원에 있었고, 뜨거운 태양이 뿜어내던 한낮의 열기가 조금씩 잦아들고 있는 중이었다.

하들리가 물었다. "그 사람, 죽었겠죠?"

그레이스는 차라리 죽지 않았다고 거짓말을 하고 싶었다. 마크가 총을 맞고 쓰러진 모습을 직접 보지는 못했지만 사람들이 비명을 지르는 소리를 듣고 알았다.

"마크가 매티를 구하려고 했어요."

그레이스는 고개를 끄덕였다. 그는 매티를 구하려다가 총에 맞았다. 그녀의 마음 깊은 곳에서 슬픔이 치밀어 올랐다.

그레이스, 정신 차려!

그레이스는 자신을 타일러 보았지만 마치 쓰나미를 가두고 있는 듯 가슴이 답답했다. 그녀는 떨리는 숨을 세 차례 내쉰 다음 바닥으로 눈을 지그시 눌렀다.

그레이스는 눈을 몇 차례 깜빡이고 나서 다시 주변을 둘러보았다. 교회 주변의 상점들이 문을 닫기 시작했다. 셔터를 내리고, 빗장이 걸리고, 경보기가 작동했다.

그레이스는 한기에 떠는 마일스에게 스웨트셔츠를 입혀주고 담요로 몸을 감쌌다. 그녀가 마일스를 품에 안자 아이가 코를 만지려고 손을 뻗었다. 그녀는 마일스를 허리에 기대 세우고 자리에 앉았다. 마일스는 자신의 요구가 무시당해 기분이 좋지 않은 듯 몸을 버둥거렸다.

그레이스는 단단하게 빗장을 지른 데다 문에 쇠사슬까지 달린 교회 건물을 바라보았다. 자비로운 은신처라기보다는 위압적인 느낌이 들었다. 그레이스는 과거 한때의 데자뷔가 느껴져 숨이 턱 막혔다. 8년 전, 그 교회는 가톨릭 성당이 아니라 작은 침례교 교회였지만 그녀가 느끼는 절망감은 그때나 지금이나 똑같았다. 역사는 되풀이된다는 말이 무슨 뜻인지 비로소 이해할 수 있을 듯했다. 그녀가 선택한 삶이 또다시 그녀를 크게 흔들고 있었고, 그녀가 사랑하는 사람들이 파멸의 위기에 직면해 있었다.

마일스가 버둥거리며 그레이스의 품에서 벗어나려고 했다. 하들리가 손을 뻗었다. "이리 줘요."

하들리는 마일스를 받아 무릎 위에 세웠다. 마일스는 곧바로 기분이 좋아져 작은 스쾃 동작을 하면서 팔을 휘저으며 옹알이를 했다.

스키퍼가 여전히 하들리에게 몸을 밀착시키고 웅얼거렸다. "추워요."

그레이스는 그제야 하들리와 스키퍼의 스웨트셔츠를 넣은 가방을 매티가 들고 있었다는 사실을 깨달았다. 그녀는 배낭에서 자신의 스웨트셔츠를 꺼내 스키퍼에게 주고 나서 그들이 갖고 있는 물품들을 점검해 보았다. 그들 가운데 어느 누구도 로키산 아래에서 밤을 보낼 수 있는 옷차림이 아니었다. 그레이스는 티셔츠와 청바지, 마일스는 우주복에 스웨트셔츠를 입고 담요를 두르고 있었다. 하들리는 스커트에 소매 없는 상의, 스키퍼는 콜로라도 로키스의 유니폼 차림이었다.

그레이스가 물었다. "하들리, 현재 수중에 돈이 얼마나 있어요?"

"나도 몰라요. 내 지갑은 가방 안에 있어요."

하들리가 말하는 가방은 장바구니를 뜻했다. 그레이스는 장바구니 속을 뒤져보았다. 껌, 담배, 빗, 화장품, 스키퍼의 게임기 같은 물건들과 하들리의 지갑이 나왔다. 지갑을 열어보니 62달러가 들어있었다.

그레이스는 자신이 현재 갖고 있는 현금을 지갑에서 꺼내 세어보았다. 120달러였다. 그녀는 더 많은 돈을 챙겨오지 않은 자신을 책망하며 속으로 욕을 내뱉었다.

오늘 밤을 보내고 오마하로 가기까지 수중에 182달러가 있었다. 그 돈으로는 덴버를 벗어나기도 어려웠다.

그레이스는 한참 동안 교회의 스테인드글라스를 쳐다보았다. 루비와 에메랄드 빛깔 유리로 형상화한 최후의 만찬 그림이 보였고, 예수님과 제자들이 그들을 내려다보고 있었다.

하들리가 추위에 떨리는 목소리로 말했다. "차로 돌아가는 편이 낫겠어요."

그레이스는 고개를 젓고 나서 계속 예수님을 바라보았다. 예수님은 도대체 무슨 생각을 하고 계시는지, 절체절명의 위기에 처한 그들이 불쌍하지 않은지 궁금했다.

그레이스가 스테인드글라스에서 고개를 돌리며 말했다. "지금쯤 쿠어스필드에 경찰이 쫙 깔렸을 거예요. 돈은 이미 프랭크가 챙겨갔겠죠. 돈이 자기에게 얼마나 불리한 증거인지 잘 알고 있을 테니까 차에 그대로 놔두었을 리 없어요. 매티를 협박해 돈의 위치를 알아내서 챙겨갔을 거예요."

그레이스가 매티의 이름을 언급한 순간 하들리의 표정이 일그러졌다. 그레이스는 주저앉지 않으려 애쓰는 하들리의 얼굴을 쳐다보았다.

"여기서 잠깐 기다려요. 곧 돌아올 테니까."

"어딜 가게요?"

"전화할 데가 있어요."

그레이스가 대답을 기다리지도 않고, 배낭을 어깨에 메고 교회 정문으로 향했다. 그 자리에서도 통화하는 데 전혀 문제가 없었지만 하들리가 들어서는 안 되는 내용인 듯했다.

52

하들리

하들리는 눈을 깜빡였다. *이제 없어. 마크도 매티도.*

그 일을 떠올릴 때마다 주먹으로 얼굴을 세게 얻어맞은 기분이었다.

스키퍼가 가장 먼저 프랭크를 발견했다. "저기 코치가 있어."

스키퍼는 미소를 지으며 손가락으로 어딘가를 가리켰다. 하들리는 아이의 손가락을 따라갔다. 그녀의 뇌가 눈보다 조금 느렸다. 프랭크와 *토니가* 그 자리에 있었다는 게 한 박자 늦게 인지되었다.

스키퍼가 그를 향해 한 발 다가섰다. 그러자 하들리가 아이를 끌어당기며 한 팔로 감쌌고, 매티는 그녀 뒤로 숨었다.

프랭크는 짐짓 여유 있는 미소를 머금고 있었다. "안녕, 챔프."

그가 손을 뻗어 스키퍼의 머리를 헝클어 뜨렸다. "네가 제안한 트레이드 조건은 잘 봤어. 직접 만나 트레이드를 수락하려고 왔지. 월터스를 데려가는 대신 포시를 줘."

스키퍼가 고개를 끄덕이며 프랭크와 악수하려고 손을 내밀었다. 프랭크가 스키퍼와 악수하고 나서 마치 대단한 일을 했다는 듯 환하게 웃으며 매티를 쳐다보았다.

"잘 있었어, 여보? 이제 하들리가 아니라 델마라고 불러야 하나? 아니면 당신이 루이스인가? 당신과 그레이스가 이런 일을 벌일 줄 미처 몰랐어. 내가 그레이스를 과소평가했나 봐."

하들리는 등골이 서늘해졌고 스키퍼를 더욱 세게 끌어안았다.

프랭크가 재미있다는 듯이 물었다. "당신 정말 나에게서 내 딸과 내 돈을 훔쳐 갈 수 있을 거라고 생각했어?"

하들리는 딸을 감싸려고 한쪽 팔을 뒤로 뻗었다. 현실적인 행동이라기보다는 본능적인 동작에 가까웠다.

프랭크가 가까이 다가왔고, 그의 입술이 그녀의 귀에 닿았다. "크게 잘못 생각한 거야. 감히 나에게 덤빌 생각을 하다니. 앞으로 매티 근처에 얼씬거리거나 가까이에서 숨이라도 쉬었다 가는 당신을 바퀴벌레처럼 밟아 죽여 버릴 테니까 그리 알아."

하들리는 다시 손을 뻗었지만 너무 늦었다. 매티는 이미 토니의 손에 끌려가고 있었다. 그때 그레이스가 하들리를 붙잡았고, 마크가 그들을 뒤쫓아 달려갔다.

이제 그들은 교회 정원에 와있었고, 매티와 마크는 없었다.

하들리는 상점 철문을 내리는 소리를 듣고 화들짝 놀랐다. 스키퍼도 깜짝 놀란 듯 하들리의 허리를 끌어안았다.

"괜찮아, 챔프."

날씨가 갈수록 추워지자 마일스가 칭얼대기 시작했다. 하들리는 담요를 더 단단히 여며주고 나서 스키퍼를 끌어안으며 한기를 떨쳐

내려 애썼다. 그레이스는 여전히 1백 미터쯤 떨어진 곳에서 서성거렸다. 그녀는 더 이상 휴대폰을 귀에 대고 있지 않았다.

53
그레이스

그레이스는 휴대폰을 꽉 움켜쥐었다. 방금 전 지미의 형 브래드와 통화를 마쳤다. 브래드는 전직 해군 출신으로 고관절에 폭탄 파편이 박혀 어쩔 수 없이 제대했다. 해군에서 재직할 당시 청동성장을 받은 브래드는 처제가 도망 다닌다는 사실을 그리 대수롭지 않게 생각할 수도 있었다. 브래드는 전화번호를 받아 적고 나서 다시 한번 확인하더니 그레이스에게 잠시 기다리라고 했다.

그레이스는 전화를 끊은 이후 계속 서성대고 있었다. 지미에게 자신이 지금 어떤 상황에 처해 있는지 상세히 털어놓을 생각이었다. 그녀는 자신이 저지른 짓을 사실대로 고백한다는 게 얼마나 끔찍한 일인지 미처 생각할 겨를이 없었다.

휴대폰이 진동했다.

"지미?"

"그레이스?"

지난 나흘간 억눌러왔던 감정이 미처 추스를 틈도 없이 밀어닥치며 눈물이 되어 쏟아졌다.

지미는 제정신이 아니었다. "그레이스, 제발 지금 아무 일도 없다고 말해줘."

그레이스는 자신이 한 말 때문에 지미가 느낄 괴로움이 얼마나 클지 알 수 있었지만 이젠 돌이킬 수 없는 일이었다. 그녀는 끝까지 침착하기 위해 애썼지만 목소리가 저절로 잠기는 걸 어쩔 수 없었다.

"어디야? 어디 있는지 말해줘." 지미의 불안감이 그대로 전해졌다. "내가 지금 바로 갈게."

"안 돼." 그레이스는 가까스로 그 말을 내뱉었다. 말이라기보다는 차라리 신음 소리에 가까웠다. 그녀는 숨을 헐떡이며 한 손으로 눈물을 닦아내는 한편 가파르게 뛰는 심장과 감정의 파고를 가슴 깊은 곳으로 밀어 넣었다.

그레이스가 떨리는 숨을 내쉬며 말했다. "지미, 당신 도움이 필요해."

"어디 있어?"

"지미, 제발 내 말을 잘 듣고 시키는 대로 해줘."

"그래, 어서 말해봐. 뭐든지 할게."

"당신 지금 누구 휴대폰으로 전화하는 거야?"

"식당에 있고, 트럭 기사 휴대폰을 빌려 쓰고 있어."

그레이스는 눈을 몇 차례 깜박였다. "아프가니스탄에 있는 게 아니었어?"

"FBI의 연락을 받자마자 특별 휴가를 받아서 돌아왔어."

그레이스는 그가 내뱉은 말뜻을 헤아리려고 눈을 감았다. FBI가 그에게 연락을 취했다면 그 역시 세상 사람들이 다 알고 있는 이야기를 대충은 알고 있을 것이다. 그레이스는 야릇한 안도감과 함께 수치심이 밀려들었다. 최소한 상황을 설명할 필요가 없어 다행이었지만 자신이 저지른 행동이 부끄러웠다.

"그레이스, 정말 미안해. 전부 다 나 때문이야."

"지미, 이제 와서 그런 말은 듣고 싶지 않아."

그레이스는 그가 어떤 표정을 짓고 있을지 눈에 선했다. 그가 하고 싶은 말을 참느라 꽉 다문 입, 상황을 해결할 수 있는 묘안이 떠오르길 바라며 빠르게 움직이는 금빛 눈동자.

"FBI가 당신을 미행하고 있어?"

"그런 것 같진 않아. 다만 당신이 내 휴대폰으로 곧장 전화하지 않은 건 정말 잘했어."

"당신 지금 어디야?"

"시카고."

그레이스는 고개를 끄덕였다. 아프가니스탄에 파견된 군인들은 주로 시카고를 통해 귀국했다.

"돈을 좀 보내줘."

"내가 직접 가지고 갈게."

"안 돼." 의도했던 것보다 말이 거칠게 나왔다. 그레이스는 목소리를 누그러뜨리려고 애쓰며 말을 이었다. "지미, 당신은 이 일에 끼어들면 안 돼. 마일스를 위해서. 내 말 무슨 뜻인지 알겠어?"

"하지만……."

"하지만은 없어. 최대한 많이 입금해줘. 덴버 브로드웨이의 웨스턴 유니언에 블레어 버츠라는 이름으로. B. U. T. Z. 내 말, 무슨 뜻인지 알겠지?"

"내 이름은 블레어 버츠, 나는 거짓말을 못 해!"

지미가 〈베이비 갓 백(Baby Got Back)〉이라는 노래의 첫 구절에 맞춰 말했다. 그의 유머는 허공으로 사라졌다. 한때 노래로 대화했던 그들만의 레퍼토리는 마치 상처에 소금을 뿌린 듯 아픔만을 남겼다.

한동안 침묵이 흐른 뒤 그레이스가 말했다. "돈을 구할 수 있겠어?"

그녀는 잔인한 말을 하고 싶지는 않았지만 어쩔 수 없이 덧붙였다. "우리 통장 잔고는 텅 비었어."

"나도 알아. 내가 정말 미쳤지."

"돈을 구할 수 있을지 그것만 말해."

"구할 수 있어. 은행 문이 열리는 대로 바로 보낼게."

한동안 침묵이 이어졌다. 아직 해야 할 말이 너무나 많았지만 이미 용건은 다 말한 셈이었다.

"고마워, 몸조심해."

"그레이스……."

그레이스는 전화를 끊고 기다리는 사람에게로 돌아왔다. 바람이 몸을 통과할 것처럼 텅 빈 모습으로.

하들리와 그레이스

54

하들리

하들리의 인생에서 어젯밤처럼 비참했던 날은 없었다. 하들리는 엄마가 숨을 거두던 날처럼 암울했다. 그때는 오로지 슬픔뿐이었지만 어젯밤에는 온갖 섬뜩한 감정들에 시달려야 했다.

눈을 감을 때마다 두려움이 밀려들었다. 어디선가 날카로운 소리가 날 때마다 총성으로 들려 화들짝 놀랐다. 스키퍼를 품에 안은 하들리는 동이 트기만을 기다렸다. 그녀는 걷잡을 수 없는 공포에 휩싸이기도 하고, 이따금 극심한 후회가 밀려들기도 했다. 몇 분 간격으로 뇌리에 뭔가 떠올랐다가 바로 사라졌다. 어떤 생각도 그리 오래 머물지 않았다. 그녀를 미치게 만드는 고문의 사이클이 계속되었다.

하들리는 스키퍼를 깨우지 않으려고 조심하며 자리에서 일어나 앉아 퉁퉁 부은 눈을 비볐다. 그레이스는 조금 떨어진 곳에서 젖병을 물고 있는 마일스를 품에 안고 있었다.

그레이스의 몰골은 끔찍하기 그지없었다. 눈에는 멍이 들었고, 한쪽 머리카락은 서로 엉겨 붙었고, 다른 한쪽은 구불구불했다. 마치 거리에서 몇 달을 보낸 부랑자 같았다. 그들은 모두 어울리지 않는 옷을 겹겹이 껴입었고, 두 블록 떨어진 마트에서 구입한 담요로 몸을 감싸고 있었다. 그들의 몸은 교회 정원의 어두운 구석에서 몸을 웅크리고 밤을 보낸 탓에 흙과 먼지투성이였다.

어제 저녁은 피넛 버터 앤드 젤리 샌드위치로 때웠고, 오늘 아침도 똑같았다. 그레이스는 거리에서 생존하는 방법을 너무나 잘 알고 있었기에 하들리는 그녀의 과거가 또다시 궁금해졌다.

그레이스는 어떤 자리가 가장 안전한지, 어떻게 하면 최소한의 돈으로 가장 효율적인 지출을 할 수 있는지 잘 알고 있었다. 가장 오래도록 포만감을 느낄 수 있는 음식은 무엇이고, 주어진 여건에서 가장 오래도록 온기를 지속할 수 있는 방법이 무엇인지에 대해서도 잘 알고 있었다.

그레이스는 지미가 돈을 입금해 주지 않을 경우에 대비해 최대한 돈을 아껴 써야 한다고 단호하게 말했다.

그레이스가 지미에게 전화해 돈을 보내달라고 했다는 말을 들었을 때 하들리는 무척이나 놀랐다. 그레이스가 그런 전화를 한 것만 보아도 현재 상황이 얼마나 심각한지 알 수 있었다. 지미와 전화 통화를 한 이후 그레이스는 몹시 힘들어했다. 그레이스에게서 지금처럼 절망적인 모습을 보기는 처음이었다.

교회 종이 여덟 번 울렸을 때 그레이스는 하들리를 돌아보았다.

"이제 가야 해요."

하들리는 스키퍼를 흔들어 깨웠다. 스키퍼는 그녀에게 더욱 바짝 기대며 몸을 웅크렸다.

"챔프, 이제 그만 일어나."

하들리의 시선이 스키퍼의 모자에 새겨진 자주색 공룡에 고정되었다. 스키퍼의 유니폼을 사려고 스포츠 용품점에 들렀을 때 매티가 우겨 콜로라도 로키스의 마스코트와 엠블럼을 샀다. 하들리는 갑자기 눈시울이 뜨거웠지만 눈물을 보이지 않으려고 온 힘을 끌어모았다.

스키퍼가 눈을 깜빡이다가 떴다. 커다랗고 파란 눈동자가 하들리를 바라보았고, 그녀는 최대한 밝은 미소를 지어보이며 말했다. "챔프, 잘 잤니? 이제 즐거운 하루를 시작해 볼까? 트라웃이 작전을 짰어."

스키퍼가 몹시 졸려 하면서도 일어나 앉으며 말했다. "1루수를 구할 작전?"

하들리는 미소를 지으며 말했다. "1루수를 안전한 곳으로 데려갈 작전."

스키퍼가 고개를 끄덕였다. 그녀에 대한 스키퍼의 신뢰는 여전히 흔들림이 없었다. 아이는 여전히 그녀가 이 상황을 헤쳐 나갈 거라고, 결국 다 잘 해결될 거라고 믿고 있었다. 그 반대의 증거들이 넘쳐나는 상황인데도.

55

그레이스

하들리와 그레이스 일행은 웨스트 유니언 은행 입출금 센터 역할을 겸하는 전당포 앞에 서있었다. 지저분한 동네였지만 그레이스는 두렵지 않았다. 이른 아침은 가장 안전한 시간이었다. 전날 술을 진탕 마셨거나 굶주림과 추위에 지친 부랑자들도 이른 아침에는 큰 위협이 되지 않았다.

그레이스는 오늘 아침 신문을 사느라 75센트를 사용했다. 그들이 도망친 이후 쿠어스필드에서 무슨 일이 벌어졌는지 궁금했고, 무엇보다도 마크와 매티의 소식이 너무도 궁금했다.

쿠어스필드 총격 사건은 일면 톱기사로 실려 있었다.

쿠어스필드 총격전 한 명 사망!

헤드라인이 그레이스의 첫 번째 희망을 단숨에 짓밟았다.

하들리 토렐리의 딸, 아빠에게 납치된 이후 실종!

서브 헤드라인이 두 번째 소망을 짓밟았다.

바닥에 쓰러져 있는 마크의 흐릿한 사진 옆에 그레이스, 하들리, 스키퍼, 매티의 사진이 있었다. 하들리와 그레이스의 사진은 운전 면허증에 붙어 있는 사진이라 현재의 모습과는 전혀 달랐다. 스키퍼와 매티의 사진은 최근에 학교에서 찍은 사진이었다. 스키퍼는 현재 모습과 거의 비슷했다. 아이는 약간 비딱한 미소를 짓고 있었고, LA 다저스 유니폼을 입고 있었다. 매티는 현재의 모습과 많이 달랐다. 매티가 그 사진을 찍었던 올해 초와 얼마나 확연히 달라졌는지 알 수 있어서 충격적이었다. 사진에 나온 매티는 갈색의 긴 머리였고, 여전히 교정기를 끼고 있었다. 얼굴이 지금보다 앳돼 보이는 매티는 괜히 멋쩍어하며 확신 없는 미소를 짓고 있었다.

매티가 옆에 없다는 사실을 받아들이기 힘들었다. 그레이스는 자꾸만 매티가 곁에 있다고 착각했다가 문득 없다는 사실을 깨달았다. 그녀는 이 상황을 바로잡고 싶은 마음이 간절했다. 매티를 되찾을 방법을 생각하느라 머리를 굴려 보았지만 매번 불가능한 일이라는 걸 깨닫게 되었다.

그레이스는 기사를 두 번이나 읽고 나서 하들리가 보기 전에 신문을 버렸다. 하들리의 취약한 심리 상태로 보아 감당하기 버거운 소식이 분명했다.

마크 윌키스 요원의 유족으로는 딸과 아들이 각각 하나씩 있었다. 딸은 여섯 살, 아들은 아홉 살이었다. 이혼한 부인도 있었다.

그의 부모는 보스턴에 살고 있었고, 캘리포니아에 형제가 있었다. 그는 훈장을 받은 참전 용사로 사막의 폭풍[*] 작전에 해군 소속으로 두 차례 참여했다.

그레이스는 전당포 창문으로 시간을 확인했다. 오전 9시가 가까워질수록 시간이 더디게 흘러갔다. 진실의 순간이 다가올수록 지미에 대한 믿음이 흔들리기 시작했다. 지미는 형에게서 돈을 빌렸을 수도 있었다. 다만 브래드도 형편이 넉넉하진 않았다. 브래드에게 또 도움을 청한다고 생각하니 수치심이 밀려왔다. LA에서 탈출해 오렌지카운티에 아파트를 얻으려고 빌렸던 돈도 아직 갚지 못했다.

지미가 돈을 얼마나 보내줄지 궁금해하는 동안 그들의 미래와 빠듯한 자금에 대한 걱정이 커져 갔다. 그레이스가 마일스와 스키퍼를 데리고 런던으로 떠나고, 하들리가 나중에 그들과 합류할 방법을 모색해 보자는 계획은 여전히 유효했다.

가방에 1백만 달러가 들어있고, 매티가 곁에서 도울 때만 해도 매우 희망적인 계획이었는데 지금은 앞으로 살아갈 일이 막막했다. 낯선 나라에서 신원을 증명할 서류도 없는 여자가 아이들을 셋이나 데리고 살 수 있을지 의문이었다.

오전 8시 57분이 되자 전당포 뒤쪽에서 남자가 안으로 들어왔다. 그는 불을 켜고 잠긴 문을 열었다.

"그레이스."

* Desert Storm 1991년 걸프 전쟁 당시 다국적군의 작전명

자물쇠를 푸는 남자를 보고 있던 그레이스는 뒤쪽에서 누군가 자신의 이름을 부르는 소리를 듣지 못했다. 시계가 8시 59분을 가리키고 있었다.

누군가 다시 한번 그녀의 이름을 불렀다. "그레이스."

그레이스가 눈을 깜빡이는 동안 그녀의 뇌가 마침내 소리를 따라잡았다. 지미가 뒤쪽에서 그녀에게로 다가오고 있었다. 그의 큰 보폭이 두 사람 사이의 거리를 빠르게 좁혀왔다. 그는 빛바랜 군복 차림이었고, 금발은 헝클어져 있었고, 얼굴에는 피로와 수심이 가득했다.

그레이스의 눈에 눈물이 차올랐다. 그녀는 그에게로 다가갔지만 문득 자신의 행동이 의식되어 뒤로 물러서며 고개를 저었다. "오지 말라고 했잖아."

그레이스는 분노와 두려움이 동시에 엄습해오는 가운데 마일스를 꽉 끌어안았다. 마치 지미의 출현이 마일스에게 해를 끼칠 수도 있다는 듯이.

"지미, 당신은 이 사건에 얽히면 안 된다고 했잖아."

지미의 어정쩡한 미소가 이내 상처로 바뀌었고, 그의 시선이 아래로 떨어졌다. "도저히 오지 않을 수 없었어."

가까이에서 보니 지미는 그녀가 생각했던 것보다 몰골이 더 말이 아니었다. 최악의 날에도 지미는 언제나 근사했는데 오늘 그의 모습은 후줄근하기 그지없었다. 어깨는 축 늘어지고, 피부는 창백하고, 며칠 동안 면도를 하지 않아 턱수염이 덥수룩했다. 다만 언제나처럼 지미의 매력적인 눈빛이 그녀를 끌어당겼다. 여름날의 햇살 같은 황금빛 눈동자가 마치 이 세상에 오직 그녀만이 존재한다는 듯 뚫어지게 바라보고 있었다.

"그레이스, 제발 내 말 좀……."

그레이스는 재빨리 그의 말을 잘랐다.

"이제 그만 돌아가."

웨스턴 유니언의 남자가 유리창 안에서 그들을 지켜보고 있었다. 그의 시선이 그레이스, 마일스, 하들리로 차례로 옮겨가다가 스키퍼에게 고정되었다.

지미는 혼란스러운 듯 고개를 저었다.

"어서 돌아가라니까!"

그레이스가 소리를 버럭 질렀다. 웨스턴 유니언의 남자가 책상을 향해 걸어가더니 휴대폰을 집어 들었다.

하들리는 어느새 자리에서 일어나 스키퍼의 손을 잡고 있었다.

"하들리예요."

하들리가 자신을 소개하고 나서 지미의 곁을 지나 그레이스를 따라갔다. 그레이스는 빠른 걸음으로 도로 쪽으로 걷고 있었다.

"지미입니다."

지미가 얼른 그렇게 말하고는 스키퍼를 가뿐하게 안아 들었다.

"이봐, 친구, 우리 좀 달려볼까?"

지미가 도로변에 주차해놓은 은색 닛산을 가리켰다. 그가 자동차 문을 열고 스키퍼를 뒷자리에 태웠다. 하들리가 반대편에 탔고, 마일스를 아기 띠로 안고 있는 그레이스가 조수석에 올랐다.

지미의 눈은 마일스에게 고정되어 있었다. 그레이스가 그를 향해 소리쳤다. "어서 출발하지 않고 뭐 해!"

잠시 후 차는 도로를 달렸다.

56

하들리

지미는 왼쪽 팔을 창틀에 올려놓고, 한 손으로 운전을 하고 있었다. 언뜻 보기에 플래시 고든이나 캡틴 아메리카 같은 슈퍼 히어로를 닮은 모습이었다. 그는 팔다리가 길고 피부는 온통 황금빛이었다. 꿀 빛깔 머리카락, 금빛 눈동자, 언제나 흘러나오는 삐딱한 미소.

지미는 '신뢰감을 주기 위해' 군복을 입었다고 그레이스에게 윙크를 하며 말했다. 그레이스는 여전히 그에게 단단히 화가 나 있었다. 다만 그에 대한 삭일 수 없는 분노 속에서도 그에 대한 사랑이 느껴졌다.

하들리는 작은 차의 뒷좌석에서 스키퍼와 함께 나란히 앉아 있었다. 스키퍼는 한 시간 전에 다시 곯아 떨어졌다. 하들리는 창밖을 내다보고 있었지만 사실 아무것도 보고 있지 않았다. 상황이 너무나 급박하게 돌아가 그녀의 머리로는 도저히 소화해낼 수가 없었다.

어제 *마크가 죽었다.* 그 생각을 하면 괴로웠지만 하들리는 그 섬뜩한 진실을 받아들일 수밖에 없었다. 이제 하들리는 매티에게 집착했다.

매티는 어디에 있을까? 프랭크는 어디에 있을까? 어떻게 하면 매티를 다시 찾을 수 있을까?

너무 많이 울어서 이제는 눈물이 남아있지 않았다. 눈물이 말라붙어 얼굴의 피부가 따갑고 건조했다.

오늘은 수요일이었고, 오늘 스키퍼를 바네사에게 데려다주고 매티와 함께 새 출발을 할 계획이었다. 이제 그 계획은 마치 다른 세상에서 꾸는 꿈처럼 흐릿하고 모호해져 가고 있었다.

모든 게 너무나 비현실적이었다. 프랭크는 살인을 저질렀고, 매티를 데리고 사라졌다. 하들리는 이제 도망쳐야 할 집도 다시 돌아갈 집도 없었다. 너무나 완벽하게 모든 걸 잃어 마치 지상이 아니라 우주 공간에서 유영하는 느낌이 들었다.

그들의 계획은 여전히 그레이스가 스키퍼와 마일스를 데리고 런던으로 떠나는 것이었다. 하들리는 어떻게든 런던으로 떠난 그들과 합류할 방법을 찾아야 했다.

하들리는 돈이 없었고, 갈 곳도 없었다. 게다가 매티가 아직 미국 어딘가에 남아 있었다. 매티가 미국에 남아 있는 이상 혼자 런던으로 떠날 수는 없었다.

그나마 스키퍼는 지미 덕분에 조금씩 기분이 나아지고 있었다. 지미가 스키퍼를 안아 차에 태운 이후 스키퍼는 기분이 많이 좋아졌다. 아빠에게 버림받고 미운 오리 새끼처럼 지내 온 스키퍼에게 지미는 믿음직한 남자로 각인되었다. 지미는 착한 아저씨 역할을 마다하지 않았다. 아마도 스키퍼가 얼마나 심성이 여린 아이인지 알아차린 듯했다.

두 사람의 관계는 야구에 관한 이야기에서 출발했다. 지미는 다행히 야구에 관해 아는 게 정말 많았다. 얼마 후 군대 이야기로 화제가 바뀌었다. 지미는 아프가니스탄에서 함께 지낸 동료들 이야기를 들려주었다. 동료들 하나하나의 별명이 무엇이고, 왜 그런 별명을 얻게 되었는지 설명했다. 그나마 스키퍼가 가장 친근하게 느낄 수 있는 이야기들이었다.

그다음에는 군복에 대한 이야기를 들려주었다. 지미는 인내심을 발휘해가며 군대의 조직 체계에 대해 설명해 주었고, 왜 군부대마다 다른 디자인의 군복을 입는지도 설명했다. 지미는 군복 재킷을 벗은 다음 뒷좌석으로 넘겨주어 스키퍼가 계급장을 직접 확인하게 해주었다.

그레이스는 관심 없는 척 입을 굳게 다물고 있었지만 하들리는 그녀가 지미의 말을 빼놓지 않고 듣고 있다는 걸 알고 있었다.

스키퍼의 변화는 부분적으로 프랭크의 영향도 있었다. 충격적인 상황을 받아들이기까지 제법 많은 시간이 걸렸다. 일단 상황을 받아들이고 난 뒤 스키퍼는 프랭크에 대해 매우 확고한 생각을 갖게 되었다. 스키퍼에게 선과 악의 경계는 너무나 명확했다. 스키퍼는 지나간 일을 덮어둘 줄도 알았고, 타인에게 관대했다. 다만 스키퍼의 눈에 한 번 잘못된 일은 영원히 잘못된 일이었다. 잘못을 용서하는 일은 거의 없었다.

하들리는 전당포로 걸어가면서 스키퍼에게 전날 일어났던 일에 대해 어떻게 생각하는지 물었다.

스키퍼는 이렇게 말했다. "내가 수영장에 유니폼을 두고 왔을 때 우리와 함께 차에 탔던 아저씨를 코치가 총으로 쏘았어요. 그리고 1루수를 강제로 데려갔어요."

표정이 어두워진 스키퍼가 덧붙였다. "내가 알고 있는 사실은 그것뿐이에요."

스키퍼는 조금 앞서서 걸었고, 더 이상 그 이야기를 하고 싶지 않다는 의사를 분명히 했다. 스키퍼는 솔직한 아이였다. 그래서 스키퍼는 그레이스와 함께 런던으로 가야 했다. 스키퍼는 크리스털처럼 투명한 렌즈를 통해 자신이 목격한 일을 놀랍도록 정확하게 설명했다. 스키퍼의 말이라면 누구나 믿었다. 절대로 거짓말을 하지 않을뿐더러 기억력도 놀라울 만큼 좋은 아이였다. 스키퍼는 무엇보다 장소, 사람, 사건을 기억하는 능력이 뛰어났다.

노스플랫으로 빠지는 출구로 접어들자 지미가 속도를 늦추었다. 잠시 후 차는 어느 상가의 주차장으로 진입했다.

그레이스가 마일스를 안고 차에서 내리며 말했다. "곧 돌아올게요."

마일스는 아까부터 계속 칭얼거리고 있었다. 아기 띠에 묶여있는 게 짜증스러운 데다 기저귀를 갈 때가 되었다는 뜻이었다. 그레이스가 아기 띠에서 마일스를 꺼내 어깨에 세워 안자 바로 진정되었다. 지미는 마치 그레이스가 세상에서 가장 훌륭한 엄마라는 듯 환한 미소를 지었다. 허리를 펴고 매장으로 걸어가는 모습을 보니 그레이스도 내심 뿌듯해하는 것 같았다.

지미가 차를 그늘에 세우더니 고개를 뒤로 돌려 하들리와 아이들을 둘러보았다. 하들리는 이번에도 그에게 매혹당했다. 그레이스에게 엄청난 고통을 안긴 장본인을 좋아한다는 건 일종의 배신행위였지만 지미를 좋아하지 않는다는 건 슈퍼맨을 악당 취급하는 것만큼이나 어려웠다. 지미는 근육질 몸에 치아가 유난히 하얀 편이었다. 제복 차림 남자는 좋은 사람이라는 인상을 주기 마련이었다. 하들리의 눈에 그가 마치 진실, 정의, 미국적 가치의 표상인 것 같았다. 그가 가만히 서 있기만 해도 거수경례를 하거나 박수를 쳐주어야 할 것만 같았고 그의 용기, 헌신, 이타심에 감사하는 마음이 들었다.

지미가 다 망쳤다는 걸 하들리는 알고 있었다. 그레이스가 곤경에 처한 건 지미 때문이었다. 다만 그가 지금 여기에 있었고, 그녀 앞에서 미소를 짓고 있었다. 군복 안에 받쳐 입은 티셔츠 위에서 군번표가 달랑거리는 그의 모습을 보면서 적대감을 품기란 정말이지 쉽지 않았다.

지미가 스키퍼에게 말했다. "어이, 챔프, 아저씨가 군복 한 벌 사줄까? 그럼 넌 진짜 이등병이 되는 거야."

하들리는 아이가 특유의 반항적인 태도를 앞세워 당당하게 고개를 저으며 '싫어요!'를 외치길 기다렸다. 야구 유니폼이 아닌 다른 옷으로 갈아입으라고 할 때마다 스키퍼가 취하는 전형적인 반응이었다.

"이등병이 군인의 시작이에요? 신인 드래프트처럼?"

스키퍼의 호의적인 질문에 하들리는 무척 놀랐다.

지미가 말했다. "군대의 계급은 이등병부터 시작해. 그다음부터 한 계단씩 오르는 거야."

스키퍼가 경외심에 휩싸인 표정으로 물었다. "내가 군복을 입고 다닐 수 있다고요?"

지미가 턱을 문지르며 조심스럽게 말했다. "먼저 네가 몇 가지 질문에 답해야 해."

스키퍼의 눈이 커다래지며 자못 표정이 심각해졌다.

"챔프, 넌 미국에서 태어났니?"

스키퍼가 대답 대신 하들리를 쳐다보았다. 하들리가 고개를 끄덕였다.

"네."

"혹시 범죄를 저지른 적 있어?"

스키퍼가 고개를 저었다.

"없어요."

지미가 알았다는 듯 고개를 끄덕였다.

"군에 입대해 용감한 사람이 되고, 나라를 위해 헌신하고, 사랑하는 사람을 지키겠다고 약속할 수 있어?"

스키퍼가 고개를 끄덕였다.

"그런 약속을 할 수 있다면 이등병이 못 될 이유는 없어."

스키퍼의 얼굴이 환해졌다.

"군복을 어디서 사는데요?"

하들리가 깜짝 놀라며 눈을 깜빡였다. 불과 30초 만에 지미는 며칠 동안 하들리와 그레이스를 곤혹스럽게 했던 숙제를 해결했다.

"군복을 파는 상점이 이 근처 어딘가에 있을 거야."

지미가 하들리에게 윙크하고 돌아앉았다. 그는 다시 상가 입구 쪽으로 차를 몰았다. 얼른 차에서 내린 그는 그레이스가 구입한 카시트를 받아들었고, 스키퍼 옆자리에 고정했다. "버클을 단단히 조였는지 확인해줘, 이등병."

스키퍼가 신이 나서 대답했다. "예스 서어(Yes, sir)!"

상관이 지시하면 어떻게 대답해야 하는지 지미가 알려주었고 스키퍼는 너무나 잘 기억하고 있었다.

그레이스는 마일스를 지미에게 건네주었다. 지미는 잠시 마일스를 안고 얼굴에 코를 묻었다. 마일스가 버둥거리며 소리를 질렀고, 지미는 계속 코를 묻고 아기 특유의 향긋한 냄새를 맡기 위해 숨을 큼큼거렸다. 지미의 얼굴이 아기에 대한 사랑으로 환하게 빛났다.

하들리에게 그나마 조금 남아 있던 거부감이 눈 녹듯 사라지는 순간이었다. 지미가 아무리 도박을 끊지 못해 통장 잔고를 깡통으로 만들었다고 해도, 약속을 지키지 못한 사람이라고 해도, 부인과 아기에 대한 사랑으로 빛나는 사람이라면 미워하기 힘들었다.

57
그레이스

그레이스는 군용품을 파는 상점 맞은편 식당 앞에 서서 눈앞에 펼쳐진 황량한 대초원을 바라보았다. 어느덧 하늘 높이 자란 소나무들과 산맥이 시야에서 사라지고, 누렇게 물든 들판이 지평선까지 뻗어있었다.

지금껏 벌어진 일들과 앞으로 일어날 모든 일들이 그녀를 압박했다. 지미가 여기에 오는 걸 원치 않았지만 결국 그와 함께 움직이게 되었다. 지미와 다시 예전의 삶으로 돌아가고 싶은 마음이 굴뚝같았다. 그가 다시는 그러지 않겠다고 용서를 구하면 받아들이고 싶었다. 지미는 도박을 제외하면 그녀의 말을 잘 듣는 편이라 헛된 믿음을 갖기가 너무나 쉬웠다. 매번 실망하면서도 막상 그를 보면 매몰차게 대하기 쉽지 않았다. 도박에 약하다는 건 그의 유일하고도 분명한 결함이었지만 그가 그녀를 사랑하는 마음은 언제나 진심이었으니까. 지미가 커다란 황금빛 눈동자로 쳐다볼 때마다 그녀의 마음은 가녀린 햇살에 얼음이 녹듯 조금씩 녹아내렸다.

어제만 해도 그레이스는 아직 희망이 남아 있다고 생각했다. 물론 가능성이 희박했지만 전혀 불가능한 일은 아니라고 확신했다. 오늘, 계획대로 오마하로 향하고 있고, 스키퍼와 마일스를 데리고 비행기에 오를 예정이었다. 하지만 그녀는 자신이 교도소를 빼고 다른 곳으로 떠날 수 있는 확률이 제로에 가깝다는 생각을 떨쳐버리기 힘들었다.

낯선 도시 한복판에 서있어도 이제는 그들을 알아볼 사람이 있다고 봐야 했다. 그들의 이야기는 미국 전역에 방송되었고, 미국 전체가 앞으로 이 드라마가 어떻게 전개될지 비상한 관심을 갖고 지켜보고 있었다.

아이들을 데리고 도망치는 엄마들이라니. 쿠어스필드에서 FBI 요원 하나가 총에 맞아 사망했고, 10대 여자아이가 아빠에게 끌려갔다. 그들의 이야기는 너무도 매혹적이었다. 실제로 일어나고 있는 일이 아니었다면 믿기 힘든 이야기였다.

지미가 함께하고 있어 그나마 사람들의 시선을 분산시키는 데 유리할 듯했다. 그가 합류한 사실을 아무도 몰랐다. 군복 차림의 지미가 그들과 함께 있으니 모처럼 휴가를 받아 한자리에 모여 즐거운 시간을 보내는 군인 가족으로 비추어 질 것이다. 다만 누군가 그들을 알아본다면, 그들의 여정은 그걸로 끝이었다.

하들리와 스키퍼, 지미가 상점에서 걸어 나왔다. 지미가 마일스를 품에 안고 흔들어대자 깔깔대며 웃었다. 마일스의 웃음소리는 갈수록 활기를 더해갔다. 스키퍼는 새로 구입한 군복 차림이었고,

화려한 깃털을 뽐내는 공작새처럼 으스대며 걸었다. 스키퍼는 모자와 군화까지 착용하고 있었다. 람보 같은 복장이었지만 스키퍼의 삐딱한 미소, 특유의 걸음걸이를 보자면 비장한 모습과는 거리가 멀었다.

지미가 우울하고 혼란스러워하던 스키퍼의 마음을 바꿔놓았다. 지미는 나이가 많든 적든 처음 만난 사람들과 잘 어울리는 편이었다. 늘 사람들에게 친절했고 상대가 관심 있어 하는 이야기를 나누었다. 그러다 보면 어느새 친구가 되어 있었다.

지미의 가까이에서 걷고 있는 하들리도 그가 하는 모든 말에 웃음으로 답했다.

배신자!

그레이스는 그런 생각이 들면서도 속으로는 무척 안심이 되었다. 마크가 총에 맞고, 매티가 프랭크에게 끌려간 이후 하들리가 웃는 모습을 처음 보았다. 하들리는 충격이 얼마나 컸는지 하루 종일 멍한 표정이었다. 때로 실의에 빠지거나 광기에 휩싸이기도 했다. 줄 담배를 피우다가 갑자기 울음을 터뜨리기도 했다.

그레이스는 자신이 그녀를 지켜보고 있었다는 사실을 들키지 않으려고 고개를 돌렸다. 하들리에게 괜찮다고 말해주고 싶었다. 심각한 상황에서 웃었다고 하들리를 생각 없는 여자로 취급하는 건 부당했다. 그녀가 웃은 건 삶이 계속되고 있다는 의미였다.

아무리 끔찍한 비극의 한복판에 있더라도 심장은 뛰고, 폐는 호흡하고, 저절로 웃음이 나올 만큼 재미있는 일이 있기 마련이었다.

어떤 고통은 사람을 영원히 바꾸고, 영혼에 문신을 새긴다. 할머니는 그런 경우를 '영원한 고통'이라고 불렀지만, 놀랍게도 사람들은 그런 고통을 이겨내며 삶을 이어간다. 영원한 고통도 결국 희미해지고 무뎌진다. 그러다가 어느 날 아침에 눈을 뜨면 더는 그 고통이 마음 구석구석을 채우고 있지 않다는 걸 깨닫게 된다. 여전히 고통은 존재하고, 저 깊은 곳에 도사리고 있지만 예전처럼 선명하거나 두드러지지 않고, 주의를 집중해야만 느껴진다.

지미가 그녀 앞에 멈추어 섰고, 하들리와 스키퍼는 차에 올랐다. 지미가 가까이 다가왔고, 그녀는 뒤로 물러섰다.

지미가 마일스를 어르는 걸 멈추고 땅을 쳐다보다가 다시 그녀를 보았다. "그레이스."

그레이스는 고개를 젓고 나서 팔짱을 꼈다. 사랑과 상처로 가슴이 쿵쾅거리며 뛰었다. 그가 한숨을 내쉬고, 초원을 바라보고, 자기 신발 끝을 내려다본 끝에 말했다. "미안해."

지미의 말에 그레이스의 피가 얼굴로 몰려들었다. 마치 수은 온도계를 화산에 담근 듯이. 지미는 얼른 자신이 내뱉은 말을 수습했다. "말로 해결될 일이 아니라는 건 나도 알아. 무슨 말을 해야 할지 거듭 생각해 봤는데 적절한 말이 떠오르지 않았어. 내가 다 망친 거야."

그레이스가 코끝을 벌름거리며 그를 쏘아보았다. 그녀의 눈에 분노와 상처가 들어 있어 무슨 말이 쏟아져 나올지 두려웠다.

마일스가 팔을 휘저으며 지미의 코를 만지려고 했다. 지미는 마일스의 손이 닿지 않도록 얼굴을 뒤로했다. 마일스가 몸을 비틀고 버둥거리며 코를 만질 수 있게 해달라고 부지런히 팔을 휘둘렀다. 지미가 몸을 숙여 마일스가 코를 잡고 경적을 울리게 했다.

"꽥꽥!"

지미는 여전히 애원하는 눈빛으로 그레이스를 바라보며 오리 소리를 냈다.

그레이스는 눈물이 쏟아질 것 같아 고개를 돌렸다. 지미의 말이 옳았지만 듣고 싶지 않았다. 그런 말로는 충분하지 않았다. 그의 사과, 약속, 맹세는 늘 지켜지지 않았고, 이제 티끌만큼의 가치도 없었다. 그의 말은 늘 그녀에게 상처를 입히는 것으로 끝났다.

지미가 허리를 펴더니 손으로 머리카락을 쓸어 넘기며 말했다.

"내가 얼마나 깊이 잘못을 뉘우치고 있는지 보여줄 수 있었으면 좋겠어. 내 마음을 꺼내서 당신에게 보여줄 수 있었으면 좋겠어."

지미가 다시 그녀 쪽으로 한 발짝 다가섰다. 그레이스는 이번에도 한 발짝 뒤로 물러섰다. "그레이스, 제발 나를 봐."

그레이스는 고개를 저었다. 지금껏 그를 바라보는 건 전혀 도움이 되지 않았고, 늘 상황을 악화시켜 왔을 뿐이었다. 그의 눈에 담긴 슬픔, 다시는 그러지 않겠다고 맹세할 때의 진심, 그의 목소리에 담긴 비장한 결심은 이미 세 번이나 거짓으로 판명되었다.

마일스가 버둥거리며 그레이스에게로 손을 뻗었다.

그레이스가 마일스를 받아 안았다. 그 순간 두 사람의 눈이 마주쳤다. "그레이스, 내가 이 상황을 해결할 수 있는 방법을 찾아볼게. 내가 이 부조리한 상황을 반드시 바로잡을 거야."

그레이스는 그의 곁을 지나 식당으로 들어섰다. 그의 말을 믿고 싶었지만 이미 깨어진 신뢰는 쉽게 복원되지 않았다.

58

하들리

그레이스는 그 어느 때보다도 초췌한 모습으로 자리에 앉았고, 잠시 후 지미가 합류했다. 벌겋게 충혈된 지미의 눈은 촉촉했고, 입은 굳게 다물어져 있었다. 낙천적인 그의 성격과 어울리지 않는 표정이었다.

지미는 종업원이 주문을 받으러 올 때까지 기다리는 동안 스키퍼에게 군복의 여러 주머니들이 각기 어떤 용도로 쓰이는지 설명해 주었다.

그레이스가 갑자기 두 사람의 대화를 중단시키며 물었다.

"돈은 어떻게 마련했어?"

지미의 손은 여전히 자신의 왼쪽 바지 주머니 위에 있었다.

"할리*를 팔 때가 되었다고 생각했어."

그레이스가 눈에 보일 정도로 움찔했다.

"할리를 팔았어?"

지미는 별일 아니라는 듯 어깨를 으쓱했지만 할리를 팔았다는 엄

* 미국의 오토바이 브랜드

청난 사실이 마치 풍선처럼 테이블 위에 떠있었다.

지미가 바지 주머니의 단추를 잠그고 나서 왼쪽 가슴에 있는 주머니로 옮겨가며 말했다. "이 주머니가 가장 중요하단다."

손을 왼쪽 가슴에 대는 스키퍼의 표정이 사뭇 진지했다.

"이 주머니에는 아무거나 막 넣어서는 안 돼."

"그럼 무얼 넣어요?"

하들리도 궁금해 자기도 모르게 몸을 앞으로 숙였다.

"이건 심장에서 가장 가까운 주머니야. 그러니까 너와 가장 가까운 것들을 넣어야 해."

"아저씨는 무얼 넣었는데요?"

지미가 주머니 단추를 풀더니 사진을 한 장 꺼냈다. 병원 침대에서 갓 태어난 마일스를 안고 있는 그레이스를 찍은 사진이었다. 그레이스는 치아를 드러내고 활짝 웃고 있었다. 지미는 편지 한 장을 꺼내 옆에 내려놓더니 마지막으로 갈색 깃털을 하나 꺼냈다.

스키퍼가 조심스럽게 깃털을 어루만졌다.

"이 깃털이 우리 형의 목숨을 구했단다. 형은 그 닭을 신이라고 했고, 나는 그냥 닭이라고 했지. 아무튼 형은 그날 닭이 지나가는 바람에 트럭을 세웠는데, 곧바로 도로변에서 폭탄이 터지는 바람에 사람 대신 닭들이 죽은 거야. 트럭을 타고 있던 군인들은 모두들 닭의 깃털을 하나씩 주머니에 집어넣었대. 그래서 내가 입대할 때 형이 이 깃털을 나에게 주었단다."

스키퍼는 무척이나 신기한 듯 닭의 깃털을 뚫어져라 쳐다보았다. 스키퍼에게는 닭들이 죽은 덕분에 사람이 살았다는 이야기를 이해하기 힘들었을 텐데도 지미의 말을 어느 정도 알아들은 것 같았다.

지미가 깃털과 편지, 사진을 다시 가슴 주머니에 챙겨 넣었다.

하들리는 무슨 편지인지 묻고 싶었지만 그레이스의 표정으로 보아 지극히 사적인 내용이 들어 있는 듯했다. 전쟁터에 나가는 연인에게 쓴 작별의 편지일 수도 있었다.

하들리는 그레이스에게 이제 그만 지미를 용서하라고 소리치고 싶었다.

지미가 잔고를 거덜 냈지만 우리도 일을 망쳤어요. 그러니까 지미에게 한 번 더 기회를 줘요.

종업원이 다가왔다.

지미는 치즈버거를 주문했다. 평소 치즈버거를 좋아하지 않는 스키퍼도 지미와 똑같은 걸로 주문했다. 그레이스는 스파게티를 주문했다. 하들리는 치즈를 뺀 샐러드를 주문했고, 드레싱은 별도로 달라고 했다.

그레이스가 짜증 난 목소리로 말했다. "지금 장난해요?"

"뭐가요?"

"우린 지난 이틀 동안 제대로 못 먹었어요. 경찰에 잡히면 당장 내일부터 감방에서 끼니를 해결하게 될 텐데, 지금 다이어트를 하려고요?"

하들리는 얼굴이 벌겋게 달아올랐다. 그녀는 열두 살 때부터 습관처럼 다이어트를 했다. 이번에도 음식을 주문할 때 별생각 없이 그렇게 했을 뿐이었다.

"도대체 누구에게 잘 보이고 싶어서 다이어트를 하는데요?"

하들리는 눈을 깜빡였다. 그레이스가 무슨 의도로 그런 질문을 했는지 알 수 없었다.

"누구나 다 무한정으로 칼로리를 섭취해도 살이 찌지 않는 축복을 누릴 수 있는 건 아니잖아요."

그레이스가 눈을 치켜떴고, 하들리는 그녀에게 혀를 쏙 내밀고 싶은 충동을 느꼈지만 지미가 쳐다보고 있어 그만두었다.

하들리는 놀란 얼굴로 지미를 쳐다보고는 다시 그레이스를 쳐다보았다.

"세상에! 당신이 끝없이 먹어도 살이 안 찌는 이유를 이제야 알겠어요!"

그레이스가 무슨 말인지 모르겠다는 듯 고개를 갸우뚱했다.

"임신했죠?"

그레이스가 눈을 부릅뜨더니 고개를 저었다.

하들리는 지난 5일간의 여정을 되짚어보며 말했다. "왜 이제야 알게 되었는지 모르겠네. 계속되는 헛구역질, 왕성한 식욕, 연이은 짜증이 무얼 가리키는지 분명하잖아요. 하긴 뭐 성격 자체가 더러울 수도 있지만……."

그레이스의 얼굴에서 핏기가 가셨고, 지미의 얼굴이 환해지면서 미소가 번져갔다.

"그레이스, 정말 임신한 거야?"

지미가 촉촉해진 눈으로 그레이스를 바라보았다.

하들리의 눈도 촉촉해졌다. 그레이스가 자리에서 벌떡 일어나더니 밖으로 뛰쳐나갔다.

59

그레이스

그레이스는 임신 확률과 타이밍을 따져보느라 머리가 빠르게 돌아갔다. 다리가 풀린 그녀는 난간을 잡고 설마 그럴 리는 없을 거라고 고개를 저었다.

그레이스는 침을 꿀꺽 삼킨 다음 지미가 어머니 장례식에 참석하기 위해 잠시 귀국했을 때 너무 피곤해 피임 도구를 사용하는 걸 잊었던 기억을 떠올렸다.

그때 딱 한 번이었어.

그레이스는 하늘을 쳐다보며 신이 특별히 미워하는 인간이 있다면 그게 바로 자신일 거라고 생각했다. 신은 아마도 발을 동동 구르며 어쩔 줄 모르는 그녀를 내려다보면서 웃고 있을 것이다.

더 이상 상황이 나빠질 수 없다고 생각했겠지만 네가 착각한 거야. 나는 신이니까 뭐든 할 수 있어. 자, 어때? 내가 얼마나 위대한지 알겠어?

그레이스는 오른손을 배에 대어보았고 그 순간 단단하게 경직되는 느낌이 들었다.

어떻게 임신 사실을 모를 수가 있지?

하들리의 말대로 징후가 너무나 확실했다.

찬바람이 불어와 살갗에 소름이 돋았다. 나뭇잎이 바람에 흩날렸다. 그레이스는 바람에 떠다니는 나뭇잎을 바라보면서 자기 자신과 지미, 신에 대해 분노가 치밀었다. 아빠 역할을 제대로 못 하면서 둘째를 갖게 만든 지미가 원망스러웠다. 스스로 얼마나 형편없는 엄마인지 잘 알면서도 둘째를 임신한 그녀 자신도 한심하고 무책임하게 느껴졌다.

뒤쪽에서 문이 열리더니 하들리가 절뚝거리며 다가왔다.

"축하한다고 말해주려고 나왔어요."

그레이스는 바람이 불 때마다 이리저리 휩쓸려 다니는 낙엽을 바라보았다.

하들리가 어깨를 가볍게 쳤다. "기운 내요. 마일스에게 동생이 생긴다는 건 멋진 일이잖아요."

그레이스는 고개를 저었다.

"물론 타이밍이 썩 좋다고 할 수는 없지만 헤쳐 나갈 방법이 있을 거예요."

그레이스의 표정이 날카롭게 변했다. 하들리는 한숨을 푹 쉬고 나서 허리를 펴며 말했다. "파스타가 나왔어요. 일단 먹어야죠."

하들리는 한 발을 내딛고 멈추어 서서 도저히 참을 수 없다는 듯 한마디 덧붙였다. "먹어 두는 게 좋을 거예요. 이제 홀몸이 아니잖아요."

60

하들리

하들리는 자리로 돌아와 앉는 그레이스를 쳐다보았다. 지미가 팔을 뻗어 그녀를 안으려다가 그만두었다. 지미는 마치 죄지은 사람처럼 풀이 죽어 눈을 내리깔았지만 연기라는 걸 알 수 있었다. 그의 얼굴에서 마치 아침 햇살처럼 뿌듯하고 기쁜 표정이 배어 나왔다.

하들리가 플레이스테이션을 들고 있는 스키퍼에게 말했다. "챔프, 이제 게임기는 그만 내려놓고 식사를 해야지."

스키퍼가 고개도 들지 않고 말했다. "1루수가 자꾸 말을 걸어서요."

하들리가 입으로 가져가던 포크를 멈추었다.

지미가 물었다. "1루수가 누군데?"

하들리가 스키퍼의 손에서 게임기를 빼앗아 들었다. 그레이스도 벌떡 일어나 하들리의 곁에 앉으며 화면을 들여다보았다.

챔프, 나 블루랑 얘기하게 해줘.

하들리가 게임기를 앞뒤로 흔들며 물었다. "키보드가 어디 있어?"

지미가 게임기를 달라고 한 뒤 터치스크린 키보드를 꺼내는 방법을 알려주었다.

매티, 엄마야. 지금 어디 있니?
탈출해서 맥쿡이라는 동네에 있어요.
어떻게 도망쳤어?

하들리는 글자를 입력하는 동안 심장이 빠르게 뛰고 손이 떨려왔다.

주유소에서 아빠랑 토니 삼촌이 마트에 들어갔을 때 내가 차를 운전해 도망쳤어요.
네가 운전을 했다고?
네, 그렇다니까요.

그레이스가 기쁨을 감추지 못하며 허공을 향해 주먹을 휘둘렀다.
하들리가 혼란스러운 표정으로 그레이스를 쳐다보다가 다시 조그만 화면으로 돌아갔다.

맥쿡 어디?
엄청 큰 사일로* 뒤에 주차했어요.

*큰 탑 모양의 곡물 저장고

거기 그대로 있어. 엄마가 데리러 갈게. 사랑해.

저도 사랑해요.

하들리가 화면에 떠있는 매티의 글에 시선을 고정하고 물었다.
"맥쿡이 어디죠?"

지미가 종업원을 손짓해 부르더니 똑같은 질문을 했다. "맥쿡이
어디죠?"

"여기서 남쪽으로 세 시간 반 정도 가면 되는 곳이에요."

지미가 말했다. "이 음식들을 포장해 줄 수 있어요?"

하들리가 고마워하는 눈길로 지미를 쳐다보았다. 하들리의 눈길
이 이번에는 그레이스에게로 향했다. 그레이스가 고개를 끄덕였다.

하들리가 쉰 목소리로 말했다. "다들 고마워요."

그레이스가 말했다. "나도 매티를 사랑해요."

스키퍼가 말했다. "우리 이제 1루수를 구하러 가는 거예요?"

스키퍼는 이 작전에서 단단히 한몫했다는 생각에 우쭐해져 있었
다. 더구나 군복까지 입고 있어 벌써부터 영웅이라도 된 것처럼 표
정이 밝았다.

지미가 말했다. "바로 그거야, 이등병. 작전 개시!"

스키퍼는 실제로 펄쩍 뛰며 작전을 수행하는 군인의 자세를 취했다.

지미가 그레이스에게 윙크하며 말했다. "이등병과 나는 보급품을
구해올게요. 동료 병사 여러분과 차에서 합류하겠습니다."

그레이스가 불안감이 묻어나는 목소리로 물었다. "어딜 가려고?"

지미의 시선이 길 건너 군인 용품 전문점으로 향했다. "장비가 필요해. 하들리의 남편과 형을 무기 없이 상대할 수는 없잖아."

그레이스는 좋은 생각이 아니라는 뜻으로 고개를 저었다.

"이번에는 제발 나를 믿어."

그레이스는 아무 말도 하지 않았다. 지미가 돌아서서 군인 용품을 파는 상점으로 향했다.

하들리는 문득 소름이 돋았다. "지미, 잠깐만요."

지미가 돌아섰다.

"그레이스, 지금 말하길 꺼려하는 게 있죠? 뭔지 말해 봐요."

하들리는 그레이스가 지미를 대하는 모습을 보고 이상하다는 생각이 들었다. 그레이스가 잠자코 지미의 뜻을 따르는 모습을 본 적이 없었기에 그녀의 태도가 낯설게 느껴졌다.

하들리가 말했다. "어서 말해 봐요. 당신은 지금 남편이 이끄는 대로 따라가는 척하고 있지만 사실은 마음에 걸리는 게 있잖아요. 솔직히 당신이 남편보다 훨씬 더 똑똑한데……."

하들리가 말을 하다 말고 이번에는 지미를 쳐다보았다. "너무 기분 나쁘게 듣지 말아요. 하지만 내 말이 틀리지는 않았잖아요?"

지미가 고개를 끄덕였다.

하들리가 말을 이었다. "그레이스, 고분고분한 척하지 말고 무슨 생각을 하고 있는지 털어놔 봐요."

그레이스는 기가 찬다는 듯 씁쓸하게 웃었지만 뺨이 붉게 물들었다. 속내를 들켜 창피하기보다는 화가 난 것 같았다. 매티가 세 시간 반 거리에 있었고, 지금은 자존심 따위를 걱정할 때가 아니었다.

그레이스가 말했다. "좀 이상해요."

"뭐가 이상하단 거예요?"

"우리에게 말을 건 상대가 매티인지 어떻게 확신하죠?"

지미가 말했다. "좋은 지적이야." 그가 게임기 쪽으로 손을 뻗었다. "매티만이 알 수 있는 게 뭐가 있을까요?"

스키퍼를 쳐다본 순간 하들리의 머릿속에서 적절한 질문이 떠올랐다. "스키퍼가 매티의 침대 밑에서 무얼 꺼냈지?"

스키퍼가 신이 나서 대답했다. "거미."

지미의 엄지손가락이 화면 위에서 날아다녔다.

"거미를 죽이면 재수가 없지."

화면에 곧바로 거미라는 답이 떴다. 하들리는 안도의 한숨을 내쉬었다. "매티가 맞아요."

그레이스는 여전히 확신이 없어 보였다.

하들리가 초조해진 목소리로 물었다. "아직도 의심스러워요? 매티가 맞다는 걸 방금 증명했잖아요."

"그래도 확신이 서질 않아요."

하들리는 갑자기 지나치게 신중해진 그레이스의 태도가 이해되지 않았다. 이 일에서 빠지고 싶은 건지, 둘째를 임신한 사실을 알게 되면서 마음이 바뀐 건지 궁금했다.

그레이스는 마치 생각을 정리하듯 천천히 말했다. "모르긴 해도 맥쿡은 자그마한 시골 동네일 거예요. 그렇죠?"

모두들 심지어 스키퍼까지 고개를 끄덕였다.

"매티는 다른 주 번호판을 단 검은색 차를 타고 사일로 뒤에서 몇 시간째 우리와 연락을 취하려고 애썼을 거예요."

"그래서요?"

대답을 지미가 대신했다. "아무도 매티에게 거기에 차를 세우고 무얼 하는지 묻지 않은 게 이상하다는 거지?"

그레이스가 말했다. "난 작은 마을에서 자랐어요. 사일로 관리자나 경비, 아니면 참견하기 좋아하는 사람들이 보나마나 마을 보안관에게 신고했을 거예요. 유리창을 검게 선팅한 마피아 차량이 근처에 있다고."

"그래서 당신 생각은 뭔데요?"

"매티가 거기에 있다는 걸 그들도 알고 있을 가능성이 커요."

"그들이라면?"

"FBI나 경찰, 아니면 그 지역 보안관."

"그들은 왜 매티를 데려가지 않았을까요?"

지미가 대신 말했다. "우리가 나타나길 기다리는 거죠."

61
그레이스

맥쿡으로 나가는 출구로 빠져나갈 무렵 그레이스는 머리가 터질
듯이 아팠다. 해가 지고 나서 구름이 몰려들더니 철 수세미 같은 하
늘이 별을 가렸다. 금방이라도 비를 쏟을 것 같은 하늘이었다.

지미는 대로를 따라 조심스럽게 차를 운전하고 있었고, 그레이스
는 찬찬히 마을을 둘러보았다. 눈에 들어오는 모든 승용차와 밴에
FBI 요원이 잠복해 있을 것만 같았다.

지미가 조수석에 앉은 그레이스의 손을 잡았다. 지미는 고속도로
에서 빠져나올 때에도 그녀의 손을 잡아주었다. 그레이스는 다른
것에 신경 쓰느라 미처 손을 뺄 생각을 하지 못했다. 지금은 손을
빼기에 너무 늦었다. 지미의 기다란 손가락이 깍지를 끼고 있었다.
지미와 함께 있으면 항상 다 잘될 것 같았는데 결코 잘된 적이 없었다.

차가 시속 40킬로미터로 느리게 움직이는 동안 모두들 침묵을 지
켰다. 심지어 마일스까지도. 맥쿡은 전형적인 작은 마을이었다. 패
스트푸드 레스토랑, 영세한 구멍가게들, 주유소 그리고 월마트가
눈에 들어왔다. 이제 겨우 밤 9시가 넘었을 뿐인데 대부분의 상점

이 영업을 마치고 문을 닫은 상태였다.

그레이스가 〈치프 인〉이라는 모텔을 가리키며 말했다. "저기 모텔 주차장에 차를 세워."

지미가 〈치프 인〉 모텔을 힐끗 보고 나서 수상한 부분은 없는지 좌우를 살폈다.

"모텔 뒤쪽 주차장에 차를 세우는 게 좋겠어."

지미는 그레이스가 시키는 대로 했다. 하들리가 차에서 내려 블레어 버츠의 운전면허증으로 체크인을 했다. 그레이스는 하들리가 절뚝거리지 않으려 애쓰는 모습을 지켜보았다. 아직은 그리 쉽지 않아 보였다.

하들리가 모텔 카운터에서 객실 열쇠 두 개를 들고 왔다.

지미는 할리를 팔아버린 돈으로 새 출발을 해야 한다고 믿고 있었다. 그레이스는 어쩌면 다른 기회가 주어질 수도 있다는 걸 알고 있었다. 매티의 게임기는 블레어 버츠의 차 안에 두었던 기저귀 가방 안에 들어 있었다. 매티가 운전한 차에 돈이 있다는 뜻이었다. 그레이스는 그 사실을 지미에게 알려줄 필요는 없다고 판단하고 입을 꾹 다물고 있었다.

하들리가 열쇠 하나를 지미에게 내밀고 나서 카시트에 앉은 마일스를 안아 들었다.

"둘이서 오붓한 시간 즐겨요."

하들리가 지미에게 윙크하며 말하고는 대답을 기다리지 않고 돌아서서 나갔다.

그레이스는 하들리가 무슨 꿍꿍이속으로 그런 말을 했는지 알 수 있었다.

지미는 좋은 남자예요. 미남인 건 말할 것도 없고요. 물론 얼굴이야 케이크로 치자면 장식에 불과하죠. 하지만 대단히 훌륭한 장식이란 걸 당신도 인정할걸요. 게다가 지미는 당신과 마일스를 끔찍이 사랑해요. 그가 일을 망친 건 사실이지만 만회하려고 애쓰고 있잖아요. 이제 그를 용서해요. 지미는 한 번 더 기회를 얻을 자격이 있어요.

스키퍼가 삐딱한 미소를 지으며 지미를 쳐다보았고, 엄지를 들어 보였다. 지미도 밝게 웃으며 엄지를 들어 보였다. 다들 작당한 듯 그레이스에게 지미를 받아들이라는 무언의 압력을 가하고 있었다. 심지어 마일스까지도. 마일스도 하들리와 스키퍼처럼 지미에게 홀딱 반했다.

지미는 '난 아무런 짓도 안 했어.'라고 말하는 것 같은 표정으로 미소를 짓고 있었다. 그레이스는 주변 사람들을 모두 매혹시켜도 달라지는 건 아무것도 없다고 말하려고 입을 벌렸다. 그러나 그녀가 말을 꺼내기도 전에 지미가 다가와 그녀의 입술에 키스했다.

***

그들은 마을을 둘러보고 자정이 다 되어서야 모텔로 다시 돌아왔다. 몇 시간 동안 맥쿡을 돌아다니며 거리와 길을 일일이 암기하고 기억했다. 전형적인 미 중서부 지역 마을답게 거리와 길이 글자와 번호로 구획되어 있었다. 중심부를 가로지르는 큰 길이 양방향으로 뻗어있었고, 격자무늬대로의 사이사이에 골목들이 형성되어 있었다.

지미가 방문을 열었다. 그레이스는 피곤한 듯 눈을 비볐다. 두 사람은 비틀거리며 안으로 들어섰다. 그레이스가 그의 품에 안기며 엄지손가락을 군복 뒷주머니에 찔러 넣고, 머리를 가슴에 기댔다. 지미가 몸을 숙여 그레이스의 머리카락에 키스하며 단단한 팔로 끌어안았다. 그레이스의 귀 아래에서 지미의 심장 뛰는 소리가 규칙적으로 들려왔다. 그레이스는 잠시 그의 심장 뛰는 소리에 귀를 기울였다.

그들이 앞으로 해야 할 일에 대한 두려움이 지미에 대한 불신감과 분노를 날려버렸다. 그들에게 확실하게 주어진 시간은 오직 오늘 밤뿐이었다. 그레이스는 오늘 밤을 허비하고 싶지 않았다. 지미는 그녀의 남자였고, 결함이 있지만 그러면서도 완벽했다. 만약 이번 난관을 이겨낼 수만 있다면 그와 다시 시작할 수 있었다.

지미가 그녀의 옆에 누웠다. 그가 뭔가 말하려고 입을 벌린 순간 그녀가 손가락으로 입술을 막았다. 그들은 밤새도록 찰싹 달라붙어 떨어지지 않았다. 그들은 열정적인 사랑을 나누었고, 지미가 사과하려고 할 때마다 그녀가 그의 입을 막았다. 그레이스가 절망감으로 무너져 내릴 때마다 지미는 그녀의 눈물을 키스로 닦아주었다.

지미는 그녀의 배에 머리를 올려놓고 몇 시간 동안 누워있었다.

그들은 둘째 아이에 대해 이야기하면서 이름을 무엇으로 지을지 생각해 보았다.

그레이스가 말했다. "남자아이면 마크, 여자아이면 버지니아 어때?"

그 말에 지미가 펄쩍 뛰었다.

"여자아이 이름을 버지니아로 지었다가 중학교 시절 내내 얼마나 놀림을 당할지 알고 하는 소리야?"

그레이스는 눈썹을 치켜올렸다.

"왜?"

"버지니아에는 처녀(Virgin)라는 뜻이 들어 있잖아. 버지니아라고 이름을 지으면 헤픈 여자아이가 되라고 등을 떠미는 거나 마찬가지야. 이름과 달리 처녀가 아니라는 걸 증명하기 위해서라도 남자아이들을 만나느라 정신없이 싸돌아다닐 테니까."

그레이스는 말도 안 된다는 듯이 혀를 차며 웃었다. "이름에 처녀라는 뜻이 들어있다고 정말 놀림을 당할 거라고 생각해?"

"당연하지. 장담할 수 있어."

"그럼 차라리 지니*라고 할까?"

"그랬다가 술주정뱅이가 되면 어쩌려고?"

"그럴 리가. 술주정뱅이가 되게 하진 않을 거야."

그레이스의 목소리에서 슬픔이 배어났다.

* Ginny 여성의 이름 진저, 버지니아의 애칭으로 독한 술 '진(Gin)에 취한'의 의미도 있다

62

하들리

인생을 통틀어 가장 긴 밤이었다. 매티가 가까이에 있는데 보러 갈 수가 없었다. 그레이스의 계획은 위험하지만 근사했다. 다만 잘 못될 수 있는 변수가 많아 생각만 해도 두려웠다.

하들리는 침대 가장자리에 앉아 스키퍼의 턱을 어루만졌다. 마일스는 몸을 단단히 싸맨 상태로 스키퍼 곁에서 두 팔을 쳐들고 잠들어 있었다. 이렇게 빨리 그레이스와 마일스를 가족처럼 받아들이게 되었다는 게 이해가 되지 않았다. 그레이스는 의심할 여지 없이 그들을 가족처럼 생각하고 있었다. 그레이스와 마일스는 이미 그녀의 일부였고, 그들을 위해서라면 목숨을 바칠 수도 있었다.

하들리는 큰 한숨을 내쉬며 자리에서 일어나 창가로 갔다. 도로 건너 맞은편 모텔의 밝은색 차양이 눈에 들어왔다. 내일 해야 할 일들을 생각하니 눈앞이 흐릿해졌다.

마침내 아침이 밝아 엷은 햇살이 방 안을 물들일 때 하들리는 두 아이를 데리고 아침 식사를 하러 로비 옆 식당으로 향했다. 스키퍼는 시나몬 오트밀을 먹었고, 하들리는 작은 조각을 스푼으로 떠 마일스의 입에 넣어주었다. 마일스가 까르륵거리며 오트밀을 뱉어냈다. 그 모습이 어찌나 사랑스러운지 심장을 옥죄는 두려움마저 걷어냈다.

잠시 후 그레이스와 지미가 식당으로 들어섰다. 그레이스는 잔뜩 긴장한 모습이었고, 지미는 나름 편안해 보였다. 그레이스가 몸을 숙여 마일스의 머리에 뽀뽀했다. 그녀의 입술이 한동안 마일스의 머리에 머물렀다. 지미가 그녀의 등에 손을 얹었다. 두 사람 사이의 상처는 미래의 계획 속으로 녹아들었다. 과거의 상처에 연연할 때가 아니었다. 두 사람을 바라보는 건 마치 태양을 바라보는 것처럼 따스하고, 눈부시고, 고통스러웠다.

하들리는 혹시 다른 대안이 있을지, 이 난관을 헤쳐 나갈 또 다른 방법이 있을지 거듭 생각해 보았다.

그레이스가 말했다. "이제 시간이 됐어요."

밤새 격한 감정을 쏟아낸 듯 그레이스의 목소리가 거칠었다.

지미는 카시트에서 마일스를 들어 올려 마치 비행기처럼 허공을 가로지르다가 하들리가 매고 있는 아기 띠에 집어넣었다.

하들리는 스키퍼의 손을 잡았다. 지미는 빈 카시트를 들었다. 그레이스는 아무것도 들지 않았다.

지미가 마일스의 이마에 조심스럽게 뽀뽀하고 나서 그레이스의 입술에 열정적으로 키스한 다음 머리를 꼿꼿하게 들고 그들에게서 멀어졌다. 그의 보폭은 크고도 단호했다. 단지 제복이 만들어낸 환상이 아닌 지미의 본래 모습이었다.

그레이스가 그의 뒷모습을 지켜보면서 턱을 앞으로 내밀며 말했다. "이제 가요." 그녀는 씩씩한 목소리를 내고 싶었지만 실패했다.

하들리는 그레이스를 따라 로비를 가로질러 걸어갔다. 아직 발목이 시원찮았지만 최대한 빨리 걸었다. 스키퍼도 옆에서 부지런히 걸었다. 뒤처지지 않는 게 얼마나 중요한지 스키퍼도 알고 있었다.

그들은 밖으로 나섰다. 먹구름이 낀 하늘이 공기를 무겁게 짓누르고 있었다. 큰길에 다다른 그들은 교통신호를 기다렸고, 신호가 바뀌자마자 곧바로 맞은편 모텔로 향했다.

하들리가 말했다. "챔프, 서둘러 걸어."

스키퍼가 좀 더 속도를 내며 말했다. "챔프가 아니라 이등병이에요."

이제 그들은 모두 뛰다시피 하고 있었다.

하들리의 시선이 모텔 〈이코노미 스위트〉의 주차장을 훑었다. 토니의 차는 세 번째 칸에 주차되어 있었다. 매티가 말한 그대로였다. 네 번째 칸 옆에 사람이 타지 않은 초록색 피아트가 주차되어 있었다. 그 차 말고 주차장은 텅 비었다.

그레이스가 틀린 건 아닐까?

하들리는 토니의 차를 향해 뛰어가며 생각했다.

그 사람들 여기 없는 게 아닐까?

날카로운 통증이 발목을 관통했지만 하들리는 속도를 늦추지 않았다. 차는 이제 겨우 6미터 거리에 있었다. 하들리는 1층 두 번째

방의 창문을 보았다. 1층 왼쪽 끝 방에 노란색 포스트잇이 붙어 있었다. 계획이 바뀌지 않았다는 걸 알려주는 매티의 신호였다.

하들리가 차 뒷문을 향해 달려갈 때 매티의 방문이 열렸다. 하들리는 자신을 향해 달려오는 매티의 모습을 발견한 순간 눈물이 쏟아졌다.

하들리가 스키퍼를 데리고 뒷좌석에 올랐고, 매티가 줄무늬 가방을 바닥에 던지고 차에 올라타자 스키퍼가 반갑게 외쳤다. "1루수!"

매티가 돌아보며 인사했다. "안녕, 챔프."

문이 미처 닫히기도 전에 차가 출발했다. 차가 도로로 접어들었을 때 하들리의 가슴에 매달린 마일스가 소리를 질렀다. 잠시 후 그레이스가 핸들을 꺾어 급회전을 하자 모두들 몸이 한쪽으로 쏠렸다. 하들리는 마일스 위로 몸을 숙이며 스키퍼에게로 팔을 뻗었다.

하들리는 목을 길게 빼고 뒤를 돌아보았다. 그녀는 뒤따라오는 회색 승용차를 발견한 순간 심장이 멎는 듯했다. 그녀가 차창에서 일렁이는 파란 불빛을 바라보며 믿을 수 없다는 듯 말했다. "그레이스, 당신 말이 맞았어요."

그레이스는 아무 말도 하지 않았다. 그녀는 시선을 도로에 고정하고 계속 달렸다.

그레이스가 그토록 적은 정보를 바탕으로 상황을 정확하게 예측할 수 있었다는 사실이 믿기지 않았다. 그레이스는 FBI 요원들이 대기하고 있을 거라고 예측했고, 이제 사실로 확인되었다.

차가 골목으로 접어들었다가 다시 급회전하여 샛길로 빠져들었다.

하들리가 크게 소리쳤다. "다들 안전벨트를 매!"

"빨간불!"

스키퍼가 외치는 소리에 하들리는 고개를 들어 전방을 살폈다. 차가 교차로를 향해 질주하고 있었다.

하들리가 소리쳤다. "그레이스!"

그레이스는 끝내 브레이크를 밟지 않았고, 차는 미친 듯이 질주했다. 하들리는 눈을 질끈 감고, 스키퍼를 꼭 끌어안은 다음 마일스 위에 엎드렸다.

차가 심하게 요동쳤고, 경적 소리가 크게 울려 퍼졌다. 하들리가 고개를 들어보니 차는 기적처럼 교차로를 빠져나와 맹렬하게 달리고 있었다.

하들리는 축구장 두 개 거리만큼 떨어져 있는 세단을 돌아보고 나서 몇 초면 따라잡힐지 가늠해 보았다. 그레이스는 작전이 성공하려면 적어도 6초의 간격이 필요하다고 했다.

얼핏 보면 그레이스가 마구잡이로 달리는 것 같지만 미리 치밀하게 계획한 코스였다. 차는 시내를 지나 주택가로 접어들었다가 반대편 농경지로 빠져나왔다. 이제 막 추수를 마친 들판에는 짧게 잘린 황금빛 뿌리 부분만이 남아 있었다. 도망칠 수도 없고, 숨을 곳도 없는 허허벌판이었다.

그레이스는 자로 그은 듯 반듯한 이차선 도로를 달리고 있었다.

어느덧 사일로들이 시야에 들어왔다. 사일로의 거대한 콘크리트 원형 기둥이 하늘을 향해 뻗어있었다.

그레이스가 말했다. "모두들 안전벨트를 풀어."

하들리는 안전벨트를 풀고, 스키퍼의 손을 잡았다. 다른 손은 이미 문손잡이로 향해 있었다.

하들리가 스키퍼에게 물었다. "이등병, 준비됐어?"

스키퍼가 전투에 임하는 군인처럼 씩씩하게 고개를 끄덕였다. 어젯밤에 모텔 침대를 토니의 차 뒷좌석이라고 가정하고 몇 번이나 연습을 했다.

곡물 창고까지 거리가 영원히 좁혀지지 않을 것처럼 멀어 보였는데, 어느 순간 마치 순간 이동을 한 것처럼 그 앞에 이르렀다. 자동차가 도로에서 벗어나 자갈밭으로 접어들었을 때 하들리의 심장 뛰는 소리가 목울대까지 차올랐다. 타이어가 흙길로 접어들며 뿌연 흙먼지를 일으켰고, 뒤돌아보니 따라오던 승용차는 더 이상 보이지 않았다.

그레이스는 핸들을 오른쪽으로 꺾으며 곡물 창고의 관리실 건물을 끼고 돌았고, 다시 왼쪽으로 꺾어져 사일로들 사이의 좁은 길을 달렸다. 그레이스는 전속력으로 달리다가 잠시 후 사일로들의 그림자가 그들을 삼키자 차를 멈춰 세웠다.

하들리는 차 문을 열고 스키퍼를 끌어당겨 안은 다음 왼쪽의 적재소를 향해 달렸다. 차에서 내리는 순간 다리의 통증이 느껴졌지만 모퉁이로 돌아가 몸을 숨기며 두 아이를 끌어안았다.

하들리는 고개를 들어 가까스로 그레이스의 자리에 앉는 지미를 쳐다보았다. 지미가 차를 몰고 빠져나가고 나서 3초 후에 세단이 지나갔다. 하들리는 멍하니 세단을 쳐다보았다. 세단이 바로 눈앞에서 지나갔다는 걸 믿을 수 없었다.

하들리는 움직이지 않았다. 맞은편 그늘에 웅크리고 있는 매티도 움직이지 않았다. 그들 옆 경사로 아래에 엎드려 있는 그레이스도 움직이지 않았다.

하들리는 먼지가 잦아들고, 자동차 후미등의 불빛이 멀리 사라지자 흙길을 가로질러 달려가 매티를 끌어안았다. 그녀의 얼굴은 웃고 있었지만 눈물이 흘러내렸다. 몸 안에 가두어 두기에는 너무나 큰 감정의 봇물이었다. 그녀는 비로소 안도감에 몸을 떨었다.

63

그레이스

그레이스는 아무것도 보이지 않을 때까지 흙먼지를 바라보았다. 그녀의 눈에 눈물이 고였고, 손이 저절로 배로 향했다. 전날 파스타를 먹은 뒤로는 아무것도 먹지 않았는데 마치 과식이라도 한 것처럼 배가 팽팽했다.

그레이스는 아기에게 나지막이 말했다. *"네 아빠는 정말 대단한 사람이야. 네 아빠가 널 얼마나 사랑하는지 엄마가 이다음에 말해줄게."*

하들리가 말했다. "이제 그만 가야 해요."

다른 때였다면 그레이스가 그렇게 말했을 것이다.

그레이스는 마지막으로 한 번 더 먼 곳을 바라보고 나서 돌아섰다. 그들의 작전이 성공했다는 사실이 믿기지 않았다. 한편으로는 다행스럽고, 다른 한편으로는 가슴이 아팠다. 그레이스는 이 상황에서 작전이 성공하려면 상대의 허를 찌르는 방법밖에 없다는 걸 잘 알고 있었다. 대범하고 예측할 수 없는 기습작전으로 FBI 요원들의 허를 찔러야만 했다.

프랭크가 마크를 쏜 이후 토니의 차는 전국에 지명 수배되었다. 지역 경찰이 사일로 앞에 세워진 토니의 차를 알아보고 FBI에 신고했을 것이다. FBI 요원들이 매티를 체포하지 않은 이유는 미성년자이기 때문이었다. 매티가 성인이었다면 즉시 체포해 수사 협조를 요청했을 것이다. 매티는 미성년자였고, 사건에 연루되는 즉시 사회복지사의 보호를 받아야 했다. 사회복지사는 미성년자의 처우에 대해 극도로 민감했다. 그레이스는 만약 FBI 요원들이 이제 열네 살인 매티를 수사의 미끼로 이용하려고 들 경우 사회복지사가 결코 용납하지 않으리라는 걸 경험을 통해 알고 있었다. FBI는 눈물을 머금고 매티를 그대로 내버려 둘 수밖에 없었고, 그들을 유인하는 당근으로 활용했다.

매티가 그레이스 곁으로 다가서며 말했다. "FBI 요원들이 나를 감시하고 있었나 봐요. 그러다가 내가 심각한 사고라도 저지르면 어쩌려고 그랬을까요?"

"네가 위급한 상황에 처했으면 그들이 나섰겠지." 하들리가 매티의 코를 문지르며 칭찬했다. "내 딸이 아주 잘 해냈어."

스키퍼가 말했다. "나도 잘했어요. 총알처럼 차에서 튀어 나가 오리처럼 숨었어요."

매티가 말했다. "잘했어, 챔프. 넌 정말 최고야."

매티가 스키퍼와 하이파이브를 하려고 손을 들어 올렸다. 스키퍼가 하이파이브를 하며 말했다. "이제부터는 챔프 대신 이등병이라고 불러줘."

매티가 알았다는 뜻으로 고개를 끄덕이고 나서 스키퍼가 입고 있는 군복을 위아래로 훑어보았다.

"군복이 멋지네. 잘 어울려. 마치 전쟁 영웅 같아. 앞으로는 나를 매티 대신 틸리라고 불러줘. 물론 1루수로 불러도 상관없지만."

하들리가 그들 곁으로 다가섰다. "매티, 운전은 언제 배웠어?"

그레이스와 매티가 서로에게 윙크했다. 하들리는 그 모습을 보고 인상을 찌푸렸다. 화가 난 척했지만 사실은 그 반대였다.

그들은 가장자리에 세워둔 닛산 승용차를 향해 이동했다. 지미는 곡물 창고의 관리사무소 옆 도로에서 눈에 띄지 않는 곳에 차를 세워두었다.

원래는 하들리가 토니의 차를 몰고 가기로 되어 있었고, 그레이스와 아이들은 오마하로 이동했다가 런던으로 떠나기로 되어 있었다. 어젯밤, 지미가 계획을 바꾸었다. 지미는 막무가내로 자기가 하겠다고 우겼다.

"내가 상황을 바로잡을 수 있는 기회야. 그레이스, 제발 내가 하게 해줘."

그레이스는 어쩔 수 없이 허락했다. 이제 하들리와 그레이스는 아이들과 함께 여기에 남았다. 지미는 토니의 차를 몰고 네브래스카를 지나 이차선 고속도로를 달려 다코타 남부, 다코타 그리고 캐나다까지 갈 계획이었다.

하들리와 그레이스

지미는 다코타 남부 부근에서 주유를 해야 할 것이다. 그동안 그레이스와 아이들은 런던행 비행기에 오를 것이고, 하들리는 맥쿡에서 최대한 멀리 벗어날 것이다.

토니의 차 창문에는 불법 선팅이 되어 있어 안이 보이지 않았다. 더구나 오늘 오후에는 비가 내린다는 예보가 있어 핸들을 잡고 있는 사람이 여자가 아닌 남자이고 혼자라는 사실을 알아차리기 힘들 것이다. 그레이스는 FBI가 효율적으로 움직이는 것을 언론이 방해해줄 거라고 생각했다. 차 안에 아이들이 탑승해 있을 가능성이 조금이라도 있다면 그들은 조심할 수밖에 없었고, 덕분에 지미는 비교적 안전하게 운전할 수 있을 것이다. FBI의 관심을 최대한 오래 끌어주는 게 지미의 목표였다.

"장거리 여행하는 셈 치면 돼."

***

15분 뒤 그들은 암트랙 역에 있었다. 시간은 분 단위로 계산되었다. 오마하로 가는 기차는 10분 뒤에 출발할 예정이었다.

하들리는 매티를 격하게 끌어안았다. "매티, 사랑해."

매티가 몸을 떼어내며 말했다. "엄마, 우린 괜찮을 거예요."

하들리는 고개를 끄덕였다.

매티는 발로 바닥을 쓸며 다시 엄마를 바라보았다. 눈물을 참으려고 애쓰는 매티의 모습이 안쓰러웠다.

"고마워요. 엄마 정말 멋졌어요."

그레이스는 방금 전 매티가 한 말이 하들리에게 얼마나 커다란 위안을 줄지 알 것 같았다. 꽤 오랫동안 보지 못할 딸을 바라보는 하들리의 눈에 눈물이 고였다.

하들리가 한 손으로 매티의 뺨을 감쌌다. "그레이스 아줌마 말 잘 들어야 해."

매티가 짓궂은 미소를 지어 보였다. "적당히 잘 들을게요."

매티는 기차를 타기 위해 발길을 돌렸고, 아직 이 일의 심각성을 모르는 스키퍼가 뒤따랐다.

그레이스가 말했다. "스키퍼를 이리 오라고 할까요?"

하들리는 고개를 저었다. "그냥 내버려 둬요. 매티가 곁에 있는 한 스키퍼는 괜찮을 거예요."

그레이스는 아이들을 눈으로 따라가며 말했다. "정말 괜찮겠어요?"

하들리가 대답 대신 말했다. "스키퍼에 관한 한 매티의 말을 참고하는 게 좋아요. 스키퍼에게 뭐가 필요한지 매티가 가장 잘 아니까요. 의학적인 문제, 알레르기, 심장 문제 등. 상황이 안정되면 스키퍼를 데리고 병원에 가보는 게 좋을 거예요. 매티는 착한 아이고, 책임감 강한 누나예요. 하지만 아무리 그렇더라도 스키퍼의 엄마 노릇을 하게 하진 말아요. 매티는 자기가 스키퍼의 엄마라고 생각하고 친구도 안 사귀려고 해요."

마일스가 마치 벗어나고 싶다는 듯 작은 손으로 그레이스의 가슴을 밀쳤다.

"매티는 다그치기보다는 격려해 주어야 말을 잘 듣는 아이죠. 매티를 따스하게 품어주세요. 그러면 매티가 당신을 깜짝 놀라게 할 거예요."

"명심할게요."

그레이스는 가슴이 울컥했다.

매티와 스키퍼가 가버리고 혼자 남은 마일스가 더욱 세게 발버둥을 쳤다. 하들리는 아이의 작은 주먹 하나를 쥐고 이마에 살짝 뽀뽀를 해주었다.

뒤로 물러선 하들리가 그레이스와 눈을 마주하며 말했다. "당신은 잘 해낼 거예요."

그레이스가 하들리와 마일스를 번갈아 보고 나서 무거운 한숨을 내쉬었다. "당연히 잘 해내겠죠. 이 정도는 식은 죽 먹기니까."

하들리가 그레이스의 배를 고갯짓으로 가리켰다. "잊지 말아요. 당신의 배 안에 엄마 얼굴을 보길 간절히 원하는 아이가 하나 더 있다는 걸."

64
하들리

하들리는 회색 아지랑이 속으로 멀어지는 기차를 한참 동안 바라보았다. 보슬비가 내리기 시작했지만 하들리는 그 자리에서 미동도 하지 않았다. 다음 열차가 들어오는 걸 알리는 방송이 나올 무렵 하들리는 다시 차에 올랐다. 이상할 정도로 마음이 평온했다.

하들리는 시내로 돌아가는 길에 우체국에 들렀다. 그녀는 우편함에 소포를 넣으면서 마크의 부인이 그녀의 소망대로 비밀을 지켜주길 바랐다. 이상할 정도로 마음이 차분했다. 차를 타고 달리는 도중에 빗물이 차창을 때리기 시작했다. 하들리는 부디 군복이 지미를 안전하게 지켜주기를 바랐다. 그녀는 자신이 해야 할 일을 미리 계획해놓은 그레이스가 고마웠다. 가속페달을 밟을 때 발목이 욱신거렸지만 참을 만했다. 하들리는 속도계와 연료계를 살피며 머릿속으로 계산해 보았다. 지미는 북쪽으로 달리고 있고, 그녀는 동쪽으로 달리고 있었다. 지미의 연료가 떨어질 때쯤 그레이스와 아이들은 안전하게 비행기에 탑승해야 하고, 그녀는 목적지의 절반 정도까지 가야 했다.

하들리는 라디오 뉴스를 들으며 FBI의 추격 상황을 체크했다. 기자는 이제 노골적으로 실명을 사용했다. 하들리, 그레이스, 스키퍼, 마틸드, 마일스. 기자는 마치 그들을 잘 알고 있고, 진심으로 걱정된다는 듯이 말했다. 기자는 아이들에게 이번 일이 얼마나 큰 트라우마가 될지, 배가 고프지는 않을지, 화장실에 가야 할 때는 어떻게 하는지에 대해 일일이 걱정하며 깊은 관심을 보였다.

하들리는 기자의 말을 듣다 보니 덩달아 마음이 초조해졌다. 그러다가 방금 전 기자가 한 말이 사실이 아니라는 것을 떠올렸다. 그들은 하들리, 그레이스, 매티, 스키퍼, 마일스에 대해 이야기하고 있었지만 그 차에는 지미 혼자 타고 있었다.

라디오 뉴스 채널의 추적 보도는 계속 이어졌고, 리포터는 하들리와 그레이스의 이웃들과 친구들, 전문가들과 두루 인터뷰했다. 이 사건의 성격을 이해하는 데 도움이 되는 사람은 모두 인터뷰할 작정인 듯했다. 스키퍼의 선생님, 그레이스의 이웃 사람, 주차장 관리인, 변호사, 아동 심리학자. 대부분의 사람들은 모두들 그들 가족이 무사하길 바란다고 말했다. 심지어 지나가는 사람들을 붙잡고 인터뷰를 해도 그들의 안위를 걱정하는 말들이 흘러나왔다. 그들은 하나같이 FBI가 이 사건을 망친 주범이라며 비난했다.

'모성 본능'이라는 말이 '궁지에 몰린', '싸우거나 도망치거나 둘 중 하나.'라는 말과 함께 자주 등장했다. 모두가 그들 가족을 위해 기도하며 평화로운 해결을 기원했다. 아무도 다치지 않기를, 특히 아이들이 다치지 않기를 간절히 바랐다.

그들은 똑같은 이야기를 반복하면서 다양한 각도에서 이번 사건에 대해 분석했다. 현재 상황은 물론이고, 어쩌다가 이 지경에 이르게 되었는지 되짚어 보았다. 그들은 지난 엿새 동안 벌어진 일들에 대해 끊임없이 분석했다. 세부적인 내용들이 놀라울 정도로 정확했다. 그들이 유일하게 잘못 짚고 있는 부분은 그레이스와 하들리가 애초에 뭉칠 계획이 없었다는 것, 지미가 동참해 함께 움직이고 있다는 것이었다.

아동 심리학자는 이 상황이 장기적으로 아이들에게 미칠 악영향에 대해 분석했다. 그가 부모에 대한 신뢰 문제와 버림받는 문제에 대해 이야기할 때 하들리는 마음이 몹시 초조하고 불안했다. 여러 변호사들이 하들리와 그레이스가 맞닥뜨리게 될 법적인 문제에 대해 토론했다. 모두들 이미 전과가 있는 그레이스의 경우 중형을 면치 못하게 되리라 예상했다. 다들 그레이스가 이번 사건에서 더욱 중요한 역할을 맡고 있다고 분석했고, 전과도 있어서 하들리보다 장기 복역할 가능성이 크다고 예측했다. 그 반면 하들리가 어떤 처벌을 받게 될지에 대해서는 의견이 분분했다.

이번에는 자동차 전문가가 나와 차의 연식과 모델을 감안할 때 언제쯤 연료가 떨어질지 예측했다. 그의 의견은 그레이스의 예측과 대체로 일치했다. 만약 지미가 연료를 완전히 채운 상태로 제한속도를 유지할 경우 대략 일곱 시간 반 정도를 지속적으로 달릴 수 있다는 계산이 나왔다.

리포터들은 다시 하들리와 그레이스가 자수하지 않은 이유에 대해 짚어보았고, 두 여자가 아이들과 최대한 많은 시간을 보내기 위해 최후의 상황을 계속 미루고 있다는 데 의견이 일치했다. 그들이 숭고한 모성애에 대해 이야기하면서 하들리와 그레이스를 마치 영웅처럼 묘사해 놀랐다.

리포터들은 만약 사람들이 하들리와 그레이스가 겪어야만 했던 상황과 똑같은 처지에 놓일 경우 아이들과의 소중한 시간을 무얼 하며 보낼지, 어떤 조언을 해줄지에 대해 이야기했다. 청취자들의 의견도 받겠다고 하자 전화가 빗발쳤다.

이 모든 일들이 너무나 드라마틱하고 비극적이었다. 하들리는 사람들이 전하는 이야기에 공감하는 한편 그녀가 매티에게 해주고 싶은 말과 스키퍼에게 해주고 싶은 말이 뭔지 생각해 보았다.

이번에는 가족 전문 변호사가 출연해 만약 하들리와 그레이스가 체포될 경우 아이들의 미래에 무슨 일이 일어날지에 대해 예측했다. 매티와 스키퍼는 하들리의 여동생인 바네사와 살게 될 확률이 높았다. 바네사는 하들리의 유일한 자매였다. 그 경우 프랭크의 부모가 매티를 키우겠다고 소송을 제기할 수도 있었다. 프랭크의 부모는 그다지 친절한 사람들이 아니었고, 매티는 그들을 몹시 싫어했다.

아이들 중 가장 어린 마일스는 현재 아프가니스탄에서 군 복무 중인 지미 혜릭 상병과 살게 될 거라고 예상했다. 지미에 대한 이야기가 무척이나 많이 쏟아졌다. 무모한 도주극을 벌인 아내 때문에 하루아침에 인생이 바뀐 군인에 대해 다들 격려하는 분위기였다. 하들리와 아이들에 대한 격려는 많은 데 반해 그레이스의 미래를 걱정하는 사람들은 별로 없었다.

어느 여성 청취자가 전화해 만약 그레이스가 살아서 돌아오지 못하거나 지미가 그녀의 범죄 행위에 실망해 이혼한다면 자신이 그 빈자리를 대신할 의사가 있다고 전했다. 그녀의 말투로 보아 지미가 그레이스와 당연히 이혼해야 한다고 생각하는 듯했다.

사람들은 비난받아 마땅한 일, 온갖 범죄 행위, 부도덕한 행위들에 대한 책임을 죄다 그레이스에게 덮어씌웠다. 단지 그레이스의 과거와 그녀의 외모가 마음에 안 든다는 이유 때문이었다. 여러 차례 그레이스의 얼굴 표정이 거칠고 사납다는 언급이 있었고, 그녀의 걸음걸이에 대한 지적도 있었다.

라디오에 출연한 어느 여성 패널이 말했다. "대단히 오만하고 뭔가 과시하고 싶어 하는 걸음걸이입니다."

그레이스를 비난한 인물들 가운데 어느 누구도 그녀에 대해 제대로 아는 사람은 없었다.

멜리사는 라디오 진행자와 인터뷰하면서 말했다. "하들리는 사람을 잘 믿는 게 문제입니다."

언론은 멜리사의 인터뷰를 곧이곧대로 인용해 지나치게 순진한 하들리가 폭력적인 남편과의 결혼 생활에서 벗어나고 싶은 마음이 간절해 그레이스의 교활한 작전에 말려들었다고 분석했다.

프랭크에 대해서는 하나같이 진정한 악당으로 묘사했다. 사악하고 폭력적인 남편 프랭크가 아이들을 데리고 집을 나간 부인을 추적하는 과정에서 딸을 납치하고, 수많은 관람객들이 지켜보는 쿠어스필드에서 FBI 요원을 살해한 것에 대해 분노를 감추지 못했다. 그들은 프랭크가 부인에게 무자비한 폭력을 일삼은 폭군이었고, 영혼 없는 악마이기에 거꾸로 매달아 채찍질을 가해야 마땅하다고 주장했다.

하들리는 방송을 들으면서 매티가 혹시 들을까 봐 걱정이 되었다. 사람들은 누구나 자신이 어느 정도는 부모를 닮았다고 믿는다. 세상 사람들에게 비난받는 부모의 자녀가 되고 싶은 아이는 없을 것이다.

하들리는 프랭크와 토니에 대한 소식을 들을 수 있길 기대하며 초조한 마음으로 라디오에 귀를 기울였다. 두 형제는 여전히 도피 중이었다. 리포터는 매티가 탈출한 뒤로 두 형제가 멕시코로 도피했을 가능성이 크다고 주장했다. 리포터의 말이 사실일 수도 있겠지만 하들리는 프랭크가 멕시코로 도피하지 않았을 거라 믿었다. 프랭크는 비록 사악한 악당이긴 해도 나름의 방식으로 매티를 사랑했고, 딸을 두고 떠날 사람은 아니었다.

하들리는 다시 계기판의 연료계를 확인했다. 바늘이 중간 지점에 있었다. 그레이스와 아이들이 오마하에 도착했을 시간이었다. 일단 여권을 찾기 위해 우체국에 들러야 할 테고, 앞으로 세 시간 뒤에는 비행기에 탑승해 런던으로 날아갈 것이다. FBI와 프랭크의 추적을 따돌리기 위해 런던행은 부득이한 선택이었다.

하들리의 심장이 와이퍼와 똑같은 박자로 뛰었다. 그녀의 손은 운전대를 잡고 있었고, 시선은 전방에 고정되어 있었다. 멀리서 번개가 쳤다. 이제 라디오 소리는 거의 귀에 들어오지 않았다. 라디오에서는 여전히 하들리와 그레이스 이야기가 계속 흘러나오고 있었다. 그 모든 일들이 먼 꿈처럼 느껴졌다. 가까이 다가갈수록 점점 더 멀어지는 꿈.

65

그레이스

그레이스는 마일스, 매티, 스키퍼와 함께 에플리 에어필드 공항에 있었다. 그레이스의 눈은 탑승구 옆 레스토랑에 설치된 대형 TV 화면에 고정되어 있었다. 하들리와 그레이스 사건에 대한 보도가 계속 이어졌다. 그레이스는 벌써 두 시간째 지미가 차로 도주하는 장면을 지켜보고 있었다. 지미는 네브래스카를 통과해 현재 다코타 남부를 지나고 있었고, FBI와 경찰이 그를 뒤쫓고 있었다.

그레이스는 언론과 사람들이 이 사건에 지나치게 관심을 갖는 이유를 납득하기 힘들었다. 방송사들은 마치 하들리와 그레이스의 이야기가 이 세상에서 가장 중요한 사건이라도 된다는 듯이 앞다투어 생중계했다. 이 시간에도 지구 어디에선가 수많은 사람들이 굶주리고 있고, 아이들이 학대당하고 있고, 심각한 자연재해로 다수의 사람들이 죽어가고 있었다. 그럼에도 거의 모든 뉴스 채널이 빗속에서 이차선 도로를 질주하는 검은색 차량을 카메라에 담아 실시간으로 송출하고 있었다.

도로 양쪽으로 너른 들판이 펼쳐져 있었다. 비가 내리는 바람에 화면이 전체적으로 뿌옇게 흐려져 있어 옥수수밭인지 밀밭이나 보리밭인지 분간하기 힘들었다. 이제 겨우 오후 3시였지만 짙은 먹구름이 태양을 가려 무척 어두웠다.

열두 대의 경찰차와 방송국에서 나온 수십 대의 취재 차량들이 지미의 차를 뒤따르고 있었다. 방송사의 차 지붕에는 접이식 안테나와 위성이 설치되어 있었다. 언론의 지나친 관심을 어떻게 받아들여야 할지 알 수 없었다. 다들 이 사건에 매혹되어 있었고, 이 사건의 일부가 되고 싶어 하고 있었다.

지미가 노스플랫을 통과하는 동안 많은 사람들이 도로변에 나와 차가 지나가길 기다렸다. 그들은 폭우가 쏟아지는 와중에 우산을 쓰고 지미의 차가 지나가는 모습을 지켜보았다. 도로변에 나온 사람들 가운데 일부는 **'잡히지 마세요! 엄마 곰 파이팅!'** 이라고 적힌 피켓을 들고 흔들었다. 그레이스는 지미가 그 모습을 보고 무슨 생각을 할지 궁금했다. 그레이스는 미소를 지으며 손을 흔드는 지미의 모습을 상상해 보았다. 물론 실제로는 어느 누구도 폭풍우 속에서 짙게 선팅한 차를 운전하는 차 안의 지미를 볼 수 없을 것이다.

차를 운전하는 사람이 남자라고 추측하는 사람들이 더러 있었지만 FBI는 턱없는 주장이라며 묵살했다. FBI 요원들이 하들리와 그레이스 그리고 세 아이들을 실제로 목격했고, 그들이 맥쿡에서 차에 타는 걸 보았고, 그 뒤로 FBI가 한 번도 놓치지 않고 추적해오고 있었기 때문이다.

FBI는 언론의 지나친 관심에 울화가 치미는 듯했다. 그들은 이 사건에서 전혀 좋은 모습으로 그려지지 않았다. 따라서 그들에게 따라붙는 언론사와 방송국 차량들을 재앙으로 인식했다. 그들은 차질 없이 임무를 수행할 수 있도록 제발 사건 현장에서 물러나 달라고 요청했지만 매번 묵살되었다. 전 국민이 이 드라마틱한 사건에 매혹되어 있는데 방송국에서 순순히 물러설 리 없었다.

TV 화면에서 눈을 뗀 그레이스는 고개를 돌려 창밖을 내다보았다. 활주로를 천천히 오가는 항공기들의 모습이 눈에 들어왔다. 스키퍼는 양손을 볼에 대고, 유리에 코를 밀착시킨 상태로 무릎을 꿇고 앉아 있었고, 매티는 간이의자에 멍하니 앉아 있었다. 마일스는 그레이스의 품에서 새근새근 잠들어 있었다. 그레이스는 몸을 숙여 마일스의 보드라운 뺨에 뽀뽀했다. 마일스의 뺨은 늘 보드랍고 촉촉했다.

그레이스는 지금 자신이 아이들과 함께 공항에 와있다는 사실이 믿겨지지 않았다. 멜리사가 약속한 대로 세 개의 여권이 우체국에 도착해 있었다. 그들이 보안 검색대를 통과하는 동안 어느 누구도 제지하거나 특별한 관심을 보이지 않았다.

몇 자리 건너에 앉아 있던 여자가 잔뜩 흥분한 얼굴로 TV 화면을 가리켰다. 그레이스는 다시 TV 화면으로 시선을 돌렸다. 화면 하단에 *긴급 속보!* 라는 글자가 떠있었다. 화면이 뉴스 룸에서 추격 현장의 헬기 촬영 영상으로 바뀌었다.

도로에 차가 멈춰 서 있었고, 헤드라이트가 쏟아지는 빗줄기를 비추었다. 경찰차들과 언론사 차량들도 줄줄이 멈춰 섰다. 차에서 기자들이 몰려나오자 경찰이 질서를 확보하기 위해 앞을 막아섰다. 기자들은 경찰의 제지를 뚫고 앞으로 달려 나갔고, 그레이스는 자기도 모르게 의자에서 일어나 TV 쪽으로 몸을 숙였다.

런던행 1159기의 탑승이 시작되었다는 안내 방송이 흘러나왔다. 스키퍼가 벌떡 일어나며 말했다. "우리가 타야 할 비행기예요. 1159기. 이제 가야 해요."

그레이스는 그 말을 듣고도 TV 화면에 고정된 시선을 떼지 못했다. 화면에서 흰 셔츠에 갈색 바지를 배 위에까지 치켜 입은 거구의 남자가 우산도 없이 토니의 차를 향해 걸어가고 있었다. 몇 명의 경찰이 총을 꺼내 들고 그를 뒤따랐다.

스키퍼가 그레이스의 손을 잡아끌었다. "트라웃, 이제 가야 해요."

매티가 스키퍼의 팔을 잡고 말했다. "잠깐만, 기다려. 이등병."

"1루수, 어서 비행기를 타야 한다니까."

토니의 차 운전석 문이 열렸고, 지미가 걸어 나왔다. 지미는 두 손을 머리 위에 올리고 있었다. 그에게 스포트라이트가 쏟아지는 순간 그레이스는 숨이 멎는 듯했다. 쏟아지는 폭우 속에서 지미의 얼굴이 환하게 드러났다.

마일스가 몸을 꿈지럭거렸다. 그제야 마일스를 너무 세게 안고 있었다는 걸 알았다. 그녀가 팔에 힘을 빼는 순간 눈물이 나와 코끝이 찡했고, 턱에 힘이 풀렸다.

런던행 1159기에 탑승하라는 안내 방송이 다시 흘러나오자 스키퍼가 말했다. "트라웃, 어서 가요."

바지를 지나치게 치켜 입은 거구의 남자가 지미의 곁을 지나 차 안을 들여다보고 나서 허리를 펴더니 허공에 대고 주먹질을 했다.

스키퍼가 매티의 손을 뿌리치더니 다시 그레이스의 손을 잡아끌었다. "트라웃, 어서 서둘러요."

그레이스는 여전히 화면에 시선을 고정한 가운데 스키퍼의 손에 이끌려 걷기 시작했다. 그녀가 마지막으로 본 장면은 경찰과 기자들이 있는 쪽으로 끌려가는 지미의 모습이었다. 지미가 카메라를 향해 고개를 돌리더니 그레이스를 똑바로 쳐다보았다. 그의 입가에 엷은 미소가 번졌다.

66

하들리

폭우가 쏟아진 이후 비교적 밤공기가 맑고 따스했다. 떠돌이 구름 몇 개가 밤하늘에 떠있었고, 별들이 찬란했다. 하들리는 좌석을 뒤로 젖히고 누워있어서 보이는 거라고는 하늘뿐이었다. 그녀는 오리온자리를 한참 쳐다보았다. 그녀가 알고 있는 유일한 별자리였다. 하들리는 작년에 스키퍼와 함께 현장학습을 나갔을 때 오리온자리에 대해 공부했다. 하들리가 평생 북두칠성의 일부라 여기고 있던 세 개의 별은 알고 보니 다른 별자리였다.

정적 속에서 이따금 서쪽 방향으로 달리는 대형 화물트럭의 육중한 바퀴 소리와 새들의 울음소리가 들려왔다. 하들리는 분명 깨어 있었지만 의식의 안팎을 넘나들며 사랑과 증오의 감정에 대해 생각했다. 그 두 가지 감정이 그녀를 오늘 이 순간으로 이끌었다는 생각이 들었다. 하들리는 자신이 프랭크를 얼마나 증오하는지 생각해 보았다. 그 반면 그레이스와 마일스, 지미를 얼마나 사랑하는지 생각해 보았다.

엄마 멋졌어요.

매티의 말이 머릿속에서 맴돌았다. 그 말을 생각할 때마다 마음

깊은 곳에서 슬픔이 차오르며 목이 메었다.

도대체 어쩌다가 이렇게까지 되었을까? 왜 그리 오랜 시간 동안 부조리한 상황을 방치했을까?

마크를 향해 방아쇠를 당기는 순간 프랭크는 일말의 주저도 없었다. 마치 짜증 나는 존재를 제거할 뿐이라는 듯 냉혹한 표정이었다. 마크가 마치 그의 얼굴 주변에서 귀찮게 윙윙거리는 벌레라도 되는 듯이. 하들리는 그런 남자와 결혼했고, 아이를 낳아 키웠다.

하들리는 세 번째 담배에 불을 붙이며 차 안에 연기가 차지 않도록 창문을 내렸다. 담배를 다 피우고 나서 다시 라디오를 켰다. 온통 지미에 대한 뉴스로 시끄러웠다. 사람들은 아내와 아들을 구하기 위해 아프가니스탄에서 돌아온 남편에 대해 몹시 궁금해했다. 아직 엄마 배 속에서 세상으로 나오지 않은 아이도 흥미진진한 새 얘깃거리로 등장했다. 신변의 안전이 보장되지 않는 상황이었지만 지미는 아내의 배 속에서 자라고 있는 아기에 대해 이야기하고 싶은 마음을 억누를 수 없었던 게 분명했다.

하들리는 눈꺼풀이 무겁게 내려앉아 눈을 뜨고 있기가 힘들었다. 라디오를 끈 하들리는 눈을 감고 잠을 청했다. 답답한 차 안의 공기 속에서 시간은 몹시 더디게 흘러갔고, 그러다가 마침내 아침이 밝아왔고 다시 차를 달릴 수 있을 정도로 발목이 회복되었다.

비바람을 몰고 왔던 폭풍은 어느새 오간 데 없이 사라졌고, 하늘은 구름 한 점 없이 맑았다.

그레이스, 매티, 스키퍼, 마일스는 런던에 무사히 도착했을까?

하들리는 런던에 있는 그들의 모습을 상상해 보았다. 그녀의 상상 속에서 매티는 주변을 두리번거리느라 머뭇거리는 스키퍼의 손을 잡아끌고 있었다. 스키퍼는 눈이 휘둥그레져서 매티가 이끄는 대로 따라갔다. 마일스는 익숙하지 않은 소란에 흥분해 발길질을 하고 손을 허공에 저어대며 옹알이를 했다.

하들리는 계속 차를 달렸고, 도로를 주시하며 졸지 않기 위해 정신을 집중했다. 마치 몇 년 동안 제대로 잠을 못 잔 기분이었다. 짙은 피로감 때문에 타이어 소리가 마치 자장가처럼 들렸다. 눈꺼풀이 파르르 떨리다가 저절로 감겼고, 그녀는 차가 도로에서 이탈하기 직전 가까스로 눈을 떴다.

저녁 시간이 다가오고 있을 때 〈그랜드 포티자 치페와〉 호텔의 예약 알림이 떴다. 하들리는 하루 종일 먹지 않아 속이 텅 비었지만 애써 시장기를 억눌렀다. 그녀는 곧장 관리동의 프런트 데스크로 가서 데니스 헐을 만나고 싶다고 말했다. 국경을 넘도록 도와줄 사람이라고 그레이스가 알려준 이름이었다.

"하들리 토렐리?"

하들리는 자신의 이름을 부르는 소리에 돌아섰다. 그녀를 부른 20대 남자는 피부가 희고 눈은 잿빛이었다. 편안한 신발에 슈트 차림이었다. 하들리는 실망스러운 한편 다행스럽게 느껴지기도 했다. 경찰에 잡혀가면 아는 대로 자백할 생각이었다. 그 대신 그레이스와 아이들을 최대한 보호할 작정이었다. 그녀는 주어진 형량을 모두 채우고 나와 자신에게 허락된 삶을 살아가고 싶었다.

"저는 케빈 피츠패트릭이라고 합니다."

"케빈 피츠패트릭?"

하들리의 입가에 엷은 미소가 번졌다. 그녀를 체포하러 온 사람이 마크의 친구라서 다행이었다.

하들리가 몸을 비틀거리자 피츠가 얼른 다가와 팔꿈치를 붙잡아 주었다.

"어지러우세요?"

하들리는 고개를 끄덕였다.

"일단 뭘 좀 먹을까요?"

순수한 브루클린 억양이었다.

"내가 아는 걸 전부 다 털어놓고 싶어요."

"그 이전에 일단 뭘 좀 먹어 두는 게 좋지 않을까요?"

하들리는 그가 이끄는 대로 따라 걸었다.

피츠는 그다지 키가 크지 않았다. 그녀와 비슷한 키에 마른 몸매라 입고 있는 슈트가 헐렁해 보였다.

"이제 현장 요원이 되었나 봐요? 마크가 살아 있었다면 무척이나 기뻐했겠네요."

피츠가 서글픈 표정으로 말했다. "팀장님이 절 추천해 준 덕분입니다."

마크가 피츠에 대해 이야기했다. 그녀가 그레이스와 금고의 돈을 훔치던 날 피츠 요원이 감시 카메라를 확인했다고.

"머리는 좋은데 마음이 지나치게 여린 친구죠. 현장에서는 그러면 안 되거든요."

그 말이 어떤 의미인지 비로소 알 수 있을 듯했다. 마크는 피츠를 좋아했고, 그를 보호하고 싶어 했다. 피츠는 그녀에게 자백을 받아내는 것보다 쓰러지는 걸 더 걱정하고 있었다.

식당의 매니저가 그들을 테이블로 안내했다. 하들리는 주위를 둘러보며 다른 요원들이 더 있는지 살펴보았다.

"다른 요원들은 다들 어디에 있어요?"

"저 혼자 왔습니다. 사실 사우스다코타로 가기로 되어 있었는데 여기로 왔어요."

하들리가 자리에 앉고 나서 피츠도 맞은편에 앉았다. 피츠가 물컵을 그녀 앞에 놓아주었다.

하들리는 마침 갈증을 느끼고 있던 터라 물을 벌컥벌컥 들이켰다. 물컵을 다 비우고 나서야 맥쿡을 떠난 뒤로 아무것도 먹지 않았다는 걸 알았다.

피츠는 커피 한 잔과 수프를 시켰고, 하들리도 같은 걸로 주문했다.

"내가 이 호텔에 있는 걸 어떻게 알았죠?"

"사실은 제가 추리를 무척 좋아합니다. 지난 일 년 동안 사무실을 지키고 앉아 이 사건을 조사했죠. 팀장님에게 정보를 제공하고, 수사 진행 현황을 업데이트하는 게 저에게 주어진 임무였어요. 그다지 재미있는 일은 아니었지만 덕분에 이 사건에 대해 두루 파악하게 되었죠. 당신과 그레이스가 금고에서 돈을 훔친 순간부터 전 이 사건에 흥미를 느꼈어요."

하들리는 그날 밤이 너무나 먼 옛날처럼 느껴져 마치 다른 생에서 벌어진 일 같았다.

"두 사람이 한 팀이 되어 돈을 훔치기로 미리 약속되어 있었나요?"

하들리는 대답 대신 고개를 저었다.

"그럴 거라 짐작했는데 역시 아니었군요. 놀랍네요."

하들리는 아무 말도 하지 않았다. 지난주에 벌어진 일들을 놀랍다는 말만으로 설명할 수는 없었다. 그녀에게는 비극적이고, 끔찍하고, 후회스러운 일이었다.

"그레이스는 정말 대단한 사람이죠?"

하들리가 고개를 끄덕였다.

"하지만 딱 한 가지 실수를 저질렀어요."

하들리가 한쪽 눈썹을 치켜올렸다.

"대포폰. 지미가 나타났을 때 그레이스는 대포폰을 갖고 있었어요. 저는 지미의 형이 두 사람 사이에서 정보를 전달해 주었을 거라 짐작했어요. 그래서 지미의 형 브래드의 통화 내역을 조회했죠. 대포폰의 통화 내역을 추적해 보니 바스토우의 월마트와 연결이 되더군요."

피츠는 이야기를 하면서 점차 활기를 띠어갔다. "감시 카메라 영상을 찾아보니 컴퓨터에서 뭔가 검색하는 그레이스의 모습이 보였어요. 그녀가 검색한 이력을 조회해 보니 캐나다 국경을 넘는 방법을 찾고 있더군요."

마크의 말대로 피츠는 정말 똑똑했다.

하들리는 테이블을 내려다보다가 S자 모양으로 긁힌 자국을 발견했다. 그녀는 어쩌다가 긁혔는지 궁금해하다가 문득 그레이스가 자신의 실수를 알게 되면 크게 실망할 거라는 생각이 들었다.

"왜 혼자 오셨어요?"

"제가 옳다는 확신이 없었어요. 게다가 저의 상사인 가레트 오툴 국장님은 워낙 완고한 분이라 설득하기 쉽지 않아요."

"마크는 그 사람이 쓰레기라고 하던데요."

"저의 추리가 틀렸을 경우 승진 기회를 박탈당할 수도 있으니까 주저할 수밖에요."

하들리는 고개를 끄덕였다.

"이제 보니 제가 반만 맞았네요."

하들리는 아무 말도 하지 않았다.

"아이들은 그레이스가 데려갔나요?"

하들리는 테이블 위의 긁힌 자국을 지워버리려는 듯 손가락으로 문질렀다. "그레이스의 잘못은 없어요. 저는 기꺼이 수사에 협조할 생각이지만 그레이스의 잘못으로 몰아가는 건 절대 동의할 수 없어요. 사실이 아니까요. 그날 밤, 그레이스는 단지 유니폼 주문을 확인하려고 사무실에 왔을 뿐이에요."

종업원이 커피와 수프를 테이블에 내려놓았다.

"그날 금고가 어디에 있는지 찾다가 그레이스를 우연히 만나게 된
거예요."

"자, 일단 좀 드세요."

하들리는 뜨거운 김이 나는 콘 차우더 수프 그릇을 쳐다보다가 다
시 고개를 들었다.

피츠가 말했다. "일단 음식을 드세요. 지금 몰골이 말이 아니에
요. 정말 미인이신데 안색이 파리하고 핏기가 없어요."

하들리는 수프를 한 입 떠먹었다. 혀끝으로 수프의 맛을 음미해
보았다. 따스한 온기가 온몸으로 퍼져나갔다. 하들리가 수프를 다
먹을 때까지 두 사람은 아무 말도 하지 않았다.

하들리가 수프를 다 먹고 나서 그릇을 옆으로 밀어놓고 피츠를 마
주 보았다.

"이제 기운이 좀 나세요?"

"네, 고마워요."

하들리는 크게 심호흡을 하고 나서 다시 이야기를 이어갔다. 그
녀가 그레이스를 총으로 위협하며 협조를 요청했고, 마일스를 인질
로 삼아 병원으로, 그다음에는 바스토우로 데려가게 했다는 이야기
였다.

피츠가 끼어들었다. "저희들이 비디오를 확보했습니다. 사무실,

병원, 상점이 등장하는 비디오죠."

하들리가 피츠를 쳐다보았다. 그녀는 얼굴이 후끈거렸지만 절박한 심정으로 말했다. "제 말을 믿어주세요. 그레이스는 이번 일과 아무런 관련이 없어요."

"그레이스를 무조건 감싼다고 해결될 일이 아닙니다. 다시 한번 말씀해 주세요. 진실이 무엇인지."

하들리는 잘게 찢어놓은 냅킨을 바라보며 고개를 저었다. "제가 잘못 진술하는 바람에 그레이스가 교도소에 가게 되면 안 되잖아요."

피츠가 하들리의 눈에 고인 눈물을 닦도록 냅킨을 내밀었다. "부인을 힘들게 하려고 이러는 게 아닙니다."

하들리는 고개를 저었다. 더 이상 말하고 싶지 않았다. 그녀가 하는 말이 그레이스에게 해가 될까 봐 두려웠다.

피츠가 그녀를 다독였다. "돈 얘기부터 해볼까요? 처음부터 범죄와 연관된 돈이란 걸 알고 있었나요?"

하들리는 고개를 저었다. "그 사람에게서 도망쳐 멀리 떠나고 싶었을 뿐이에요. 프랭크가 그렇게 많은 돈을 숨겨둔 줄은 미처 몰랐어요."

피츠가 물었다. "돈은 지금 어디에 있죠?"

하들리는 피가 차갑게 식는 걸 느꼈다. 어쩌면 그가 이곳에 온 진짜 이유는 방금 전 질문을 하기 위해서였을 수도 있다는 생각이 들었다. 그녀가 고개를 들었을 때 그의 얼굴은 오직 진심 어린 걱정으로 가득했다.

"그레이스가 갖고 있어요."

"일리가 있네요."

피츠는 몸을 뒤로 젖히고, 새롭게 습득한 정보에 대해 생각해 보는 눈치였다. 퍼즐을 맞추던 피츠의 눈이 반짝였다. "아마도 맥쿡 어디에선가 자동차를 바꿔치기 했겠네요. 사일로 근처일 거예요. 그 이후 당신과 그레이스는 헤어졌고요. 돈을 챙긴 그레이스가 아이들을 데리고 어디론가 떠났고, 당신도 국경 쪽으로 가고 있었던 거예요."

피츠의 눈이 휘둥그레졌다. "이제 보니 그레이스에게 다른 탈출로가 있었겠네요." 피츠의 얼굴이 환해졌다. "그레이스가 탈출에 성공한 거예요. 결과적으로 당신의 아이들이 그레이스의 위장을 도운셈이네요. 그레이스와 아기가 아니라 세 아이와 엄마였으니까."

하들리는 왠지 피츠가 그레이스를 응원하고 있다는 느낌을 받았다. "기가 막힌 추리네요. 진짜 놀라워요."

피츠의 미소가 얼굴 전체로 번져나갔다. 그가 마치 유명인을 흠모하는 사람처럼 웃었다. 하들리는 그게 바로 범죄자들에 대한 동경 같은 것인지 궁금했다.

하들리는 다시 한번 강조했다. "그레이스는 잘못이 없어요."

피츠가 말했다. "어쩌면요. 하지만 배심원들을 설득하기 쉽지 않을 거예요. 어쨌든 FBI 요원에게 총을 쏘았으니까."

"그레이스는 그때 마크를 향해 총을 쏜 게 아니었어요. 내가 떨어뜨린 총을 그가 집어 들지 못하도록 경고한 것일 뿐이죠."

피츠가 얼굴을 찌푸렸다. 그 순간 하들리는 방금 전 그레이스에게 불리한 진술을 했다는 걸 깨달았다. 그녀는 눈을 내리깔고 다시 냅킨을 찢기 시작했다.

"그레이스가 탈출해서 다행이에요. 차라리 아주 멀리 떠났으면 좋겠네요. 자국민 불인도의 원칙이 적용되는 나라로. 물론 그런 나라로 갔겠죠?"

하들리는 아무 말도 하지 않았다. 런던에 도착한 뒤 어디로 갈지 심사숙고해 결정하기로 했다. 두바이나 남아프리카공화국 인근 국가로 갈 생각이었다. 그곳에 도착하면 멜리사에게 소식을 전하기로 했다. 그러면 멜리사가 하들리에게 소식을 전해줄 것이다.

"그레이스는 전과가 있기 때문에 체포될 경우 쉽게 풀려나지 못할 거예요."

하들리는 고개를 끄덕였다. 그의 추리가 옳다는 걸 확인해 주다 보면 계속 상황이 악화될 듯했다.

피츠가 말했다. "당신과는 많이 다르죠. 당신은 잃을 게 많은 대신 덜 위험하니까."

하들리는 고개를 갸우뚱했다.

"당신은 전과가 없잖아요. 총을 겨눌 때 팀장님이 FBI 요원이라는 사실을 몰랐다고 하면 터무니없이 무거운 혐의를 덮어씌우지는 못할 거예요."

하들리는 마크가 FBI 요원이었다는 걸 너무나 잘 알고 있었지만 아무 말도 하지 않았다.

"때로는 사실 관계를 어떻게 전달하느냐가 중요하죠."

하들리가 자수하자고 했을 때 그레이스가 그녀를 설득하면서 했던 말과 비슷했다.

"왜 우릴 도우려고 하죠?"

피츠의 얼굴이 분홍빛으로 물들었고, 어딘가 거북해 보였다. "당신이 불필요한 고생을 하는 걸 보고 싶지 않으니까요."

"왜요?"

피츠가 테이블을 내려다보다가 다시 그녀를 바라보았다. "아이러니하게도 팀장님이 늘 저에게 했던 말 때문입니다." 그가 서글픈 미소를 지었다. 하들리는 그에게 마크가 얼마나 큰 의미였는지 새삼 느꼈다. "팀장님은 제가 마음이 여리다고 했죠."

하들리는 고개를 끄덕였다.

"당신들이 쓴 편지 때문이기도 해요."

"어떤 편지요?"

"차를 빌려주었던 할머니에게 남긴 편지."

"낸시?"

"네, 낸시."

하들리는 그 편지를 기억하고 있었다. 월마트에서 구입한 카드에 감사하는 편지를 적어 계기판 위에 놓아두었다.

"제가 팀장님에게 당신이 남겨놓은 편지가 너무 멋지더라고 말했던 기억이 나요."

"마크는 멋지다고 생각하지 않았나요?"

"그렇게 말은 안 했지만 당연히 멋지다고 생각했을 거예요."

하들리는 그 말에 미소를 지었다.

"팀장님은 저에게 항상 강해져야 한다고, 피의자에게 결코 감정이입을 해서는 안 된다고 주의를 주었어요." 피츠가 어깨를 펴고 마크가 엄포를 놓는 모습을 흉내 냈다. "저를 그렇게 나무랄 때는 언제고 이번에는 정작 팀장님이 감정이입을 하더군요. 팀장님이 유적지에서 탈출해 사무실에 전화를 걸어 그간 있었던 일을 설명했어요. 그때 저는 팀장님이 당신을 감싸려 한다는 느낌을 받았죠."

하들리의 얼굴에 자기도 모르게 미소가 번졌다.

"전 사실 깜짝 놀랐어요. 팀장님이 이전에는 한 번도 그런 적이 없었거든요. 팀장님이 목숨을 잃은 뒤로 가레트 오툴 국장님이 나서기 전에 어떻게 된 상황인지 제가 미리 파악해둘 필요성을 느꼈죠. 왜 이런 일이 벌어졌는지 이해하고 싶었어요. 팀장님도 그게 궁금했나 봐요. 팀장님은 쿠어스필드에 직접 가서 상황이 더 악화되는 걸 막으려고 했던 것 같아요. 사실 팀장님은 굳이 그곳에 갈 필요가 없었거든요."

"그곳에 갈 필요가 없었다고요?"

"가레트 오툴 국장님이 팀장님에게 이 사건에서 손을 떼라고 지시

했으니까요."

하들리는 나지막한 신음 소리를 발했다. 마크가 어쩌면 그녀를 지키려다가 죽음을 당했다고 생각하니 서글프고 미안한 감정이 북받쳐 올랐다. 하들리는 아랫입술을 깨물며 밖으로 터져 나오려는 감정의 파도를 가두었다.

"제가 조사해 본 결과 당신은 범죄와는 거리가 먼 사람이었어요. 남편 금고에서 필요한 돈을 가져갔을 뿐이죠. 남편이 추적하고 있어 도망친 거예요. 어떤 개자식들이 딸을 괴롭혀 허공에 대고 총을 쏘았고요. 대부분의 배심원들은 당신의 이야기에 공감할 수 있을 겁니다. FBI 요원을 향해 고의적으로 총을 쏜 게 아니라는 점만 설명할 수 있다면 보호 관찰 정도로 끝날 수도 있을 거예요."

"만약 실형을 받는다면 아이들이 자라는 모습을 볼 수 없겠죠."

하들리는 한시적이나마 아이들을 볼 수 없다는 생각이 들 때마다 도저히 견딜 수가 없었다. 마일스가 걸음마를 떼고, 매티가 운전면허를 따고, 스키퍼가 자전거를 배우는 모습을 보는 걸 놓치고 싶지 않았다. 그런 순간에 아이들과 함께 함께하지 못한다는 생각이 그녀를 무너뜨렸다.

피츠의 앳된 얼굴에 연민이 가득했다.

하들리는 그가 안됐다는 생각이 들어 말했다. "괜찮아요, 당신은 할 일을 했을 뿐이고, 나는 죗값을 치러야 마땅해요. 날 도우려고 애써줘서 정말 고마워요."

피츠가 고개를 끄덕였다. 하들리는 그가 여전히 괴로워하고 있다는 걸 알 수 있었다.

"형량을 채우고 나서 집과 사업은 포기하지 않아도 됩니다."

하들리는 눈을 내리깔고 고개를 저었다. "제가 돈을 훔친 이유는 프랭크를 설득할 자신이 없었기 때문이에요. 프랭크는 결코 용납하지 않을 거예요. 나에게 재산을 주느니 차라리 돈을 전부 불태워 버릴 사람이죠."

"아직 모르셨어요?"

하들리가 고개를 들었다.

"프랭크는 죽었어요."

하들리는 분명 그 말을 들었지만 뇌에까지 전달되지 않고 허공에서 맴돌았다.

프랭크가 죽었다.

하들리는 도저히 그 말을 받아들일 수 없었다.

피츠가 말했다. "프랭크는 레드 윌로우의 호텔에 숨어 있었어요. 맥쿡 북쪽에 위치한 마을이죠. FBI 요원들과 대치 중이었는데 총을 쏘면서 호텔을 나오다가 현장에서 즉사했어요."

"당신이 그를 쏘았나요?"

"전 그 자리에 없었어요."

하들리는 멍하니 허공을 바라보았다.

프랭크가 죽었다.

마크처럼.

하들리의 턱에서부터 전율이 시작되었다. 처음에는 가벼운 전율이었는데 점점 커지며 목과 척추를 타고 팔다리와 손가락 발가락까지 차례로 번져갔다.

피츠가 그녀의 곁에 앉았다. "죄송합니다. 이미 알고 계시는 줄 알았어요."

하들리는 두 팔로 배를 감싸고 딸꾹질을 하며 눈물을 쏟았다. 등에서 피츠의 손길이 느껴졌고, 그가 하는 말이 들려왔지만 뇌에까지 닿지는 않았다.

불과 일주일 전만 해도 프랭크는 살아 있었고, 그와 한집에서 살았다. 그는 스키퍼에게 야구 카드를 사주었고, 경기 라인업에 대한 이야기를 주고받았다. 그때만 해도 마크와 그레이스가 누군지도 알지 못했다. 마크는 대륙 반대편에 있었고, 벤과 셸리의 아빠였다. 그레이스는 과거를 묻고 열심히 삶을 꾸려가고 있었다. 그러다가 마치 젠가 게임을 할 때처럼 나무 조각 하나를 잘못 빼내 탑을 무너뜨리게 되었고, 온 세상이 뒤집혔다.

"이제 프랭크는 죽었으니 앞으로 다시는 당신을 해치지 못해요."

피츠는 하들리가 프랭크의 죽음에 안도해 눈물을 흘리는 것이라고 여기는 눈치였다. 하들리는 그가 죽기를 바라지 않았다. 프랭크가 메르세데스 벤츠의 흠집을 걱정하고, 이웃에게 피자 오븐을 자랑하고, 마치 양처럼 짖는 개를 비웃으며 살아가길 바랐다. 다만 그녀의 삶을 힘들게 만들었던 그의 폭력적인 성향과 지독하게 의심이 많은 성격을 증오했을 뿐이었다. 하들리는 지난 15년 동안 그와 한 집에서 애증의 세월을 살았다. 그러다가 그녀가 집을 나왔고, 그는 죽었고, 그녀는 교도소에 들어가야 할 처지가 되었다.

하들리는 자신이 피츠를 불편하게 만들고 있다는 걸 깨닫고 웅얼거렸다. "잠깐 화장실에 다녀올게요. 대신 차 열쇠는 두고 갈게요."

하들리는 닛산 자동차 열쇠를 주머니에서 꺼내 테이블 위에 올려놓은 다음 비틀거리는 걸음으로 화장실을 향해 걸어갔다. 아직 발목이 완전하게 낫지 않아 휘청하며 넘어질 뻔했지만 가까스로 화장실까지 걸어가서 안으로 들어가 문을 잠근 다음 머리를 무릎에 파묻고 울음을 쏟아냈다.

한참 동안 울고 나자 눈물이 말랐다. 이제 피츠에게로 돌아가 그녀에게 닥칠 일들을 받아들일 시간이었다.

테이블로 돌아와 보니 피츠가 보이지 않았다. 소금 통 밑에 3달러가 놓여 있었고, 냅킨 위에 자동차 열쇠가 있었다. 피츠가 적어둔 메모가 눈에 들어왔다.

저는 비즈마크로 갑니다. 그레이스에게 안부 전해주세요. 피츠.

하들리는 오랫동안 그 글을 쳐다보았다.

"데니스 헐을 찾으신다고요."

뒤돌아보니 가무잡잡한 피부에 검은 머리카락을 뒤로 묶은 남자가 서있었다.

에필로그
그레이스

공이 앞뒤로 빠르게 움직였고, 스키퍼의 눈도 공을 시야에서 놓치지 않기 위해 덩달아 빨리 움직였다. 아이의 얼굴에 환한 미소가 번졌다. 스키퍼는 오늘 축구 유니폼을 입고 있었다. 빨간색과 황금색 줄무늬 셔츠에 하얀 반바지 차림이었고, 머리에는 빨간 로고가 새겨진 검은색 나이키 헤드밴드를 두르고 있었다.

스키퍼가 가장 좋아하는 선수는 디온 호토였다. 두 번째로 벤슨 실롱고를 좋아했다. 스키퍼는 크리켓과 럭비, 골프도 좋아했고 유니폼도 계절별로 다양하게 입었다.

아프리카 네이션스컵 결승전 티켓을 구하는 데 돈이 제법 많이 들긴 했지만 지미는 그 정도는 투자할 만한 가치가 있다고 생각했다. 그는 가족의 기념일을 축하해야 한다고 말했다. 6월 2일은 특별한 가족이 처음 만들어진 날이었다. 그레이스는 그날 그들 모두가 함께한 시간은 3초도 안 되고, 심지어 지미와 틸리는 몇 달 뒤에야 처음 제대로 만났다고 했지만 지미의 로맨틱한 감성에 찬물을 끼얹을 수는 없었다. 지미는 마음속으로 6월 2일에 모든 일이 촉발되었다고 믿었으니까.

지미가 아기를 어깨에 기대어 안고 우유를 먹인 다음 트림을 시켰다. 마크 제임스 헤릭은 다섯 달 전에 태어났다. 아기의 머리카락이 진한 오렌지 색이라 햇빛을 받으면 빛을 발했다. 스키퍼는 아기를 뉴비라고 불렀고, 어쩌다 보니 그 이름이 굳어지게 되었다. 다만 하들리만은 여전히 아기를 마크라고 불렀다.

하들리는 요즘 마일스를 돌보느라 정신이 없었다. 마일스는 11개월째부터 걸음마를 떼어놓기 시작했고, 그때부터 끊임없이 말썽을 피웠다. 마일스는 지금 난간을 기어올라 축구장으로 들어가 공을 잡으려고 했다. 마일스의 입에서 처음 나온 말이 '공'이었다.

마일스는 하루가 다르게 지미를 닮아가고 있었다. 아직 빠지지 않은 젖살은 근육이 되었고, 인상은 점점 더 짓궂게 변해가고 있었다. 마일스는 지미의 외모와 그레이스의 성격을 빼닮았다. 마일스는 어떻게 키우느냐에 따라 영웅이 될 수도 있고 악당이 될 수도 있어서 그들의 책임이 막중했다.

하들리는 담배를 하루에 한 갑 정도 피우는 상태로 나타났지만 요즘은 끊기 위해 부단히 애쓰고 있었다. 패치, 명상, 최면 테이프가 금연에 동원되었고, 요즘도 피웠다가 끊기를 반복하고 있었다.

하들리는 처음 이곳에 왔을 때 몰골이 말이 아니었다. 그레이스는 하들리처럼 미모가 출중한 여자는 어떻게 해도 아름다울 거라고 생각했지만 전혀 그렇지 않았다. 그들 일행이 나미비아에 도착한 이후 한 달이 지났을 때 문 앞에 나타난 여자는 미국을 떠나올 때 그들이 보았던 하들리가 아니었다. 병색이 짙은 얼굴은 핼쑥했고, 파리하고 창백했으며 눈빛이 섬뜩할 정도로 몽롱했다.

지미는 하들리가 전쟁신경증을 앓고 있는 것이라며 전에도 본 적이 있다고 했다. 아드레날린이 다량 분비되는 상태로 참전했다가 전쟁이 끝나면 마치 그들이 경험했던 끔찍한 사건의 후폭풍처럼 무너지는 병이라고. 외상 후 스트레스 증후군의 정지 상태와는 다르고, 마취 상태와 비슷하고, 거의 혼수상태에 가까운 일종의 심신 미약 상태에 해당한다고.

하들리는 서서히 나아졌다. 아이들이 그녀에게 꼭 필요한 해독제가 되어주었다. 그레이스는 때때로 멍하니 허공을 바라보는 하들리의 모습을 보았다. 마치 무언가 생각하거나 퍼즐을 맞추는 듯했다. 아무리 애써도 이해할 수 없다는 듯 혼란스러운 표정이었다.

"이겼다!"

스키퍼가 큰 소리로 외치는 순간 벨이 울리면서 경기가 끝났다. 스키퍼는 돌아다니며 모두와 주먹을 맞부딪쳤다. 심지어 좌석을 빙 돌아 여전히 지미의 어깨에 기대어 있는 마크와도 주먹을 맞댔다.

그레이스가 일어서서 가방들을 챙기기 시작했다. 그녀는 일 년 전 운명의 여행길에 사용했던 기저귀 가방을 아직도 쓰고 있었다. 그 가방은 그동안 일어났던 일들과 그때의 경험이 우리 모두를 어디로 이끌었는지 일깨워주었다. 그 가방을 병원 가방으로 사용하려고 꺼낼 때 하들리는 눈을 위로 치켜떴다. 마트에서 산 그 가방은 낡고 얼룩이 지고 손잡이는 헤어지고 앞주머니는 찢어진 상태였다.

그레이스는 아마도 하들리가 구찌에서 새로 나온 가방을 눈여겨 보고 있었을 거라고 생각했다. 그들은 명품 가방을 살 여력이 있었다. 그동안 그들은 돈 관리를 철저하게 해왔다. 나미비아의 빈트후크는 세계에서 가장 빠른 속도로 성장하는 도시였고, 복잡한 도심에서의 주차장 사업은 상당히 수익성이 좋았다. 처음에는 건물의 주차 공간을 재임대하는 방식으로 사업을 시작했다. 이제는 그들 소유의 주차장이 두 곳이나 있었고, 앞으로 두 곳을 더 매입해 사업을 확장할 예정이었다.

그레이스가 사업 운영을 맡고 있었고, 일상적인 실무는 지미가 처리했다. 하들리는 눈을 자주 위로 치켜뜨거나 여러 의견을 내며 집안 살림을 총괄했다. 세 사람의 파트너십은 너무나 훌륭했다.

지미가 경기장에서 걸어 나오면서 틸리에게 킬라니에서 열리는 스톡 자동차* 경주에 대해 이야기했다. "나는 프리키에게 돈을 걸어 볼 생각이야."

틸리가 말했다. "아저씨가 바보라서 프리키에게 돈을 거는 거예요. 올해는 맥그레이스가 무조건 이겨요."

틸리는 열렬한 자동차경주 팬이었다. 자동차 경주와 관련된 모든 걸 사랑했다. 틸리의 꿈은 차세대 다니카 패트릭**이 되는 것이다.

---

* 일반 시판차를 개조한 자동차
** 미국 출신의 여성 카레이서

물론 틸리는 나스카*가 아닌 F1** 경기에서 달리고 싶어 했다.

지미가 항의했다. "운전자가 멋있다고 우승하는 건 아니야."

"말로만 그러지 말고 일단 돈을 걸어 보시죠."

지미가 말했다. "좋아, 일단 10만 달러."

그레이스가 미소를 지었다.

틸리가 받아쳤다. "20만 달러."

지미가 고개를 저었다. "금액이 너무 커. 지난 경주 때문에 난 아직 빈털터리야."

"좋아요. 10만 달러. 하지만 아저씨가 지면 저를 랠리크로스 챔피언십***에 데려가는 거예요."

지미가 손바닥에 침을 뱉고는 손을 내밀었다. 틸리도 손바닥에 침을 뱉고 손을 내밀었다. 두 사람이 서로 악수를 나누었다.

그레이스는 마음속으로 모노폴리 지폐를 더 사야겠다고 생각했다. 지미는 돈을 잃게 되면 은행에서 빌리려고 할 테고, 머지않아 그런 상황이 올 것이다.

지미는 군부대 밖에서의 생활에 놀라울 정도로 잘 적응했다. 그의 형량이 6개월인 걸 알았을 때 그레이스는 환호했다. 그의 혐의는 3개 주에서 경찰을 따돌리고, 범죄자를 돕고, 범행을 사주했다는 것이었다. 그는 군 복무 중이라 감형을 받았다. 변호사가 그의

* 전미 스톡 자동차경주 협회에서 주최하는 종합 스톡 자동차경주
** 국제자동차연맹이 규정하는 세계 최고의 자동차경주 대회
*** 국제자동차연맹에서 주관하는 모터스포츠 대회

범행이 임신한 아내와 아이들을 위한 영웅적인 행동이었다고 변호했기 때문에 특별히 선처를 받았다.

지미는 석방된 지 일주일 만에 형의 여권으로 아프리카행 비행기에 올랐고, 그때는 마크가 태어나기 일주일 전이었다.

그레이스가 나미비아를 선택한 이유는 자국민 불인도 원칙이 가장 확실하게 지켜지는 곳인데다 영어를 사용하기 때문이었다. 나미비아에서의 생활은 미국과 상당히 비슷했다. 그들이 소수 인종이라는 사실과 간혹 얼룩말, 코뿔소, 기린 따위가 길 건너편에서 어슬렁거리는 것만 빼면.

지미가 짐을 풀기도 전에 하들리는 그를 도박 중독자 치료 프로그램에 등록하게 했다. 윈드호크에 도박 중독자들을 위한 프로그램이 있었고, 그는 모임에 꾸준히 참석하고 있었다. 하들리는 도박에 손을 대면 안 된다고 끊임없이 지미에게 설교를 늘어놓았다.

지미는 한 시간짜리 온라인 회의에 참석하는 게 약속을 어겼다고 하들리에게 한 달 내내 잔소리를 듣는 것보다는 낫다고 판단했다. 지미가 불평을 늘어놓을 때면 그레이스는 그의 편인 척했지만 마음속으로는 하들리를 응원했다. 그레이스는 하들리가 공격적인 역할을 주저하지 않는 게 모두 다 자신을 위해서라는 걸 알고 있었다.

요즘 지미가 하고 있는 유일한 도박은 틸리, 스키퍼와 함께 가짜 돈으로 하는 게임뿐이었다. 그 게임에서는 틸리가 단연 승률이 앞섰다. 틸리는 현재 은행 잔고가 6백만 달러에 달했다. 스키퍼의 잔고는 2백만 달러였고, 지미는 빈털터리였다. 그가 얼마나 형편없는 도박사인지 여실히 증명해 주는 결과였다. 스키퍼는 자신이 좋아하는 선수가 아니면 아예 베팅을 하지 않았다.

그레이스가 다 함께 걷는 그들을 바라보았다. 너무나 완벽한 가족이라 깨질까 봐 두려웠다. 지미는 괜찮을 거라며 안심시켰지만 그레이스는 이렇게 완벽한 가족이 영원할 리 없다는 피해망상에 빠지곤 했다. 그럴 때마다 지미는 특유의 낙천주의로 그레이스에게 희망을 불어넣어 주었다.

"그레이스, 지금 휴가 온 거야? 아니면 날 좀 도와줄 거야?"

하들리의 말에 그레이스는 생각에서 깨어났다.

그레이스가 안아 들자마자 마일스는 곧장 몸부림을 치며 내려달라고 떼를 썼다. 그레이스가 마일스의 배에 입을 대고 힘껏 불어 기차의 기적 소리를 냈다. 마일스가 까르르 웃음을 터뜨렸고, 하들리는 그 틈을 이용해 유아차를 펼쳤다.

마일스가 노골적으로 유아차를 거부했다. "우아차 시러, 시러 시러."

하들리는 결국 빈 유아차를 밀며 걸었다. 마일스는 마치 술 취한 사람처럼 비틀거리는 걸음걸이로 사람들 사이를 걸어 다녔다. 틸리가 뒤에서 마치 인간 범퍼처럼 마일스의 주변에 두 팔을 둘러 보호하며 따라갔다.

틸리는 '*죄송합니다.*', '*실례합니다.*'를 입에 달고 걸었다.

틸리는 날이 갈수록 하들리를 닮아갔다. 키도 크고, 이목구비도 또렷했다. 어린 하들리 버전이었다. 아빠를 닮은 눈만 제외하면.

하들리는 프랭크의 죽음에 대해 괴로워했지만 그레이스는 그가 사라졌다는 사실을 떠올릴 때마다 안도감이 밀려드는 건 어쩔 수 없었다. 프랭크가 살아 있다면 결코 추적을 포기하지 않았을 테니까.

마일스가 넘어져 울음을 터뜨렸다. 틸리가 재빨리 마일스를 안아 들었다. 틸리가 상처를 살피려고 하자 마일스는 뭐가 그리 급한지 벗어나려고 몸부림을 쳤다.

지미의 어깨에서 그 모습을 본 마크가 까르르 웃었다. 마크는 마일스가 어렸을 때와 많이 달랐다. 어쩌면 그레이스의 육아 능력이 많이 향상된 탓일 수도 있었다. 아무튼 마크의 시작은 마일스 때와 확연히 달랐다. 마크는 친절하고 헌신적인 가족들에게 둘러싸여 숨 막힐 정도로 애틋한 사랑을 받으며 자라고 있었다.

그들 일곱 명은 모두 멜리사의 성 젠킨스를 썼다. 하들리의 가짜 서류에는 나이가 3년이나 불어나 있었다. 하들리의 나이는 자그마치 마흔두 살이 되었고, 그레이스는 기회가 있을 때마다 놀려댔다.

그들이 탈출한 이후 마크의 전 부인은 하들리와 그레이스의 용감한 탈출에 대한 심층 분석 프로그램 〈식스티 미니츠〉에 출연했다. 그녀의 이름은 마르시아이고 대단한 미인이었다. 금발에 옷차림도 세련되어 보였다.

마르시아는 마크가 죽고 나서 며칠 뒤 소포가 도착했다고 말했다. 소포 안에는 두 통의 편지가 들어 있었다. 두 아이가 열여덟 살이 되면 편지를 보라고 적혀 있었다. 1만 달러의 돈이 들어 있었고, 그 아래에 '대학 입학금'이라고 적혀 있었다. 돈에는 포스트잇이 붙어 있었다.

벤에게 개를 구해주세요.

마르시아는 〈식스티 미니츠〉에서 귀가 접힌 강아지를 선보여 열렬한 환호를 받았다.

마크는 숨이 끊어지기 직전 마르시아에게 전화했고, 그 내용이 인터뷰에서 집중적으로 다루어졌다.

마르시아가 말했다. "마크는 자신의 죽음을 예견했던 것 같지는 않지만 앞으로는 상황이 지금까지 와는 다를 거라고 예감했던 것 같아요."

마르시아는 인터뷰 중에 울음을 터뜨렸고, 사회자인 레슬리 스탈[*]은 그녀에게 휴지를 건넸다.

마르시아는 말했다. "마크와 별거할 당시 정말 힘들었어요. 마크가 이혼을 반대했기 때문이죠. 그가 죽던 날 아침에 전화했을 때 비로소 이혼을 받아들인 것처럼 느껴졌어요."

어느 순간에 마르시아는 완전히 무너져 내리며 오열했고, 다시 말을 잇기까지 제법 시간이 오래 걸렸다. 마르시아는 마크가 새로운 상대를 만났을 거라고 생각했다. 사람들은 새로운 상대가 하들

---

* 미국의 앵커우먼

리일 거라고 추측했다. 이미 하들리와 그레이스 사건에 매혹되었던 사람들에게 두 사람의 사연은 짜릿한 충격을 안겨주었다.

마르시아가 출연한 〈식스티 미니츠〉가 방송된 이후 하들리와 그레이스의 이야기가 영화로 제작될 거라는 소문이 나돌았다. 그레이스는 그 생각을 하면 저절로 몸서리가 쳐졌다. 보나 마나 안젤리나 졸리 같은 배우가 하들리 역할을 맡고, 내니 맥피 같은 배우가 그레이스 역을 맡을 테니까.

지미가 유아차를 접어 미니밴에 싣는 동안 하들리는 카시트에 마일스를 태우고 차에 고정시켰다. 틸리와 스키퍼가 마일스 옆에 앉았다. 그레이스는 마크의 코에 자기 코를 비비고 나서 카시트에 태웠다. 그레이스는 조수석, 지미는 운전석에 탔다. 그녀는 아직 조수석이 왼쪽 자리인 것에 적응이 되지 않았다. 지미는 핸들을 꺾을 때마다 놀라는 그레이스를 보며 재미있어 했다.

"음악 고를게요."

틸리가 그렇게 말하며 라디오를 록 채널에 맞추었다. 화물차에 매달린 깡통이 부딪치는 소리 같은 음악이 흘러나오는 채널이었다.

그레이스가 항의했다. "그건 음악이 아니야."

"아줌마도 완전 이상한 음악만 들으시면서."

"록은 뭐니 뭐니 해도 부르스 스프링스틴이 최고지."

"음치들 중에서 최고겠죠."

스피커에서 기타 긁는 소리가 흘러나왔고, 그레이스는 눈을 위로 치켜떴다. 그녀의 얼굴에 미소가 어렸다. 지미는 공원에서 빠져나가려는 차량들의 행렬에 합류했다.

그레이스는 거의 꽉 찬 밴을 돌아보았다. 맨 뒤의 하들리와 마크 사이에 아직 한 자리가 남아 있었다.

아이를 하나 더 낳을까?

그레이스는 다시 앞을 보았다. 신비로울 만큼 파란 하늘이 끝없이 펼쳐져 있었다. 그녀의 생각들이 나선형으로 빙글빙글 돌아 이 모든 일들의 출발점이 된 그 순간으로 돌아갔다.

두 여자가 같은 시간과 장소에 똑같은 목적으로 나타날 확률은 얼마나 될까?

그레이스는 우연을 믿지 않았다. 그날 밤 일어난 일들은 우연으로 치부하기에는 확률적으로 너무 희박했다. 아마도 그들의 삶에 엄청난 영향을 미칠 무언가가 그 순간에 숨겨져 있었을 것이다. 그 결과 두 사람의 운명이 서로 얽히고설키게 되었고, 이 놀라운 시간과 장소에서 하나의 가족으로 탄생하게 되었을 것이다.

하늘이 눈이 아릴 만큼 쨍한 파란 색이었다.

어쩌면 딸을 낳을 수도 있지 않을까? 그래야 공평하지 않을까? 애너벨?

할머니 이름이 애너벨이었다.

어쩌면 이미 벌어진 일일 수도 있었다.

최근에 자꾸만 속이 메슥거렸어.

아이를 낳으면 모두들 애니라고 부를 것이다. 그러나 하들리는 한사코 애너벨이라고 부를 것이다. 스키퍼는 아이 이름을 또 어떻게 부를까.

그레이스는 그런 생각을 하며 미소를 지었다.

작가 노트

독자 여러분께

어디서 소설의 영감을 얻는지 종종 질문을 받는다. 그 대답은 결코 매번 똑같지 않다는 것이다. 《하들리와 그레이스》는 내가 사랑해 마지않는 영화 〈델마와 루이스〉에서 영감을 얻었다. 나는 그 영화와 비슷한 자아 발견과 주체성 회복을 주제로 하는 모험극을 쓰고 싶었다.

결과적으로 재능 있는 편집자 칼리 쿠리의 원안대로 이야기를 풀어갈 수는 없었다. 다행스럽게도 시대가 변했다. 남성들이 여성을 괴롭힐 때 가만히 앉아 당하고 있다가 어느 순간 억압적인 남자들을 통쾌하게 엿 먹이는 이야기는 더 이상 통용되지 않는다. 이제 우리는 침을 질질 흘리는 트럭 기사들, 술집의 악질 강간범들, 호의를 베풀려는 경찰들을 전형화된 남성으로 여기던 시대에서 멀리 떠나왔다. 그래서 우연히 범죄에 연루된 두 여성이라는 플롯은 〈델마와 루이스〉와 비슷하지만 이야기는 달라져야 했다.

나는 아이들을 포함시키고 싶었고, 스키퍼라는 아이가 그중 하나이길 원했다. 마침 나는 스키퍼 카릴로의 전기 《해브 어 홈런 데이

(Have a Home Run Day)!》라는 책을 막 읽은 뒤였다. 스키퍼 카릴로의 누나인 알리샤 오위가 쓴 책으로 세상을 바라보는 투명한 시선과 순수한 마음이 나에게 큰 영감을 주었다. 그래서 나는 스키퍼와 함께 이야기를 시작했다.

그레이스는 나에게 가장 소중한 인물이다. 그녀가 나 자신은 아닐지라도, 그레이스는 나와 가장 비슷하게 그려진 인물이라고 할 수 있다. 나는 얼마 전에 아들에게 이런 말을 했다. 만약 어린 나에게 조언을 한마디 할 수 있다면, 이렇게 말하고 싶다고.

베푼 만큼 돌아오는 거야. 방어적이고 폐쇄적으로 살아간다면, 인생이 불필요하게 힘들어져.

물론 그레이스가 그랬듯이 당신에게는 그럴 만한 이유가 있을 것이다. 그레이스가 하들리, 매티, 스키퍼를 받아들인 순간 세상은 달라졌다. 그 운명의 일주일 동안 하들리는 강해졌다. 그레이스는 부드러워졌고, 닫혀있던 마음을 열었다. 그것은 참으로 멋지고도 놀라운 진화였다. 이야기를 다 쓰고 나서야 이것이 그레이스의 이야기라는 것을 알게 되었다. 그것은 아름다운 발견이었고, 나에게도 개인적인 울림이 컸다.

내가 이 소설을 쓰며 즐거웠듯이 독자 여러분도 이 거친 모험을 즐겼기를 바란다.